Les ombres d'autrefois

Une femme en détresse

W0239326

MARIE FERRARELLA

Les ombres d'autrefois

Traduction française de
CHRISTINE BOYER

BLACK ROSE

HARLEQUIN

Collection : BLACK ROSE

Titre original :
EXPOSING COLTON SECRETS

© 2020, Harlequin Enterprises ULC.
© 2022, HarperCollins France pour la traduction française.

Ce livre est publié avec l'autorisation de HARLEQUIN BOOKS S.A.

Tous droits réservés, y compris le droit de reproduction de tout ou partie de l'ouvrage, sous quelque forme que ce soit.
Toute représentation ou reproduction, par quelque procédé que ce soit, constituerait une contrefaçon sanctionnée par les articles 425 et suivants du Code pénal.

Si vous achetez ce livre privé de tout ou partie de sa couverture, nous vous signalons qu'il est en vente irrégulière. Il est considéré comme « invendu » et l'éditeur comme l'auteur n'ont reçu aucun paiement pour ce livre « détérioré ».

Cette œuvre est une œuvre de fiction. Les noms propres, les personnages, les lieux, les intrigues sont soit le fruit de l'imagination de l'auteur, soit utilisés dans le cadre d'une œuvre de fiction. Toute ressemblance avec des personnes réelles, vivantes ou décédées, des entreprises, des événements ou des lieux serait une pure coïncidence.

Le visuel de couverture est reproduit avec l'autorisation de :

HARLEQUIN BOOKS S.A.

Tous droits réservés.

HARPERCOLLINS FRANCE
83-85, boulevard Vincent-Auriol, 75646 PARIS CEDEX 13
Service Lectrices — Tél. : 01 45 82 47 47 - www.harlequin.fr
ISBN 978-2-2804-8005-5 — ISSN 1950-2753

Composé et édité par HarperCollins France.
Imprimé en octobre 2022 par CPI Black Print (Barcelone)
en utilisant 100% d'électricité renouvelable.
Dépôt légal : novembre 2022.

FSC www.fsc.org
MIXTE
Papier issu de sources responsables
FSC® C159065

Pour limiter l'empreinte environnementale de ses livres, HarperCollins France s'engage à n'utiliser que du papier fabriqué à partir de bois provenant de forêts gérées durablement et de manière responsable.

Prologue

Brooks Colton estimait que, dans l'ensemble, tout allait plutôt bien pour lui. Il exerçait un métier passionnant, réussissait la plupart des missions qui lui étaient confiées et gagnait correctement sa vie.

Certes, le montant de ses revenus aurait été bien plus élevé s'il avait rejoint l'entreprise familiale comme son père l'espérait depuis sa naissance.

Fitz Colton avait toujours nourri des doutes quant au choix professionnel de son fils et lui avait prédit un échec cuisant s'il persistait dans cette voie.

Malgré ces sombres pronostics, Brooks avait tenu bon. Devenir détective privé était un rêve d'enfant. Il n'était pas question pour lui d'y renoncer.

Et force était de constater qu'il avait bien mené sa barque. Grâce à ses succès, il s'était forgé en quelques années une solide réputation dans son domaine.

À ses yeux, chaque enquête était un défi à relever et lui permettait d'exercer sa perspicacité dans des univers toujours différents, de côtoyer toutes sortes de gens. Il ne s'ennuyait jamais.

Pourtant, Fitz Colton, le dirigeant de Colton Construction Company – une entreprise florissante, fondée par le clan il y a une trentaine d'années –, exhortait son fils à cesser de « jouer les Sherlock Holmes » et à venir le seconder. Colton

Construction employait bon nombre de personnes dans la région. Ses bureaux et usines se trouvaient à Wichita ainsi qu'à Braxville, où résidait la famille Colton.

Pour Fitz Colton, réputé pour être un bourreau de travail, « détective privé » n'était pas un vrai métier et il attendait avec impatience que Brooks « reprenne sa vie en main ».

Il ne comprenait pas pourquoi aucun de ses six enfants n'avait voulu travailler au sein de la société familiale. À l'exception de Brooks, ils avaient tous préféré s'orienter vers des professions plus ou moins liées au service public.

Pour autant que Brooks puisse en juger, ses cinq frères et sœurs semblaient satisfaits de leurs choix de carrière et plutôt heureux de leur vie. Quant à lui, il se félicitait chaque jour d'avoir choisi cette voie.

De plus, il avait la chance de bénéficier d'un « sixième sens », de « flair » diraient certains, un atout considérable dans son domaine. Très souvent, une petite voix dans sa tête mettait le doigt sur des aspects d'une question qui échappaient à toute logique mais n'en étaient pas moins pertinents. Et lui soufflait que quelque chose « ne collait pas », le forçant à creuser.

Parfois, il s'agissait de points de détail. Mais il n'était pas rare que ses petites antennes remettent en cause toute l'affaire.

Et là, à cet instant précis, elles lui envoyaient un signal.

Brooks avait l'intuition que quelque chose n'allait pas.

La plupart de ses enquêtes relevaient de trois catégories. Il travaillait beaucoup sur des dossiers de personnes disparues, parfois en collaboration avec la police de Braxville. Depuis peu, il y était devenu officiellement consultant. Il s'intéressait aussi aux cas d'usurpation d'identité. Et, de temps en temps, il acceptait des affaires d'adultère, et défendait des conjoints trompés.

À vrai dire, Brooks n'aimait pas beaucoup ce genre d'enquêtes mais elles lui permettaient de payer les factures, les rares fois où il se retrouvait à court de trésorerie et avait besoin de se renflouer.

Mais là, alors qu'il s'entretenait au téléphone avec un éventuel futur client, il sentait que quelque chose n'allait pas.

— Si je vous comprends bien, dit Brooks, interrompant son interlocuteur qui semblait aimer s'écouter parler, vous n'êtes pas marié à cette Gwen Harrison ?

— Non, et je ne l'ai jamais été, répondit Daniel Shelton, manifestement agacé d'être interrompu. Mais je…

— Et, sauf erreur de ma part, vous n'êtes même pas en couple ou fiancé avec elle ? s'enquit Brooks pour s'assurer que rien ne lui avait échappé.

— En effet, reconnut Daniel, dont le ton montait. Mais elle a déménagé pour s'installer à Braxville alors que je le lui avais expressément interdit.

Le ton autoritaire de ce Shelton commençait à énerver Brooks. Il n'était pas question pour lui d'aider ce type à retrouver son ancienne petite amie.

— Elle ne vivait pas avec vous et vous ne payiez pas son loyer ?

— Non, mais qu'est-ce que ça change ? rétorqua Shelton avec colère.

Brooks ne voyait pas l'intérêt de le lui expliquer. Daniel Shelton le prenait visiblement pour un subalterne et attendait de lui une obéissance servile.

Il préféra en venir tout de suite à sa conclusion :

— Cette femme n'a donc aucune raison de se soumettre à vos desiderata. Elle a droit de vivre comme elle l'entend et d'aller où cela lui chante. Et voilà pourquoi je refuse de vous aider à la localiser.

— Vous refusez ! s'étrangla Shelton, hors de lui. Vous n'êtes qu'un minable et…

— Au revoir, monsieur Shelton. Heureux de ne pas faire affaire avec vous, répliqua Brooks avant de raccrocher.

Avec un profond soupir, Brooks posa son téléphone. Il n'avait pas les moyens d'éconduire un client potentiel au gré de ses humeurs. Mais il avait des principes. Et surtout, il se fiait à ses intuitions.

Et une petite voix intérieure lui soufflait que ce Daniel Shelton était louche.

Et voilà pourquoi il décida de retrouver cette Gwen Harrison pour l'avertir que son ex-petit ami la cherchait. Brooks était certain que ce sale type engagerait quelqu'un d'autre pour la traquer. Si un malheur arrivait à cette jeune femme, une enseignante en primaire nouvellement arrivée en ville, il culpabiliserait de ne pas l'avoir mise au courant de la menace qui planait au-dessus d'elle.

Daniel Shelton lui avait paru très en colère et désireux de se venger.

Cette Gwen Harrison devait être prévenue.

1

Gwen Harrison avait oublié à quel point une classe de CE2 pouvait être épuisante. Dans la dernière école où elle avait enseigné, elle n'avait travaillé que quelques semaines en intérim, la maîtresse habituelle des enfants étant en congé maternité. Et, d'ordinaire, elle instruisait des élèves de CM2. Un peu plus âgés, ils lui semblaient plus calmes.

Mais lorsqu'elle avait décidé de s'installer à Braxville et de postuler auprès des écoles primaires de la ville, elle ne s'était vu proposer que ce poste. Elle n'avait donc pas eu le choix.

La rentrée scolaire n'aurait lieu que dans une semaine. Ce matin, elle s'était seulement présentée à ses futurs élèves et avait fait leur connaissance. La directrice de l'établissement estimait sans doute qu'un enseignant averti en valait deux. Gwen espérait que tout irait bien, qu'elle parviendrait vite à gérer l'énergie débordante des enfants.

Et à présent elle rêvait de s'octroyer une petite sieste, mais elle devait d'abord faire quelques courses et se préparer pour une réunion avec les autres professeurs, prévue le lendemain.

Et surtout, il lui fallait appeler sa grand-mère, Rita. Celle-ci l'avait élevée et Gwen l'aimait profondément. Mais elle devinait qu'elle allait l'attrister. En effet, elle n'avait rien appris de nouveau. Bien sûr, son aïeule ne le lui reprocherait pas, mais elle serait déçue.

Et moi aussi, je suis déçue, grand-mère, pensa-t-elle.

Jusqu'ici, ses recherches n'avaient rien donné.

En quittant sa ville natale, Gwen avait vraiment espéré avancer. Vingt-cinq ans plus tôt, sa mère avait disparu à Braxville. En y emménageant, Gwen avait donc cru y retrouver sa trace. Elle avait l'intuition qu'il lui était arrivé quelque chose de tragique. Olivia Harrison n'aurait jamais abandonné de son plein gré sa fille unique et sa mère pendant vingt-cinq ans.

Sa grand-mère en était également convaincue. Et voilà pourquoi, après avoir vécu toute sa vie à Kansas City, Gwen avait décidé de s'installer à Braxville. En se lançant dans cette aventure, en venant enquêter sur place, elle était certaine de faire le bon choix.

Mais à présent, elle n'en était plus si sûre.

Elle n'avançait pas. Elle stagnait.

— Finissons-en, murmura-t-elle en se laissant tomber sur son canapé.

Elle sortit son smartphone de sa poche.

Le cœur serré, elle anticipait déjà la déception de sa grand-mère. Rita Harrison l'avait entourée d'amour et d'attention depuis qu'elle était bébé. Au départ, elle avait pris soin d'elle pendant que sa mère travaillait, mais après la disparition d'Olivia elle l'avait totalement prise en charge.

Alors que Gwen avait trois ans, Olivia s'était rendue à Braxville pour une mission secrète. Si elle n'avait rien dit à sa mère de la raison de ce voyage, Rita était persuadée qu'Olivia était allée s'expliquer avec le père de Gwen. En effet, à l'époque, ce dernier avait brusquement cessé de lui envoyer de l'argent pour contribuer à l'éducation de leur fille.

Cela dit, Gwen n'était pas certaine à cent pour cent que sa mère soit allée à Braxville pour ce motif. Sa grand-mère n'avait pas été très claire à ce sujet. La seule certitude de Rita Harrison était qu'Olivia n'aurait jamais abandonné sa mère et sa fille sans explication.

Ce n'était pas son genre.

Gwen venait d'allumer son téléphone et s'apprêtait à appeler sa grand-mère lorsqu'elle entendit sonner à la porte. Elle se pétrifia, se demandant qui lui rendait visite. Elle venait d'arriver en ville, elle n'y connaissait personne. En tout cas, personne susceptible de passer à l'improviste.

Elle remit son smartphone dans sa poche et se leva.

Une fois dans l'entrée, elle regarda par l'œilleton.

Un homme grand et musclé se tenait sur le seuil. Âgé d'une trentaine d'années, il avait les cheveux bruns coupés court et une barbe de trois jours. Il était bien habillé mais dans un style décontracté.

Un professeur ? se demanda-t-elle.

En tout cas, elle ne l'avait jamais vu de sa vie. Elle s'en serait souvenue.

— Oui ? lança-t-elle, pensant qu'il avait peut-être sonné à la mauvaise porte.

— Êtes-vous Mlle Gwen Harrison ? s'enquit-il.

Qu'il connaisse son nom la déstabilisa. Et l'incita à se montrer prudente, à ne pas lui ouvrir.

— Oui, répondit-elle. Qui êtes-vous et que me voulez-vous ?

Brooks tira de sa poche son portefeuille et en sortit sa carte d'identité. Il la brandit devant l'œilleton pour qu'elle puisse la lire.

— Je m'appelle Brooks Colton et je suis détective privé, dit-il, confirmant ce qu'il venait de lui montrer.

Le nom de famille de son visiteur intrigua Gwen. Sa

grand-mère lui avait en effet raconté qu'Olivia avait eu une liaison avec un homme marié qui travaillait pour Colton Construction.

Ce Brooks Colton était-il lié à l'ancien amant de sa mère, avec son père ?

Ne commence pas à t'emballer, Gwen, s'ordonna-t-elle. Il n'était pas possible que tout soit si simple et se résolve aussi rapidement.

Consciente de prendre un risque, elle décida pourtant de lui ouvrir. Elle n'était pas venue à Braxville pour se calfeutrer chez elle mais pour enquêter.

Elle déverrouilla la porte.

— Entrez, lui dit-elle en reculant pour le laisser passer.

Il semblait encore plus grand de près, se dit-elle. Sans doute mesurait-il presque deux mètres.

L'appartement de la jeune femme témoignait qu'elle venait de s'y installer, pensa Brooks. Il y avait des cartons ouverts partout.

Rousse, le visage parsemé de taches de rousseur, Gwen Harrison lui parut charmante.

Elle se tourna vers lui et répéta :

— Que me voulez-vous, monsieur Colton ?

Brooks décida d'être sincère avec elle. Elle était sans doute en danger. Il était de son devoir de l'en informer.

— À proprement parler, ce n'est pas moi qui vous veux quelque chose, répondit-il. Connaissez-vous un certain Daniel Shelton ?

À la mention de ce nom, elle pâlit et se raidit.

— Oui, je le connais. Ou plutôt, je le connaissais. Pourquoi cette question ? ajouta-t-elle en l'invitant à la suivre dans le salon.

Brooks entra mais resta conscient qu'elle pouvait à tout moment le prier de s'en aller.

Dans l'espoir de la détendre un peu, il proposa pourtant :

— Pourquoi ne pas nous asseoir ? Tout vous expliquer risque de prendre un peu de temps.

Gwen fit un geste vers le canapé du salon.

— D'accord, installez-vous. Je vous écoute, dit-elle.

Pour ne pas avoir l'air de prendre ses aises, il s'assit sur le bord du canapé. Il ne voulait pas inquiéter la jolie institutrice. Il était venu pour la protéger, pas pour l'intimider.

Il remarqua qu'elle semblait un peu nerveuse, elle aussi. Sans doute avait-il eu raison de venir la prévenir, pensa-t-il avec gratitude pour cette petite voix intérieure.

— Comme je l'ai dit, je suis détective privé. Ma spécialité est de retrouver des personnes disparues, mais je travaille également sur des affaires d'usurpation d'identité et, à l'occasion, je collecte des preuves dans des dossiers d'adultère, ajouta-t-il, incapable de dissimuler son amertume.

Gwen secoua la tête, ses boucles rousses s'agitant de manière charmante.

— Je ne vois toujours pas en quoi tout cela me concerne.

— Daniel Shelton m'a appelé hier. Il voulait m'engager. Il m'a demandé de vous suivre discrètement, de prendre des photos de vous, d'espionner vos faits et gestes. Et de les lui rapporter.

La stupéfaction se peignit sur le visage de la jeune enseignante.

— Il veut que vous lui rapportiez mes faits et gestes ? répéta-t-elle, éberluée. Je suis en train de m'installer ici et je me prépare à enseigner dans une classe de CE2. Pourquoi s'y intéresserait-il ? Êtes-vous sûr qu'il vous a demandé ça ?

— Tout à fait sûr, oui, répondit Brooks.

Gwen semblait perdue.

— Si vous travaillez pour Daniel, pourquoi êtes-vous venu m'en parler ? Ne devriez-vous pas vous cacher derrière les portes, l'objectif d'un appareil-photo pointé sur moi ?

Visiblement, elle commençait à s'interroger sur Brooks. Sans doute se reprochait-elle d'avoir introduit le loup dans la bergerie.

— Je ne travaille pas pour Shelton. J'ai refusé la mission qu'il me proposait parce que je la trouvais louche.

— Louche ? balbutia-t-elle. Que voulez-vous dire ?

Brooks comprit que la meilleure façon de lui expliquer la situation était de lui poser d'autres questions.

— Combien de temps votre relation a-t-elle duré ?

Elle haussa les épaules.

— Pas longtemps. Et, pour tout vous dire, je n'ai jamais eu l'impression d'avoir noué une véritable relation amoureuse avec Daniel. Avec le recul, sans doute aurais-je dû être plus attentive à des signes avant-coureurs. En tout cas, quand je lui ai parlé de ce travail à Braxville, il m'a interdit de partir. Son côté directif m'a déplu et j'ai alors mis un terme à cette histoire.

— Y avait-il autre chose qui aurait dû vous alarmer ? s'enquit Brooks.

Gwen hocha la tête.

— Il devenait intrusif, il cherchait à me contrôler. Je pensais que si je m'installais ici il finirait par se faire une raison, par m'oublier et passer à autre chose. Il m'a envoyé des dizaines de messages et de textos. Je n'ai répondu à aucun. Et je croyais qu'il comprendrait que tout ce que nous avions vécu – et qui n'était vraiment pas grand-chose – était terminé.

Gwen se frotta les bras, comme pour tenter de conjurer le froid étrange qui l'envahissait.

— Apparemment, Daniel ne l'a pas compris… Vous savez, ce que vous venez de m'apprendre est effrayant, ajouta-t-elle après un moment.

— Sans conteste, reconnut Brooks. Vous pourriez obtenir une ordonnance restrictive contre lui.

Gwen hocha la tête mais elle ne semblait pas convaincue.

Elle parut soudain traversée par une pensée subite.

— Écoutez, je suis censée être ailleurs en ce moment. Mais j'aimerais poursuivre cette conversation quand j'aurai fini. Pourriez-vous me retrouver dans le petit café au coin de la rue dans… disons… dans deux heures ? demanda-t-elle.

Sa requête déstabilisa un peu Brooks, mais il était déjà incapable de lui refuser quoi que ce soit. Dès qu'il avait posé les yeux sur elle, il avait ressenti une attirance immédiate pour cette jolie rousse à l'esprit vif et au charmant sourire.

Il ne s'agissait pas seulement d'une réaction protectrice vis-à-vis d'une femme en détresse. Non, il était totalement tombé sous le charme de la jeune enseignante.

De toute évidence, ce trouble soudain n'était pas à sens unique, pensa-t-il, s'en réjouissant. À moins qu'il n'ait pas bien entendu, elle venait de lui demander subtilement de le retrouver pour un café. Il était tenté d'interpréter cette proposition comme une invitation à aller plus loin… En tout cas, elle voulait le revoir… et vite.

Comme Gwen commençait à débiter l'adresse du café. Brooks l'interrompit.

— Je connais l'endroit, lui assura-t-il.

Avec un hochement de tête, elle se leva et se dirigea vers l'entrée où elle avait laissé son sac à main.

— Parfait. Je vous retrouve donc là-bas dans deux heures, dit-elle.

Brooks la suivit.

— Je viendrai avec grand plaisir à ce premier rendez-vous.

Prenant brusquement conscience de sa bévue, il ajouta :

— Il ne s'agit pas d'un rendez-vous galant, bien sûr. Mais, quoi qu'il en soit, je vous verrai là-bas dans deux heures.

— D'accord, répondit-elle en rougissant.

Brooks n'était pas du genre à bafouiller.

Il maîtrisait à la perfection sa langue natale et était capable de s'exprimer clairement et distinctement. Mais il devait admettre que la jeune femme l'avait déstabilisé.

Elle l'intriguait, et voilà très longtemps qu'une femme ne l'avait pas troublé à ce point.

En fait, il ne se souvenait pas d'avoir ressenti une telle attirance. Ce qui signifiait qu'il devait redoubler de prudence.

Il promena les yeux autour de lui, dans le petit café où il venait d'entrer.

L'établissement était encore à moitié désert, il y avait beaucoup de tables disponibles. Arrivé tôt, il avait délibérément choisi de s'installer dans un coin d'où il avait la possibilité de surveiller les allées et venues. De cette façon, il vit entrer Gwen au moment où elle poussa la porte – preuve qu'elle ne lui avait pas posé un lapin.

D'où diable venait cette étrange idée ? se demanda-t-il.

Elle n'était pas du genre à faire ce genre de choses, il en était certain.

En tout cas, elle était venue. Elle avait un peu de retard mais elle était là.

Il ne s'était donc pas trompé sur elle, se félicita-t-il en souriant. Il avait toujours du flair, la capacité de deviner les gens.

2

Brooks agita la main pour attirer l'attention de Gwen. Elle scannait la salle des yeux, espérant sans doute le localiser. Certes, il lui avait dit qu'il viendrait mais après tout, elle ne le connaissait pas. Il aurait pu avoir changé d'avis.

Elle paraissait un peu mal à l'aise mais, dès qu'elle le vit, un grand sourire éclaira son visage. Il n'avait jamais vu plus beau sourire.

Visiblement soulagée de l'avoir trouvé et sans doute heureuse qu'il soit venu l'attendre comme il l'avait promis, elle se dirigea vers la table.

Brooks se surprit à remarquer que ses yeux émeraude – de vrais joyaux – brillaient lorsqu'elle lui lança :

— Vous êtes là.

— J'avais dit que je le serais, lui rappela Brooks. Je ne sais pas qui vous avez l'habitude de fréquenter mais, pour ma part, je n'ai qu'une parole.

Elle se glissa sur le siège en face de lui.

— Veuillez excuser mon retard, dit-elle. Les courses que j'avais à faire ont pris plus de temps que prévu. Je ne vous ai pas fait attendre trop longtemps, n'est-ce pas ?

Elle avait l'air sincère, pensa-t-il. Et elle l'avait fait attendre assez longtemps pour attiser sa curiosité, mais il n'était pas question de le lui dire. La pauvre venait d'apprendre qu'elle était victime d'un harceleur. Pas question de lui faire croire qu'il en était peut-être un, lui aussi.

— Non, je viens d'arriver. De plus, le café est bon ici, dit-il en considérant sa tasse. Quant aux pâtisseries, elles sont d'une qualité très supérieure à celles servies dans des établissements similaires.

Gwen éclata de rire.

— Vous n'étiez encore jamais entré ici, n'est-ce pas ? demanda-t-elle.

— Eh bien, pour tout vous dire, je suis passé plusieurs fois devant. Mais, en effet, je n'en avais encore jamais poussé la porte.

Il leva sa tasse comme pour lui porter un toast.

— Grâce à vous, je découvre un café qui mérite le détour. Merci ! En fait, je me suis permis de commander pour vous. N'hésitez pas à prendre autre chose si le *latte* ne vous convient pas.

— J'adore les *latte*. Merci beaucoup.

Gwen trouvait Brooks touchant. Non seulement il avait eu la gentillesse de lui commander quelque chose, mais il lui proposait de changer s'il s'était trompé.

— Vous êtes adorable, dit-elle. Mais, en vous demandant de me retrouver ici, je ne pensais pas qu'à la saveur des breuvages servis. J'avoue que j'avais une petite arrière-pensée…

— Ne dites rien ! s'exclama-t-il. Laissez-moi deviner ce qui vous a donné envie de me revoir. Mon sourire craquant ? Mon regard envoûtant ?

Déstabilisée par son commentaire, elle resta un instant muette de stupeur. Lorsqu'il éclata de rire, elle se sentit un peu bête.

Le séduisant détective privé avait-il compris qu'il lui

plaisait beaucoup avec son sourire chaleureux et ses yeux bleus pétillant de malice ? Il semblait fin, drôle et très gentil. Mais elle avait cru lui cacher son trouble. Et maintenant, elle n'arrivait pas à savoir s'il plaisantait ou s'il était sérieux.

— Non, pas du tout. Vous avez de beaux yeux mais je vous ai demandé de venir pour une autre raison… Vous m'avez dit que vous étiez détective privé.

— Je vous le confirme, répondit Brooks.

Gwen prit une profonde inspiration et lança :

— Alors, j'ai besoin de votre aide.

Brooks ne savait pas très bien à quoi s'attendre. Allait-elle lui demander d'espionner Shelton au cas où il aurait engagé quelqu'un d'autre pour la prendre en filature ?

— Je vous écoute, dit-il, se préparant à tout.

— Je ne suis pas venue à Braxville pour changer d'école ou d'élèves. Ni pour m'éloigner de Daniel, ajouta-t-elle. Je suis venue à Braxville pour tenter de comprendre ce qu'il est arrivé à ma mère. Il y a vingt-cinq ans – j'avais alors trois ans –, elle s'est rendue ici. Et nous n'avons plus aucune nouvelle d'elle depuis lors. Elle a… disparu.

— Il y a vingt-cinq ans, répéta Brooks, assimilant l'information.

Comme il s'apprêtait à émettre un commentaire, Gwen l'interrompit d'un geste.

— Je sais ce que vous allez dire. Vous allez me demander pourquoi je ne m'y intéresse que maintenant, après toutes ces années. En fait, si c'est la première fois que je mène, moi, l'enquête, ma grand-mère avait engagé un détective privé à l'époque de la disparition de ma mère.

Voilà un élément qui lui permettrait sans doute d'avancer, pensa Brooks, satisfait.

— Connaissez-vous le nom de ce détective privé ? demanda-t-il.

Sa grand-mère le lui avait peut-être dit.

— Oui, répondit Gwen. Il s'appelait Felton Crane. Je m'en souviens parce que son nom revenait régulièrement dans la conversation. Au début, ma grand-mère parlait de lui d'un ton rempli d'espoir. Mais, ensuite, elle était tellement en colère contre lui qu'il a dû souvent entendre ses oreilles siffler. Elle le considère comme un escroc qui lui a pris ses économies – de l'argent durement gagné – et s'est enfui avec.

— J'en déduis que ce Crane n'a pas réussi à retrouver votre mère…

Gwen secoua la tête.

— Non seulement il ne l'a pas retrouvée mais il n'a jamais mis ma grand-mère au courant des avancées de l'enquête. Il s'était contenté d'empocher l'argent et de disparaître dans la nature.

— Et votre grand-mère n'a pas tenté de le chercher, de savoir où il était passé ? demanda Brooks.

Ce genre de types nuisait gravement à la réputation des détectives privés dignes de ce nom – à commencer par la sienne, pensa-t-il.

— Croyez-moi, ce n'est pas faute d'avoir essayé, assura Gwen. Mais ce Felton Crane n'a plus jamais donné signe de vie et s'est volatilisé. Finalement, elle a dû renoncer à porter plainte contre lui. En revanche, elle est sûre et certaine que ma mère ne nous aurait pas abandonnées de son plein gré. Certaines femmes paniqueraient peut-être à l'idée d'élever seule une petite fille ou de prendre en charge une mère âgée. Mais pas elle.

Gwen leva fièrement le menton et ajouta :

— D'après ma grand-mère Rita, ma mère avait le sens des responsabilités. Et elle nous aimait.

Elle se pencha en avant sur la petite table, créant instantanément un cadre très intime entre eux.

— Et puis… il y a autre chose…

Ses yeux émeraude envoûtaient Brooks. Cette femme le captivait complètement. Il aurait pu écouter sa voix mélodieuse éternellement avec le même ravissement.

Il détestait l'admettre mais il commençait à comprendre pourquoi Shelton était aussi attiré par elle, même s'il n'approuvait bien sûr pas son côté possessif.

Comme elle semblait hésiter, Brooks, sa curiosité éveillée, l'encouragea à poursuivre.

— Dites-moi, insista-t-il.

— Vous m'avez dit que votre nom de famille était Colton, dit-elle, les yeux dans les siens.

Sa réflexion le surprit mais il confirma.

— C'est vrai.

Il lui avait déjà montré sa carte d'identité lorsqu'il avait sonné à sa porte. Est-ce que le fait qu'il s'appelle Colton lui posait un problème ? ne put-il s'empêcher de se demander.

— Êtes-vous apparenté aux personnes à la tête de Colton Construction ? poursuivit-elle.

— Mon père dirige en effet l'entreprise, oui. Pourquoi ? Cette filiation vous ennuie ?

— Non, pas du tout. Mais ma grand-mère Rita ne sait que trois choses sur mon père. Qu'il était marié, qu'il vivait à Braxville et… qu'il travaillait pour Colton Construction. Puisque vous êtes le fils du patron, vous êtes sans doute mieux placé que quiconque pour creuser la question, dit-elle.

Elle s'exprimait comme s'il avait déjà accepté de se charger de l'enquête.

Brooks se sentit ébranlé. Personne ne l'avait jamais regardé avec autant d'espoir dans les yeux.

— Alors, qu'en dites-vous, monsieur Colton ? demanda-t-elle enfin. Êtes-vous d'accord pour vous occuper de mon affaire ? Vous savez, ajouta-t-elle, ma grand-mère est âgée et sa santé fragile. Ignorer ce qu'il est arrivé à ma mère n'arrange rien, vous vous en doutez. La retrouver ou du moins apprendre ce qui s'est passé, il y a vingt-cinq ans, l'apaiserait.

Brooks s'apprêtait à dire qu'il serait ravi de se charger de l'enquête mais, sans lui en laisser la possibilité, elle poursuivit :

— Je dois vous prévenir que je n'ai pas beaucoup de moyens. Les enseignants sont mal rémunérés, je ne vous l'apprends pas. Mais si vous êtes d'accord pour me faire crédit, je vous verserai de l'argent chaque mois jusqu'à ce que tout soit réglé.

— L'argent n'est jamais à l'origine de ma décision, commença Brooks.

Mais comme il se préparait à lui expliquer pourquoi, il fut de nouveau interrompu. Par son smartphone, cette fois. Cet appel venait au pire moment et la tentation de ne pas répondre le traversa.

Mais le nom de Jordana s'affichait sur l'écran.

Âgée d'un an de plus que lui, Jordana était l'une de ses sœurs. Elle avait gravi un à un les échelons de la hiérarchie policière et était actuellement inspectrice de police à Braxville.

Surtout, elle avait usé de son influence pour le faire embaucher en tant que consultant policier à temps partiel. Grâce à elle, il avait l'opportunité de travailler sur leurs enquêtes les plus compliquées. Ces responsabilités l'avaient lancé dans la profession.

Il leva la main, interrompant Gwen.

— Désolé, je dois absolument prendre cet appel.

— Bien sûr. Allez-y.

— Merci, murmura-t-il.

Il se leva et se dirigea vers un coin de la salle.

— Je suis avec une cliente, Jordana, dit-il en décrochant.

— Eh bien, tu vas lui expliquer que tu la verras plus tard, répondit Jordana d'un ton sans réplique. J'ai besoin de toi, et tout de suite.

Brooks se sentait déchiré. D'un côté, sa sœur n'était pas du genre à l'appeler sans une bonne raison. Mais d'un autre, il était sur le point d'accepter une nouvelle enquête. Gwen avait réussi à piquer son intérêt, sans oublier le fait qu'elle lui plaisait beaucoup.

— Es-tu sûre que ça ne peut pas attendre, Jordy ? demanda-t-il. Si je passe plus tard, je…

— Non, le coupa Jordana. Cela ne peut pas attendre. Il a déjà attendu vingt-cinq ans. Et ne m'appelle pas Jordy.

La petite voix dans la tête de Brooks – son intuition – réagit à l'instant où il entendit « vingt-cinq ans ». Le même nombre d'années que Gwen avait mentionné il y a un petit moment en référence à la disparition de sa mère.

Il ne s'agissait sûrement pas d'une coïncidence. Mais il avait besoin de plus d'informations.

— Qu'est-ce qui a attendu vingt-cinq ans ? demanda-t-il.

Il entendit sa sœur pousser un gros soupir avant de répondre.

— La société de notre père s'est lancée dans la construction d'un nouveau centre commercial. Pour mettre en œuvre ce projet, ils ont dû démolir un vieil entrepôt.

— Et ?

— Et ils ont trouvé un cadavre enterré dans l'un des murs.

Il eut l'impression d'un coup de poing dans le ventre.

— Celui d'une femme ?

— Non, d'un homme. Pourquoi pensais-tu à une femme ?

— Je t'expliquerai plus tard. As-tu une idée de l'identité de ce type ? demanda-t-il, bien qu'il ait le sentiment qu'il connaissait la réponse.

— Non, mais il n'a pas encore été complètement déballé, répondit Jordana.

— Déballé ?

— Oui, le corps est étonnamment bien conservé, compte tenu de la date à laquelle le mur a été construit. Celui qui a tué cet homme l'avait soigneusement enveloppé dans une bâche en plastique et voilà pourquoi il est dans un tel état. Cela dit, je doute que l'objectif du tueur était de le préserver. Bref, veux-tu venir jeter un coup d'œil ?

— J'arrive !

— J'espérais cette réponse, dit Jordana. Alors dépêche-toi, ajouta-t-elle avant de lui donner l'adresse de l'entrepôt. Tu ne peux pas rater l'endroit. Toute notre patrouille est sur le site avec, bien entendu, les voitures et tutti quanti.

— OK, je fais au plus vite, Jordy.

Il raccrocha avant que sa sœur ne puisse lui dire pour la énième fois de ne pas l'appeler « Jordy ».

Maintenant, il avait besoin de mettre Gwen et sa requête en attente, pensa-t-il.

Son sixième sens lui soufflait qu'il y avait un lien entre le cadavre qui venait d'être retrouvé et la mère disparue de Gwen mais il était trop tôt pour en parler à Gwen.

Il ne voulait pas prendre le risque de la décevoir au cas où il se tromperait.

En outre, pensa-t-il en revenant vers Gwen, se présenter

comme un homme sensible aux messages de ses antennes intérieures n'était pas très vendeur.

Au lieu de servir sa cause, son intuition risquait de donner de lui l'image d'un détraqué.

3

Lorsque Brooks retourna à leur petite table, Gwen était debout comme si elle avait déjà compris que leur entretien était terminé.

Il le lui confirma.

— Je crains de devoir y aller, dit-il.

— Une autre enquête vous appelle, j'imagine ? demanda-t-elle.

— On peut dire ça, répondit Brooks, préférant rester vague.

— Vous n'avez sans doute pas le droit d'en parler. La confidentialité est indispensable dans votre métier.

Brooks lui sourit, heureux qu'elle n'insiste pas.

Il aurait adoré continuer à parler avec cette femme hors du commun de son affaire – qui l'intéressait, il devait le reconnaître. Mais à présent, il avait hâte de partir. Jordana avait un ton pressant dans la voix et il savait qu'il ne fallait pas la faire attendre.

Grâce à sa sœur, il avait obtenu ce poste de consultant au sein de la police et la possibilité de travailler en collaboration avec les inspecteurs de police sur des enquêtes passionnantes. Seule ombre au tableau : le nouveau supérieur hiérarchique de Jordana. Il n'appréciait pas la présence d'un civil dans l'équipe et cherchait de bonnes raisons de le démettre de ses fonctions.

Fouillant dans sa poche, Brooks en sortit sa carte de visite. Elle était d'un style minimaliste. Il n'y figurait que son nom et son numéro de téléphone.

— J'aimerais parler de votre histoire de manière plus approfondie, lui dit-il. Si vous n'avez pas de nouvelles de moi dans les quarante-huit heures, appelez-moi.

Elle le regarda avec un certain amusement.

— Vous semblez débordé.

— Non, lui assura-t-il en riant. C'est exceptionnel. Mais j'ai en effet beaucoup à faire actuellement et je n'aimerais pas que votre dossier se perde.

— Vous égarez souvent des dossiers ?

Manifestement, elle se demandait si elle ne commettait pas une erreur en l'engageant.

Il ne voulait surtout pas qu'elle change d'avis. Il n'avait pas souvent l'occasion de travailler sur une affaire non élucidée aussi intrigante.

— Cela ne m'est jamais arrivé mais mieux vaut prévenir que guérir, reconnut-il.

— Très bien, dit finalement Gwen en glissant la carte de visite dans son sac à main. Vous avez donc deux jours pour revenir vers moi, ajouta-t-elle alors qu'ils sortaient ensemble de l'établissement.

— Un seul devrait suffire, dit Brooks, certain que ce dont Jordana avait besoin ne lui prendrait pas beaucoup de temps.

— D'accord. Tant mieux

Ils se séparèrent devant le café. Gwen regagna sa voiture tandis que Brooks allait dans la direction opposée.

Il avait déjà hâte de la revoir.

Le chantier lancé par Colton Construction était situé à une petite demi-heure en voiture du centre-ville. Il s'agissait de démolir d'anciens entrepôts pour bâtir à la place un centre commercial. Le Cret View Center promettait d'être encore plus grand, plus moderne et plus « tendance » que l'ancien, le Ruby Row.

Brooks n'avait jamais travaillé pour l'entreprise familiale, pas même pour gagner de l'argent de poche avec un job d'été lorsqu'il était lycéen. Mais il restait un Colton et il se tenait au courant des projets de son père, ne serait-ce que parce que quelqu'un pouvait l'interroger à ce sujet. Il ne voulait pas donner l'impression qu'ils ne s'adressaient jamais la parole… même s'ils n'échangeaient pas beaucoup, en réalité.

Fitz Colton avait toujours donné la priorité à son entreprise. Il trouvait ses responsabilités professionnelles plus intéressantes et plus gratifiantes que la vie de famille.

Depuis sa plus tendre enfance, il avait été formaté pour être dirigeant du groupe et rien d'autre. Voilà longtemps que Brooks et ses frères et sœurs avaient accepté cet état de choses. Et de même, leur père s'était finalement résigné à admettre qu'aucun de ses enfants n'avait l'intention de travailler avec lui.

Alors que Brooks se rapprochait du chantier, il avait l'impression qu'un nuage de poussière était suspendu dans l'air, un nuage constitué de résidus de plâtre, de parpaings et de béton émanant des murs éventrés de l'entrepôt. Ces murs, ou plutôt ce qu'ils avaient recélé si longtemps, étaient finalement la raison de sa venue.

Après avoir garé son véhicule, il se dirigea vers les tas de gravats. De nombreux hommes et femmes en uniforme y étaient rassemblés.

L'un de ces policiers s'avança lorsqu'il vit Brooks s'approcher. Il se mit en travers de son chemin, lui bloquant le passage.

— Désolé, monsieur, mais vous n'avez pas le droit d'être ici.

Brooks regarda derrière l'épaule du jeune officier et aperçut le cadavre pour lequel sa sœur l'avait appelé. Il gisait sur le sol. Et, comme l'avait dit Jordana, il était entièrement enveloppé de plastique transparent, de la tête jusqu'aux pieds.

Fascinant, songea Brooks alors qu'il contournait rapidement le policier.

— Hé, je viens de vous dire que vous n'aviez pas le droit d'être ici ! cria ce dernier, indigné. Arrêtez-vous immédiatement.

— Ça va, ça va, fit Brooks. Vous êtes sans doute nouveau ici. Je suis le frère de l'inspectrice Colton. C'est elle qui m'a demandé de passer.

— Tout va bien, Madison, c'est moi qui l'ai prié de venir jeter un coup d'œil, dit Jordana au jeune officier. Laissez-moi vous présenter mon frère, Brooks Colton. Il est détective privé et, à l'occasion, il vient nous donner son avis éclairé ct éclairant sur certaines de nos enquêtes criminelles les plus… inhabituelles, ajouta-t-elle. Il est officiellement consultant de police.

Madison rougit, visiblement gêné d'avoir commis une bévue.

— Oh pardon. Je ne savais pas.

Brooks lui sourit. Il n'avait aucune envie d'accabler le jeune homme. Il aimait entretenir des relations positives.

— Comment auriez-vous pu le savoir ? demanda-t-il charitablement. Le cadavre a été découvert comme ça ? ajouta-t-il, reportant son attention sur sa sœur.

— Bien enveloppé dans un film plastique comme une portion de poisson préparée ce matin pour le repas de ce soir, oui.

— Rappelle-moi de ne pas dîner chez toi, plaisanta Brooks.

— Il se trouvait dans l'un des murs du sous-sol. En tombant sur le corps, l'ouvrier qui s'activait avec son burin a failli être terrassé par une crise cardiaque. Deux heures après sa découverte macabre, le malheureux tremblait encore de tous ses membres.

Brooks se dirigea vers le cadavre. Alors qu'il se penchait pour l'examiner de plus près, Jordana posa sa main sur son épaule pour l'arrêter.

— Tu regardes mais tu ne touches pas. Mon chef traîne quelque part par ici. Il cherche à faire du zèle, ajouta-t-elle avec dédain. Bref, je voulais seulement que tu voies le corps pour te rendre compte par toi-même. Des idées ?

— Eh bien, visiblement ce gars fréquentait des gens qui ne l'aimaient pas beaucoup, plaisanta Brooks en se redressant.

Jordana soupira.

— Des idées qui ne nous sont pas déjà venues à l'esprit ?

— Je suppose qu'il n'avait pas de papiers d'identité sur lui.

— Nous n'avons pas encore vérifié mais cela m'étonnerait, répondit Jordana. Je n'imagine pas que la personne qui a pris soin de l'emballer ainsi ait laissé un indice aussi révélateur sur sa victime. En tout cas, quel qu'il soit, cet individu avait manifestement énervé quelqu'un, ajouta-t-elle en considérant le corps.

Sa conversation avec Gwen encore fraîche dans son esprit, Brooks avait une autre vision du crime.

— À moins qu'il ait découvert quelque chose que quelqu'un d'autre essayait de cacher… et qu'il l'ait payé de sa vie.

Jordana regarda son frère avec attention.

— Pourquoi ? À quoi penses-tu ?

Brooks n'aimait pas proposer des théories encore mal ficelées. Il préférait les travailler un peu d'abord.

— Je ne pense à rien de précis pour le moment. Mais son corps semble en très bon état pour quelqu'un qui est mort il y a vingt-cinq ans. Il devrait donc être facile de relever ses empreintes digitales.

— J'y ai évidemment pensé mais, si elles ne sont pas répertoriées dans nos bases de données, elles ne nous aideront pas à l'identifier, fit-elle remarquer. Il y a vingt-cinq ans, très peu de personnes étaient fichées avec leurs empreintes digitales. Bien sûr, il en est tout autrement aujourd'hui.

Brooks ne croyait pas aux coïncidences et l'histoire que Gwen lui avait racontée au sujet de l'enquêteur privé que sa grand-mère avait engagé et qui avait fini par disparaître dans la nature le troublait. Il avait presque l'impression que le destin lui envoyait un signe de la main et lui désignait la voie à suivre.

Peut-être avait-il tort. Il pouvait se tromper. Mais cette petite voix dans sa tête l'induisait rarement en erreur.

— C'est vrai, mais les fichiers de criminels ne sont pas les seuls à ta disposition, dit-il. Il y a d'autres bases de données contenant des empreintes digitales accessibles.

— Lesquelles, par exemple ? demanda sa sœur en fronçant les sourcils.

— Les fichiers recensant toutes les personnes ayant intégré les forces armées.

Brooks s'interrompit un instant avant d'ajouter :

— Ou encore le registre des détectives privés agréés.

Cette dernière pensée n'était évidemment pas venue à l'esprit de sa sœur.

— Tu penses que ce type aurait pu être détective privé ?

— Il n'y a qu'une seule façon d'en avoir le cœur net, lui dit-il.

Jordana le regarda un long moment. Ses yeux se rétrécirent.

— Tu sais quelque chose, n'est-ce pas ?

— Je sais beaucoup de choses, répondit Brooks sans se compromettre. Certaines d'entre elles se révèlent pertinentes, d'autres non.

De plus en plus impatiente, Jordana grommela.

— Je déteste quand tu joues avec mes nerfs.

— Je ne joue pas, sœurette. J'ai un pressentiment mais mes intuitions ne se confirment pas toujours. Alors, à ce stade, je préfère ne pas trop t'en dire.

— Mouille-toi, prends le risque, ordonna-t-elle.

Elle s'apprêtait à ajouter quelque chose quand elle repéra un visage familier qui se dirigeait vers eux. Et, consciente du danger qui s'approchait, elle chuchota à son frère :

— Peut-être aurais-tu intérêt à te faire discret, Brooks. Je vois le capitaine Hastings qui vient vers nous et tu sais ce qu'il pense des détectives privés qui se mêlent des enquêtes de police.

— Je ne me suis pas imposé sur les lieux du crime, lui rappela Brooks. J'étais invité.

L'ancien capitaine avait permis cette collaboration. Hastings, qui l'avait remplacé, n'avait pas encore défini sa politique vis-à-vis des détectives privés comme Jordana l'avait signalé à son frère.

— Et si tu veux être invité à nouveau, dit-elle à Brooks, je te conseille de t'en aller maintenant.

— Je file, dit-il d'un ton accommodant. Mais n'oublie pas d'entrer les empreintes de cet individu dans les registres des détectives privés de cette période… pour voir si tu trouves une correspondance.

Jordana hocha la tête. Elle avait une dernière question pour lui avant qu'il ne parte.

— As-tu un détective particulier en tête ?

Amusé, Brooks sourit.

— Tu veux que je fasse tout le travail pour toi, c'est ça ?

— As-tu envie que je t'appelle à l'avenir sur d'autres enquêtes ou pas ? répliqua-t-elle.

— Touché.

Le capitaine les avait presque rejoints maintenant. Brooks comprit qu'il était temps pour lui de s'en aller.

— Essaie Felton Crane.

Le nom ne signifiait absolument rien pour elle.

— Felton Crane, répéta Jordana. Qui est-ce ?

— Très probablement l'individu qui a eu la malchance d'être enveloppé dans de la cellophane et enfermé dans un mur de sous-sol, répondit Brooks avant de s'éloigner à grands pas.

L'instant d'après, le capitaine Hastings arrivait à la hauteur de Jordanna. Il fronçait les sourcils.

— Inspectrice Colton, est-ce votre frère que je viens de voir quitter la scène de crime ? demanda-t-il.

L'aversion de son supérieur pour les détectives privés n'était pas une révélation pour Jordana.

Sachant qu'il était inutile de mentir, elle n'essaya même pas de le faire.

— Oui, monsieur.

— Que faisait-il ici ? insista le capitaine.

Jordana chercha une excuse crédible mais, rien ne lui venant à l'esprit, elle saisit la première idée qui la traversa.

— Il était passé me dire qu'il partait en vacances la semaine prochaine.

L'expression sur le visage du capitaine trahissait son scepticisme.

— Et pourquoi ?

— Pourquoi il aimerait partir en vacances ? demanda innocemment Jordana.

— Non, gronda son supérieur. Pourquoi viendrait-il vous en avertir ?

— Pour que je le sache, voilà tout. Nous sommes tous très proches dans ma famille, monsieur.

Et puis une idée lui vint.

— Mais il avait une suggestion intéressante, ajouta-t-elle, pensant servir la cause de son frère.

— Et laquelle ?

— Il a dit que si les empreintes de notre victime ne se trouvaient pas dans la base de données criminelles de cette période, nous pourrions peut-être essayer de chercher une correspondance dans le registre des détectives privés.

— Parce qu'ils mettent toujours leur nez là où ils n'ont rien à faire ? devina le capitaine.

Pourtant son air renfrogné s'envola alors qu'il regardait Jordana.

— Pour une fois, votre frère a peut-être eu une bonne idée. S'il s'avère que les empreintes de notre victime ne figurent pas dans les bases de données habituelles, tentez cette piste.

— Bien, monsieur, répondit Jordana, faisant de son mieux pour dissimuler son sourire.

4

La coïncidence semblait trop énorme à Brooks pour être le fruit du hasard.

La police découvrait un cadavre emmuré vingt-cinq ans plus tôt dans le sous-sol d'un bâtiment, et lui cherchait quelqu'un qui avait disparu de la circulation il y a vingt-cinq ans.

S'il avait tué quelqu'un et voulu se débarrasser du corps dans l'espoir qu'il ne soit jamais retrouvé, le dissimuler dans les murs d'un immeuble en construction lui aurait sans doute paru la meilleure des cachettes.

Cela signifiait que le tueur, ou un complice du tueur si plusieurs personnes avaient perpétré le meurtre, avait sans doute été lié à l'époque à la société familiale. Ou, en tout cas, avec le secteur du bâtiment.

L'entreprise de son père avait construit l'entrepôt d'origine qui venait d'être démoli. D'une manière ou d'une autre, la Colton Construction Company était donc impliquée dans les deux affaires.

Et à présent Jordana était chargée d'identifier le corps, de démasquer celui qui avait tué la victime et de comprendre pourquoi.

Le monde n'était pas petit, il était minuscule, s'émerveilla Brooks.

En tout cas, Hastings rôdant sur la scène du crime,

il comprit qu'il n'y était pas le bienvenu. S'il tentait de s'approcher du cadavre ou du mur qui avait été son tombeau, il serait sans doute prié de repartir sur-le-champ.

Cela ne signifiait pas qu'il ne pouvait pas enquêter. Jordana n'était pas la seule Colton dans la police. Leur plus jeune sœur, Yvette, était technicienne de laboratoire et faisait partie de l'équipe de police scientifique et technique. Hastings avait indiqué que Brooks n'avait rien à faire sur les lieux d'un crime mais il ne lui avait pas interdit de s'entretenir avec l'une des personnes chargées d'examiner le cadavre.

Voilà pourquoi Brooks se rendit au poste de police de Braxville. Une fois dans le bâtiment, il descendit directement au laboratoire criminel d'investigation, situé au sous-sol.

Comme d'habitude, la porte d'Yvette était ouverte. Mais il frappa pour qu'elle ne puisse pas l'accuser de l'avoir surprise.

— Bonjour, lança-t-il à sa sœur. Je dérange ? Puis-je entrer ?

Elle avait coiffé ses longs cheveux auburn en un gros chignon juché sur le haut de sa tête. Une armée d'épingles s'assurait qu'aucune mèche ne puisse se détacher et contaminer accidentellement ce qu'elle examinait.

Surprise par l'arrivée impromptue de quelqu'un dans son univers, Yvette jeta un coup d'œil derrière elle pour vérifier l'identité de son visiteur.

— Brooks. Que fais-tu ici ?

Elle aurait dû s'en douter. Son frère avait le chic pour surgir quand on s'y attendait le moins.

— Eh bien, j'avais envie de dire bonjour à ma petite sœur, sans doute parce qu'elle est dotée d'une rare intelligence, répondit-il d'un ton désinvolte. Et d'une beauté insolente.

Les yeux d'Yvette se rétrécirent et un petit sourire apparut sur ses lèvres. Elle n'était pas dupe de ses compliments.

— D'accord. Et en vrai ?

Il décida de cesser de tourner autour du pot.

— J'ai entendu dire que tu avais été chargée d'un intéressant dossier.

Il leva la main pour arrêter l'assaut de questions qu'il sentait venir.

— Jordana m'en a parlé et m'a prié de venir y jeter un œil. Il semble que lorsque les ouvriers de Colton Construction ont démoli un vieil entrepôt datant d'il y a vingt-cinq ans, ils ont trouvé quelque chose qui n'était pas censé faire partie de la structure d'origine.

— Un cadavre, oui, je sais, dit-elle. Mais cela n'explique toujours pas ta présence ici. De plus, si Jordana t'a appelé sur les lieux, pourquoi n'es-tu pas là-bas avec elle ?

— Parce que son nouveau supérieur hiérarchique supporte mal la présence de civils sur une scène de crime, expliqua Brooks. Pour lui, il s'agit forcément de gêneurs, d'empêcheurs de tourner en rond qui interdisent aux véritables inspecteurs de police de mener correctement leurs investigations…

Yvette prit quelques notes sur ce qu'elle venait de faire avant de reporter son attention sur son frère.

— D'accord. Alors que me veux-tu ?

— Je n'ai pas le droit d'avoir simplement envie de voir ma petite sœur ? protesta-t-il d'un air innocent.

— Si, bien sûr, mais c'est peu probable, répondit Yvette. Alors cesse d'essayer de m'embobiner et dis-moi ce que tu attends de moi. D'accord ?

Brooks sourit.

— Tu es vraiment d'une intelligence supérieure.

— Et voilà pourquoi j'ai été embauchée, répondit-elle

sur le ton de la plaisanterie. Maintenant, vas-tu répondre à ma question ou dois-je demander à l'un des vigiles de t'escorter jusqu'à la sortie ?

— Si jeune et déjà si cassante, dit-il, feignant de se lamenter.

Puis, changeant de ton, il redevint sérieux.

— Le médecin légiste t'a déjà appelée pour te demander de prendre les empreintes digitales de notre mystérieux cadavre ?

— D'après ce que j'ai compris, ils n'ont pas fini de le déballer.

Elle secoua la tête. Elle n'occupait ce poste que depuis peu et était encore surprise par les cas sur lesquels elle devait travailler.

— Pourquoi es-tu tellement intéressé par cette histoire ?

— Ma vie tourne autour des mystères, répondit Brooks avec légèreté. Si tu n'obtiens pas de correspondance dans les bases de données criminelles, regarde si tu peux en trouver une avec les empreintes qui figurent dans le registre de détectives privés agréés de l'époque.

Son idée la surprit.

— C'est assez précis, commenta Yvette en lui lançant un regard pénétrant. Pourquoi cette suggestion ?

Il ne voulait pas en dire trop, pas à ce stade.

— Appelle ça une intuition qui peut ou non se confirmer.

Yvette, qui n'avait pas de temps à perdre en devinettes, préféra laisser tomber.

— D'accord, Sherlock, dit-elle. Si je parviens à relever les empreintes de la victime et si elles sont de qualité suffisante pour être exploitables, je les introduirai dans les fichiers et te dirai ce que j'ai trouvé.

Elle fronça les sourcils.

— Et maintenant, excuse-moi, mais j'ai du travail, ajouta-t-elle. Alors rends-moi service et va-t'en.

— Bien, madame, répondit-il comme s'il était son humble serviteur et qu'elle était en position d'autorité sur lui. Je te laisse travailler.

— Parfait, répondit Yvette déjà reconcentrée sur la tâche à accomplir.

En sortant du laboratoire criminel, Brooks pensa appeler Gwen pour lui annoncer qu'il acceptait de s'occuper de son affaire.

Mais d'abord il voulait voir s'il pouvait découvrir quelque chose sur le détective privé que sa grand-mère avait engagé.

Son nom, Felton Crane, ne lui disait rien, mais il connaissait quelqu'un susceptible de lui livrer des informations utiles sur cet individu. À savoir Richard Stanhope, son ancien mentor. Autrefois, Stanhope l'avait pris sous son aile pour lui apprendre les ficelles du métier. Grâce à lui, Brooks avait compris en quoi consistait le travail d'un détective privé.

D'après la rumeur publique, Stanhope était maintenant à la retraite. Dans le cas de Richard Stanhope, le mot « retraite » n'avait aucun sens à moins d'être à l'article de la mort. Sa vie durant, il avait été trop passionné par ses enquêtes pour y renoncer de son plein gré.

Brooks avait également entendu dire que, pour lutter contre l'ennui, Stanhope travaillait comme homme à tout faire chez son cousin qui tenait un bar. L'établissement brassait du monde et semblait beaucoup plus animé la nuit qu'à la lumière du jour…

Brooks trouva son ancien mentor en train de balayer la salle avant le service du soir. Grand et costaud, il lui parut en forme. Le visage de Richard Stanhope s'illumina quand il vit Brooks entrer dans le bar.

Posant son balai contre le mur, Stanhope se dirigea vers son ancien élève, un grand sourire aux lèvres.

— Quelle bonne surprise ! Comment vas-tu, Colton ? demanda-t-il avec chaleur.

— Je survis, répondit Brooks sans démonstration excessive.

— Aimerais-tu prendre un verre ? Offert par la maison, cela va sans dire, ajouta-t-il.

— Pas maintenant, merci. Je vais prendre le volant en sortant. Mais j'aimerais vous poser une question, répondit Brooks.

— Vas-y. J'y répondrai si je peux, dit Stanhope.

Il désigna une table à Brooks et s'assit en face de lui.

Brooks s'éclaircit la gorge :

— Quand vous travailliez encore sur des enquêtes, commença-t-il.

— Oh ! il s'agit d'un voyage dans le passé, si je comprends bien. Je t'écoutc.

— Avez-vous déjà rencontré un détective privé du nom de Felton Crane ?

— Crane, répéta Stanhope en hochant la tête. Voilà un bon moment que je n'ai plus entendu parler de lui.

— Alors, vous l'avez connu ? demanda Brooks, heureux d'avoir eu l'idée de venir.

Stanhope leva la main, comme s'il ne voulait pas que son ancien élève s'enthousiasme trop vite.

— Connu est un grand mot. Crane était un solitaire. Il aimait travailler seul. Cela dit, il était bon dans son domaine.

Stanhope avait toujours été honnête. Il était capable de reconnaître les qualités professionnelles d'un confrère. Noircir les réputations dans l'espoir d'embellir la sienne n'avait jamais été sa façon de fonctionner et Brooks en était bien conscient.

— Il travaillait toujours sur une enquête à la fois. Il menait ses investigations avec sérieux. Ses clients en avaient vraiment pour leur argent.

— Savez-vous où je pourrais le trouver ? s'enquit Brooks plein d'espoir. J'aimerais l'interroger sur l'un de ses anciens dossiers qui m'est tombé dessus au cours des dernières vingt-quatre heures.

Stanhope secoua la tête, l'air sincèrement désolé.

— Je n'ai aucune idée de ce qu'il fait actuellement, avoua-t-il. Voilà des lustres qu'il a disparu de la scène. En tout cas, à ma connaissance, il ne travaille plus comme détective privé depuis un paquet d'années.

— Vous dites « un paquet d'années » mais avez-vous une idée du nombre d'années écoulées depuis qu'il s'est évaporé dans la nature ? insista Brooks, essayant d'obtenir autant d'informations que possible.

Stanhope poussa un gros soupir.

— Oui, j'en ai une idée assez précise. C'était il y a environ vingt-cinq ans, peut-être vingt-six. Je m'en souviens parce que Ginny, mon épouse, m'avait quitté à la même époque. Elle ne pouvait plus supporter mes horaires « peu orthodoxes ». En vérité, elle était surtout convaincue que je fréquentais d'autres femmes…

Brooks observa son ancien mentor

— Et avait-elle raison ? Était-ce le cas ?

Stanhope se contenta de sourire.

— Un gentleman ne répond jamais à ce genre de questions. Rien d'autre ? demanda-t-il avant de se lever pour reprendre son balai.

— Non, mais si quelque chose vous vient à l'esprit,

appelez-moi, lui dit Brooks en lui tendant une de ses cartes de visite.

Stanhope considéra le carré de bristol mais, au lieu de la prendre, il secoua la tête.

— Tu me l'as déjà donnée, dit-il.

Pour le lui prouver, Stanhope sortit son portefeuille et lui montra une série de cartes de visite.

Brooks comprit que l'ancien détective privé n'avait jamais rien jeté du contenu de son portefeuille.

Une idée le traversa soudain.

— La carte de visite de Crane fait-elle partie de votre collection ?

Stanhope sourit et commença à feuilleter la série de cartes jusqu'à ce qu'il réussisse à localiser celle de Crane. Il s'en empara.

— Bien sûr, mais pourquoi la veux-tu ? Il a dû changer d'adresse. Il a disparu de la circulation depuis plus de vingt ans !

— C'est vrai, répondit Brooks, prenant avec précaution le carré de bristol à l'aide d'un mouchoir. Mais, avec un peu de chance, ses empreintes digitales, elles, sont toujours là.

— D'accord, fit Stanhope en attendant que Brooks lui fournisse davantage d'explications.

Mais Brooks n'était pas disposé à lui en donner à ce stade.

— Merci, dit-il en rangeant soigneusement la carte de visite de Crane.

Stanhope parut frustré.

— Tu reviendras me voir si tu découvres quelque chose, dit-il à Brooks alors que ce dernier commençait à sortir du bar.

Curieux de savoir si Stanhope avait quelque chose de précis en tête – il pouvait être incroyablement discret quand il le voulait – Brooks demanda :

— Sur quoi ?

— Sur n'importe quoi, répondit l'ancien détective privé. Je m'ennuie, j'en ai assez de m'encroûter ici.

— D'accord, promit Brooks en quittant finalement l'établissement.

Il décida de retourner voir Yvette avec le carton de bristol qu'il venait d'obtenir de Stanhope. S'il y avait des empreintes exploitables sur la carte de visite de Crane, elles pourraient être utiles pour avancer dans l'enquête.

— Deux fois en une seule journée ! Que se passe-t-il ? lança Yvette.

— Je t'adore, que veux-tu !

Brooks sourit à sa sœur et, redevenant sérieux, sortit la carte de visite et la posa, toujours dans son mouchoir, sur son plan de travail, devant elle.

— J'ai quelque chose pour toi.

— Qu'est-ce que c'est ? demanda-t-elle en désignant le carré de bristol.

— Quelque chose qui pourrait bien t'aider à identifier l'individu sous cellophane, répondit son frère.

— Peux-tu préciser, s'il te plaît ? demanda Yvette.

— Voici la carte de visite de Felton Crane, sur laquelle tu trouveras peut-être ses empreintes digitales. Comme je te l'ai dit, j'ai l'intuition qu'elles correspondent à celles du corps qui vient d'être admis à la morgue.

Yvette soupira.

— Je ne te demande pas d'où tu sors cette carte, lui dit-elle.

— C'est compliqué à expliquer mais je ne l'ai pas volée, si c'est la question, répondit-il.

Yvette glissa la carte de visite de Felton Crane dans

une petite pochette en plastique, la scella et, après l'avoir étiquetée, la mit de côté.

— Tant mieux.

— Appelle-moi si tu trouves une correspondance, déclara Brooks.

Yvette hocha la tête.

— J'avais compris.

Lorsque Brooks rentra chez lui, la nuit tombait. Sans doute était-il trop tard pour téléphoner à Gwen. Ils n'avaient certainement pas le genre de relations qui l'autorisait à l'appeler à toute heure du jour ou de la nuit. Et il ne voulait pas qu'elle le juge intrusif, même s'il voulait la joindre pour des raisons parfaitement honorables.

Finalement, il renonça à lui téléphoner, se disant qu'il tenterait plutôt sa chance le lendemain matin. Comme elle était institutrice, elle avait certainement l'habitude de se lever aux aurores, de sorte que ce serait un bon moment pour la contacter.

Il était debout à 6 heures, fixant son téléphone.

La veille au soir, il avait eu peur qu'en appelant Gwen à une heure trop tardive, elle perçoive ce coup de fil comme du harcèlement. Ce matin, il craignait qu'elle pense qu'il l'avait oubliée ou du moins qu'il avait oublié son affaire.

Peut-être aurait-il dû essayer de lui téléphoner la veille.

Sa propre réaction le surprenait. Il réfléchissait beaucoup trop à la situation. Jusqu'alors, il n'avait jamais été en proie aux affres du doute comme à présent.

En général, quand il y avait quelque chose à faire, il le faisait sans se poser de questions. Par exemple, quand il avait décidé de trouver Gwen et de l'avertir à propos de Shelton, il n'avait pas hésité.

Merde, Colton, reprends-toi, s'ordonna-t-il. *Ce n'est qu'une enquête.*

Il composa le numéro de Gwen sur son smartphone, l'écouta sonner à l'autre bout du fil. Cinq sonneries plus tard, une annonce d'accueil le pria de laisser un message.

Recouvrant ses esprits, il commença à parler.

— Bonjour, Gwen, ici Brooks Colton. J'avais dit que je vous rappellerais et me voilà.

Quel message nul, pensa-t-il.

— J'accepte de m'occuper de votre affaire si vous souhaitez toujours que j'enquête sur la disparition de votre mère. Vous avez ma carte de visite avec mon numéro, mais au cas où vous l'auriez égarée, je vous le redonne. Appelez-moi quand vous en aurez l'occasion et nous en discuterons plus en détail, lui dit-il.

Il mit fin à l'appel, remit son téléphone dans sa poche et décida de prendre une douche rapide avant de se confectionner un petit déjeuner.

Brooks entrait dans sa salle de bains lorsque la sonnerie de son smartphone retentit.

5

Jetant un coup d'œil à l'écran, il s'aperçut que son correspondant était désigné comme « inconnu ».

Il hésita à basculer l'appel sur sa messagerie vocale mais, vu la folie des événements ces derniers temps, il préféra répondre.

— Colton Investigations, bonjour.

— Monsieur Colton ? Gwen Harrison à l'appareil. Je vous rappelle. Alors ? Êtes-vous d'accord pour vous charger de mon dossier ? ajouta-t-elle d'un ton presque impatient.

— Oui, mais pourquoi êtes-vous en numéro masqué ? s'enquit-il. J'avais enregistré vos coordonnées dans mes contacts hier.

— J'ai pensé qu'il était plus sûr pour moi d'utiliser un téléphone prépayé, répondit-elle. Comme Daniel a essayé de vous engager pour me surveiller, peut-être a-t-il demandé à quelqu'un de pirater mon téléphone et de l'utiliser pour me localiser et m'espionner à distance.

Brooks ne sut quoi répondre. Sans doute avait-elle raison de se méfier, même s'il se reprochait de l'avoir inquiétée.

— Je ne connais pas grand-chose en matière de high-tech, poursuivit-elle, et j'ai peut-être trop d'imagination mais, comme ma grand-mère le dit toujours, « Mieux vaut prévenir que guérir. »

— Votre grand-mère me semble dotée d'une grande

sagesse, dit-il, devinant que Gwen avait besoin de son approbation.

— En effet. Elle a d'ailleurs de multiples qualités. Elle est généreuse, dévouée, attentionnée... Je l'aime beaucoup. Et voilà pourquoi je voudrais lui apporter des réponses à propos de ce qu'il est arrivé à ma mère. Acceptez-vous de vous occuper de l'affaire ?

— Absolument. Et j'ai peut-être des informations pour vous sur ce détective privé que votre grand-mère avait embauché.

— Vous l'avez retrouvé ? s'exclama-t-elle d'un ton admiratif.

Elle avait l'air tellement épatée que Brooks s'en voulut de la décevoir.

— Non, mais j'ai bien avancé sur le sujet. Je vous en dirai davantage quand je vous verrai, promit-il. Quand auriez-vous un peu de temps ?

— Eh bien, je dois me rendre à l'école pour une réunion concernant l'année scolaire à venir. En principe, elle se terminera à 13 heures. Seriez-vous d'accord pour me retrouver ensuite chez moi ? lui demanda-t-elle.

Il avait donc la matinée libre pour poursuivre ses investigations, conclut-il. Il aurait donc le temps d'interroger Yvette pour voir si le processus d'identification du corps découvert dans le mur du sous-sol progressait.

— Parfait, répondit-il. J'y serai. Et si vous craignez que Shelton vous harcèle, je peux organiser votre protection, proposa Brooks.

— En engageant un garde du corps, par exemple ?

— Non, en fait, je parlais de moi. Si cela vous rassure, je suis prêt à camper devant votre appartement.

Elle hésita. D'un côté, elle était tentée. Si Brooks veillait physiquement sur elle, elle se sentirait plus en sécurité.

D'un autre côté, elle ne voulait pas passer pour une petite chose fragile qui avait peur de tout. D'autant que, jusqu'à ce que ce Daniel devienne si bizarre, elle s'était toujours considérée comme une femme indépendante. Sa grand-mère s'était fait un devoir de l'élever ainsi.

Partagée, elle finit par dire à Brooks :

— Laissez-moi y réfléchir un jour ou deux, d'accord ?

— Bien sûr. C'est à vous de décider. Et soyez bien consciente qu'il n'y a aucune honte à prendre des précautions, dit-il, devinant que Gwen craignait d'apparaître vulnérable en acceptant son aide.

Peut-être se demandait-elle aussi si elle avait les moyens de s'offrir les services d'un garde du corps. Comme c'était lui qui avait suggéré de s'impliquer au quotidien, elle n'aurait pas à payer de supplément. Cela faisait partie du contrat.

L'affaire l'intriguait, il avait très envie d'enquêter.

— Faire preuve de prudence est une marque d'intelligence, ajouta-t-il.

Gwen n'émit pas de commentaire. Au lieu de quoi, elle poursuivit :

— Je dois y aller. Je vous retrouve chez moi peu après 13 heures.

— Parfait, à tout à l'heure.

Brooks s'apprêtait à lui dire qu'il prenait l'affaire gratuitement, mais elle avait déjà raccroché.

Il se précipita alors dans la salle de bains, se donnant un quart d'heure pour se doucher, se raser et s'habiller. Puisqu'il ne retrouverait sa nouvelle cliente que vers 13 heures, il voulait en profiter pour avancer sur plusieurs points

La veille, Gwen ne lui avait pas paru aussi nerveuse. Pourtant, il venait alors de lui annoncer que Shelton avait tenté de l'engager pour l'espionner. Il se demanda s'il s'était passé quelque chose entre la dernière fois qu'il l'avait vue et ce matin.

Peut-être avait-elle eu le temps de réfléchir et de mesurer pleinement ce que signifiait d'être harcelée, traquée, par quelqu'un, et voilà peut-être ce qui l'effrayait.

Eh bien, elle ne serait pas la première, pensa Brooks.

Il avait l'intention de tout faire pour la rassurer.

Prêt à partir dans les délais qu'il s'était lui-même fixés, il se rendit dans son Starbucks préféré. Il y commanda un copieux petit déjeuner pour lui et pour Yvette. Pour parvenir plus vite à ses fins, il était capable d'user de corruption et il savait que sa plus jeune sœur était toujours beaucoup plus accessible avec l'estomac plein.

Il se mit en route pour le poste de police de Braxville et, moins de vingt minutes plus tard, il se gara à proximité.

Il salua d'un signe de tête quelques policiers qu'il connaissait. Puis il se rendit au sous-sol.

Comme il s'y attendait, Yvette était déjà au travail.

— Première arrivée, dernière partie, lança-t-il, en guise de salutation en entrant dans le laboratoire.

Brooks posa sur son bureau le sac qui contenait le petit déjeuner royal qu'il avait acheté pour elle.

Comme il en sortait le grand gobelet de *latte* et les viennoiseries, Yvette le regarda faire mais n'esquissa pas le moindre geste pour s'en emparer, même si l'arôme était extrêmement alléchant.

Au lieu de quoi, elle leva les yeux vers son frère d'un air interrogateur

— Que fais-tu ici, Brooks ? demanda-t-elle.

— J'ai eu envie de t'apporter un peu de carburant avant que tu ne tombes d'épuisement, lui répondit-il joyeusement.

Yvette fronça les sourcils. Embauchée depuis peu, elle

travaillait beaucoup pour satisfaire ses supérieurs et trouver sa place au sein du laboratoire criminel.

— Je vais très bien et ne suis pas sur le point de tomber d'épuisement, répondit-elle froidement.

Elle ouvrit le sac en papier et, cessant de résister, saisit un bagel qu'elle croqua avec gourmandise.

— Mais merci, ajouta-t-elle. Tu t'es souvenu de mes goûts.

— Ce n'était pas un exploit, répliqua Brooks. Je te rappelle que j'ai grandi avec toi et que nous nous sommes souvent retrouvés à la table du petit déjeuner. Alors, régale-toi, ajouta-t-il.

— J'en ai bien l'intention, répondit-elle en se jetant sur ce qu'il lui avait apporté.

Brooks se mit à rire.

— Quelle chance tu as, Yvette. Tu peux t'empiffrer de viennoiseries sans jamais prendre un gramme, s'exclama-t-il, émerveillé. Comment fais-tu ? Quel est ton secret ?

— Je mène une vie saine, répondit-elle avec sérieux.

Brooks haussa les épaules.

— Si tu le dis… Bon, eh bien, je te laisse et à plus tard…

Yvette ouvrit de grands yeux, surprise que son frère s'en aille ainsi, sans l'interroger sur les analyses qu'elle avait effectuées. Surtout après lui avoir apporté un tel petit déjeuner. Elle avait cru qu'il avait ainsi cherché à la soudoyer pour lui tirer les vers du nez et obtenir des informations réservées en principe exclusivement à la police.

Au moment où Brooks atteignait la porte, elle lui lança :

— Tu ne me demandes pas ?

Se retournant, Brooks la regarda d'un air innocent.

Brooks se félicita secrètement d'avoir bien joué ses cartes.

— Si tu avais quelque chose à dire, tu me le dirais. Je ne veux pas te harceler.

Frustrée, Yvette soupira. Elle était tombée dans le piège de son frère.

Une fois de plus.

— J'ai découvert quelque chose, reconnut-elle.

Brooks revint rapidement sur ses pas, un grand sourire aux lèvres.

— Dis-moi, l'encouragea-t-il.

— D'accord, mais réponds d'abord à une question pour moi.

— Si je peux, promit-il, redevenu sérieux.

Il attendit qu'elle formule la question, quasi certain qu'il la connaissait déjà.

— Comment savais-tu le nom de la victime ? demanda Yvette.

— Alors, c'était bien lui ?

Comme il y avait une petite chance que le corps soit celui de quelqu'un d'autre, il n'avait pas voulu se réjouir trop vite.

— Ne fais pas l'innocent, Brooks. Je te connais par cœur. Dis-moi plutôt comment tu savais qui était notre mystérieux cadavre ?

— Je ne le savais pas, lui dit-il. Il s'agissait d'une intuition.

— Tu es trop fort, fit-elle avec scepticisme. J'ignorais que tu étais médium.

— Je ne suis pas médium. J'ai eu de la chance, voilà tout.

— Avec une telle baraka, tu devrais aller à Las Vegas

et jouer dans tous les casinos de la ville. Tu reviendrais milliardaire.

Il lui sourit.

— Mes intuitions ne fonctionnent que pour les enquêtes criminelles. Mais donc tu es sûre d'avoir identifié l'homme emballé dans cette bâche en plastique ? insista-t-il.

— En m'apportant la carte de visite avec ses empreintes digitales, tu m'as bien facilité la tâche. Elle portait également celles d'un certain Richard Stanhope, répondit Yvette en jetant un coup d'œil au papier où elle avait griffonné le nom. Les deux séries d'empreintes se trouvaient sur la base de données recensant les détectives privés agréés. Ce Richard Stanhope est-il l'un de tes amis ? ajouta-t-elle en regardant de nouveau son frère.

Brooks hocha la tête. Quand il avait commencé sa carrière de détective privé, il n'avait jamais parlé de Richard Stanhope à ses proches pour ne pas les inquiéter.

— Rick et moi sommes de vieux amis, oui. Et as-tu une idée de l'heure de la mort de Crane ? ajouta-t-il, revenant à son sujet.

— Quoi ? Tu espères l'heure et la date exactes ? s'écria Yvette incrédule.

— Es-tu en mesure de me les donner ?

— Non, certainement pas, répondit-elle d'un ton catégorique. En revanche, j'ai réussi à estimer que sa mort remontait à environ vingt-cinq ans, je ne peux pas faire mieux. Et pour obtenir cette approximation, je ne me suis pas basée sur la décomposition du cadavre. Elle a été faussée. Elle s'est déroulée de façon beaucoup plus lente que ne le veut le processus normal parce que le corps était emballé sous cellophane.

— Alors, comment l'as-tu obtenue ? demanda Brooks.

— En fait, je me suis basée sur l'état du ciment qui entourait la pellicule plastique, répondit-elle.

— Génial, dit-il en embrassant sa sœur sur la joue. Je te dois un dîner, Yvette.

Elle fronça les sourcils, pensant sans doute à tout le travail qu'elle avait mis en attente pour traiter rapidement les empreintes du cadavre lorsque Brooks lui avait apporté cette carte de visite.

— Non, Brooks, tu dois me promettre que je serai la marraine de ton premier-né.

— Tu risques d'attendre longtemps, répliqua-t-il en riant. Un dîner me semble plus sûr…

Brooks ne cessait de répéter qu'il ne se marierait jamais. Mais Yvette était certaine du contraire.

— Un jour, une femme jettera son dévolu sur toi, lui dit-elle. Tu tomberas dans ses filets avant d'avoir compris ce qui t'arrive.

— Un jour peut-être, répéta-t-il. Mais ce n'est pas demain la veille !

— Maintenant, sors d'ici et laisse-moi travailler.

— Bien sûr, lui dit-il avec un clin d'œil.

Mais quelque chose lui vint soudain à l'esprit.

— Puis-je dire à Jordana que tu as découvert l'identité du gars dans le mur ?

— Pourquoi t'attribuerais-tu cet honneur ? demanda Yvette.

— Parce que son nouveau supérieur a une image très négative des détectives privés.

— Et alors ? En quoi cette information va-t-elle te grandir à ses yeux ?

— Il mesurera alors l'utilité d'un détective privé pour faire avancer une enquête et, à l'avenir, il se montrera peut-être un peu plus respectueux envers moi…

— Peut-être, reconnut Yvette. Alors, d'accord, annonce la grande nouvelle à Jordana. Bonne chance.

Puis, d'un geste, elle le chassa.

Brooks regarda Yvette par-dessus son épaule et lui fit un clin d'œil juste avant de partir.

Il remonta au rez-de-chaussée du poste de police et y trouva sans difficulté Jordana. Elle était dans la grande salle commune avec son équipe.

Sa sœur aînée ne le vit pas tout de suite. Quand elle remarqua enfin sa présence, la satisfaction peinte sur le visage de son frère la surprit.

— Je m'apprêtais à te dire que j'étais occupée et que je n'avais pas le temps de discuter, dit-elle. Mais je connais cette expression. Celle du chat qui a croqué le canari.

— C'est vrai… Et sais-tu pourquoi j'ai cet air réjoui ? Parce que j'avais raison !

— À propos de quoi ?

— À propos de l'identité de l'homme que tes gars ont sorti du mur du sous-sol, répondit-il.

— Tu plaisantes ! s'exclama t-elle, émerveillée. C'était bien ce Crane ?

— Eh oui. Je reviens du laboratoire criminel. Yvette me l'a confirmé. J'ai pensé que tu serais contente de l'annoncer à ton supérieur… et de lui glisser au passage que les détectives privés sont parfois utiles.

— Oh ! je n'y manquerai pas, dit-elle, heureuse d'être celle qui assènerait la nouvelle à Hastings. As-tu autre chose pour moi ? demanda-t-elle.

Pour le moment, il décida de garder pour lui les détails de sa nouvelle affaire.

— Pas dans l'immédiat, Jordy.

— Je te l'ai dit, ne m'appelle pas « Jordy ».

Mais Brooks se contenta de sourire en se retournant pour partir.

— Je te laisse, sœurette.

— Fais attention à toi, Brooks, lui lança Jordana.

— Je le fais toujours, répondit-il par-dessus son épaule.

— Malheureusement, non.

Mais Brooks était déjà parti.

6

Depuis le début de la matinée, Gwen avait l'impression que quelqu'un la suivait.

Sans doute était-elle paranoïaque : personne ne s'intéressait à elle, mais chaque fois qu'elle jetait un coup d'œil derrière elle ou se retournait brusquement, elle aurait juré qu'elle voyait quelqu'un se détourner.

Tu as trop d'imagination, Gwen, se reprocha-t-elle.

Cette nervosité ne lui ressemblait pas. En temps normal, elle ne se nourrissait pas du genre angoissé.

Peut-être subissait-elle le contrecoup des derniers événements. Après tout, en très peu de temps, elle avait déménagé, changé de ville, d'emploi. Et, cerise sur le gâteau, un homme avec qui elle était vaguement sortie à une époque refusait leur rupture et faisait pression sur elle pour tenter de la faire revenir à lui.

Manifestement, elle se trompait sur le caractère des gens. Et elle se demandait comment s'améliorer dans ce domaine. Si elle n'y parvenait pas, elle serait condamnée à répéter son erreur sa vie durant…

En attendant, par prudence, elle décida de prendre un chemin détourné pour rentrer chez elle. Et lorsqu'elle quitta l'école et prit le volant, à la fin de sa réunion, elle garda un œil sur son rétroviseur pour s'assurer que personne ne l'avait prise en filature.

Pour ne pas risquer d'être localisée, elle avait éteint son propre smartphone avant de partir de chez elle, ce matin. Elle avait également coupé le téléphone portable prépayé qu'elle avait utilisé pour rappeler Brooks en début de matinée. Désormais, aucun des deux appareils n'émettait plus le moindre signal.

Pourtant, elle craignait qu'il y ait encore un moyen auquel elle n'avait pas pensé et qui permettrait à quelqu'un de la suivre.

Elle avait donné rendez-vous à Brooks vers 13 heures, mais quand elle arriva chez elle il était près de 13 h 30.

Alors qu'elle s'approchait de l'immeuble, elle aperçut Brooks devant sa porte. Sans doute patientait-il ainsi depuis un bon moment déjà.

Elle se précipita vers lui et se confondit en excuses.

— Pardonnez-moi. Je suis vraiment désolée de vous avoir fait attendre.

Il n'avait pas l'air contrarié mais peut-être était-il simplement bien élevé.

— Je commençais à me demander si je ne m'étais pas trompé d'heure. Ou si vous aviez changé d'avis et décidé de faire appel à un autre détective privé, dit-il.

Cette femme est plus belle chaque fois que je la vois. Comment est—ce possible ? se demandait Brooks.

Elle secoua la tête.

— Non, non, je n'ai aucune envie de m'adresser à quelqu'un d'autre, lui assura-t-elle.

— Mais ?

Il sentait qu'il s'était passé quelque chose qui avait provoqué ce retard. Et que ce quelque chose était en rapport avec l'affaire.

Gwen ouvrit la porte de son appartement et l'invita à entrer.

— Vous allez penser que je suis paranoïaque, fit-elle.

— Ce n'est pas parce que vous êtes paranoïaque que quelqu'un ne cherche pas à vous tuer, dit Brooks. Je blague, ajouta-t-il en la voyant blêmir.

Il avait voulu alléger l'atmosphère en plaisantant mais il n'avait réussi qu'à l'alourdir davantage. Il l'avait vue jeter un coup d'œil par-dessus son épaule lorsqu'elle avait quitté sa voiture.

Elle referma sa porte et la verrouilla avec soin. Elle semblait très nerveuse. Elle ne jouait pas la comédie. Elle avait vraiment peur, remarqua-t-il.

— Avez-vous vu quelqu'un vous suivre ? lui demanda-t-il.

Elle secoua la tête, visiblement gênée.

— Non, ce n'est qu'une impression.

— Il faut être à l'écoute de ses petites antennes, dit-il. Être attentif à ses intuitions peut vous sauver la vie.

— Vous avez raison.

Comme elle commençait à arpenter son salon en se mordillant les lèvres, il lui désigna le canapé.

— Asseyez-vous et reprenez vos esprits.

Elle obéit mais elle paraissait mal à l'aise.

— Tout va bien. Je suis peut-être un peu déstabilisée par tous les changements opérés dans ma vie ces derniers temps. Mais inutile d'en faire tout un plat. Ce n'est rien

Sans doute pour changer de sujet, elle poursuivit :

— Vous m'avez dit ce matin au téléphone que vous aviez du nouveau à propos du détective privé que ma grand-mère avait engagé.

S'asseyant à côté d'elle, Brooks hocha la tête.

— La bonne nouvelle est que, en réalité, Felton Crane

ne s'est pas enfui après avoir empoché l'argent de votre grand-mère.

— Alors vous l'avez retrouvé ! s'écria-t-elle, tout excitée.

— Façon de parler, nuança Brooks.

— Je ne comprends pas.

Il décida de commencer par lui exposer le contexte.

— Colton Construction Company a entrepris de détruire un certain nombre de vieux bâtiments pour bâtir à la place un nouveau centre commercial. Hier, alors qu'ils démolissaient un ancien entrepôt, ils ont trouvé un cadavre caché dans l'un des murs du sous-sol.

Sans s'en rendre compte, elle s'était penchée vers Brooks et lui avait pris la main. Elle la serra avec force.

— Ce cadavre… Était-ce celui de ma mère ?

Il regretta de ne pas lui avoir annoncé d'emblée de qui il s'agissait pour lui épargner ce terrible suspens.

— Non, mais grâce à notre conversation d'hier, j'ai eu la possibilité de suggérer à ma sœur de comparer les empreintes digitales du mort à celles de Felton Crane. Et elles correspondent. L'homme caché dans le mur était votre détective privé « en fuite ».

— Que vient faire votre sœur là-dedans ?

— Ma sœur Jordana est inspectrice de police à Braxville, lui dit Brooks. Et, puisque nous en sommes à ma fratrie, j'ai aussi une autre sœur, Yvette, la plus jeune de la famille, qui est, elle, technicienne au laboratoire criminel. Elle fait partie de l'équipe de la police scientifique qui mène des investigations sur les scènes de crime.

Gwen parut impressionnée.

— Avoir de la famille dans la police doit être bien utile…

— Parfois, reconnut Brooks. Mais pas toujours. Quoi qu'il en soit, la découverte du corps de Felton Crane dans ce bâtiment est un indice précieux. À mon avis, alors qu'il enquêtait sur le sort de votre mère, il est tombé sur quelque chose qu'il ne devait pas savoir. Et quelqu'un l'a tué pour le faire taire.

Elle ne semblait pas convaincue.

— Peut-être a-t-il été tué pour une autre raison, à cause d'une autre enquête sans rapport avec ma mère, par exemple, objecta-t-elle.

— Je ne le pense pas, dit Brooks en secouant la tête. J'ai discuté hier avec un ami qui le connaissait bien. Il m'a appris que Crane ne travaillait que sur une seule enquête à la fois. C'était ce qui le rendait bon dans son domaine. Il se consacrait, corps et âme, à une affaire et ne s'en détournait pas avant d'être allé au bout.

— Si je vous comprends bien, ce qu'il a découvert et qui a sans doute causé sa mort était lié à ma mère, conclut Gwen.

— Selon toute vraisemblance, répondit Brooks.

Se tournant vers Brooks, elle demanda :

— Et maintenant que faisons-nous ?

— D'abord, et si vous m'y autorisez, j'ai envie de mettre ma sœur au courant de la disparition de votre mère. C'est une pièce importante du puzzle sur lequel elle travaille. L'enquête officielle pourra ainsi reprendre. Il s'agissait d'un « cold case », d'une affaire classée et jamais résolue. Elle sera alors rouverte. Avec un élément de taille qui va permettre de mener des investigations sur de nouvelles bases.

— D'accord.

— Alors, me donnez-vous votre accord pour que j'en parle à Jordana ? Je tiens à être clair. Rien ne vous oblige à accepter. Sentez-vous libre de refuser. Gardez à l'esprit que ma loyauté est envers vous seule et que vous avez droit à une vie privée. Donc, si vous ne souhaitez pas que je dise à ma sœur que Felton Crane enquêtait sur la disparition de votre mère quand il a soudain disparu lui-même, je trouverai un autre moyen de le lui apprendre.

Il n'eut pas à attendre longtemps la réponse de Gwen.

— Parlez-en à votre sœur dès que possible. Pour votre information, il y a vingt-cinq ans, ma grand-mère est allée trouver la police lorsque ma mère n'est pas revenue de Braxville. Mais à l'époque, le policier à qui elle a raconté toute l'histoire croyait à une fugue. Il pensait que ma mère n'avait pas envie de se charger d'une petite fille et d'une vieille mère et avait préféré s'évanouir dans la nature. Et voilà pourquoi ma grand-mère a engagé Felton Crane. Parce que la police ne s'est pas du tout intéressée à cette affaire. Quelqu'un lui avait parlé de Crane, alors elle est allée le voir pour lui confier l'enquête. Felton Crane était certain de pouvoir retrouver ma mère mais il tenait à être payé d'avance. Ma grand-mère s'est débrouillée pour rassembler l'argent et a placé tous ses espoirs en lui.

Gwen était alors une petite fille, mais visiblement elle n'avait rien oublié des événements, de la réaction de sa grand-mère en particulier.

— Ma grand-mère a cru que le détective Crane s'était enfui avec son argent. Elle était dévastée. Elle est retournée voir la police pour dénoncer ce qui était pour elle une escroquerie. Mais sa deuxième tentative n'a pas été plus concluante que la première. Rien n'indiquait un crime. Felton Crane comme ma mère auraient pu disparaître pour toutes sortes de bonnes raisons. L'enquête sur l'affaire a donc été abandonnée avant d'avoir commencé et nous n'en avons plus jamais entendu parler.

— Jusqu'à ce que vous décidiez de reprendre vous-même les investigations…

Gwen hocha la tête.

— J'avais envie de faire quelque chose. Certes, les faits

remontent à plus de vingt ans, mais je voulais essayer de découvrir ce qui s'était passé. Pour ma grand-mère. Je pensais que j'aurais peut-être de la chance. Après tout, je suis plus motivée qu'un détective lambda. Il s'agit de ma mère, de la fille chérie de ma grand-mère… J'espérais que mon intérêt personnel dans l'affaire ferait la différence. Mais non…

Comme sa voix se brisait, Brooks lui prit la main.

— Je comprends très bien et, à votre place, je ressentirais exactement le même désarroi, lui assura-t-il avec émotion.

— En tout cas, je vous suis infiniment reconnaissante de ce que vous faites pour moi, lui dit Gwen sans préambule. Je vous remercie du fond du cœur d'avoir accepté de vous charger de cette enquête et aussi de m'avoir mise en garde à propos de Daniel Shelton.

Elle ne voulait sans doute pas lui donner l'impression qu'elle tenait tout cela pour acquis. Rien ne l'obligeait à la chercher pour la prévenir des manigances de Shelton. Après tout, il n'avait aucun moyen de deviner qu'elle l'embaucherait.

— Inutile de me remercier. Simple courtoisie de ma part.

Il lui expliqua alors sa propre philosophie sur la vie.

— Nous devons veiller les uns sur les autres pour que les épreuves de l'existence deviennent supportables. J'en suis convaincu.

— Le pensez-vous réellement ? demanda-t-elle, l'air intriguée.

— De tout mon être, répondit-il en toute sincérité. Maintenant, pourquoi ne pas tout me raconter à propos de votre mère, à moins que vous n'ayez pas le temps maintenant. Dans ce cas, nous le ferons une autre fois mais j'ai vraiment besoin de savoir tout ce dont vous vous souvenez.

— Nous pouvons en parler maintenant, assura Gwen.

Je suis venue à Braxville d'abord et avant tout pour tenter de retrouver sa trace. Ou, au moins, pour comprendre ce qui lui est arrivé.

Sans doute consciente que cette réunion allait prendre du temps, elle demanda à Brooks :

— Puis-je vous offrir quelque chose à boire ?

— Un café serait formidable. Sauf si c'est du décaféiné.

— Je ne prends jamais de décaféiné. Pourquoi boire un breuvage censé stimuler s'il a été trafiqué pour ne pas le faire ?

En ce moment, pensa-t-il, en regardant la femme qui venait de l'embaucher, il se sentait très stimulé. Gwen Harrison le troublait intensément.

Il n'était bien sûr pas question de le lui dire, même sur le ton de la plaisanterie, s'il ne voulait pas l'effrayer. Il n'allait pas se comporter comme ce Shelton qui l'avait fait fuir.

— Ah, voilà une femme selon mon cœur, dit-il.

Conscient qu'il marchait sur des œufs, il précisa :

— Je parle de ce que vous éprouvez à propos du café.

Elle lui adressa un bref sourire alors qu'elle se dirigeait vers la petite cuisine.

— J'avais compris.

Pendant que sa cafetière préparait un nouveau pot de café torréfié, Gwen s'excusa et disparut dans sa chambre.

Quand elle en émergea, elle s'était changée. Elle avait troqué sa tenue de maîtresse d'école contre un jean et une blouse paysanne. Et ses escarpins à talon contre des sandales. Elle semblait à l'aise et donnait l'impression d'être plus petite qu'elle ne l'était un peu plus tôt.

Même en tenue décontractée, elle avait tout d'une déesse, se dit-il.

Brooks s'aperçut qu'elle tenait une boîte à chaussures entre ses mains.

Elle la posa sur la table basse avant de retourner dans la cuisine.

— Prenez-vous quelque chose dans votre café ? demanda-t-elle.

— Non, merci. Je le bois noir.

Elle hocha la tête en signe d'approbation, comme si elle était contente qu'ils se ressemblent sur ce sujet mineur.

— Comme moi.

— Sans sucre, sans édulcorants ? interrogea Brooks, sidéré.

Gwen secoua la tête.

— Je le préfère noir, nature.

À ce moment précis – et aussi étrange que cela paraisse –, Brooks comprit qu'il était en train de tomber amoureux de Gwen Harrison.

7

Plutôt que de boire le café sur le canapé, Gwen décida de le prendre dans la cuisine.

Brooks s'installa en face d'elle à la petite table pour deux.

Dès la première gorgée du breuvage avalée, il hocha la tête, un sourire approbateur sur les lèvres.

— Voilà un café bien fort, dit-il.

— Il n'est pas trop fort, j'espère ? demanda-t-elle avec inquiétude. Je le préfère ainsi, mais tout le monde n'est pas obligé de partager mes goûts.

Amusé, Brooks la rassura aussitôt :

— Il est parfait. Votre café est exactement comme il doit être.

Après en avoir savouré une autre gorgée, il reposa sa tasse et demanda :

— Alors, allez-vous tout me dire ou dois-je deviner ?

Gwen le regarda, perplexe.

— Deviner quoi ?

— Deviner ce qu'il y a là-dedans, répondit-il en désignant la boîte à chaussures qu'elle avait placée sur la table.

Il vit Gwen rougir. Soucieuse de lui servir un café à son goût, elle en avait manifestement oublié ce qu'elle avait rapporté de sa chambre.

— Je vais vous montrer.

Elle ôta le couvercle et pencha la boîte vers Brooks pour lui permettre d'en voir le contenu.

— Voilà toutes les photos de ma mère que j'ai pu réunir, poursuivit-elle. Certaines nous représentent toutes les deux. Sur d'autres, elle pose avec ma grand-mère. Et sur quelques-unes, elle est toute seule.

Au fur et à mesure qu'elle parlait, elle sortait les portraits et les étalait sur la table pour illustrer ses propos.

— J'ai pensé que si vous saviez à quoi elle ressemblait, il vous serait peut-être plus facile de la retrouver. Bien sûr, ces photos datent toutes d'au moins vingt-cinq ans, mais c'est mieux que rien.

— Ne vous excusez pas, lui dit-il en examinant les clichés avec attention. Si nécessaire, je demanderai à Yvette de vieillir quelques visages pour nous permettre d'avoir une idée plus réaliste de ce à quoi votre mère pourrait ressembler maintenant. Yvette est la sœur qui travaille comme technicienne de laboratoire, lui rappela-t-il.

Mais une autre partie de sa réponse avait interpellé Gwen.

— Attendez. Vous croyez donc que ma mère est encore en vie ? demanda-t-elle, pleine d'espoir.

— Tout est possible, répondit-il sans s'engager.

À ce stade, il ne voulait rien exclure. L'espoir était une denrée précieuse et il souhaitait que Gwen s'y accroche le plus longtemps possible.

Elle le dévisagea d'un air un peu perdu.

— Mais si elle est toujours vivante, pourquoi, en vingt-cinq ans, n'a-t-elle pas essayé de me contacter ?

Son métier avait appris à Brooks à décrypter les gens. Et il comprit que sa nouvelle cliente avait besoin d'entendre quelque chose de réconfortant, mais plausible. Il s'efforça donc de lui fournir des hypothèses crédibles sans vraiment lui mentir.

— Toutes sortes de raisons peuvent l'expliquer, dit-il.

— Lesquelles, par exemple ?

— Votre mère se sent peut-être gênée d'avoir mis tant de temps pour réapparaître. Et plus les années passent, plus elle culpabilise. Peut-être a-t-elle été victime d'un accident qui l'a empêchée de revenir il y a vingt-cinq ans. Et maintenant, elle craint de perturber votre vie en surgissant alors que vous ne l'espériez plus.

— C'est ridicule, protesta Gwen en secouant la tête.

— Pour vous, peut-être, reconnut-il. Mais pas forcément pour elle.

— Non, elle ne ferait jamais ça, lui assura Gwen.

Après un moment, elle ajouta :

— Je m'aperçois que je parle d'elle comme si elle était toujours vivante.

Il voulait qu'elle garde espoir, au moins pour un moment.

— Vous m'avez dit que le dicton préféré de votre grand-mère était « Mieux vaut prévenir que guérir », lui rappela-t-il. Celui de la mienne est « Il faut espérer le meilleur et se préparer au pire. » Maintenant, pourquoi ne me montrez-vous pas ces photos pour me permettre de faire la connaissance de votre mère ?

Le sourire chaleureux qui se peignit aussitôt sur les lèvres de Gwen le fascina. Il lui fallut un effort pour s'en détourner et reporter son attention sur les précieuses photographies. Elles étaient peu nombreuses et, pour chacune, elle lui raconta dans quelles circonstances elles avaient été prises. Gwen était trop jeune à l'époque pour s'en souvenir, mais sa grand-mère avait dû lui répéter cent fois les histoires cachées derrière ces portraits.

La dernière photo représentait une charmante jeune femme portant sa fille de trois ans dans les bras.

Gwen leva les yeux vers Brooks et remarqua avec tristesse :

— Ce n'est pas grand-chose, n'est-ce pas ?

— C'est mieux que rien, assura-t-il. L'autre jour, vous avez mentionné que votre mère avait quitté Kansas City pour se rendre à Braxville afin de comprendre pourquoi votre père avait cessé de lui envoyer de l'argent. Avez-vous une idée de l'identité de votre père ou de l'endroit où il vivait par ici ?

Les faits remontaient à des années mais, par nature, Brooks était un optimiste.

Cependant, Gwen secoua la tête.

— Non. Ma grand-mère savait seulement qu'il travaillait pour l'entreprise de construction de votre père.

— Serait-il possible que votre aïeule connaisse son identité mais ait préféré ne pas vous la donner ?

Gwen y réfléchit.

— C'est possible, mais j'en doute. Pourquoi essaierait-elle de protéger cet homme ? Elle n'a jamais caché sa colère. Du jour au lendemain, il n'a plus donné signe de vie et a cessé de contribuer aux frais de mon éducation. Elle jugeait ce comportement inacceptable. De plus, ma mère a quitté la maison pour tenter de le retrouver. Sans lui, elle ne serait pas partie. Et elle n'aurait pas disparu…

Rita Harrison avait peut-être eu envie de protéger sa petite-fille en lui cachant le nom de son géniteur, songeait Brooks. Il y avait trop d'inconnues dans l'équation pour pouvoir se prononcer avec certitude. Il avait besoin d'en apprendre davantage.

— Cela vous ennuierait-il que je m'entretienne avec votre aïeule ? demanda-t-il.

— Elle vit toujours à Kansas City. Je peux vous conduire chez elle, proposa Gwen. Mais je n'aurai pas la possibilité de le faire avant le week-end. Je viens d'arriver à l'école. Dans ces conditions, il serait mal venu de demander un congé.

Et, manifestement, elle ne voulait pas qu'il parle à sa grand-mère sans elle.

— Compris, dit-il. En attendant, j'enquêterai ici. Je vais aussi chercher qui a tué Felton Crane. Et parler à Jordana.

Gwen hocha la tête. Devinant que Brooks s'apprêtait à partir, elle se leva et l'accompagna jusqu'à l'entrée.

— Vous m'appellerez si vous découvrez quelque chose ? demanda-t-elle avant d'ouvrir la porte.

— Bien sûr. C'est d'ailleurs grâce à vous qu'il m'a été possible d'identifier Felton Crane, lui rappela-t-il, repensant à quel point le monde était petit.

Comme Gwen sortait de l'appartement avec lui, Brooks lui lança sur le ton de la plaisanterie :

— Inutile de me raccompagner jusqu'à mon véhicule. N'oubliez pas que je suis détective. Je devrais réussir à le retrouver tout seul.

— Je ne vous raccompagne pas à votre voiture, lui dit-elle. J'ai oublié quelque chose dans la mienne.

— Oh ! eh bien, dans ce cas, je vais vous escorter, dit-il avec bonhomie.

— D'accord.

Alors qu'ils marchaient, Gwen se tourna vers Brooks :

— Cela signifie beaucoup pour moi.

— Qu'un homme vous escorte jusqu'à votre voiture ? demanda-t-il, taquin.

— C'est sympa de votre part et j'apprécie le geste. Mais je faisais référence au fait que vous preniez mon affaire à cœur. Vous n'avez toujours rien dit sur le montant de vos honoraires…

Brooks lui sourit et la regarda en face.

— Ne vous inquiétez pas, je serai très raisonnable. J'aime les enquêtes qui mettent au défi ma perspicacité, et celle-ci a tout pour me plaire.

— Vous parlez sérieusement ?

— Je dis toujours ce que je pense, lui assura Brooks.

Peut-être était-elle naïve. Mais Gwen le crut. Et le croire lui donna de l'espoir.

Un délicieux frisson la parcourut.

Elle se demanda si son émoi avait pour origine son histoire avortée avec Daniel. Après tout, Daniel avait été charmant au début. Ce n'est qu'après un certain temps que sa vraie nature avait commencé à apparaître.

Bien sûr, Brooks Colton était mille fois plus séduisant. Daniel ne lui arrivait pas à la cheville. Dan ressemblait à un fast-food quand le charmant détective privé avait tout d'un restaurant gastronomique.

La comparaison la fit sourire.

La voix chaude et profonde de Brooks interrompit ses pensées.

— Ça vous va bien, dit-il.

Surprise par son commentaire, Gwen leva les yeux vers lui.

— Qu'est-ce qui me va bien ?

— Votre sourire. Il illumine votre visage.

Ses mots remuèrent quelque chose dans son ventre. Pendant un instant, elle en resta muette. Et parce qu'elle ne savait pas quoi dire, elle lança :

— Vous me flattez.

— Pas du tout. Comme je l'ai précisé, je dis toujours ce que je pense.

Sans s'en rendre compte, Brooks se rapprocha de Gwen.

Il devait s'en aller. En réalité, il n'avait rien d'urgent à faire mais il sentait confusément qu'en restant là avec elle, si près d'elle, il jouait avec le feu.

Elle était ravissante. Ses yeux émeraude étaient de véritables joyaux. Elle le fascinait. Elle le faisait fondre comme aucune femme n'y était jamais parvenue.

S'il prolongeait ce moment, il courrait à sa perte.

Il avait pour principe de compartimenter sa vie de façon étanche, de séparer la sphère professionnelle et la sphère personnelle. Il ne mélangeait jamais les affaires et le plaisir. En conséquence, il ne devait surtout pas céder au trouble qui l'envahissait, mais il devenait vraiment difficile de résister.

Et quand elle tourna son visage vers le sien, il en fut soudain totalement incapable.

Avant de comprendre ce qu'il était en train de faire – et de pouvoir s'en empêcher –, il se surprit à prendre son visage entre ses mains.

Lorsqu'il captura sa bouche, son destin fut scellé.

Comme leurs langues entamaient une danse sensuelle, il eut l'impression de s'embraser.

C'est alors qu'il entendit plusieurs déflagrations.

Réagissant par réflexe, il prit Gwen par les épaules, la poussa loin de sa voiture et la fit tomber à terre.

— Couche-toi !

Il se jeta sur elle, la couvrant de son propre corps.

Elle n'eut même pas le temps d'avoir peur.

8

Les détonations cessèrent aussi vite qu'elles avaient commencé.

À l'instant où le silence retomba, Gwen devint encore plus intensément consciente du fait que le corps musclé de Brooks couvrait toujours le sien.

Non seulement il était couché sur elle, mais ses yeux étaient plantés dans les siens. De plus, en la faisant tomber à terre, il avait glissé ses mains derrière sa tête pour l'empêcher de heurter le trottoir.

— Je crois que c'est fini, réussit-elle à balbutier.

— Oui, répondit-il.

Brooks parut enfin se rendre compte qu'elle ne se contentait pas de faire le point sur la situation mais de lui faire comprendre que, le danger étant écarté, il pouvait la laisser se relever maintenant.

Se levant d'un bond, il lui prit la main pour l'aider à se mettre debout.

Aussitôt, elle se tourna vers sa voiture pour s'assurer qu'aucune des vitres n'avait été touchée.

— Les vitres sont intactes, dit-elle à Brooks. C'est déjà ça.

— Je ne pense pas qu'il s'agissait de coups de feu, répondit-il après avoir promené les yeux autour de lui.

Tous les véhicules garés alentour étaient en effet indemnes.

— De quoi, alors ? demanda-t-elle,
— Je pencherais plutôt pour des pétards.
— Des pétards ? répéta Gwen. En es-tu sûr ? Nous sommes en août. La fête nationale est passée depuis longtemps.

Brooks s'accroupit à côté de la voiture de Gwen et regarda dessous. Il lui désigna une poignée de pétards qui gisaient sous la petite berline.
Gwen les considéra avec inquiétude.
— Ils ne vont pas nous exploser à la figure n'est-ce pas ?
— Cela semble peu probable, répondit-il. Mais nous devrions appeler la police pour nous en assurer. Par sécurité.
Il avait déjà sorti son smartphone.
Brooks contacta directement sa sœur. En quelques mots, il lui expliqua ce qui s'était passé, lui précisant au passage que personne n'avait été blessé. Elle lui annonça qu'elle et son coéquipier arrivaient le plus vite possible.
Il remit son téléphone dans sa poche et regarda à nouveau Gwen avec attention. Elle lui avait dit qu'elle allait bien, mais il tenait à s'en assurer. Elle semblait saine et sauve.
— Es-tu sûre que tout va bien ? demanda Brooks.
— Sûre et certaine. J'ai eu peur, voilà tout.
Elle regarda sa voiture et fronça les sourcils.
— Pourquoi faire ce genre de chose ?
— Quelqu'un a peut-être voulu faire l'intéressant.
Il en était réduit à spéculer, parce qu'en réalité il n'avait pas de réponse à lui donner. Mais il sentit qu'elle était soucieuse, que quelque chose la rongeait.
— Pourquoi ? À quoi penses-tu ?
Elle se mordilla les lèvres et finit par lancer :
— Toute la matinée, j'ai eu le sentiment désagréable que quelqu'un me suivait, dit-elle. J'ai sans doute l'ima-

gination trop fertile et peut-être suis-je un peu parano. Mais quand même…

Comme elle le dévisageait d'un air frustré, il demanda avec gravité :

— As-tu vu quelqu'un derrière toi ?

— Tu ne penses donc pas que j'ai trop d'imagination ?

— À ce stade, nous ne devons rien exclure.

Et il dit à haute voix ce qu'ils pensaient tous les deux :

— Shelton voulait m'engager pour te prendre en filature et garder un œil sur toi. Comme j'ai refusé, peut-être s'est-il adressé à quelqu'un d'autre…

Gwen fronça les sourcils.

— Tu as sans doute raison. Mais je pensais que ton travail consistait à me rassurer.

— Non, répliqua-t-il. Mon travail consiste, entre autres, à veiller à ta sécurité.

Elle se força à sourire. Elle devait admettre que l'entendre le lui dire la réconfortait dans une certaine mesure.

— Dans combien de temps la police va-t-elle arriver, à ton avis ? demanda-t-elle en jetant un coup d'œil inquiet autour d'elle.

— Elle ne devrait plus tarder mais c'est difficile à dire.

Elle hocha la tête.

— Alors peut-être devrions-nous retourner à mon appartement et attendre là-bas.

— Excellente idée.

Alors que Gwen se détournait, il l'arrêta soudain.

Qu'y a-t-il encore ? se demanda-t-elle.

Alors qu'elle le dévisageait d'un air interrogateur, il entreprit de retirer quelques brindilles de ses cheveux.

Elle sourit, amusée qu'il ait envie de remettre un peu de normalité au milieu du chaos.

— Rien d'autre ?

— Non, tu es aussi belle qu'avant de rouler avec moi dans la poussière.

— Je t'ai déjà embauché, lui rappela-t-elle d'un ton taquin. Tu n'as plus besoin de me flatter.

— Je ne te flattais pas, répliqua-t-il. J'exerçais seulement mon sens aigu de l'observation.

Ils atteignaient son appartement. Brooks attendit qu'elle déverrouille à nouveau sa porte puis il l'écarta avec douceur pour entrer le premier et en faire le tour.

Elle comprit immédiatement pourquoi.

— Tu penses que quelqu'un s'est glissé chez moi pendant que nous étions là-bas ? interrogea-t-elle.

Cette éventualité la mettait très mal à l'aise.

— Nous nous demandions quel était l'intérêt de faire sauter des pétards, dit-il. L'objectif était peut-être de provoquer une diversion pour s'introduire chez toi sans que nous nous en rendions compte.

— Tu me rends nerveuse, avoua-t-elle. Très nerveuse.

— Eh bien, entre te rendre nerveuse et t'exposer au danger, je choisis de te rendre nerveuse, lui dit-il sans ambages.

Gwen commençait à regretter d'être venue à Braxville pour découvrir ce qui était arrivé à sa mère. Dès que cette pensée la traversa, elle se la reprocha. Elle n'avait jamais été du genre à détaler devant le danger. Au contraire. De plus, si quelqu'un essayait de l'effrayer ou de la faire renoncer, cela signifiait peut-être qu'elle était sur le point de résoudre le mystère qui entourait la disparition de sa mère.

Et si Daniel était derrière cette mauvaise blague, elle préférait le savoir également.

Étonnamment, ils n'eurent pas longtemps à attendre. Jordana et son coéquipier, un inspecteur aux cheveux hirsutes nommé Reese Carpenter, sonnèrent à la porte dans la demi-heure.

— Tout se passe bien ? Votre journée est calme ? demanda Brooks sur le ton de la plaisanterie.

— En fait, nous venions jeter un coup d'œil pour retirer cette visite de notre programme de la journée, répondit Jordana. En général, nous mettons les affaires classées non résolues tout en bas de notre liste de priorités, tu t'en doutes. Mais nous étions dans le coin, alors… Bon, montre-moi l'endroit où cette « attaque » de pétards a été perpétrée.

— Suis-moi, déclara Brooks.

— Jusqu'au bout de la terre, plaisanta Jordana.

— Ce ne sera pas nécessaire, dit Brooks à sa sœur en l'entraînant ainsi que Reese Carpenter vers la voiture de Gwen.

Gwen les accompagna.

Jordana voulut s'agenouiller pour regarder mais son coéquipier l'arrêta.

— Je m'en charge. Tu n'as pas envie de tacher ton pantalon, dit-il en se faufilant sous la petite berline.

Il observa attentivement les pétards. Tous avaient sauté et ne présentaient plus aucun danger. Il les tendit à Jordana.

Jordana les examina à son tour mais n'y trouva rien d'inhabituel ou de suspect.

— Ce ne sont que des pétards ordinaires, conclut-elle. Ils ont probablement été jetés sous votre voiture par des gamins qui voulaient s'amuser, dit-elle. Peut-être se croyaient-ils drôles. Après tout, le 4-Juillet ne remonte pas à très longtemps et beaucoup de pétards traînent encore dans cette ville.

Se tournant vers Gwen, elle ajouta :

— Vous n'avez énervé aucun parent d'élève, n'est-ce pas ?

Gwen secoua la tête.

— Je viens d'arriver. Je n'ai pas encore eu la possibilité d'irriter qui que ce soit, dit-elle. De plus, mon objectif est d'éduquer les enfants, pas d'agresser leurs parents.

— Admirable. Je n'imagine donc aucun d'entre eux encourager sa progéniture à lancer des pétards sous votre voiture pour exprimer son mécontentement. D'ailleurs, il aurait fallu savoir quel véhicule vous conduisez. Si vous êtes nouvelle, ce n'est pas si simple. Il s'agit certainement d'une farce et votre voiture a été ciblée par hasard, conclut-elle avec un sourire. Y a-t-il autre chose que je puisse faire pour vous ?

— Non, tout va bien. Merci.

— Alors nous partons, lança Jordana. Ravie d'avoir fait votre connaissance, mademoiselle Harrison. Je regrette que cette rencontre ait eu lieu dans des circonstances aussi troublantes.

Gwen hocha la tête.

— Oui, moi aussi.

Elle se tenait près de Brooks tandis que sa sœur et Reese remontaient dans leur voiture.

— Elle te ressemble, commenta Gwen.

— Tu trouves ? demanda-t-il alors qu'il la raccompagnait à son appartement. Pas moi.

— Parce que tu es trop proche d'elle.

— Si tu le dis…

Il avait quelque chose de plus important en tête dont il devait s'occuper en ce moment.

— Cela t'ennuie si je te laisse un petit moment ?

— Il y a une semaine, j'ignorais ton existence et je pensais que Daniel m'avait déjà oubliée. Je n'imaginais pas qu'il ne supportait pas notre rupture et voulait me faire suivre. Et je vivais très bien dans mon ignorance, ajouta-t-elle. Maintenant, je vais rester sur mes gardes. Ne t'inquiète pas, tout ira bien.

— J'en suis sûr. Mais je repasserai quand même en fin de journée, après avoir fini ce que je dois faire.

Gwen lui sourit. Savoir qu'il reviendrait plus tard la fit se sentir mieux, même si elle ne le lui aurait avoué pour rien au monde.

— D'accord, je garderai une bougie allumée à la fenêtre.

— Pas trop près des rideaux, recommanda-t-il, amusé.

— J'y veillerai, répondit-elle, s'efforçant de garder un visage impassible.

— Verrouille ta porte, dit-il en partant.

Il s'aperçut soudain qu'il lui parlait comme si elle avait quatre ans.

Heureusement, Gwen semblait plus amusée qu'indignée.

— Ai-je le droit de m'adresser à des inconnus dans la rue ? lui demanda-t-elle en réprimant un sourire.

— Suis ton instinct.

— Toujours.

Après le départ de Brooks, elle se souvint qu'elle avait des papiers à remplir. Le paquet qu'elle était allée chercher dans sa voiture contenait des formulaires destinés à son nouvel employeur.

Et si elle n'était pas ressortie le prendre, elle n'aurait pas entendu ces pétards exploser et ne se serait pas inquiétée.

Mais, pensa-t-elle l'instant d'après, elle n'aurait pas non plus ressenti son propre feu d'artifice intérieur. En effet, si elle n'était pas retournée à sa voiture en compagnie de Brooks, il n'en aurait pas profité pour l'embrasser.

Elle y songeait alors qu'elle s'asseyait sur son canapé. Les jambes pliées sous elle, elle ferma les yeux pour revivre et savourer ce délicieux moment.

Avec un soupir, elle battit des paupières. Sans ces stupides pétards, elle aurait eu le loisir de prolonger ce baiser, ce bien-être pur qu'elle avait éprouvé pendant leur trop brève étreinte.

Elle n'était certainement pas novice en matière de baisers. Elle avait eu sa part d'hommes dans la vie. Certains n'avaient fait que passer, d'autres s'étaient attardés un moment avant qu'ils ne se séparent d'un commun accord. Mais elle devait avouer qu'aucun n'avait jamais déclenché le feu d'artifice qui avait explosé dans son ventre lorsque Brooks l'avait embrassée.

Avec le recul, elle ne pouvait s'empêcher de se demander si sa réaction à ce baiser était liée aux circonstances. Si cette pétarade avait affecté la façon dont elle avait vécu cette étreinte.

La surprise, la peur, avaient peut-être intensifié l'expérience. Elle devrait vérifier ce qu'il en était dans un autre contexte.

Bien qu'il ait dit à Gwen qu'il avait à faire et qu'il partait, Brooks ne démarra pas tout de suite quand il réintégra son véhicule. Il s'attarda un moment, observant son appartement, situé au rez-de-chaussée. Il voulait s'assurer que personne n'allait surgir de la rue et tenter de lui faire ouvrir sa porte. Ou pis, d'essayer de s'introduire dans l'appartement.

Maintenant, qui est paranoïaque ? se dit-il.

Mais, en toute honnêteté, il ne considérait pas sa réaction comme exagérée. Il s'agissait de prudence, de bon sens. Il ne voulait prendre aucun risque inutile en ce qui concernait la sécurité de Gwen.

Il resta là une bonne demi-heure, à observer les alentours,

à attendre qu'un danger éventuel se présente. Comme rien ne se passait, il s'autorisa enfin à partir.

Par ailleurs, il décida de changer son programme initial. Vu le contexte, plutôt que de mener des investigations plus poussées sur le meurtre de Felton Crane, il valait mieux contacter des personnes de sa connaissance afin de vérifier où se trouvait actuellement Daniel Shelton. Ce dernier aurait très facilement pu payer quelqu'un pour glisser ces pétards sous la voiture de Gwen.

Manifestement, Shelton savait maintenant où elle habitait. Alors qu'il n'avait pas été en mesure de fournir ce renseignement lorsqu'il avait initialement tenté d'engager Brooks pour prendre Gwen en filature et garder un œil sur elle.

Et si Shelton savait où habitait son ex-petite amie, cela signifiait qu'il avait embauché quelqu'un pour l'espionner.

Et que lui avait-il demandé de faire d'autre ?

Brooks devait réussir à convaincre Gwen de le laisser dormir sur son canapé ou, mieux, d'emménager quelque temps chez lui.

Il était évident qu'ils seraient mieux installés et plus en sécurité chez lui que chez elle. Sa maison était immense, et surtout Shelton n'avait aucune idée de l'endroit où il habitait. D'ailleurs, ce type ne se doutait pas de l'existence de Brooks et encore moins du fait qu'il protégeait Gwen.

L'ignorance de Shelton lui permettrait de la protéger, au moins jusqu'à la fin de cette enquête.

9

Gwen s'efforça de rester occupée afin d'empêcher son esprit de prendre des chemins de traverse et de l'entraîner dans des zones d'ombre effrayantes.

Elle avait toujours eu l'imagination fertile. Bien sûr, c'était un atout. Non seulement son inventivité lui inspirait de grands rêves mais elle lui permettait aussi de créer des belles choses à partir de rien. Mais jusqu'à présent les fruits de sa fantasmagorie ne l'avaient jamais angoissée.

Dans l'espoir de conjurer sa peur, elle alluma le poste de télévision et poussa le son à un niveau inhabituel.

Pourtant, quand la sonnette de la porte d'entrée retentit, elle bondit en l'air.

Elle se souvint que Brooks lui avait promis de repasser plus tard. Mais il avait une vie en dehors d'elle, elle le savait. Peut-être avait-il même oublié lui avoir dit qu'il viendrait. Dans cette hypothèse, celui qui venait de sonner à sa porte était un inconnu… une menace.

Elle avait besoin d'une arme.

Paniquée, elle chercha quelque chose, n'importe quoi qui lui permettrait de se défendre. Elle n'avait pas de tisonnier parce qu'il n'y avait pas de cheminée. Ni de batte parce qu'elle ne jouait pas au base-ball. Elle ne pratiquait aucun sport.

En désespoir de cause, elle repéra dans sa cuisine le

grand couteau à découper qui dépassait de son bloc de boucher. Elle s'en empara.

Même si elle doutait d'être capable de s'en servir, l'avoir à la main la rassurait un peu.

La sonnette retentit pour la troisième fois, accélérant encore son rythme cardiaque. Prenant une profonde inspiration, elle se dirigea vers l'entrée et regarda par l'œilleton. Il lui fallut un moment pour réussir à voir qui se tenait de l'autre côté de la porte.

Brooks !

Avec un soupir de soulagement, elle tira les verrous et lui ouvrit en grand pour l'inviter à entrer.

— Je vais devoir adopter un chien, dit-elle. Pour me sentir en sécurité, ajouta-t-elle avec sincérité.

Brooks pénétra dans l'appartement.

— Il n'y a aucune urgence pour le chien, je suis là.

Il aperçut alors le grand couteau qu'elle tenait à la main.

— Que s'est-il passé ? demanda-t-il avec gravité.

Un peu gênée, elle remit le couteau sur le comptoir.

— Rien, c'est mon imagination qui déraille, reconnut-elle.

Pourtant, l'idée d'avoir un chien – un gros chien – pour la protéger lui plaisait de plus en plus.

— Alors personne n'a frappé à ta porte ? demanda-t-il, la dévisageant toujours.

— Non, personne n'est venu.

Elle n'avait pas envie de s'étendre plus longtemps sur son angoisse. Aussi tenta-t-elle de minimiser sa réaction.

— C'est le contrecoup. Ces pétards m'ont visiblement plus effrayée que je ne le pensais.

— Personne ne te le reprocherait, dit Brooks.

Sa voix était douce, gentille et compréhensive alors qu'il posait sur le comptoir le sac qu'il avait apporté.

Elle en profita pour changer de sujet.

— Qu'y a-t-il là-dedans ? Ça sent délicieusement bon.

— Ton dîner, répondit-il. J'espère que tu aimes la cuisine chinoise, dit-il, se reprochant soudain de ne pas s'en être assuré avant.

— J'adore la cuisine chinoise ! s'exclama-t-elle en sortant aussitôt des assiettes. Mais ne te sens pas obligé de me nourrir. Livrer les repas à domicile ne fait pas partie du travail habituel d'un détective privé, n'est-ce pas ? poursuivit-elle, essayant toujours de dissimuler à quel point elle avait eu peur quand elle avait ouvert la porte.

— Cela fait partie des prestations de Brooks Colton, répondit-il en riant. Je réfléchis mieux, le ventre plein. Et toi ?

Gwen hocha la tête.

— Moi aussi.

Elle sortit deux canettes de soda. Comme elle les posait sur la petite table, elle s'interrompit soudain.

— Préfèrerais-tu du vin ? Ou une bière ? J'ai un pack de bières dans le réfrigérateur ainsi qu'une bouteille de vin.

— Je ne t'imagine pas du tout buvant de la bière.

— Bien vu, dit-elle. Je n'en bois jamais.

— Alors pourquoi en garder dans ton réfrigérateur ? Cela n'a aucun sens !

— Si j'ai un jour de la compagnie ou si, par miracle, je retrouve mon père, peut-être aura-t-il envie de boire une bière ou un verre de vin. Je préfère parer à toutes les éventualités, conclut-elle avec un haussement d'épaules.

— Manifestement, fit-il en riant. Je vais prendre une bière. À moins que cela te contrarie. Je m'en voudrais de puiser dans tes réserves et de priver ton père d'une bière fraîche.

— Aucun problème. J'ai toujours la possibilité d'en racheter demain, dit-elle. Alors, ajouta-t-elle en déballant des nems, as-tu découvert quelque chose ? Mais peut-être ne suis-je pas censée t'interroger à ce sujet ?

— Je travaille pour toi, lui rappela-t-il en se servant de riz cantonais. Alors n'hésite pas à me demander tout ce que tu veux.

— D'accord. As-tu découvert quelque chose ? répéta-t-elle.

— Eh bien, d'après mes sources, Daniel Shelton est toujours là où il était il y a quelques jours, dans sa maison de Kansas City, à l'autre bout de l'État.

— Ce n'est donc pas lui qui a jeté ces pétards sous ma voiture, conclut Gwen.

Elle semblait presque déçue, pensa Brooks.

— Pas personnellement. Mais comme je l'ai dit, il a peut-être payé quelqu'un pour le faire à sa place.

Il la dévisagea un moment en silence comme s'il hésitait à ajouter quelque chose.

Finalement, il se décida :

— Mais j'ai appris quelque chose d'intéressant.

— Et quoi ? questionna-t-elle avec impatience.

— Je te préviens, ce n'est pas rassurant, dit-il. Plusieurs des ex de Shelton se sont retrouvées à l'hôpital. Elles souffraient de plaies profondes, d'ecchymoses et parfois de traumatismes plus graves, de côtes fracturées ou de nez cassés.

— Daniel les avait frappées ? demanda-t-elle, stupéfaite.

— Oui, lui confirma Brooks. Et il ne s'agit pas de rumeurs. Les faits sont avérés.

Seigneur ! Si elle était restée avec ce malade, elle aurait pu rejoindre les rangs de ces malheureuses. Elle n'avait vu Daniel perdre ses nerfs qu'une seule fois, lorsqu'elle avait refusé de rester à Kansas City.

Elle avait alors préféré rompre.

— A-t-il été poursuivi en justice ? demanda-t-elle à Brooks.

Il lui semblait étrange de n'en avoir jamais entendu parler.

— Non, il n'a en fait jamais été inquiété par le système judiciaire, répondit Brooks incapable de dissimuler son amertume.

Elle ne comprenait pas. Cela n'avait aucun sens.

— Pourquoi ?

— Parce qu'aucune de ces femmes n'a porté plainte contre lui. D'après ce que j'ai découvert, soit Shelton les avait payées, soit il avait menacé de traîner leur nom dans la boue. La plupart étaient jeunes et ont sans doute eu peur des conséquences.

— Comment ai-je pu m'aveugler à ce point ? s'interrogea-t-elle avec dégoût. Je ne l'ai jamais idéalisé mais je le trouvais sympa, jusqu'à ce qu'il commence à devenir intrusif et à vouloir me contrôler. J'ai alors préféré rompre avec lui.

— Apparemment, il n'a jamais accepté la fin de votre histoire et voilà pourquoi il a essayé de m'engager pour te prendre en filature.

Brooks s'arrêta un instant, posant son rouleau de printemps.

— Nous sommes confrontés à un problème à deux volets. D'un côté, nous devons découvrir ce qu'est devenue ta mère en arrivant à Braxville. D'un autre côté, il faut nous assurer que Daniel Shelton reste en dehors de ta vie. En permanence.

Gwen fut touchée qu'il emploie le mot « nous » dans les deux cas, comme s'ils formaient un front uni. Grâce à lui, elle n'était plus seule.

Comme un doux frisson la parcourait, elle se ressaisit aussitôt.

Ne t'emballe pas. N'oublie pas que tu le paies, il est ton employé. Il n'éprouve rien pour toi. L'essentiel pour lui est l'argent que tu lui verseras.

— Ai-je oublié quelque chose ? demanda Brooks, interrompant ses pensées.

Gwen sortit de sa rêverie et se força à sourire.

— Rien du tout.

Alors qu'une prise de conscience s'imposait à elle, une profonde tristesse assombrit ses traits.

Brooks perçut sa réaction.

— Les plats que je t'ai choisis te déplaisent ? s'enquit-il.

— Oh non, tout est excellent, je me régale, lui assura-t-elle avec émotion.

Mais très vite son sourire s'estompa.

— Il y a quelque chose qui ne va pas, oui, avoua-t-elle enfin. Daniel est un prédateur. Et je n'ai rien vu, rien deviné de sa personnalité. Comment ai-je pu m'aveugler à ce point ? Comment ai-je pu rater tous les signes ?

— Ton « erreur », si tu tiens à te reprocher quelque chose, est ta tendance à voir le meilleur chez les gens. Cependant, dans le cas de Shelton, il n'y a pas de « meilleur ». Chez cet homme, tout n'est qu'illusion. Félicite-toi qu'il ait été obligé d'engager un détective privé lambda pour faire son sale boulot.

S'interrompant de nouveau, Brooks la regarda par-dessus les portions à moitié terminées de riz cantonais.

— Rien ne t'arrivera tant que tu seras sous ma protection, promit-il à Gwen. Quand tu seras rassasiée, tu iras emballer quelques affaires pour venir t'installer quelque temps chez moi.

Gwen pâlit légèrement.

— Cela ne me paraît pas une bonne idée.

— Détends-toi, dit-il. Seules des raisons pratiques

expliquent ma proposition. Tu occuperas l'une des chambres d'amis. Très probablement, je finirai par camper sur le canapé du salon. Je ne dors généralement que d'un œil, de toute façon. Tout ça pour dire que si tu voulais en profiter pour abuser de moi, oublie. Cela n'arrivera pas.

Gwen le dévisagea un moment, puis éclata de rire.

Brooks ne l'avait jamais entendue s'esclaffer auparavant et ce rire le surprit.

Mais il y avait une authenticité, une gaieté, dans ce rire qui le fit sourire.

— Te sens-tu mieux ? demanda-t-il.

Elle s'essuya les yeux. Voilà longtemps qu'elle n'avait pas ri aux larmes et elle devait admettre que cette hilarité faisait du bien.

— Oui, répondit-elle. Merci.

— Le « merci » n'est pas nécessaire, dit Brooks, un sourire amusé sur les lèvres. Te protéger fait partie du forfait.

Gwen commença enfin à se détendre.

Il leur fallut du temps pour terminer le dîner impromptu. Et à la fin du repas, à la surprise de Gwen, Brooks emballa ce qui restait et glissa les boîtes dans le sac qu'il avait initialement apporté.

Comme elle le dévisageait d'un air interrogateur, il expliqua :

— J'adore me régaler de nems au petit déjeuner.

— Alors nous allons chez toi ? demanda-t-elle.

— Ce sera plus sûr pour toi.

Gwen fronça légèrement les sourcils.

— Que dois-je emporter ? Combien de temps serai-je partie ?

— Prends quelques vêtements de rechange pour le

moment. Ce n'est pas comme si nous quittions le pays. S'il le faut, nous reviendrons en chercher d'autres plus tard.

Quand elle fut enfin prête, Brooks emporta sa valise. Mais Gwen souleva alors une objection.

— Je préfère prendre ma voiture, dit-elle. Il me faudra aller à l'école et tu auras toi aussi des choses à faire de ton côté. Nous aurons besoin des deux véhicules.

— D'accord. Je te donne mon adresse au cas où.

Sortant sa carte de visite de sa poche, il inscrivit l'adresse de son domicile au dos de celle-ci.

— À moins que tu ne conduises comme un malade, ce qui ne te ressemble pas, je te suivrai jusque chez toi.

Brooks lui sourit.

— Cela s'appelle assurer ses arrières, dit-il avant de se diriger vers sa voiture.

Il la déposa à l'endroit où elle était garée. Penchant la tête par la vitre ouverte, il lança :

— Allons-y.

Gwen démarra sa voiture, prête à le suivre jusque chez lui.

Le voyage lui parut long. Ils n'avançaient pas. Il n'avait jamais roulé aussi lentement.

Était-il simplement prudent ou voulait-il la préserver ? ne pouvait-elle s'empêcher de se demander. Peut-être pensait-il qu'elle avait été tellement secouée par les derniers événements qu'elle était incapable de se concentrer et risquait de le perdre s'il allait plus vite.

Avant de prendre le volant, elle avait fixé son smartphone sur le tableau de bord et elle composa son numéro.

Quand il décrocha, elle lança :

— Tu peux aller plus vite, tu sais.

— Oui, je sais, répondit Brooks.

Elle s'attendait à ce qu'il accélère. Mais il continua à rouler à la même vitesse d'escargot.

— D'accord, fais comme tu veux, lui dit-elle entre ses dents avant de mettre fin à l'appel.

Lorsque Brooks se gara devant une grande maison de deux étages d'aspect très moderne, elle supposa qu'il avait quelque chose à y faire avant de repartir.

Mais il sortit de son véhicule et se dirigea vers elle.

— Tu peux te garer là-bas, lâcha-t-il en désignant une aire de stationnement à gauche de l'imposante structure.

Elle ne comprenait pas.

— Pourquoi me garer ? Je vais rester dans ma voiture pendant que tu fais ce que tu as à faire.

— Eh bien, cela risque de durer longtemps, lui dit-il.

— Pourquoi ?

— Parce que nous sommes arrivés à destination. Nous voici chez moi.

10

— Chez toi ? répéta Gwen avec incrédulité alors qu'elle sortait de sa voiture.

Sidérée, elle contempla un moment la façade de la magnifique demeure. Toute en verre et en acier, elle avait tout d'une maison d'architecte.

— Tu vis ici ?

Devant son expression stupéfaite, Brooks se mit à rire.

— Il est vrai que la plupart des gens n'imaginent pas un détective privé habiter dans une si belle propriété, dit-il. Les séries télévisées les cantonnent en général dans de minuscules mansardes enfumées. Je suis l'exception qui confirme la règle. Eh oui, je vis ici.

— Seul ? demanda-t-elle en le suivant jusqu'à la porte d'entrée.

Il lui semblait incompréhensible que Brooks ne soit pas encore marié ou, au moins, en couple. Non seulement il était beau, drôle et charmant, mais il habitait une maison extraordinaire.

— Eh bien, les affaires marchent plutôt bien, ces temps-ci. Je n'ai pas trop à me plaindre. Et voilà pourquoi je n'ai pas été contraint de prendre de pensionnaires pour payer les factures, dit-il, amusé par sa question.

Il déverrouilla la porte et la lui tint ouverte. Il attendit qu'elle franchisse le seuil pour lui répondre sérieusement.

— Oui, je vis seul. Comme tu le vois, il y a de la place. Tu ne te sentiras pas trop à l'étroit, ajouta-t-il.

— À l'étroit ? répéta Gwen en admirant l'immense hall tout en verre avec, au fond, un bel escalier suspendu en bois. J'aurai surtout besoin d'une boussole pour ne pas me perdre.

— Elles sont fournies sur demande, ne t'inquiète pas. Tu es probablement fatiguée, ajouta-t-il en la dévisageant. Laisse-moi déposer nos restes de plats chinois dans la cuisine. Puis je te montrerai ta chambre.

Sa chambre. Comme si elle avait désormais une place à elle dans cette magnifique demeure.

— Tu veux dire la chambre d'amis.

— Eh bien, c'est une chambre d'amis qui devient donc la tienne. Te sentirais-tu mieux si j'ajoutais « de façon temporaire » ?

— Tu me trouves compliquée, non ? dit-elle, un peu gênée. Tu te mets en quatre pour moi et je me comporte comme si je venais d'entrer dans l'antre d'un tueur en série. Tu vas sans doute me juger bien ingrate…

— Tu as découvert il y a peu que Daniel Shelton refusait de te rendre ta liberté et te faisait suivre. Dans ce contexte, je comprends très bien ta méfiance.

Il réfléchit à la meilleure manière de la rassurer.

— Je pourrais demander à ma sœur inspectrice de police d'envoyer un de ses hommes monter la garde devant la maison. Ou même à l'intérieur, si cela t'aidait à te sentir en sécurité.

Il est vraiment gentil, pensa Gwen.

— Non, je suis idiote – et tu fais preuve d'une incroyable patience avec moi, dit-elle. Tout va bien, vraiment. Merci de m'avoir ouvert ta maison.

Brooks haussa les épaules.

— Ne me remercie pas. Je suis ravi d'avoir de la compagnie, pour changer.

Entrant dans la cuisine ultramoderne, Brooks mit les restes des plats chinois dans un réfrigérateur géant. Il ramassa ensuite la valise de Gwen.

— Laisse-moi à présent te montrer ta… la chambre d'amis.

Il avait failli dire « ta chambre ».

Gwen lui adressa un sourire reconnaissant.

La pièce qu'il lui avait réservée était située au deuxième étage. Il lui ouvrit la porte, puis s'écarta pour lui permettre d'entrer et de regarder autour d'elle.

Sidérée, elle resta un instant muette de stupeur.

— Waouh ! s'exclama-t-elle enfin, émerveillée. Tout mon appartement pourrait tenir ici.

— C'est peut-être un peu exagéré, dit Brooks.

— Pas tant que cela, contra Gwen.

Brooks posa sa valise à côté du lit *queen size*.

— À quelle heure dois-tu te lever demain ? demanda-t-il.

Elle y réfléchit rapidement. Elle devait tenir compte du fait qu'elle se trouvait maintenant plus loin de son établissement.

— J'ai une réunion à 8 heures et il me faudra probablement un peu plus de temps pour me rendre à l'école. Je dirais donc… 6 heures.

— À 6 heures, parfait, dit Brooks avec un hochement de tête. Je te réveillerai à 6 heures.

— Tu n'es pas obligé de te plier à mes contraintes. Je me débrouillerai toute seule. J'ai une horloge interne qui me réveille toujours cinq minutes avant l'heure programmée sur mon smartphone. Je serai debout, ne t'inquiète pas.

Brooks lui sourit.

— J'ai, moi aussi, l'habitude de me lever à 6 heures. Je suis ravi à l'idée de prendre mon petit déjeuner avec toi plutôt que tout seul.

Sur le point de partir, Brooks s'immobilisa un instant.

— Puis-je faire autre chose pour toi ?

— Tu en as déjà fait beaucoup, répondit Gwen. Merci.

— Alors je te laisse. Au fait, si tu as du mal à trouver le sommeil, la télécommande est sur la table de chevet.

Gwen n'avait même pas remarqué qu'il y avait un poste de télévision dans la pièce.

— Brooks !

Comme il s'apprêtait à sortir de la chambre, il s'arrêta.

— Oui ?

— Merci, lui dit-elle.

Il lui sourit d'un air presque gêné.

— De rien, répondit-il avant de fermer la porte.

Gwen se sentait comme une pile électrique. Trop énervée pour s'endormir tout de suite, elle décida d'appeler sa grand-mère. Voilà plusieurs jours qu'elle ne lui avait pas parlé et elle tenait à lui faire part des derniers événements. Son aïeule aimait être mise au courant.

Rita Harrison accueillit avec plaisir son coup de fil.

— Gwen ! Quelle belle surprise ! Comment vas-tu, ma chérie ? Je commençais à m'inquiéter.

— Tu sais, grand-mère, tu peux toujours m'appeler.

— Je sais, mais je ne voulais pas te mettre la pression.

— Grand-mère ! Tu ne me déranges jamais. Je te dois tout et je ne l'oublie pas. Tu es ma seule famille, tu m'as toujours entourée d'amour. Tu m'as élevée alors que tu aurais pu me mettre à l'orphelinat…

— Je n'aurais jamais fait ça ! protesta sa grand-mère.

— Je sais, répondit Gwen. Mais je ne me sens jamais

sous pression avec toi, sois-en certaine. J'aime te parler. Et d'ailleurs, que dirais-tu si je venais t'embrasser pour de vrai ?

— Tu rentres à la maison ? s'enquit Rita d'un ton plein d'espoir.

— Pour une petite visite. Te rappelles-tu ce détective privé dont je t'ai parlé ? Celui qui était venu m'avertir que Daniel avait voulu l'engager pour me prendre en filature ?

— Bien sûr, je m'en souviens. Je me rappelle surtout que tu l'as engagé pour essayer de retrouver ta mère. Il s'appelle Colton, non ?

— Brooks Colton, oui, dit Gwen. Il aimerait te poser des questions sur maman. Cela ne t'ennuie pas, j'espère ?

— Quel genre de questions ? demanda Rita.

— Le genre qui pourrait l'aider à comprendre ce qui lui est arrivé, grand-mère. C'est un homme bien, tu sais.

Rita avait toujours su lire dans le cœur de sa petite-fille comme à livre ouvert.

— Il te plaît, ce Brooks, n'est-ce pas, Gwennie ? Très bien. Viens avec lui me rendre visite. Et rapidement.

— Je t'appellerai dès que je saurai quand.

— Je vous attends, lui dit Rita. Tu es une bonne fille, Gwennie. Ta mère serait fière de toi.

Gwen sourit. Ces mots la touchaient au cœur.

Plus Gwen passait de temps avec Brooks, plus elle se sentait proche de lui. Dès qu'elle avait fini de travailler à l'école, de préparer l'année scolaire à venir et le nouveau programme, elle retournait dans la belle demeure du détective privé.

À sa grande surprise, il lui en avait donné une clé dès le premier jour.

— Au cas où un jour je ne serais pas là à ton retour, expliqua-t-il.

Le geste la surprit. Après tout, il la connaissait à peine.

— Es-tu sûr de vouloir me la laisser ? C'est quand même la clé de chez toi…

— Je te fais confiance, Gwen. En plus, si tu avais l'intention de t'enfuir avec les meubles, il te faudrait beaucoup de temps pour les charger dans une camionnette. Je serais sans aucun doute revenu avant que tu n'aies fini.

Les yeux de Brooks pétillaient de malice et elle secoua la tête.

— Je n'avais pas l'intention de te voler, assura-t-elle. Mais personne ne m'a jamais fait confiance à ce point, à part ma grand-mère.

— J'ai hâte de faire sa connaissance. Elle me semble une femme hors du commun. Et surtout, elle peut sans doute nous aider dans l'enquête. Tu étais très jeune quand ta mère a disparu. Elle se souvient certainement mieux des détails. D'ailleurs, lui as-tu déjà dit que j'aimerais la rencontrer pour lui poser quelques questions ?

Gwen hocha la tête.

— Bien sûr, et elle se réjouit de te rencontrer.

— Nous pourrons partir pour Kansas City dès la fin de ta réunion pédagogique, demain. Au fait, pourquoi ne te déposerais-je pas à l'école, le matin ? Comme ça, quand je viendrai te chercher, nous pourrons aller directement à Kansas City ?

— Parfait.

Ils semblaient sur la même longueur d'onde.

— Y passerons-nous la nuit ? demanda-t-elle soudain. Si oui, je dois emporter quelques affaires.

— Si mes questions finissent par en soulever d'autres, il le faudra peut-être. Par expérience, je dirais oui.

Gwen hocha la tête.

— Alors je prévois des vêtements pour quelques jours, conclut-elle. Mais il me faudra impérativement être de retour avant lundi matin. Je ne peux pas me permettre de manquer la réunion de lundi.

— Compris. Quelque chose m'échappe. Pourquoi dois-tu te rendre sans cesse à l'école ? Nous sommes en août, en pleines vacances d'été, non ?

Gwen lui sourit.

— Les élèves sont toujours en vacances, oui, dit-elle. Mais pas les enseignants. L'année scolaire ne se met pas en place toute seule, comme par magie. Il y a des emplois du temps à organiser, des horaires à finaliser, des programmes à élaborer…

— Je n'y avais jamais pensé, reconnut Brooks.

— Moi non plus quand j'étais petite. J'ai compris la dure réalité quand j'ai commencé à enseigner. J'adore mon métier et davantage encore les enfants. Mais le travail en amont est un peu pénible parfois. Quoi qu'il en soit, laisse-moi monter mettre quelques affaires dans un sac et tu pourras me déposer à l'école demain matin. Et revenir me chercher dans l'après-midi. Nous mangerons quelque chose en route puis nous irons voir ma grand-mère.

— D'accord. Tu lui as bien dit que je venais lui poser quelques questions, n'est-ce pas ? dit-il. Et elle est d'accord ? insista Brooks.

— Bien sûr. Elle est ravie de te rencontrer.

Il sourit.

— C'est réciproque et j'espère lui plaire, dit Brooks.

Comme il la regardait, l'envie irrépressible de sentir à nouveau cette bouche pressée contre la sienne la traversa.

Ce n'était vraiment pas le moment, se dit-elle, se reprochant sa légèreté.

Elle monta donc empaqueter rapidement quelques affaires.

Comme elle s'activait, il lui vint à l'esprit qu'elle pourrait facilement s'habituer à vivre ainsi. Avec Brooks.

Surprise par la tournure de ses pensées, elle s'ordonna de les chasser de sa tête.

11

— Ma grand-mère se montre parfois un peu caustique, lui dit Gwen alors qu'ils se garaient devant la petite maison de Rita Harrison. Mais seul le désir de me protéger la rend mordante.

Brooks trouva gentil que Gwen veuille le prévenir.

— Je promets de ne pas exploser en larmes si elle m'envoie une pique. Ne t'inquiète pas, ajouta-t-il en riant. J'ai eu affaire à beaucoup de gens dans ma carrière et certains étaient verbalement très violents vis-à-vis de moi ou de ma famille. J'ai l'habitude.

— Un homme averti en vaut deux, voilà ! dit-elle à Brooks.

Elle sonna à la porte.

Comme elle n'obtenait pas de réponse, elle sonna à nouveau.

Toujours rien.

— Peut-être est-elle sortie, suggéra Brooks.

— Non, elle là, répliqua Gwen, sûre d'elle. Elle nous attend.

La porte d'entrée s'ouvrit alors et Rita apparut.

— Chérie, tu es là ! s'exclama-t-elle d'une voix joyeuse.

— Grand-mère ! cria Gwen en se jetant à son cou.

Elle veilla cependant à ne pas la déséquilibrer. La vieille

dame utilisait une canne pour se déplacer, ce qui prouvait qu'elle ne tenait pas très bien sur ses jambes.

Proche sans doute des quatre-vingts ans, Rita Harrison était un peu corpulente. Ses cheveux blancs étaient bien coiffés, son regard vif. Elle avait les mêmes yeux verts lumineux que Gwen, remarqua Brooks. Et quand elle souriait, elle ressemblait beaucoup à sa petite-fille.

S'écartant de Gwen, Rita demanda :

— Pourquoi n'as-tu pas utilisé ta clé pour entrer, Gwennie ?

— Parce que je n'étais pas seule.

— En effet, dit Rita en se tournant vers Brooks.

Elle l'examina d'un œil perçant.

— Voici donc le jeune homme dont tu m'as parlé ? Avec toutes ses questions ?

Brooks s'avança et lui tendit poliment la main.

— Brooks Colton, madame. Je suis très heureux de faire votre connaissance.

— Il est bien élevé, en tout cas, dit Rita en jetant un coup d'œil à Gwen. Venez vous asseoir, mon cher.

Mais Brooks lui offrit galamment son bras pour lui permettre de se rendre au salon plus facilement.

Rita l'accepta avec le sourire.

— Votre maison est très belle, madame, poursuivit Brooks.

— Belle, je ne sais pas, mais je la garde propre. Maintenant que Gwen n'habite plus avec moi, il n'y a plus beaucoup de ménage à faire, ajouta-t-elle avec une note de tristesse résignée dans la voix. Puis-je vous offrir quelque chose à boire ? ajouta-t-elle avant de s'asseoir dans le fauteuil.

— Non, merci madame. Pour tout vous dire, j'aimerais surtout avoir des réponses à quelques questions, si cela ne vous ennuie pas.

— Je souhaite le faire depuis vingt-cinq ans, lui assura Rita. Mais personne n'a jamais pris la peine de m'interroger... à l'exception de ce détective privé, ce Felton Crane.

Elle prononça son nom d'un ton dégoûté.

— C'était un escroc. Il a pris mon argent et s'est enfui avec.

— Eh bien, si je peux me permettre, cela n'a peut-être pas été le cas, madame.

— S'il vous plaît, appelez-moi « Rita ». Et que voulez-vous sous-entendre ? Il n'est jamais revenu me dire s'il avait trouvé quelque chose !

— Parce qu'il n'en avait pas la possibilité, dit Brooks, satisfait de voir qu'elle semblait disposée à écouter. Quelqu'un l'a assassiné.

— Quelqu'un l'a assassiné ? répéta Rita, sidérée. Qui ? Et pourquoi ?

— Nous ne le savons pas encore, grand-mère, intervint Gwen. Son corps a été découvert il y a quelques jours, l'enquête est en cours. Il a été retrouvé emmuré dans un ancien entrepôt construit il y a vingt-cinq ans.

À ces mots, Rita se décomposa.

— Sa mort a-t-elle quelque chose à voir avec ma fille ? demanda-t-elle en reportant son attention sur Brooks. A-t-il été tué parce qu'il avait découvert que quelqu'un avait tué mon Olivia ? ajouta-t-elle d'une voix brisée par l'émotion.

— À ce stade, nous l'ignorons encore, Rita, dit Brooks. Mais la police de Braxville travaille sur le dossier.

— La police, répéta Rita d'un ton dédaigneux. Je n'espère rien de la police. Je suis allée les trouver quand ma fille a disparu. Ils n'ont rien compris. Pour eux, elle avait voulu fuir ses responsabilités. Ils ne connaissaient pas Olivia, ajouta-t-elle, les larmes aux yeux. Ma fille n'aurait jamais fait une chose pareille. Elle ne nous aurait jamais abandonnées, Gwen et moi.

Manifestement submergée par l'émotion, elle perdit un moment l'usage de la parole et prit quelques instants pour se ressaisir.

Brooks se tourna vers Gwen.

— Gwen, pourquoi n'offrirais-tu pas quelque chose à boire à ta grand-mère ? Peut-être du thé.

— Cela te plairait-il, grand-mère ? Aimerais-tu que je te prépare un bon petit thé ?

Sa grand-mère échangea un regard avec Brooks.

— Oui, très bonne idée, chérie, merci. Tu sais où tout se trouve. Je n'ai rien bougé depuis ton départ.

— Je reviens tout de suite, grand-mère, promit-elle.

Dès qu'elle fut sortie, Brooks se tourna vers Rita. Il avait perçu quelque chose d'intrigant dans son expression. Rita Harrison voulait lui confier quelque chose.

— Qu'y a-t-il, Rita ? demanda-t-il.

Elle semblait mal à l'aise. Et, visiblement, elle n'était pas gênée par sa sciatique mais par le sujet qu'elle devait aborder avec un étranger.

— Ce n'est pas facile à dire, commença-t-elle.

— Prenez votre temps. Je ne suis pas pressé.

— Merci, mais je préfère que ma petite-fille n'entende pas ce que je vais vous confier.

Devinant que Gwen ne tarderait pas à revenir, elle se lança :

— Ma fille ne parlait pas beaucoup du père de Gwen. Je ne connais même pas son nom. En revanche, je sais qu'il travaillait pour l'entreprise de votre père.

Gwen le lui avait dit la première fois qu'il l'avait rencontrée, se souvint-il.

— En êtes-vous sûre, Rita ?

— Sûre et certaine, répondit-elle sans hésitation. Je sais aussi qu'il était marié. Et voilà d'ailleurs pourquoi Olivia était si secrète à son sujet.

Son visage s'assombrit.

— Il prétendait avoir l'intention de quitter sa femme pour l'épouser. Mais c'était évidemment un mensonge éhonté dont il s'était servi pour la séduire.

Rita ajouta d'un ton méprisant :

— Tous les hommes mariés racontent à leur maîtresse qu'ils vont divorcer mais cela n'arrive jamais. Je ne sais rien d'autre sur ce type mais je crois qu'il avait de l'argent.

Elle prit une profonde inspiration, puis, regardant Brooks en face, elle ajouta :

— Ma fille était gentille, travailleuse et douce mais, comme tant d'autres femmes jeunes et naïves, elle est tombée amoureuse de la mauvaise personne… Oh ! pendant un moment, il a été à la hauteur de ses responsabilités. Au début, il envoyait de l'argent à Olivia pour l'aider avec le bébé. Cela me fait mal de le dire mais ma fille était une femme entretenue, reconnut Rita, les larmes aux yeux. Mais peu avant que Gwen n'ait quatre ans, l'argent a cessé de venir sans explication, rien. Olivia a essayé de le joindre pour comprendre ce qui se passait, pourquoi il n'envoyait plus d'argent. Mais il ne prenait pas ses appels. Finalement, elle a décidé de se rendre elle-même à Braxville afin de l'affronter. J'étais la proie d'un mauvais pressentiment et je l'ai suppliée de ne pas y aller, mais elle m'a dit de ne pas m'inquiéter. Que quand elle reviendrait, tout irait bien de nouveau. J'aurais dû insister, l'empêcher de partir, mais elle avait l'air si sûre…

La voix de Rita se brisa.

Des larmes coulaient sur ses joues alors qu'elle regardait

dans le vide, l'air désemparé. Elle eut du mal à se ressaisir pour être capable de terminer son récit.

— C'est la dernière fois que j'ai vu ma fille.

Elle dévisagea Brooks, les larmes aux yeux.

— Olivia ne nous aurait jamais laissées ainsi sans nouvelles, je le sais. Il s'est passé quelque chose, je le sens, ajouta Rita en posant la main sur son bras. S'il vous plaît, cherchez ce qu'il est arrivé à ma fille. Je dois savoir.

Brooks ne faisait généralement pas de promesses. Il assurait à ses clients qu'il ferait de son mieux pour répondre à leurs attentes et il en restait là.

Mais à la vue de l'expression désespérée de Rita, il fut incapable de s'en empêcher.

— Je découvrirai ce qu'il est arrivé à votre fille, Rita. Vous avez ma parole.

— Dieu vous bénisse. Je vous en prie, ne dites rien à Gwen à propos de notre conversation. Elle ignore que sa mère était une femme entretenue, et cela vaut mieux.

Brooks sortit son mouchoir et le tendit à Rita. Ses aveux impromptus comme cette dernière requête lui donnaient de lourdes responsabilités, songeait-il.

Mais la vieille femme était bouleversée et tenait à protéger sa petite-fille comme la réputation de sa fille. Il comprit que Gwen n'avait pas besoin de tout savoir. Et, en se taisant sur cet aspect de l'affaire, il respectait le secret de Rita et protégeait du même coup Gwen, lui aussi.

Sur ces entrefaites, celle-ci revint portant une tasse de thé fumante sur un plateau avec de la crème et du sucre.

Elle posa son chargement sur la table basse devant sa grand-mère. Puis elle jeta un coup d'œil de Rita à Brooks.

— Tout va bien ? demanda-t-elle comme si elle devinait qu'il s'était passé quelque chose entre eux pendant son absence.

— Très bien, ma chérie, répondit Rita. Ton ami et moi faisons connaissance.

Elle se tourna vers Brooks, lui demandant du regard confirmation.

— Ta grand-mère m'a dit beaucoup de choses utiles sur ta mère, renchérit-il. J'espère que cela nous aidera à retrouver sa trace, bien qu'à ce stade rien n'est simple.

Sentant que la grand-mère et la petite-fille avaient besoin de réconfort, il ajouta :

— Cela dit, il y a encore de nombreuses personnes à interroger, des endroits à explorer, des pistes à suivre, pour nous permettre d'avancer.

— Alors l'affaire n'est pas sans espoir ? demanda Gwen.

— Rien n'est jamais désespéré, à moins d'abandonner, lui dit Brooks.

Il devina que Rita était fatiguée et se leva.

— Maintenant, nous allons y aller, Rita.

— Y aller ? Aller où ? interrogea-t-elle. Chez vous ?

— Non, nous ne quittons pas encore Kansas City. Nous allons chercher des chambres d'hôtel pour la nuit.

— Des chambres d'hôtel ? répéta Rita d'un ton incrédule. C'est absurde. Vous allez rester ici. Gwen dormira dans son ancienne chambre et vous ici sur le canapé. Gwennie, dit Rita en se tournant vers sa petite-fille, va chercher des draps dans l'armoire à linge pour préparer le canapé pour M. Colton.

— C'est bon, dit Brooks. Je ne veux pas m'imposer.

— Vous ne vous imposez pas, dit Rita. Et je me sentirais insultée si vous partiez maintenant. Vous ne voudriez pas heurter les sentiments d'une vieille femme maintenant, n'est-ce pas ?

— Non, mais je ne vois aucune vieille femme ici, répondit-il.

Rita rit, ravie.

— Oh ! Gwennie, j'aime beaucoup ton ami, dit-elle avec un large sourire.

Gwen ouvrit la bouche pour la corriger, préciser que Brooks n'était que son détective privé. Mais elle savait que cela ne servait à rien. Une fois que sa grand-mère avait une idée en tête, il était impossible de la déloger.

Alors elle céda.

— Je vais chercher des draps, grand-mère.

— Bonne fille, dit Rita avec fierté. C'est vrai, ajouta-t-elle pour Brooks. Gwen est une fille merveilleuse.

Brooks eut l'intuition qu'elle le mettait en garde, mais il ne savait pas contre quoi.

12

Gwen revint bientôt avec un oreiller, une paire de draps ainsi qu'une couverture pour permettre à Brooks de dormir sur le canapé le plus confortablement possible.

Comme elle commençait à faire ce lit improvisé, Brooks voulut l'en empêcher.

— Ce n'est pas à toi de t'en occuper. Laisse, je suis capable de me débrouiller.

— Je n'en doute pas, mais c'est le moins que je puisse faire, répliqua Gwen. Nous nous efforçons toujours d'accueillir dignement nos invités.

Elle s'interrompit soudain, considéra le sofa et lança :

— D'ailleurs, ne vaudrait-il pas mieux que je prenne le canapé et que tu dormes dans mon lit ? Tu y serais mieux installé. Ne t'inquiète pas, il n'y a ni papier à fleurs aux murs ni rideaux roses aux fenêtres dans ma chambre. N'importe quel adulte s'y sentirait à l'aise.

— Je ne m'inquiétais pas du tout, répondit-il. Du moins, pas à propos de la couleur du papier peint.

— Alors qu'est-ce qui t'inquiète ? demanda-t-elle.

— Je crains d'être perturbé dans ton ancienne chambre. Tu me troubles déjà beaucoup…

— Vraiment ?

Il ne parvenait pas à décrypter son expression mais il espérait ne pas être totalement à côté de la plaque.

— Bon, poursuivit-il, je vais sans doute me ridiculiser, mais je prends le risque et je me jette à l'eau…

Il s'avança vers elle et lança :

— Dis-moi si j'imagine l'alchimie qui existe entre nous.

Gwen le dévisagea quelques instants avant d'avouer :

— Je me demandais si tu éprouvais la même chose que moi.

— Comment ne pas ressentir cet incendie, ce tsunami, ce tremblement de terre ? dit Brooks. Il m'a terrassé au premier regard, avant même de t'avoir embrassée la première fois, ajouta-t-il en souriant.

— Cet aveu me réchauffe le cœur, reconnut-elle, mais je ne comprends toujours pas tes réticences à dormir dans ma chambre.

— Si je passe la nuit sur le canapé du salon, je devrai veiller en permanence à bien me comporter parce que, à tout moment, ta grand-mère pourrait nous surprendre. Si je suis dans ta chambre et que tu y passes pour une raison quelconque…

Il ne prit pas la peine de finir sa phrase. Il se contenta de la regarder d'un air entendu.

— Bien vu, dit Gwen. Mais je crains que, sur ce sofa, ta nuit ne soit pas très confortable…

— Tout va bien. De toute façon, j'ai l'habitude de ne dormir que d'un œil.

— Bon. Alors, dors bien, dit-elle avant de le laisser.

Gwen retourna dans sa chambre et se prépara à se mettre au lit. Après s'être déshabillée et s'être glissée entre les draps, elle se retrouva allongée, à fixer le plafond et à regarder les lumières projetées par les phares des voitures qui passaient dans la rue.

Revenir ici lui semblait étrange. Elle ne pouvait s'empêcher de songer à la façon dont les choses avaient changé depuis son départ. Elle avait grandi dans cette maison, dormi dans cette chambre jusqu'au jour où elle avait obtenu son diplôme au Donnelly College. Elle avait choisi cet établissement pour y poursuivre ses études supérieures parce qu'il était situé à Kansas City. Rentrant chez sa grand-mère tous les soirs, elle avait ainsi économisé les frais d'hébergement.

Vivre à la maison et non sur le campus lui avait également permis d'entourer sa grand-mère.

À la fin de ses études, dès qu'elle avait décroché son premier emploi d'enseignante, elle avait pris un petit studio dans le quartier.

Bien sûr, elle venait toujours voir Rita au moins une fois par semaine, sinon plus. Avec l'âge, celle-ci avait eu quelques problèmes de santé. Gwen voulait rester à proximité.

Si sa grand-mère ne lui avait pas demandé de mener l'enquête pour découvrir ce qu'il était arrivé à sa mère, elle ne serait jamais partie à Braxville.

La possessivité croissante de Daniel lui avait donné une raison supplémentaire de quitter la ville. Pourtant, elle ne mesurait pas de quoi il était capable.

Comme son cerveau ne cessait de s'activer, Gwen passa la moitié de la nuit à se tourner et à se retourner entre les draps. Il lui fallut beaucoup de temps avant de s'endormir. Et quand enfin elle parvint à s'assoupir, son sommeil fut agité et rempli de rêves confus qu'elle ne réussit pas à mémoriser.

Lorsqu'elle se réveilla au petit matin, elle se sentait plus fatiguée que quand elle s'était couchée.

Pourtant, alors qu'elle entrait dans la cuisine pour confectionner le petit déjeuner, elle afficha un visage serein. Elle y trouva sa grand-mère en grande discussion avec Brooks. Rita s'activait déjà devant ses fourneaux.

— Ai-je fait la grasse matinée sans m'en apercevoir ou vous êtes-vous levés à l'aube ? demanda Gwen.

— Nous avons pensé qu'il valait mieux te laisser te reposer, ma chérie, dit Rita.

Elle donnait l'impression qu'il s'agissait d'une décision commune et mûrement réfléchie.

— De toute évidence, cela n'a pas fonctionné comme nous l'avions prévu, ajouta-t-elle en se tournant vers son invité pour voir s'il était d'accord. Ta nuit a été difficile, ma chérie ?

Gwen ne voulait pas l'inquiéter. Mais sa grand-mère la connaissait mieux que personne et il ne servait à rien de lui mentir. Depuis qu'elle était enfant, Rita Harrison avait toujours été capable de lire en elle comme à livre ouvert.

— J'avais sans doute trop de choses en tête, grand-mère. J'ai eu du mal à m'endormir.

Rita jeta un coup d'œil vers Brooks, puis sourit d'un air entendu.

— As-tu envie d'en parler ?

— Pas vraiment, répondit Gwen, gênée.

À son grand soulagement, sa grand-mère n'insista pas.

— Alors, assieds-toi, ma chérie. J'ai préparé ton petit déjeuner.

Gwen n'avait pas faim.

— Merci, mais je…

— Pas question de sauter ce repas. Je n'ai plus personne pour qui cuisiner, maintenant, alors aucun de vous deux ne se lèvera de table avant d'avoir terminé son assiette. Compris ?

— Oui, madame, répondit Brooks qui se demandait visiblement si elle parlait sérieusement.

— Oui, grand-mère, dit Gwen.

Satisfaite, Rita hocha la tête.

— Bon. Le petit déjeuner sera bientôt prêt, annonça-t-elle.

Si elle se déplaçait plus lentement qu'autrefois, Rita était manifestement en forme et dans son élément.

— Le café est sur le comptoir si l'un de vous est intéressé, leur dit-elle, sachant qu'ils le seraient.

Gwen, qui la connaissait bien, devinait que sa grand-mère appréciait Brooks et qu'elle en était la première étonnée. Manifestement, elle cherchait à lui faire plaisir.

Sans doute avait-elle deviné que le jeune détective privé aimait son café noir, parce qu'elle lui servit son breuvage sans sucre ni lait.

Le petit déjeuner fut un moment détendu et agréable.

Sa grand-mère semblait heureuse, pensa Gwen, et ce constat lui réchauffa le cœur. La présence de Brooks en était la cause, elle en était consciente. Il avait réussi à charmer sa grand-mère, un véritable exploit. Rita avait toujours été méfiante envers les inconnus.

Mais, sans effort apparent, Brooks avait réussi à l'apprivoiser. Ils se comportaient déjà comme de vieux amis.

Peut-être était-ce lié à la promesse de Brooks de découvrir ce qui était arrivé à sa mère ou peut-être sa grand-mère avait-elle senti qu'il se passait quelque chose entre elle et Brooks…

Quelle qu'en soit la raison, sa grand-mère avait adopté Brooks, et Gwen s'en félicita.

Après le petit déjeuner, Gwen débarrassa la table puis lava la vaisselle. Brooks avait insisté pour l'aider afin de permettre à Rita de s'asseoir et de savourer tranquillement une deuxième tasse de café.

— J'ai vraiment apprécié votre présence, leur dit Rita en apportant sa tasse vide pour la rincer. Peu importe le résultat de votre enquête, dit-elle à Brooks, sachez que vous serez toujours le bienvenu chez moi et que vous pourrez prolonger vos séjours aussi longtemps qu'il vous plaira. De plus, si vous venez, Gwen viendra peut-être plus souvent, conclut Rita, désignant sa petite-fille avec un clin d'œil.

— Grand-mère ! protesta Gwen, outrée.

— Ai-je tort ? répliqua Rita, la mettant au défi de la contredire.

— Nous en parlerons plus tard, répondit Gwen, embarrassée.

Brooks vint à la rescousse de Gwen en changeant de sujet.

— Avant de partir, pourquoi ne pas me faire visiter le quartier ? suggéra-t-il.

Comme Gwen semblait hésiter, il ajouta :

— J'aimerais voir où tu as grandi.

— Cela me semble une excellente idée, intervint Rita.

Gwen s'essuya les mains sur le torchon.

— D'accord, dit-elle.

— Alors, allons-y, lança Brooks.

Il s'arrêta un instant pour dire à Rita :

— Nous ne devrions pas être absents trop longtemps. N'est-ce pas, Gwen ?

— Prenez tout le temps que vous voulez, Brooks, et quand vous en aurez assez, vous reviendrez.

Il sourit à Rita. Il l'aimait déjà beaucoup.

— Parfait.

— Tu sais, déclara Gwen dès qu'ils sortirent de la maison et fermèrent la porte derrière eux, tu as complètement séduit ma grand-mère. Je ne l'avais encore jamais vue se comporter ainsi avec quelqu'un.

— C'est sans doute parce que je l'apprécie vraiment, répondit-il avec sincérité. J'ai d'ailleurs l'intention de tenir la promesse que je lui ai faite et de découvrir ce qu'il s'est passé, il y a vingt-cinq ans.

— Merci de lui avoir donné de l'espoir, dit Gwen alors qu'ils remontaient la rue. Mais, entre nous, je sais qu'elle ne s'attend pas réellement à ce que tu tiennes parole. Elle est consciente de la difficulté d'élucider un meurtre vieux d'un quart de siècle. À mon avis, elle voulait surtout que quelqu'un d'autre qu'elle – et moi – montre un peu d'intérêt pour le sort de ma mère. Après toutes ces années, elle a certainement compris que ma mère ne faisait plus partie des vivants. Comme moi, elle sait que si elle était encore en vie, déclara Gwen avec émotion, elle aurait trouvé le moyen de nous contacter.

Gwen poussa un gros soupir résigné.

— Qu'elle ne l'ait pas fait est révélateur… Il lui est arrivé malheur. Son silence le prouve.

Comme ils parvenaient devant un passage pour piétons, Gwen attendit que le feu passe au rouge. Elle traversa alors la rue, devançant un peu Brooks.

Tout en continuant à lui parler de sa mère, elle le regardait et ne prêtait pas attention à la circulation. Heureusement, Brooks était plus vigilant et capta soudain du coin de l'œil un mouvement.

Une voiture accélérait et se dirigeait droit sur elle.

Il réagit d'instinct. Saisissant Gwen par le bras, il la tira en arrière et réussit à l'écarter à temps du danger. Il lui évita le pire de justesse.

Le coupé sport passa en trombe devant eux et aurait écrasé Gwen si elle était restée où elle se trouvait.

Déséquilibrée, Gwen s'effondra sur lui. Dans un bel ensemble, ils trébuchèrent et tombèrent violemment sur le sol.

Brooks se releva aussitôt et s'élança vers le bolide mais

ce dernier dévala la rue et fut très vite hors de vue. Il ne pensait pas pouvoir le rattraper, mais il aurait voulu lire sa plaque d'immatriculation.

— Bon sang ! cria-t-il.

Déçu, il revint en courant vers Gwen.

Secouée mais en colère, elle s'était relevée et tapotait ses vêtements pour en retirer la poussière.

— Il a failli m'écraser, lâcha-t-elle lorsque Brooks la rejoignit. Cela s'est joué à un cheveu.

Elle respirait difficilement et aurait été encore plus effrayée si elle n'avait pas été aussi furieuse.

Elle se tourna vers Brooks et ses yeux s'agrandirent alors que les détails de la scène parvenaient enfin à son cerveau.

— C'était Daniel ! dit-elle. Je ne l'avais jamais vu au volant de ce véhicule mais je suis sûre que c'était lui. Tu as couru après lui. As-tu réussi à voir la plaque d'immatriculation ?

Au moment où elle s'était mise sur ses pieds, la voiture était trop éloignée pour qu'elle puisse lire le numéro.

— Non, répondit Brooks d'un ton déçu. Ce n'était pas un accident, Gwen, ajouta-t-il. Quel que soit l'individu au volant, il te ciblait.

Il y avait quelque chose dans sa voix qui la rendait nerveuse.

— Qu'est-ce qui te fait dire ça ?

— Le conducteur avait mis de la boue sur sa plaque d'immatriculation, rendant ainsi les chiffres illisibles. Il s'agissait d'un acte délibéré, dit Brooks. Retournons chez ta grand-mère pour y récupérer tes affaires puis nous partirons. Plus vite tu seras revenue chez moi, mieux je me sentirai.

13

Quand Gwen et Brooks revinrent chez elle, Rita comprit immédiatement qu'il s'était passé quelque chose. En effet, sa petite-fille ayant indiqué qu'elle voulait montrer le quartier à Brooks, elle s'attendait à ce qu'ils en aient pour un bon moment. Or ils ne s'étaient absentés qu'un petit quart d'heure.

De plus, elle sentait une certaine tension dans l'air. Pourtant, tous les deux se souriaient. Elle en conclut que, quoi qu'il leur soit arrivé, ils ne s'étaient pas disputés.

Elle devina qu'ils ne lui diraient rien pour ne pas l'inquiéter. Pourtant, elle éprouva le besoin de les questionner, au cas où.

— Quelque chose ne va pas ? leur demanda-t-elle.

— Non, nous nous sommes seulement rendu compte que nous ne devions pas tarder à rentrer, dit Brooks, prenant les devants.

Gwen et lui avaient discuté de ce qu'ils diraient à sa grand-mère pour expliquer la brièveté de leur promenade.

Aucun d'eux ne voulait alarmer Rita en lui parlant de la voiture qui avait failli écraser Gwen.

— Nous avions complètement oublié que Brooks avait un engagement. Il doit assister à une petite fête de famille, ajouta Gwen sans doute pour donner plus de crédibilité au changement soudain de plans. Les Colton ont l'habitude de se réunir.

Rita hocha la tête. Elle n'avait pas envie d'en savoir plus mais elle sentait dans son cœur qu'ils lui racontaient une histoire inventée de toutes pièces.

Ses yeux perçants balayèrent les vêtements de sa petite-fille.

— Peut-être devrais-tu te changer avant de partir, ma chérie, dit-elle. Ta jupe est toute sale, comme si tu t'étais roulée dans la boue.

Gwen baissa les yeux sur sa jupe.

— Tu as raison. Je vais être obligée de la déposer chez le teinturier.

Rita hocha la tête.

— Et sois plus prudente à l'avenir.

— Promis, répondit Gwen. Bon, alors à bientôt, grand-mère, ajouta-t-elle en l'embrassant avec chaleur.

— Et n'attends pas la saint-glinglin pour revenir me voir, dit Rita. Et vous non plus, ajouta-t-elle par-dessus son épaule à l'attention de Brooks.

— C'est entendu, Rita.

— Ma grand-mère n'a pas été dupe de notre histoire, expliqua Gwen alors qu'ils reprenaient la route vers Braxville.

— Je sais. C'est une femme très intelligente, dit-il à Gwen d'une voix admirative. Elle s'entendrait probablement très bien avec ma mère. À vrai dire…

Comme une idée lui traversait soudain l'esprit, il s'interrompit un instant. L'éventualité à laquelle il pensait lui plut visiblement, et il décida d'en parler à Gwen.

— Aimerais-tu faire la connaissance de ma mère ? D'ailleurs, aimerais-tu rencontrer toute ma tribu ? En tout cas, ceux qui habitent Braxville ? Ma sœur Bridgette vit actuellement à Kansas City. Elle travaille au ministère de la Santé du Kansas. Bridgette, Neil et moi sommes triplés, ajouta-t-il. Bref, est-ce que rencontrer le clan des Colton te ferait plaisir ?

Gwen le dévisagea, muette de stupeur.

Brooks voulait la présenter à sa famille…

C'était un énorme pas en avant. Elle n'en revenait pas qu'il ait si vite envie d'avancer avec elle.

Un doute s'insinua soudain dans son esprit. Elle se demanda si cette présentation signifiait la même chose pour Brooks que pour la plupart des hommes.

Sans doute pas. Brooks n'était pas un homme comme les autres, se rappela-t-elle. Et par conséquent, s'il lui proposait de rencontrer les siens, il ne cherchait pas à obtenir la bénédiction de ses parents pour aller plus loin avec elle. Pour lui, il ne s'agissait sans doute que d'un moyen pratique de remplir une obligation familiale, pensa-t-elle.

Une vague de déception l'envahit mais elle la repoussa.

— Eh bien, comme tu as rencontré toute ma famille, dit-elle, il me paraît normal de rencontrer à présent la tienne.

Gwen se déplaça pour observer son profil.

— Quand ? ajouta-t-elle.

— Ma mère se plaint toujours de ne pas voir assez ses enfants. Maintenant que nous sommes adultes, que nous travaillons, nous avons moins le temps de passer l'embrasser. Elle adore nous avoir tous autour d'elle et toutes les occasions sont bonnes. Elle est toujours heureuse de nous avoir à la maison. Aujourd'hui, par exemple. Cela te convient-il ? ajouta-t-il.

Gwen était évidemment ravie de faire la connaissance de la tribu des Colton. Mais un autre sujet attisait sa curiosité.

— Et par « maison », tu veux probablement parler

d'un manoir ou peut-être même d'un château, n'est-ce pas ? demanda-t-elle.

— Eh bien, techniquement, répondit-il avec un peu de réticence, il s'agit d'un domaine. La maison a été dessinée au départ par un architecte et construite sur mesure. C'était le premier projet mis en œuvre par mon père.

Il n'y avait aucune fierté dans sa voix, remarqua-t-elle avec étonnement. Il se contentait d'énoncer un fait.

Si son père avait bâti quelque chose d'aussi remarquable, elle aurait été fière de le dire et de le répéter. Mais Brooks ne semblait pas se soucier de son géniteur, alors pourquoi orchestrait-il cette réunion pour qu'elle ait lieu si rapidement ?

— Qu'y a-t-il de si urgent ? lui demanda-t-elle.

Brooks avait les yeux rivés sur la route mais il lui lança un rapide coup d'œil.

— Que veux-tu dire ? Tu veux savoir pourquoi rencontrer au moins ma mère me paraît une bonne idée ? Pour plusieurs raisons. D'abord, les événements de la journée ont dû te secouer.

— C'est évident.

— Tu as sans doute besoin de te changer les idées et de te détendre. Ma mère, Lilly, est la personne la plus adorable que je connaisse. Je ne le dis pas parce que je suis son fils mais parce que c'est la vérité. Avec elle, tu te sentiras la bienvenue parce qu'elle sera sincèrement ravie de te connaître. Je suis sûr qu'elle te fera du bien. Les autres membres de ma famille – s'ils sont là – sont du même genre.

Toutes ces réflexions sur sa mère amenèrent Gwen à s'interroger sur le père de Brooks :

— Ton père sera-t-il là ?

— En plein milieu d'un week-end, il y a de fortes

chances pour qu'il le soit, répondit-il en accélérant pour doubler un camion. Pourquoi ?

Elle eut soudain envie de lui confier quelque chose qui la perturbait depuis qu'elle avait fait la connaissance de Brooks.

— Comme il est à la tête de Colton Construction Company, peut-être sera-t-il en mesure de nous apprendre quelque chose sur l'homme que ma mère était venue rencontrer à Braxville.

Elle avait délibérément évité d'utiliser les mots « mon père », mais c'était de lui dont elle parlait.

Brooks était intuitif et savait lire entre les lignes.

— La seule passion de mon père dans la vie est son entreprise. Il ne s'intéresse qu'à ses affaires. Il y consacre l'essentiel de son temps. Si tu imagines qu'il aurait pu avoir une liaison avec ta mère et qu'il pourrait être ton père, tu te trompes, j'en suis convaincu. D'aussi loin que je me souvienne, il s'est toujours dévoué corps et âme à Colton Construction. S'il disposait d'un iota de temps supplémentaire, il le passerait à la maison.

Mais peut-être connaissait-il mon père, insista Gwen qui n'était pas prête à abandonner cette idée.

— Peut-être l'a-t-il croisé mais il ignorait très probablement qu'il était ton père.

Brooks ne cessait de regarder dans son rétroviseur. Il conduisait nerveusement, remarqua-t-elle, passant d'une voie à l'autre, zigzaguant entre les véhicules. Il faillit percuter une petite berline mais, à la dernière minute, il parvint à la doubler. Pourtant, il ne perdait jamais le fil de sa conversation avec Gwen.

— Les relations que mon père entretient avec les hommes et les femmes qui travaillent pour lui ont toujours été centrées sur l'activité et plus précisément, les profits.

Il ne s'intéresse à rien d'autre. Il ne sait rien de la vie personnelle de ses salariés ou collaborateurs. Il ne se doute pas qu'ils en ont une. Il ne cherche pas à la connaître. Il ne l'a jamais fait. Jamais. Crois-moi.

Et elle le crut car elle lui faisait entièrement confiance. Et une partie d'elle s'inquiétait de cette confiance aveugle, instinctive, qu'elle lui vouait. Inquiète que cette attirance modifie sa perception de Brooks et l'empêche de repérer des indices qui pourraient être un signal destiné à l'avertir d'un éventuel danger.

— En es-tu sûr ? lui demanda-t-elle.

— Sûr et certain. Mais cela ne signifie pas que je ne vais pas enquêter sur le sujet. Je fais confiance mais je vérifie, dit-il en souriant. C'est un principe que j'applique non seulement dans mon travail mais aussi dans ma vie.

Elle serra les lèvres.

— Et si tes investigations te démontrent que tu te trompes ? lui lança-t-elle, d'un ton de défi.

— Je me suis d'abord et avant tout engagé auprès de toi. Je t'ai promis des réponses et j'ai l'intention de les obtenir. Mais en ce moment, j'ai besoin que tu te détendes un peu et, par expérience, je suis certain que la meilleure façon d'y parvenir est de te conduire à cette soirée.

Il lui jeta un regard de biais et ajouta :

— Mais d'abord, évidemment, tu vas devoir effectuer de petites vérifications…

— Que veux-tu dire ? demanda-t-elle en fronçant les sourcils.

Doublant un autre véhicule trop lent, Brooks lui jeta un coup d'œil sidéré.

— Tu as failli te faire écraser par un fou furieux.

— Oui et comme tu viens de le préciser, j'ai *failli* être

victime d'un accident. *Failli.* Il ne m'est rien arrivé, en réalité.

— Mais ta tête a heurté violemment le trottoir. Je préfère m'assurer que tu ne souffres pas d'une commotion cérébrale ou d'une fracture du crâne. Ce serait possible, ajouta-t-il lorsque Gwen haussa les épaules pour montrer ce qu'elle en pensait.

— Je ne boite pas. Je ne vois pas double, je m'exprime correctement. Bref, tout va bien. Cesse de t'inquiéter, dit-elle.

— Tu n'avais même pas vu que tu avais de la boue sur ta jupe.

— Cela ne veut rien dire, répliqua-t-elle.

— Fais-le pour moi, pour me faire plaisir, lui dit-il. Je me soucie de toi.

Gwen leva les yeux au ciel en soupirant.

— Depuis quand te prends-tu pour mon père ?

— Pas ton père, répondit-il. Un ami inquiet.

— Alors, nous sommes amis ? lui demanda-t-elle, sceptique. C'est nouveau.

Pour être honnête, elle ne le considérait pas comme un ami. À ses yeux, il comptait bien davantage. Peut-être avait-elle commis une erreur et mal interprété ses signaux – même si elle en doutait.

Son sourire chaleureux, charmant, l'affolait.

— C'est normal. Je ne suis pas comme les autres.

— C'est sûr, lui dit-elle.

— Bon, le sujet est clos, conclut-il avec emphase.

Quelque chose dans son ton déclencha un signal d'avertissement. Que lui disait-il exactement ?

— Attends, tu m'as perdue, Brooks. De quoi parles-tu ? Quel sujet est-il clos ? demanda-t-elle, redevenue méfiante.

— Tu vas te faire examiner, répondit-il avec patience.

— Oh non. Je ne vais pas à l'hôpital. Hors de question.

Il avait anticipé cette réponse et s'y était préparé. S'efforçant de ne pas triompher, il se tourna vers elle :

— Très bien, je te propose un compromis. Je vais te conduire chez un médecin.

— Au cas où tu ne l'aurais pas remarqué, nous sommes samedi et je ne connais aucun médecin dans les environs qui reçoive des patients aujourd'hui, lui dit-elle.

— J'en connais un, moi, répliqua-t-il

— Bien sûr, s'écria-t-elle avec résignation. Comment ai-je pu en douter ?

— Au cas où tu te demanderais comment je connais un médecin dont les services me sont accessibles à toute heure du jour et de la nuit, y compris le dimanche…

Elle lui lança un regard perçant.

— Oh oui, s'il te plaît, dis-le-moi, fit-elle avec ironie.

— Il s'agit de l'un de mes anciens clients. Il y a quelques années, j'ai retrouvé sa fille : Heather. Elle s'était enfuie à Abilene avec un type qu'elle avait rencontré sur Internet. Quand je l'ai retrouvée, elle était plus que disposée à rentrer chez son père – le gars était un séducteur en série avec un faible pour les adolescentes. Heather vient d'obtenir son diplôme universitaire en juin dernier. Son père m'a dit qu'il m'était redevable à vie et que, si j'avais besoin de quoi que ce soit…

Brooks laissa sa phrase en suspens, laissant Gwen la compléter.

— Inutile de discuter, tu as déjà perdu la partie, conclut-il. Tu vas te soumettre à un examen rapide, il te dira si tu vas aussi bien que tu le prétends, puis nous irons voir ma mère. Et tout le monde sera content : moi, toi, ma mère, ajouta-t-il comme si cela suffisait à faire pencher la balance en sa faveur.

Gwen céda.

— Bon, dit-elle. Si cela signifie autant pour toi…

— Super ! s'exclama Brooks, qui semblait heureux au-delà de tout. Si je ne conduisais pas, je t'embrasserais.

Elle le regarda. Honteuse, elle se rendit compte qu'elle rougissait. Elle avait besoin de mieux contrôler ses réactions face à Brooks.

— Tu me dois quelque chose.

Il jeta un coup d'œil dans sa direction.

— Ne t'inquiète pas. Je paie toujours mes dettes.

Sa façon de l'affirmer déclencha chez elle un long frisson.

Le Dr William Walters était le genre de praticien que Gwen aurait choisi si elle avait été à la recherche d'un médecin de famille. Il y avait quelque chose chez cet homme souriant aux manières douces qui inspirait confiance, pensa-t-elle.

Brooks l'avait conduite chez lui à une mauvaise heure. Il était évident qu'ils interrompaient un déjeuner en famille. Mais, remarqua Gwen, ni le médecin ni son épouse ne parurent contrariés lorsqu'ils ouvrirent la porte et découvrirent Brooks sur le seuil.

— Je reviens tout de suite, dit le Dr Walters à sa femme.

Il les entraîna vers un petit bureau à l'arrière et leur expliqua d'un ton amical :

— Je ne l'utilise pas très souvent. Il ne me sert que pour les urgences. Je vais vous examiner, mademoiselle, pour juger si vous avez besoin ou non de consulter un confrère pour une évaluation plus approfondie ou un traitement.

Ouvrant la porte du bureau, il lui demanda :

— Brooks vous a-t-il dit comment nous nous sommes rencontrés ?

— Il m'en a fait un bref résumé, répondit-elle.

Il hocha la tête.

— Il n’est pas du genre à se vanter. C’est un homme bien, conclut-il avec simplicité.

Gwen ne sut pas quoi répondre à cette déclaration. Elle ne voulait pas donner l’impression qu’elle avait déjà une opinion arrêtée sur Brooks.

Heureusement, elle n’eut pas à le faire. Le médecin lui épargna cette peine en se concentrant sur l’examen.

— Très bien, asseyez-vous. Que dois-je chercher exactement ? demanda-t-il.

Brooks prit le relais, donnant un bref récit des événements de la matinée. Il expliqua au médecin que l’arrière de la tête de Gwen avait violemment heurté le trottoir.

— Pour exclure complètement l’éventualité d’une commotion cérébrale, vous aurez besoin d’une IRM et je ne suis pas équipé pour pratiquer cet examen ici, dit ce dernier. Cependant, je vais vous ausculter et vous faire subir quelques tests pour repérer d’éventuels signes qui indiqueraient un problème. Si je n’en vois pas, j’en conclurai qu’il y a peu de chances que vous souffriez d’une commotion cérébrale. Cela vous va-t-il ? ajouta-t-il avec un sourire.

Gwen hocha la tête.

— Nous sommes tous les deux plutôt impatients de reprendre la route, répondit-elle. Faites tout ce que vous devez faire pour nous le permettre.

Walters exécuta une batterie de tests sur Gwen et, quand il eut fini, il rappela Brooks dans la pièce pour qu’il puisse leur parler à tous les deux.

— Alors ? demanda Brooks d’un ton pressé.

— Je suis heureux de vous annoncer qu’à part quelques ecchymoses sans gravité, dit-il avec un regard vers Gwen, votre femme est en parfaite santé, Brooks.

Brooks ne prit pas la peine de corriger l’erreur du médecin

concernant leur relation. Au lieu de quoi, il répondit, un grand sourire aux lèvres :

— Génial.

Puis, sortant son portefeuille, il demanda :

— Combien vous dois-je ?

— Rien du tout, répliqua Walters. J'ai une dette envers vous que je ne pourrai jamais rembourser. Maintenant, si vous voulez bien m'excuser, je dois rentrer avant que Marjorie ne s'impatiente.

Il inclina la tête vers Gwen.

— Ravi de vous avoir rencontrée, dit-il.

Sur ces mots, il se retira, et ils quittèrent le cabinet.

14

Plus ils se rapprochaient de la maison des parents de Brooks, plus Gwen se sentait nerveuse. Combien de fois avait-elle entendu dire que les Colton n'étaient pas des gens comme les autres ? Non seulement ils étaient extrêmement riches mais ils se montraient, paraît-il, distants voire méprisants avec les autres. Certes, Brooks ne se comportait pas du tout ainsi avec elle. Sa sincérité et son naturel l'avaient surprise, conquise. Il ne l'avait jamais prise de haut. Mais était-il l'exception qui confirmait la règle ? Tous les membres d'une même famille n'avaient pas toujours les mêmes attitudes.

Alors qu'il roulait sur la route sinueuse qui menait au domaine familial, elle se tourna vers lui.

— Tu es sûr que ta mère ne verra pas d'inconvénient à ce que je débarque chez elle avec toi ? demanda-t-elle.

— Tu plaisantes ? Ma mère sera ravie de te rencontrer. Elle se plaint toujours de ne pas voir assez souvent ses enfants. Mon père travaille vingt-trois heures par jour. Elle a fini par s'habituer à son absence mais rien ne la rend plus heureuse que nos visites.

Comme il glissait un coup d'œil vers Gwen, il sembla percevoir l'inquiétude dont elle était la proie.

— Ma mère ne mord pas, je te le jure, dit-il en riant.

Mon père non plus. Il est réservé et ne parle pas beaucoup. Mais il est comme ça avec tout le monde. C'est un ours.

Il s'engagea dans l'allée.

— D'ailleurs, maintenant que j'y pense, il est plutôt plus avenant avec les étrangers. Alors respire un grand coup et détends-toi, dit-il en se garant devant la demeure familiale. Et rappelle-toi que je suis là. J'assure tes arrières.

Elle n'avait jamais su se détendre sur commande.

Il sortit et, contournant la voiture, vint lui ouvrir la portière passager.

— Je ne connais personne qui n'ait pas aimé ma mère au premier regard, poursuivit-il en lui prenant la main pour l'aider à descendre du véhicule.

Ce qui ne prouvait rien, songea-t-elle. Comment imaginer quelqu'un lui dire qu'il trouvait sa mère méchante ou simplement désagréable ? Par politesse, les gens gardaient pour eux ce genre de réflexions. Mais, bien sûr, Brooks serait incapable de l'entendre.

Tout en marchant vers la porte d'entrée, il ajouta :

— Nous allons convenir d'un code entre nous. Si à un moment tu te sens mal à l'aise ou si tu en as simplement assez, nous partirons. Il te suffira de me faire un petit signe de la main et je comprendrai. Tout ce que je te demande c'est d'accorder trois quarts d'heure à ma mère. Tu peux le faire, n'est-ce pas ?

— D'accord, dit-elle.

Il lui décocha un sourire complice tout en appuyant sur la sonnette.

— Merci.

La porte d'entrée s'ouvrit. Au lieu du majordome auquel s'attendait Gwen, une grande femme apparut. Très belle, elle était habillée avec élégance et ses cheveux auburn étaient impeccablement coiffés. Ses yeux myosotis empreints de gentillesse lui rappelèrent ceux de Brooks. Il s'agissait forcément de sa mère.

Un grand sourire aux lèvres, Lilly Colton embrassa son fils.

— Brooks ! s'écria-t-elle d'une voix joyeuse. Tu es venu. Et vous devez être Gwen ! dit-elle en se tournant vers la nouvelle venue.

Elle l'embrassa avec autant de chaleur qu'elle venait d'embrasser son fils.

Elle la lâcha et recula d'un pas pour mieux l'observer. Elle plissa les paupières.

— C'est drôle, ma chère, vous me rappelez quelqu'un. Quel est votre nom de famille déjà ?

— Gwen ne te l'a pas donné, intervint Brooks.

Lorsqu'il avait téléphoné pour prévenir sa mère qu'il venait accompagné d'une amie, il ne l'avait désignée que par son prénom.

— Je te présente Gwen Harrison.

— Harrison, répéta Lilly. Non, ce nom ne me dit rien, et pourtant votre visage me semble familier. Nous ne nous sommes encore jamais rencontrées, n'est-ce pas, Gwen ?

— Non, madame. Je m'en serais souvenue.

— Comme vous êtes gentille, dit Lilly, visiblement ravie.

Elle glissa son bras autour des épaules de Gwen.

— Entrez, que je vous présente le reste de la famille. Soyez prévenue, mon mari risque de vous ignorer comme si vous étiez invisible. Ne le prenez surtout pas pour vous. Depuis qu'il est rentré à la maison, il y a une heure, il est d'une humeur exécrable. Il ne cesse de fulminer contre le maire de la ville. Depuis des années, ce dernier se bat pour mettre un terme au « bétonnage à tout va ». Dans un monde idéal, l'idée est belle mais Fitz le prend pour une attaque personnelle, confia-t-elle en entraînant sa jeune invitée au salon.

La pièce était immense et somptueusement décorée. Gwen eut l'impression d'entrer dans un palais.

— Quelle magnifique maison !

Lilly frappa dans ses mains pour attirer l'attention du reste de la tribu.

— Écoutez-moi, tout le monde, lança-t-elle d'un ton joyeux. Voici Gwen Harrison, l'amie de Brooks.

Toute la famille se retourna et s'approcha.

Lilly se chargea des présentations.

— Gwen, voici deux de mes filles, Jordana et Yvette. Elles travaillent toutes les deux au poste de police de Braxville. Jordana y est inspectrice, elle mène des enquêtes, et Yvette technicienne de laboratoire criminel. Elle sait repérer ce que personne ne remarque sur les scènes de crime.

— Nous nous connaissons, dit Jordana en souriant à Gwen.

— Mais ce n'est pas mon cas, intervint Yvette en lui serrant la main.

Lilly entraîna ensuite Gwen vers le sosie de Brooks.

— Ce beau jeune homme est Neil. Il est avocat pénaliste. Au cas où vous auriez l'impression de voir double, Brooks et Neil sont les deux tiers des triplés de la famille. Bridgette est la troisième – elle n'est pas là. Elle vit à Kansas City et travaille au ministère de la Santé du Kansas. Et voici Tyler, Ty pour les intimes, l'aîné de mes enfants.

Ils eurent à peine le temps d'échanger quelques mots. Lilly l'emmenait déjà plus loin.

— Quant à ce monsieur grognon, il s'agit de mon mari, Fitz. Vous avez de la chance, ma chère. En général, il ne rentre pas à la maison avant minuit.

Elle le dit avec le sourire. Il n'y avait aucune récrimination dans sa voix. Manifestement, elle s'était résignée à cette réalité depuis des années.

Fitz s'avança et serra la main de Gwen.

— Ravi de vous rencontrer, dit-il d'un ton distrait.

Se tournant vers sa femme, il ajouta :

— Désolé de vous abandonner, mais je ne peux pas rester, Lilly. Ta fille menace de fermer mon chantier. Je dois donc y retourner pour m'assurer que le plus gros du travail sera fait avant qu'elle ne mette sa menace à exécution.

Il jeta un coup d'œil irrité à Jordana. Celle-ci ne semblait pas contente d'être la cible de la colère paternelle.

— Je n'y peux rien, papa. L'ordre est venu d'en haut. Trouver un cadavre dans le mur d'un bâtiment fait mauvais genre, reconnais-le.

— Il a été emmuré dans cet entrepôt, il y a vingt-cinq ans, lui rappela avec raideur Fitz. Empêcher mes hommes de travailler ne te dira pas qui l'a mis là-dedans. De plus, grâce à ton frère, le corps a été identifié. Qu'espères-tu de plus ?

Lilly prit le bras de son mari et le tapota comme si elle tentait d'apaiser un enfant indiscipliné.

— Arrête, Fitz. Gwen n'est pas venue pour t'entendre reprocher à ta fille d'effectuer correctement sa mission. Si elle travaillait pour toi, tu te féliciterais que Jordana soit aussi efficace.

— Mais elle ne travaille pas pour moi, répliqua Fitz. Aucun des enfants ne s'est investi dans mon entreprise. Ils aiment vivre des fruits de mon labeur, pas mettre la main à la pâte, conclut-il d'un ton désabusé.

— Fitz, ça suffit, l'avertit sèchement Lilly.

À la grande surprise de Gwen, le patriarche si distingué se tourna vers elle et lui adressa ses excuses plutôt qu'à sa femme.

— Pardonnez-moi, mademoiselle. Je ne suis pas de bonne humeur. La découverte de ce cadavre et surtout les conséquences de cette découverte m'affectent. Si vous voulez bien m'excuser, je dois vous laisser. Désolé, Lilly, répéta-t-il.

Qu'il s'agisse d'excuses sincères ou non, il déposa un petit baiser sur la joue de sa femme avant de tourner les talons pour partir.

— Ravi d'avoir fait votre connaissance, Gwen. Bonne soirée, ajouta-t-il avant de quitter la pièce.

Un instant plus tard, ils entendirent le bruit d'une porte qui se refermait.

— C'était mon père, dit Brooks, fataliste, en se tournant vers Gwen.

— Il a l'air très occupé et d'avoir beaucoup de choses en tête.

— D'aussi loin que je me souvienne, il a toujours eu beaucoup de choses en tête, répondit Brooks.

Gwen vit Lilly échanger quelques mots avec quelqu'un dans le couloir, une employée de maison sans doute. Puis elle se retourna pour s'adresser à ses enfants et à son invitée.

— Le dîner est prêt. Nous pouvons passer à table.

Lilly passa son bras sous celui de Gwen.

— J'ai demandé à la gouvernante de mettre une chaise à côté de celle de Brooks. Pour vous, ajouta-t-elle avec un sourire entendu à son fils.

Sa mère jouait les entremetteuses et de façon peu subtile, remarqua Brooks. Il hésita à lui faire comprendre que ses efforts étaient inutiles.

Il lui serait facile de tomber amoureux de Gwen, songea-t-il alors qu'il suivait le mouvement jusqu'à la salle à manger. Mais, dans le passé, il avait souvent emprunté cette route et savait où elle menait. Il connaissait le scénario par cœur. Il venait au secours d'une femme, réglait ses problèmes, neutralisait les menaces qui planaient au-dessus d'elle… et après l'en avoir remercié, elle disparaissait de sa vie en lui brisant le cœur.

Il n'avait aucune envie de se retrouver dans cette impasse.

Cela dit, éloigner délibérément sa chaise de celle de Gwen serait grossier et blessant. Il laissa donc sa mère croire que ses manigances portaient leurs fruits. Après tout, Gwen était sa cliente et rien ne lui interdisait de s'asseoir à côté de lui.

Il était tard quand Brooks et Gwen quittèrent finalement le domaine familial.

Comme il reprenait la route qui les mènerait chez lui, Brooks jeta un coup d'œil vers Gwen. Au moins la soirée s'était bien déroulée. Mieux que ce à quoi il s'attendait.

Et Gwen avait l'air contente.

— J'ai passé un très bon moment, fit-elle, confirmant son intuition.

— Tant mieux. Excuse le comportement de mon père, dit-il.

— Il n'y a aucune raison de s'en excuser. Il n'a pas été grossier avec moi. Il était préoccupé, stressé, c'est différent. Et soyons positifs. Au moins, tu sais qui est ton père et pourquoi il rentre tard à la maison. Alors que j'ignore qui était le mien – ou qui il est, ajouta-t-elle avec un soupir. Je ne sais même pas s'il est mort ou vivant.

— Gwen, commença-t-il. Je suis désolé.

— J'aime beaucoup ta mère, poursuivit-elle, refusant de s'apitoyer sur elle-même.

— Je te l'avais dit. C'est réciproque. C'est évident.

Gwen était un tout petit peu sceptique quant à sa conclusion.

— Elle est peut-être simplement bien élevée.

— Non, je suis sérieux, insista-t-il. Je sais quand ma mère est polie et quand elle pense ce qu'elle dit.

Devant l'expression empreinte de doute de Gwen, Brooks hésita puis se lança :

— En te faisant asseoir à côté de moi à table, elle nous donnait sa bénédiction.

— Sa bénédiction ? répéta Gwen. Comment ça ?

— Ma mère jouait les entremetteuses.

Gwen parut surprise, peut-être dubitative, mais surtout contente.

— Eh bien, quoi qu'elle ait voulu faire, tu la remercieras. Grâce à elle et à toute ta famille, j'ai réussi à oublier pendant un petit moment qu'un fou a tenté de m'écraser, un fou que j'ai commis l'erreur de laisser entrer dans ma vie.

— Demain matin à la première heure, je te montrerai quelques techniques d'autodéfense que tu pourras utiliser pour te protéger, dit-il, cherchant à la rassurer. Le simple fait de savoir que faire en cas d'agression te fera te sentir mieux.

— Pour me sentir vraiment mieux, il faudrait que ce voyou soit en prison, dit-elle à Brooks.

— Ne t'inquiète pas, j'y travaille. Et, en attendant, je ne te quitterai pas, lui promit-il.

— Tu ne peux pas être à mes côtés vingt-quatre heures sur vingt-quatre, Brooks, répliqua-t-elle. Tu as une vie et d'autres engagements.

— Pour le moment, l'informa Brooks en s'arrêtant devant sa maison et en coupant le contact, tu es mon seul engagement.

Gwen le regarda dans les yeux.

— Crois-moi, j'aimerais que ce soit vrai, mais je ne suis pas centrée à ce point sur ma petite personne. De plus, nous sommes au XXIe siècle, dit-elle en descendant de sa voiture et en le suivant jusqu'à la porte d'entrée. Les demoiselles en détresse appartiennent au passé.

— C'est vrai, reconnut-il en pianotant la combinaison sur le clavier du système d'alarme. Nous sommes peut-être au XXIe siècle, mais tout le monde a besoin d'aide à un moment donné. Personne n'est invincible et il n'y a rien de mal à accepter de l'aide.

— Mais je suis la seule à avoir besoin d'aide.

— C'est faux ! Laisse-moi y réfléchir, et je te trouverai un domaine dans lequel tu pourrais m'être utile.

Il entra dans la maison. Dès qu'ils furent à l'intérieur, il verrouilla la porte avec soin, pressant le bouton qui réactivait le système de sécurité.

Elle se tourna vers lui.

— Alors ? Dis-moi comment je pourrais t'aider.

— Eh bien, par exemple, poursuivit-il, si tu savais neutraliser un assaillant, cela me détendrait. Tu n'as pas besoin d'être grand-maître en arts martiaux. Quelques rudiments de krav-maga suffiraient pour gérer ta peur et neutraliser un agresseur. Il existe de multiples parades pour faire face à une attaque. Je pourrais t'en montrer quelques-unes maintenant, et demain, nous approfondirons ton entraînement. Qu'en dis-tu ?

— D'accord, répondit-elle.

Elle s'avança vers lui et écarta les bras.

— Vas-y. Montre-moi ce que je dois faire, Brooks.

Pourquoi son geste ressemblait-il à une invitation silencieuse à la prendre dans ses bras ?

15

Gwen se rapprocha un peu plus de Brooks.

— Alors ? Qu'attends-tu ? lui lança-t-elle. Montre-moi ces techniques d'autodéfense dont tu viens de me parler.

— À la réflexion, il est tard, dit-il. Pourquoi ne pas remettre à demain cette première leçon ? Mieux vaut attendre d'être tous les deux frais et dispos pour commencer. De plus, j'ai bien envie d'appeler Tyler pour lui demander de venir nous faire une démonstration.

— Tyler ? répéta-t-elle, perplexe. Pourquoi Tyler ?

— Mon frère aîné est expert en sécurité. Il forme à l'occasion des gardes du corps. Il maîtrise à la perfection toutes les méthodes d'autodéfense. Il saura mieux que moi te montrer ce qu'il faut faire en cas d'attaque, comment parer les coups et neutraliser un assaillant.

Gwen secoua la tête. Visiblement, elle ne voulait pas abuser de la gentillesse de la fratrie Colton. Elle estimait sans doute qu'elle avait passé un contrat avec Brooks, pas avec son frère.

— Tu es détective privé, dit-elle. N'essaie pas de me faire croire que tu ne connais pas ces techniques !

— En tout cas, demain, nous serons en meilleure forme et aurons l'esprit plus clair.

— Brooks…

La tête de côté, Gwen le regarda dans les yeux. Et plutôt

que de continuer à tourner autour du pot, il préféra mettre les pieds dans le plat.

— Tu me troubles beaucoup, Gwen. Je ne vais pas le nier. Et cette situation est dangereuse. Nous sommes liés par un contrat professionnel. Déontologiquement, je n'ai pas le droit d'aller plus loin.

Elle savait aussi bien que lui qu'aux États-Unis les relations sentimentales ou sexuelles au travail étaient très réglementées. Il s'agissait de minimiser le risque de harcèlement sexuel mais aussi, dans le cadre des entreprises, de lutter contre le favoritisme, les conflits d'intérêts et les tensions en interne.

Mais, manifestement, Gwen n'accordait pas beaucoup d'importance à ces règles.

— Nous sommes tous deux majeurs et vaccinés, consentants et libres, dit-elle. Dans ces conditions, personne n'a à s'immiscer dans notre vie privée ni à dicter notre conduite. Et puis, personne ne le saura…

Elle s'exprimait avec tant de feu que Brooks se sentit faiblir. Le souffle de Gwen caressait son visage. Il devinait son désir. Son cœur battait à tout rompre dans sa poitrine.

Il poussa un soupir.

— Tu ne me facilites pas la tâche, Gwen, murmura-t-il. Il devient presque impossible de résister à la tentation.

— Alors cesse d'essayer, conseilla Gwen avant de nouer les bras autour de son cou.

— Gwen…

Il voulait la mettre en garde, l'inciter à penser aux conséquences, à s'écarter de lui pendant qu'elle le pouvait encore.

Il ne comprit pas comment il se retrouva à l'étreindre avec force. Et à l'instant où il la serra contre lui, il fut incapable de s'écarter d'elle.

Pourtant, et pour apaiser sa conscience, il fit une dernière tentative.

— Merde, Gwen, tu es censée partir en courant ! Le sais-tu ?

— Oui, dit-elle en collant sa bouche à la sienne pour l'embrasser avec fougue.

Il recula la tête pour la regarder. Il avait l'impression de s'aventurer sur des sables mouvants et de s'y enfoncer à une vitesse vertigineuse.

— Partir en courant, Gwen ! Pas te jeter à mon cou, dit-il.

Gwen lui sourit.

— Je n'ai jamais eu le sens de l'orientation, répliqua-t-elle.

Ses bonnes intentions envolées, Brooks la reprit dans ses bras et captura sa bouche. Quand leurs langues entamèrent une danse sensuelle, il s'abandonna à la passion. Une passion qui le dévorait comme un feu sauvage, menaçant de devenir incontrôlable.

Très vite, ils s'arrachèrent mutuellement leurs vêtements qui volèrent aux quatre coins de la pièce. Ils continuèrent jusqu'à ce qu'il n'y ait plus un lambeau de tissu entre eux.

Le souffle court, Gwen sentait les mains de Brooks glisser sur elle, effleurer chaque courbe de son corps.

Avec une douceur extrême à laquelle elle ne s'attendait pas.

Au lieu de satisfaire le désir dont il était la proie, il semblait entièrement concentré sur son plaisir à elle.

Il l'avait allongée sur les coussins du canapé. Et là, au lieu de se contenter de profiter de ce qui lui était offert, il s'efforçait de faire vibrer chaque parcelle de son corps de femme.

Il la caressa, lentement, voluptueusement, comme s'il

découvrait un nouveau territoire, comme s'il cherchait à l'apprivoiser pour mieux la faire exulter.

Il promena ses lèvres sur son visage, sa gorge, ses seins avant de s'aventurer sur son ventre, picorant sa peau de baisers brûlants. Il l'embrassait avec douceur, presque avec vénération.

Il prenait son temps. Manifestement, l'important pour lui était d'observer ses réactions, de deviner ce qu'elle préférait, de se consacrer à sa jouissance à elle.

Gwen n'avait jamais connu un homme aussi attentif à son plaisir. Avec Brooks, tout était différent. Il ne ressemblait en rien à ses amants précédents.

Certes, elle était consciente que dans le domaine sensuel son expérience était plutôt limitée. Mais jamais, y compris dans ses rêves les plus fous, dans ses fantasmes les plus crus, elle n'aurait imaginé une telle magie.

Émerveillée, elle découvrait l'amour physique bien joué. Sur ce terrain, Brooks était un virtuose. Les autres fois ressemblaient à des airs sifflés maladroitement.

Avec lui, il s'agissait d'une symphonie fantastique.

S'abandonnant à ses caresses, elle sentit soudain une houle s'emparer de son ventre, la soulever, et folle de bonheur elle se mit à crier.

Et l'enchantement continua.

Brooks semblait ne jamais vouloir se lasser, s'arrêter.

Si Gwen adorait la façon dont il s'occupait d'elle et la conduisait vers le septième ciel, elle ne voulait pas être passive, se contenter de prendre le plaisir qu'il lui offrait si généreusement. Elle avait envie de donner à son tour.

Elle tenait à le rendre aussi fou qu'il la rendait folle.

Avec effort, elle s'arracha à l'extase dans laquelle il l'avait plongée et décida d'échanger leurs rôles. Ce n'était que justice. Brooks était sans conteste l'amant le plus passionné, le plus doué et surtout le plus amoureux qu'elle ait jamais eu le bonheur de rencontrer.

Il méritait de jouir à son tour.

Et elle savait que le plaisir se décuplait lorsqu'il était partagé.

Abasourdi, Brooks se retrouva sur le dos. Il avait cru que Gwen le laisserait mener la danse de bout en bout.

Mais cette femme ne cessait de le surprendre.

Visiblement, elle n'hésitait pas à prendre des initiatives et elle se révélait non seulement audacieuse mais gourmande. Quand elle entreprit de promener à son tour ses lèvres chaudes sur son torse, sur son ventre, il ne put réprimer un gémissement. Il sentait un désir ardent s'emparer de lui, un feu qu'il ne se souvenait pas avoir un jour éprouvé avec tant d'intensité.

Se redressant à moitié, elle caressa son sexe turgescent. Elle le rendait fou. Il la désirait si fort qu'il craignait de partir trop vite.

Pour l'éviter, il lui saisit la main et l'écarta doucement de lui.

D'un mouvement souple, il changea une nouvelle fois de position avec elle. Lorsqu'il sentit son corps de femme sous lui, il mêla leurs doigts et leva ses bras au-dessus de sa tête, tout en l'embrassant avec lenteur et passion.

Il la faisait fondre.

Il la sentait répondre, sentait son souffle court, son corps se tendre. Elle l'appelait et son propre désir devenait impérieux.

Brooks déplaça lentement ses lèvres sur son ventre, s'aventurant de plus en plus bas pour se frayer un chemin jusqu'à son centre, jusqu'à sa grotte secrète.

De sa langue, il excita son bouton de rose, allant et venant à un rythme délibéré pour la rendre folle de plaisir.

Elle se mit à gémir alors qu'elle se cambrait contre lui.

Soudain, un premier orgasme la surprit. Profond et intense, il déferla sur son corps brûlant comme un tsunami, emportant tout sur son passage.

Avec un grand cri, elle se laissa tomber contre les coussins.

Comblée, le souffle court, elle se sentit presque contrite parce qu'elle avait vécu cette merveilleuse expérience seule. Brooks ne l'avait pas encore rejointe au septième ciel.

Mais il s'était redressé et, à genoux devant elle, il lui offrait son sexe tendu.

Elle le guida vers elle.

Les yeux rivés aux siens, il se glissa entre ses cuisses et la pénétra. Il commença à bouger. D'abord lentement, il se mit à aller et venir entre ses reins. Puis il accéléra le rythme.

Tous deux s'envolèrent dans un même battement d'ailes.

Leurs cœurs battaient la chamade, leurs âmes fusionnaient. Enlacés, ils se laissèrent emporter vers l'apogée de cette expérience exquise.

Accrochés l'un à l'autre, ils savourèrent chaque nuance de ce feu d'artifice.

Après l'amour, Gwen, blottie au creux de l'épaule de Brooks, attendit que son cœur revienne à la normale.

Lorsque, enfin, elle parvint à récupérer son souffle, elle se tourna vers lui.

Les yeux pétillant de malice, elle demanda :

— Alors, as-tu d'autres mouvements à me montrer ?

— D'autres mouvements ? répéta-t-il. Je ne suis même

pas sûr que tu m'aies laissé assez de force pour monter l'escalier jusqu'à mon lit.

Elle feignit la surprise.

— Ah bon ? Tu es fatigué alors ?

L'euphémisme le fit rire.

— Fatigué ? Je suis épuisé, mort de fatigue.

Gwen rit doucement. Puis, avant qu'il ne s'en rende compte, elle l'attira contre elle, provoquant une autre vague d'excitation que Brooks n'était pas préparé à gérer.

— Vraiment ? demanda-t-il émerveillé. Tu es prête à recommencer ?

— Eh bien, tu ne sais jamais de quoi tu es capable avant d'avoir essayé, dit-elle à Brooks, ponctuant chaque mot de baisers qui se muèrent bientôt en une étreinte passionnée.

— Tu es diabolique, Gwen Harrison, déclara-t-il, s'abandonnant au désir qui tourmentait de nouveau ses reins.

Ils refirent l'amour.

Et quand ce fut fini, ils s'endormirent dans les bras l'un de l'autre, enlacés.

Lorsque Brooks se réveilla le lendemain matin, il sentit des cheveux sur son torse. Leur douceur comme leur parfum le plongeaient dans une myriade de sensations qu'il savoura avec délice.

À contrecœur, il ouvrit les yeux, cherchant comment prolonger cette impression, ne serait-ce que pour un petit moment.

En réalité, il aspirait à bien davantage.

Mais il était lucide et se doutait qu'il avait déjà atteint son quota de bonheur.

Conscient qu'il risquait probablement de tout perdre, il bougea pourtant la tête, se pencha pour l'embrasser.

Gwen s'agita contre lui. Elle n'allait plus tarder à se réveiller.

Même si elle dormait encore, la serrer endormie dans ses bras lui manquait déjà et, surtout, faire l'amour avec elle lui manquait déjà.

Il adorerait que cette nuit magique dure une vie entière.

Sans doute était-il naïf, mais quelque part il devinait que peut-être, seulement peut-être, cette éventualité serait possible s'il s'y prenait de la bonne manière.

Et, tout d'un coup, il comprit quelque chose qui le terrifia. Qui le terrifia tellement qu'il s'efforça aussitôt de le nier, de se moquer de lui-même.

Ce qui lui arrivait n'était pas réel et ne se produisait que dans les chansons country et les téléfilms.

Mais il eut beau faire, il n'y parvint pas.

Qu'il le veuille ou non, que cela lui plaise ou non, il était tombé amoureux de Gwen Harrison…

16

Sans s'en rendre compte, Brooks s'était rendormi. Quand il se réveilla à nouveau, il était seul dans le lit.

Il se leva à son tour, se demandant à quoi s'attendre avec Gwen. Sans doute y aurait-il une certaine gêne entre eux.

Mais, à son grand soulagement, elle se comporta comme si rien n'avait changé.

Lorsqu'il entra dans la cuisine, elle sirotait un café.

Ils partagèrent le délicieux petit déjeuner qu'elle avait préparé. Une fois le repas terminé et la vaisselle rangée dans le lave-vaisselle, il se tourna vers elle :

— Je t'accompagne. À ta réunion pédagogique, précisa-t-il. Ne t'inquiète pas, je n'y assisterai pas et tu n'auras pas à expliquer ma présence à tes collègues. Mais je vais te conduire à l'école, et ensuite je t'attendrai dans ma voiture sur le parking. Et le moment venu je te reconduirai à la maison.

— Mais n'as-tu pas un métier ? demanda Gwen.

— En te protégeant, j'exerce mon métier, répondit-il. Tant que je n'aurai pas découvert ce qu'il est arrivé à ta mère, tant que je n'aurai pas de réponses à t'apporter, je me focaliserai sur ton dossier, sur toi. Exclusivement. Cela te pose un problème ? ajouta-t-il en la voyant froncer les sourcils.

— Je n'ai pas les moyens de payer quelqu'un à plein temps.

— Ne t'inquiète pas. Tu n'auras pas de frais supplémentaires à régler. Je travaille au forfait, pas à l'heure. Mener à bien mes investigations me demandera peut-être quelques semaines. Mais, quelle que soit la durée de l'enquête, cela ne changera rien pour toi.

Elle secoua la tête. Elle n'avait pas envie d'abuser de sa gentillesse et de lui faire perdre de l'argent.

— Ce ne me paraît pas très juste.

— Remercie juste la bonne étoile qui t'a fait croiser ma route. Maintenant, si tu ne veux pas arriver en retard à ta réunion, il faut nous dépêcher.

Dès que Brooks eut démarré, Gwen se tourna vers lui.

— À propos d'hier soir…, commença-t-elle.

Nous y voilà, pensa Brooks.

Il s'inquiétait tellement de ce qu'elle s'apprêtait à lui asséner qu'il préféra prendre les devants.

— Tu n'es pas comme les autres, n'est-ce pas, Gwen ?

— Quelles autres ? demanda-t-elle sans comprendre à qui il faisait référence. Et comment sont-elles ?

Il avait besoin de temps pour réfléchir à la situation et décider s'il voulait ou non y donner une suite.

Il ne voulait surtout pas commencer à s'emballer, pour finalement se retrouver le bec dans l'eau quand l'enquête serait terminée. Trop de fois dans le passé, il avait joué les héros, cru que tout était possible pour se faire couper l'herbe sous le pied dès lors que ses services n'étaient plus nécessaires.

— Je fais allusion aux femmes qui veulent tout de suite savoir sur quoi va déboucher une relation alors qu'elle débute à peine. Pour moi, une relation ne va pas forcément quelque part. Il peut même être agréable de la laisser suivre son cours en devinant qu'elle ne mènera nulle part.

Gwen lui jeta un regard oblique et décrypta aussitôt ses paroles.

Il regrette ce qui s'est passé entre nous hier soir. Il craint que je veuille aller plus vite que la musique et il est en train de rétropédaler pour mettre des distances entre nous, pensa-t-elle.

D'une certaine manière, elle comprenait sa réaction. Elle ne voulait en aucun cas qu'il se sente obligé de faire quoi que ce soit. Certes, faire l'amour avec lui avait été fabuleux. Mais s'il n'avait pas envie de réitérer l'expérience, elle respecterait son choix.

— Je suis totalement d'accord avec toi, répondit-elle.

— Vraiment ? demanda-t-il, visiblement surpris.

— Bien sûr, dit-elle. Nous avons été l'un et l'autre un peu dépassés par ce qui nous est tombé dessus… et qui n'était pas prévu. Dans le feu de l'action, nous avons vécu quelque chose de fort. Mais ce moment d'égarement ne nous oblige à rien. Aucun de nous deux ne doit se sentir piégé. Faire l'amour n'engage à rien. Heureusement, ajouta-t-elle, s'efforçant de paraître désinvolte. Tu n'es pas d'accord ?

— Si, bien sûr, balbutia-t-il.

— Tourne à gauche, dit-elle soudain, pointant un doigt dans cette direction.

Absorbée par ce qu'il disait – ou plutôt par ce qu'il ne disait pas –, elle n'avait pas prêté attention à la route. Il avait failli rater la rue qui menait à l'école.

Elle avait trop de choses en tête, pensa-t-elle comme pour justifier son inattention. D'abord et surtout, elle était préoccupée par l'enquête sur la disparition de sa mère. Et puis il y avait Daniel. Il se révélait très différent de l'homme qu'elle avait cru connaître à Kansas City. Elle n'aurait jamais soupçonné qu'il se montrerait si possessif. Et encore moins qu'il tenterait un jour de l'écraser. De plus, elle devait s'adapter à son nouveau travail dans une nouvelle école et une nouvelle ville.

Et, comme si cela ne suffisait pas, il y avait eu la découverte troublante du cadavre dans le mur d'un vieil entrepôt. Pourquoi le détective privé que sa grand-mère avait engagé, il y a plus de deux décennies, avait-il été assassiné ?

Ce meurtre était-il lié à l'enquête qu'il menait pour comprendre ce qu'il était arrivé à sa mère ?

Et dans cette hypothèse aussi folle que terrifiante, Gwen mettait-elle la vie de Brooks en danger en lui demandant maintenant de découvrir le sort qui avait été réservé à sa mère ?

Cette éventualité la glaça de peur.

— Eh bien, nous y sommes, annonça Brooks, garant son véhicule dans le parking qui se trouvait devant l'école primaire de Braxville. Et tu es à l'heure. À plus tard. Je t'attendrai quand tu sortiras, lui rappela-t-il.

Hochant la tête, Gwen ouvrit sa portière.

Mais, avant de descendre, elle lui lança :

— Sois prudent.

Il trouva sa réflexion étrange. Elle semblait inquiète.

— À tout à l'heure, ajouta-t-elle, se forçant visiblement à sourire.

Et elle se dirigea vers l'école.

Brooks regardait Gwen disparaître dans l'établissement quand son smartphone sonna. Il avait attribué des sonneries différentes à chaque membre de sa famille pour ne pas avoir à regarder son écran.

Il prit l'appel.

— Bonjour, maman. Quoi de neuf ? demanda-t-il.

— Je voulais surtout savoir si ton amie a aimé ce qui s'est passé hier soir.

La question de sa mère le fit sursauter jusqu'au moment où Brooks prit conscience qu'elle faisait référence au dîner familial et non aux ébats passionnés qui l'avaient suivi.

Soulagé, il répondit :

— Elle m'a dit qu'elle t'appréciait beaucoup, alors oui, certainement.

— Ne te sens pas obligé de me flatter, Brooks.

À sa voix, il devina qu'elle était ravie. Il l'imagina se tapotant les cheveux, rayonnante.

— En tout cas, j'approuve ton choix, poursuivit-elle. Cette jeune femme m'a paru charmante.

— Tu me donnes donc ta bénédiction ? conclut-il, déclenchant une sirène d'alarme dans sa tête.

Il avait taquiné sa mère à propos de cette bénédiction mais sa réponse l'inquiétait. Parlait-elle sérieusement ? Il ne parvenait pas à le croire mais peut-être la comprenait-il mal.

Heureusement, elle le rassura très vite :

— Je n'en suis pas encore à t'imaginer en train de lui passer la bague au doigt, chéri. Même si je rêve d'être grand-mère. Gwen m'a beaucoup plu mais j'aimerais surtout comprendre pourquoi son visage me dit quelque chose. Elle ressemble beaucoup à quelqu'un que je connais. J'ai le nom de ce quelqu'un sur le bout de la langue mais il m'échappe à chaque fois que j'essaie de le dire. C'est exaspérant.

— N'insiste pas. Ce nom te reviendra quand tu ne t'y attendras pas, lui assura Brooks. Et depuis quand estimes-tu que tu as un avis à donner sur mes clientes ?

Il entendit sa mère soupirer.

— Ne fais pas l'idiot, Brooks. J'ai vu la façon dont tu la dévorais des yeux et la façon dont elle te regardait. J'ai l'impression que le temps est venu pour toi d'arrêter de t'amuser, de cesser de papillonner. Et j'approuve cette évolution.

— Ton approbation est agréable mais tes propos n'ont aucun sens. Pardonne-moi, je reçois un double appel. Je dois le prendre.

— En tout cas, tu peux revenir avec elle quand tu veux, dit Lilly pour mettre fin à la discussion.

— C'est bon à savoir. À bientôt, fit-il avant de raccrocher.

Préoccupé par les propos maternels, Brooks ne prêta d'abord pas attention à ce qui se déroulait sous ses yeux.

Une élégante limousine s'engageait sur le parking. Une limousine semblable à des centaines d'autres qu'il croisait chaque jour sur les routes.

Mais quelque chose dans la façon dont le véhicule roulait déclencha toutes ses alarmes internes.

Il essaya de voir le visage du conducteur. Il s'agissait d'un homme mais il était trop loin pour distinguer ses traits.

Il hésita à démarrer et à s'approcher pour tenter de mieux voir l'individu au volant. Mais il ne voulait surtout pas l'inquiéter.

Son intuition lui soufflait qu'il s'agissait de Daniel Shelton.

Lorsque celui-ci avait essayé de l'engager pour prendre Gwen en filature et l'espionner, Brooks ne s'était pas contenté de décliner son offre. Il avait effectué quelques recherches sur ce type manifestement malhonnête. Il avait découvert qu'il était fortuné et possédait plusieurs véhicules. Et surtout, comme il l'avait déjà dit à Gwen, il avait appris qu'il se montrait possessif et manipulateur avec les femmes.

Dans l'ensemble, pensa Brooks, Shelton ne respectait rien ni personne, ne supportait pas que quiconque lui résiste et ne se plie pas à ses caprices. Il avait tout d'un minable.

Sortant son smartphone de sa poche, il prit une photo du véhicule, puis une autre de la plaque d'immatriculation. Il n'y avait pas de boue dessus comme sur celle du chauffard qui avait failli renverser Gwen à Kansas City. Les chiffres et les lettres étaient parfaitement lisibles.

Soit Daniel Shelton devenait plus téméraire ou plus irresponsable. Soit il savait que rien ne permettrait en réalité de l'identifier.

Brooks s'attendait à devoir rester sans bouger longtemps mais le conducteur, sans raison apparente, démarra et s'éloigna.

Brooks appela alors Tyler.

Son frère aîné ne décrocha pas immédiatement. Mais au moment où il allait basculer sur la messagerie vocale, Brooks entendit sa voix.

— Deux appels en deux jours ! Si je ne te connaissais pas, je croirais presque que nous sommes proches comme lorsque nous étions gosses, s'exclama Ty en riant.

— Nous n'étions pas proches quand nous étions enfants, corrigea Brooks. Tu aimais trop me torturer.

— Pour ma défense, je pensais que les grands frères étaient censés enseigner à leur fratrie les dures réalités de la vie, répondit Ty. As-tu envie de remonter dans le temps ou y a-t-il une autre raison pour laquelle tu m'appelles si peu de temps après la réunion de famille ?

— J'ai besoin que tu fasses jouer tes relations pour identifier une plaque d'immatriculation pour moi. Je te l'envoie. Tu l'auras dans quelques instants.

— Cette requête aurait-elle quelque chose à voir avec

la charmante jeune femme qui t'accompagnait hier chez les parents, par hasard ?

— Je vois que notre mère t'a téléphoné.

— Je ne suis pas aveugle, Brooks. Cela dit, si je me trompe et si cette beauté n'est qu'une vague connaissance pour toi, dis-le-moi. Je déploierai alors tous mes charmes pour tenter de la séduire.

— Oublie, Ty. Oublie. J'ai seulement besoin que tu identifies ce numéro d'immatriculation pour moi – et vite fait.

— D'accord, d'accord. Je suis à ton service, tu le sais. Je te rappelle dès que j'ai quelque chose. Par curiosité – et sans vouloir m'immiscer dans ta vie privée –, pourquoi veux-tu savoir à qui appartient cette plaque d'immatriculation ?

— Parce que le conducteur de cette voiture pourrait bien être le salaud qui a essayé de renverser Gwen hier alors que nous étions à Kansas City, pour rendre visite à sa grand-mère, répondit Brooks.

— Hier ? répéta Ty avec incrédulité. Était-ce après avoir quitté la soirée chez les parents ? demanda son frère.

— C'était avant. J'ai décidé ensuite de la conduire à cette petite fête familiale dans l'espoir de lui faire oublier l'incident. Maintenant, peux-tu le faire ou dois-je m'adresser à quelqu'un d'autre ?

— Bien sûr que je peux le faire, l'informa Ty juste avant de mettre fin à l'appel.

— J'espère que tu es aussi bon que tu le penses, Ty, dit Brooks dans un souffle en refermant son téléphone.

17

Brooks glissa son smartphone dans sa poche et s'efforça de trouver une position où il serait plus à l'aise sur son siège. Il entendit alors l'appareil sonner à nouveau. Cette fois, il reconnut les premières notes d'une vieille chanson country qu'il avait attribuée à Jordana.

Voilà qui n'est pas de bon augure, pensa-t-il en regardant l'écran. Il était trop tôt dans la journée pour un coup de fil familial anodin.

Quelque chose n'allait pas.

— Quoi de neuf, Jordy ? demanda-t-il d'un ton léger.

Il s'attendait à une réplique agacée de sa sœur à propos de ce surnom qu'elle détestait. Mais contrairement à son habitude elle ne releva pas, confirmant ses craintes.

Il y avait un problème.

Pourtant, la réponse de Jordana le surprit.

— J'ai dû annoncer à notre père que son chantier resterait à l'arrêt jusqu'à nouvel ordre. Inutile de te préciser qu'il n'était pas content.

Brooks n'aurait pas souhaité la place de sa sœur à son pire ennemi. Par ailleurs, Jordana n'avait pas l'habitude de s'exprimer de façon aussi énigmatique.

Il attendit donc la suite. Comme rien ne venait, il lança :

— J'ai l'impression que tu cherches à noyer le poisson, Jordana. Pourquoi tourner autour du pot ? Sois claire et dis-moi pourquoi le chantier doit rester à l'arrêt. Que s'est-il passé ?

Manifestement, sa sœur hésitait à lui répondre.

— Je ne suis pas censée communiquer avec les civils…

Exaspéré, Brooks haussa le ton.

— Je t'en prie, Jordana ! Je suis ton frère. Pas un civil lambda. Que s'est-il passé ? répéta-t-il.

D'une voix irritée, elle finit par lâcher :

— Les ouvriers ont abattu un autre mur de l'entrepôt et un autre cadavre est apparu dans les décombres.

— Un autre… ?

Sidéré, Brooks fut incapable de répéter ce qu'elle venait de dire.

— C'est une blague ! conclut-il d'un ton incrédule.

— Ai-je l'air de plaisanter ? rétorqua-t-elle sans chercher à dissimuler sa frustration. Notre père a hurlé si fort que j'ai encore les oreilles qui sifflent.

— Qu'a-t-il fait ensuite ? demanda Brooks.

— Il est parti en trombe pour appeler son avocat, répondit Jordana. Il va solliciter l'intervention d'un juge pour exiger la reprise immédiate du travail sur le chantier.

Brooks n'avait aucun mal à imaginer la fureur de leur père. Avec l'arrêt du chantier, Colton Construction perdait chaque jour des milliers de dollars.

Mais, soudain, sans prévenir, une autre pensée s'imposa à son esprit.

Et si… ?

— As-tu pu identifier le corps ? demanda-t-il à sa sœur, espérant contre tout espoir qu'il ne s'agissait pas d'Olivia Harrison.

— Pas encore. Il n'est pas aussi bien conservé que le premier, répondit Jordana. Il faudra du temps à notre médecin légiste pour déterminer qui était la victime et ce qui lui est arrivé…

— Te trouvais-tu sur le site au moment de la découverte du cadavre ?.

— Non, mais je suis arrivée assez vite sur les lieux. Pour l'identifier, l'idéal serait d'examiner son dossier dentaire… s'il existe toujours. Et donc commencer par rechercher ledit dossier… Ce n'est pas gagné.

Sa sœur ne semblait pas très optimiste quant à leurs chances d'une bonne identification.

Il prit une profonde inspiration.

— Et as-tu au moins une idée du sexe de la personne décédée ? demanda-t-il. Le légiste a-t-il pu dire s'il s'agissait d'un homme ou d'une femme ?

Un long silence s'écoula avant que Jordana ne réponde :

— La région pelvienne était en mauvais état, tout comme le reste. Mais le médecin légiste a été capable de déterminer le sexe de la victime, oui.

Comme sa sœur s'interrompait de nouveau, Brooks perdit patience.

— Cesse de jouer avec mes nerfs, Jordy ! Ne me fais pas languir. Dis-moi ! Était-ce un homme ou une femme ?

— Une femme. Mais cela ne signifie pas nécessairement qu'il s'agit de la femme que tu cherches, se hâta-t-elle de préciser. Plus de la moitié des victimes d'homicides sont des femmes.

— Je le sais, répondit-il avec un gros soupir. Je sais aussi que si ce cadavre est celui d'Olivia Harrison comme je le crains et comme me le souffle mon instinct, l'apprendre à Gwen ne va pas être simple.

— Alors ne le lui dis pas, conseilla Jordana. Pas avant d'en avoir la certitude. Si tu veux mon avis, laisse-la espérer le plus longtemps possible.

— C'est un peu cruel, non ? demanda Brooks.

— Non. L'espoir fait vivre. Parfois, permettre à une personne de s'accrocher à quelque chose, même pour un petit moment, est un cadeau que tu lui fais. Parce que, pendant ce laps de temps, la personne qu'elle recherche est peut-être toujours en vie, peut toujours être retrouvée.

Il entendit alors quelqu'un qui appelait en arrière-plan.

— Écoute, Brooks, je dois y aller, dit sa sœur. Je t'ai prévenu parce que j'ai supposé que cette découverte t'intéresserait.

— En effet, elle m'intéresse beaucoup, répondit Brooks avec émotion. Et merci d'enfreindre le règlement pour moi. Dès que tu en sauras plus sur ce nouveau cadavre, tu me rappelles, d'accord ? Ça ne s'annonce pas très bien, n'est-ce pas ?

— Honnêtement ? Non, en effet. Pas bien du tout.

Brooks raccrocha et resta assis là pendant un long moment, en se demandant si son smartphone allait se remettre à sonner.

Mais cette fois l'appareil resta silencieux.

Une pensée en amenant une autre, Brooks se retrouva à réfléchir à la manière dont il devrait annoncer la nouvelle à Gwen. Parce qu'en réalité il n'avait pas besoin de l'identification officielle du légiste pour être certain de l'identité de ce nouveau cadavre.

Certes, pendant la majeure partie de la vie de Gwen, sa mère avait été absente du paysage. Mais gérer une absence et accepter que quelqu'un ne revienne jamais était très différent.

Il essaya de se mettre à sa place. Comment se sentirait-il si c'était de sa mère qu'il s'agissait ? Mais cette éventualité était trop douloureuse pour être creusée.

En tout cas, si le deuxième cadavre dans le mur s'avérait

être Olivia Harrison, la meilleure façon pour lui d'aider Gwen était de démasquer son meurtrier. Et pendant qu'il y était, peut-être aussi de découvrir qui était son père.

Chaque chose en son temps, se dit Brooks.

Il devait d'abord trouver le moyen de parler à Gwen du deuxième cadavre emmuré dans le vieil entrepôt et se préparer aux questions qui allaient suivre.

Il jeta un coup d'œil à sa montre et attendit. Il s'efforça d'être patient, mais une demi-heure était sa limite absolue.

Il appela Yvette. La sonnerie retentit cinq fois puis il fut basculé sur la boîte vocale. Au lieu de laisser un message, il la rappela. Avec le même résultat.

Sans se décourager, il appela une troisième fois.

Lors de sa quatrième tentative, elle décrocha enfin.

— Je suis occupée, Brooks, dit-elle, agacée.

— Je sais. Et voilà pourquoi je t'appelle.

— Tu m'appelles exprès quand je croule sous le travail ? Quel sadisme !

— Ce n'est pas par sadisme. Jordana m'a appris qu'un deuxième cadavre avait été retrouvé sur le chantier et…

— À ce stade, je n'ai pas la moindre idée de l'identité du corps.

— Je m'en doute et je ne veux pas te mettre la pression.

— Vraiment ?

— Mais j'apprécierais d'être prévenu quand tu l'auras identifié.

— Brooks…

Elle allait lui dire qu'elle n'avait pas le droit de divulguer ce genre d'informations sur une enquête en cours.

Il la prit par les sentiments.

— Ce corps a de grandes chances d'être celui de la mère de Gwen. Mets-toi à sa place. Si c'était notre mère qui avait disparu il y a plus de vingt-cinq ans, ne ferais-tu pas tout pour la retrouver ?

Après un silence, elle céda :

— D'accord. Promets-moi que tu n'en parleras à personne mais quand j'aurai du nouveau, je t'en informerai.

— Promis, Yvette, fit Brooks. Et merci. Tu es la meilleure.

— Il était temps que tu le comprennes, Brooks. Maintenant, laisse-moi retourner à mon travail, dit-elle avant de mettre fin à l'appel.

Pour la première fois depuis qu'il menait des enquêtes criminelles, Brooks se surprit à espérer avec ferveur qu'un cadavre découvert inopinément ne soit pas la personne qu'il était chargé de retrouver.

Pourtant, au plus profond de lui, il avait l'horrible certitude que le second corps sorti des décombres de l'ancien entrepôt était celui d'Olivia Harrison.

Que ce cadavre ait été emmuré dans le même bâtiment que le premier était trop incroyable pour être le fruit du hasard. Les deux victimes étaient liées d'une façon ou d'une autre. Forcément.

Il réfléchissait toujours quand il entendit un petit coup sur la vitre à côté de lui. Il sursauta et débloqua la portière.

— Tout va bien ? demanda Gwen avec inquiétude. Tu as l'air d'être dans un autre monde.

Comme il ne savait pas encore quoi lui dire ni comment le lui dire, il décida de garder pour lui les informations que Jordana lui avait transmises. Pour le moment.

— Je réfléchissais, répondit-il – ce qui était vrai. Tu sors tôt, plus tôt que prévu. T'ont-ils libérée avant l'heure pour bonne conduite ou es-tu seulement en pause ?

Gwen grimpa dans l'habitacle et se glissa sur le siège à côté de lui.

— La réunion est terminée. Ce à quoi tu réfléchissais était-il grave ? demanda-t-elle tout en accrochant sa ceinture.

— Pourquoi ?

— Parce que tu avais une expression étrange.

Brooks agita la main, préférant écarter la question.

— Bref, tes réunions sont-elles terminées pour la journée ?

— En fait, elles sont terminées pour la semaine. Je ne reviendrai que deux jours avant le début de l'année scolaire. Cela me laisse du temps pour t'aider, ajouta-t-elle, ravie.

— Pour m'aider ?

— Oui. Avec l'enquête. Deux détectives valent mieux qu'un.

Il comprit qu'elle était impatiente de mener les investigations avec lui. Mais, pour le moment – et jusqu'à ce qu'il sache qui Jordana et son équipe avaient trouvé dans les décombres –, l'implication de Gwen ne lui semblait pas être une bonne idée.

— Eh bien, ce n'est pas toujours le cas, répliqua-t-il avec précaution.

Elle le dévisagea d'un air perplexe.

— Comment ça ?

Elle ne cherchait pas la bagarre, n'était même pas vexée. Elle voulait seulement comprendre et posait honnêtement une question.

Il saisit la première excuse qui lui vint à l'esprit.

J'ai l'habitude de travailler seul. Tu pourrais me gêner.

— Je ne veux pas te gêner, je veux t'aider, répondit-elle avec sincérité.

Après tout, c'était sa mère qu'ils cherchaient.

— Je ferai tout ce que tu me diras, ajouta-t-elle.

Elle recommençait, pensa-t-il. Avec elle, une déclaration innocente devenait une allusion suggestive, sensuelle.

— Euh… Brooks ? commença-t-elle en se tournant vers lui.

Quand elle le regardait ainsi, il craignait de finir par mettre son âme à nu. Et d'être acculé à lui révéler des choses qu'il ne savait pas comment lui dire.

— Oui ? demanda-t-il enfin, se répétant qu'il était prêt à tout en sachant qu'il ne l'était pas, en réalité.

Il désirait plus que tout la protéger, éviter de lui briser le cœur en lui assénant une insupportable vérité. Malheureusement, il se sentait totalement inapte.

— D'accord, je ne suis pas experte en matière criminelle, commença Gwen.

— Ne t'inquiète pas, j'en tiendrai compte, lui dit-il.

Il s'efforçait de gagner du temps et surtout de l'empêcher de poser la seule question à laquelle il ne voulait pas être confronté.

— Mais la néophyte que je suis se demande si, pour démarrer ta voiture, il ne vaudrait pas mieux… tourner la clé dans le contact ?

Brooks dissimula un soupir de soulagement.

— Tu as raison. Une fois de plus, confirma-t-il en s'exécutant.

L'instant d'après, il sortait du parking de l'école et se dirigeait vers sa maison.

18

Gwen s'était promis qu'elle ne réitérait pas les ébats d'hier, ce soir. La nuit dernière avait été fabuleuse, merveilleuse, mais pour en préserver la magie il fallait que cette expérience reste exceptionnelle. Il n'était pas question que Brooks la prenne pour une fille dépendante qui s'accrochait à lui dans l'espoir qu'il lui passe la bague au doigt.

Donner l'impression à un homme qu'elle essayait de lui mettre le grappin dessus était la meilleure façon de le faire fuir en courant. Sa mère en était une parfaite illustration. Olivia était partie demander des comptes à son ex-amant, et plus personne n'avait jamais entendu parler d'elle…

Gwen continuait d'espérer qu'ils retrouveraient sa mère ou, à défaut, comprendraient ce qui lui était arrivé. Mais dans tous les cas de figure, elle en était arrivée à une vérité douloureuse. Pour une femme, aimer un homme conduisait fatalement à une profonde déception, à de grandes souffrances – et peut-être même pis, à la mort.

Malgré toutes ses bonnes résolutions, à la fin de la journée – une journée occupée à suivre des pistes qui ne menaient nulle part –, elle se sentait moins forte et moins déterminée que dans la matinée.

Ce matin, qui semblait remonter à un milliard d'années, elle avait presque réussi à se convaincre qu'il ne se passait rien entre elle et Brooks.

Presque.

Elle s'activait à ranger des assiettes sales dans le lave-vaisselle quand il arriva, chargé de verres et de couverts.

Et, à son grand désarroi, elle s'aperçut que sa seule présence provoquait en elle un délicieux frisson.

Brooks pensait rincer les casseroles avant de les placer dans la machine. Mais, curieusement, ce fut Gwen qui focalisa son attention.

Cette réaction était sans doute due à l'éclairage, se dit-il.

Elle était habillée de façon toute simple mais la lumière du soir la rendait sublime. Elle lui parut ravissante, c'était sans aucun doute la plus belle femme qu'il ait jamais vue. Les rayons du soleil couchant la caressaient presque amoureusement.

Troublé, il se surprit à vouloir la caresser, lui aussi.

Elle se tourna vers lui, l'air interrogateur.

— Quelque chose ne va pas ? demanda-t-elle.

— Non, non, tout va bien.

Il n'avait simplement pas la force de résister au désir qui lui brûlait le sang, comprit-il.

Il s'empara du plat sale qu'elle tenait, le posa sur le comptoir. Puis il prit son visage entre ses mains et colla sa bouche à la sienne. Il était incapable de lutter contre ce qui se passait entre eux. Pis, il n'en avait aucune envie.

Dès que leurs langues se rencontrèrent, des sirènes intérieures se déclenchèrent, des gyrophares rouge et bleu s'allumèrent dans sa tête et se mirent à clignoter. Ces alertes cherchaient à le prémunir du danger, il le savait. Il s'engageait sur une pente glissante qui le mènerait tout droit à un piège.

Il devait s'écarter, fuir, pendant qu'il en était encore temps.

Mais il ignora les avertissements. Il avait trop envie de

passer une nuit supplémentaire avec Gwen. De se perdre en elle et de prétendre, juste pour un petit moment, qu'il n'était pas un Colton et n'avait pas de réputation à défendre.

Et qu'il était libre de faire l'amour avec quelqu'un sans se soucier des conséquences, sans penser à demain.

— Désormais, je considérerai que charger le lave-vaisselle est une activité risquée, dit Brooks en serrant Gwen contre lui après l'amour.

— Qui sait ? dit-elle en riant.

Elle caressa ses lèvres du bout du doigt et ajouta :

— Je me sens bien avec toi, Brooks. Tu me rends heureuse.

Aussitôt une profonde culpabilité l'envahit. Il l'avait prise dans ses bras, avait fait l'amour avec elle, et elle ne se doutait pas qu'il lui cachait un secret. Elle ignorait qu'un nouveau cadavre gisait à la morgue qui était probablement celui de sa mère.

Il devait le lui dire.

— Gwen ? commença-t-il, décidé à lui raconter la teneur de l'appel qu'il avait reçu de sa sœur.

Il retint son souffle avant de s'apercevoir qu'il n'aurait pas à lui en parler.

Gwen s'était endormie.

Il poussa un soupir de soulagement et lui caressa les cheveux de son visage, se sentant envahi d'une curieuse tendresse.

— Cela attendra demain, chuchota-t-il.

Mais la matinée apporta son lot de rebondissements.

Brooks était dans la cuisine quand il entendit sonner son smartphone.

La sonnerie était celle qu'il avait attribuée à Ty.

— As-tu réussi à savoir à qui appartenait cette voiture ? lança Brooks en prenant l'appel.

— Eh bien, bonjour à toi aussi, petit frère.

— Désolé, s'excusa-t-il. Bonjour, Ty. Sais-tu à qui appartient cette voiture ? répéta-t-il.

Il salua d'un signe de la main Gwen qui entrait dans la cuisine.

— Je t'avais dit que je m'en occuperais, lui rappela Ty. Et j'ai réussi à identifier le propriétaire de ce véhicule.

— Et ?

— Et tu avais raison, déclara son frère. La voiture appartient à Daniel Shelton. C'est l'une des trois voitures immatriculées au nom de l'ex de ton amie.

Alors qu'il s'apprêtait à corriger Ty et à lui préciser que Gwen était une cliente, pas son amie, il préféra finalement s'en abstenir. Après avoir fait l'amour avec lui deux nuits de suite, elle n'apprécierait sans doute pas qu'il la désigne comme une simple cliente.

Il se contenta donc de remercier son frère :

— Tu as fait vite, c'est sympa de ta part.

— Veux-tu porter plainte contre ce type ?

— Non, pas à ce stade, répondit Brooks. Merci encore, vieux.

— Je t'en prie, dit Ty avant de raccrocher.

Gwen s'approcha de lui.

— Daniel conduisait cette voiture, non ? demanda-t-elle.

Il ne voulait pas trop l'effrayer.

— Oui. Soit Shelton a décidé de passer à la vitesse supérieure, soit il voulait seulement te faire peur. Écoute, si tu t'inquiètes, je peux demander à d'anciens policiers de ma connaissance de surveiller ma propriété. Nous pouvons également obtenir une ordonnance restrictive.

Elle y réfléchit un moment.

— Demander une ordonnance restrictive semble une bonne idée mais elle n'empêchera pas Daniel de faire ce qu'il a l'intention de faire. Il s'estime au-dessus des lois.

— Tu as sans doute raison.

De nouveau, il voulut parler à Gwen du deuxième corps découvert sur le chantier de construction de son père, mais son téléphone sonna à nouveau.

Cette fois, Yvette l'appelait.

Il décrocha :

— Bonjour, petite sœur. Quoi de neuf ?

— Tu devrais venir au labo et en vitesse, Brooks, dit Yvette. J'ai quelque chose qui va t'intéresser.

— C'est quoi ? demanda Brooks.

Mais elle avait déjà raccroché.

Comme il glissait son smartphone dans sa poche, il remarqua que Gwen le regardait d'un air interrogateur.

— Yvette veut nous montrer quelque chose, dit-il à Gwen.

Il était bien conscient que Yvette n'avait pas inclus Gwen dans l'invitation. D'un autre côté, il était certain que ce que voulait lui montrer sa sœur était lié à l'enquête qu'il menait pour Gwen.

Il ne voulait pas continuer à lui faire des cachotteries. Il avait déjà des révélations à lui faire. Garder le secret devenait de plus en plus difficile.

Elle consulta sa montre.

— Tout de suite ? demanda-t-elle, pensant sans doute qu'il était encore tôt.

Brooks hocha la tête.

— Elle semblait dire qu'il ne fallait pas traîner, oui.

— Très bien, répondit Gwen. Allons-y.

Elle s'empara de son sac à main.

Mais, alors qu'ils gagnaient la porte d'entrée, elle se

tourna vers lui. Manifestement, les mots n'étaient pas faciles à sortir.

— J'ignore si je dois me sentir excitée ou inquiète, dit-elle enfin.

Brooks eut envie de la plaindre. Mais, conscient qu'une telle réaction n'allait pas l'aider à traverser cette épreuve, il préféra lui suggérer d'un ton qu'il espérait réconfortant :

— Que dirais-tu de mettre les deux émotions en veilleuse jusqu'à ce que nous sachions pourquoi Yvette veut nous voir ?

— Comment fais-tu ? demanda-t-elle en montant dans la voiture.

Il la dévisagea avec perplexité.

— Comment je fais quoi ? demanda-t-il.

— Comment fais-tu pour rester à distance des événements ? Tu te comportes comme si rien ne t'affectait, comme si tu avais la capacité d'être détaché en permanence. Comme si tu allais simplement faire une promenade en voiture.

Il lui répondit avec honnêteté.

— Quelqu'un m'a dit un jour que si je voulais me lancer dans une carrière de détective privé, j'allais devoir apprendre à garder la tête froide – ou du moins à faire semblant.

— Alors ce détachement n'est qu'une façade ? demanda-t-elle.

Il lui sourit, les yeux pétillant de malice.

— Je refuse de dévoiler les secrets de ma profession, lui dit-il.

Quoi qu'il en soit, comprendre que Brooks éprouvait des émotions comparables aux siennes était réconfortant, pensa Gwen en se réinstallant dans son fauteuil.

Yvette finissait de scanner des pages d'un petit calepin et de les charger dans son ordinateur lorsque Brooks entra avec Gwen.

À la vue de cette dernière, une brève expression de surprise passa sur le visage de sa sœur.

— Je ne pensais pas que tu viendrais accompagné, Brooks, dit-elle.

Elle sourit à Gwen et ajouta :

— Ravie de te revoir, Gwen.

Celle-ci lui retourna son sourire.

— Moi aussi, Yvette.

L'air était chargé de non-dits. Brooks le sentait. Il ne pouvait qu'espérer que cette visite ne serait pas trop dévastatrice pour Gwen.

Il reporta son attention sur sa sœur.

— Que voulais-tu me montrer, Yvette ? demanda-t-il.

Mais, avant qu'elle n'ait la possibilité de lui répondre, il montra du doigt l'image qu'elle venait d'afficher sur l'écran de son ordinateur.

— C'est quoi ?

— J'ai scanné les feuillets d'un carnet découvert dans les poches de feu le détective Felton Crane. Après tout ce temps, l'encre s'est en partie effacée, l'écriture est presque invisible.

Elle zooma pour leur permettre de distinguer quelques mots griffonnés.

— Manifestement, M. Crane travaillait à l'ancienne. Il notait dans un petit calepin ce qu'il ne voulait pas oublier. Il est probable que cette page soit la dernière qu'il ait écrite, ajouta-t-elle.

— Que dit-elle ? demanda Brooks en plissant les yeux pour essayer de lire.

— Je n'en suis pas sûre à cent pour cent, avoua Yvette. Mais j'ai déchiffré quelques mots :

Rendez-vous avec MD à midi.

— Il avait donc prévu de rencontrer quelqu'un, conclut-elle avec un haussement d'épaules.

— Le suspect qu'il rencontrait était peut-être médecin, non ? suggéra Gwen.

Les lettres MD étaient en effet souvent utilisées pour désigner en abrégé un *Medical Doctor.*

— On le dirait, dit Yvette. L'un des clients de Crane était-il médecin ? demanda-t-elle à son frère.

— Pas que je sache. De plus, Felton Crane avait la réputation de ne traiter qu'une seule enquête à la fois. D'après ce que nous savons, il ne s'intéressait qu'au sort de la mère de Gwen.

Il regarda Gwen.

— Te souviens-tu si ta grand-mère avait mentionné des médecins en rapport avec les investigations concernant la disparition de ta mère ?

— Non. Elle ne m'a jamais parlé d'un médecin.

Elle regarda l'écran.

Elle avait presque l'impression que le détective privé avait écrit avec de l'encre invisible.

— Puis-je avoir ce carnet ? demanda-t-elle.

— Non, je crains que non. Il fait toujours partie des pièces à conviction, donc je ne peux pas te le laisser. Je ne devrais même pas le montrer, dit Yvette. Mais si tu le souhaites, je peux t'imprimer des photocopies. J'ai scanné pratiquement toutes les pages. Cela te conviendrait-il ?

— Ce serait merveilleux, s'écria Gwen avec sincérité.

Les notes de l'enquêteur privé assassiné avaient de

grandes chances de leur fournir des indices utiles pour comprendre ce qu'il était arrivé à sa mère.

— Je reviens, donnez-moi un instant, dit Yvette à Gwen ainsi qu'à son frère alors qu'elle s'éloignait dans le couloir.

Gwen jeta un coup d'œil à Brooks.

— Nous touchons au but, fit-elle. Je le sens.

Elle était tellement excitée qu'elle avait du mal à contrôler sa voix.

— Ne t'emballe pas trop vite, lança Brooks. Personne ne sait encore où ces éléments nous mèneront.

— Je sais, je sais, dit-elle, consciente qu'il essayait seulement de la protéger et de lui éviter une déception. Mais, Brooks, comprends-moi. C'est la première avancée concrète depuis vingt-cinq ans. Cette enquête interminable stagne depuis des années, et enfin une lueur apparaît au bout du tunnel.

Elle lui adressa un sourire rayonnant.

— Et c'est grâce à toi.

Spontanément, elle jeta ses bras autour de son cou et l'enlaça avec force.

— Grâce à toi, tout progresse, Brooks, poursuivit-elle. Tu es à l'origine de ces progrès majeurs.

Il lui retira les bras avec douceur.

— Gwen, non.

Si tout se passait comme il le craignait, très bientôt Gwen serait terriblement déçue. Si déçue qu'elle ne pourrait peut-être pas s'en remettre. Il voulait lui épargner cette douleur. Il ne voulait pas éteindre la lumière de ses yeux émeraude.

Elle le dévisagea sans comprendre.

— Quoi ? interrogea-t-elle. N'ai-je pas le droit de te remercier d'avoir mis un peu de soleil dans la nuit dans laquelle je me débats depuis vingt-cinq ans ? Ne me demande pas d'ignorer le premier rayon qui éclaire enfin des angoisses qui me hantent depuis l'enfance. Ne me demande pas l'impossible. Souris-moi, Brooks, ajouta-t-elle. Je viens de te dire quelque chose de gentil. Pourquoi ne pas en rester là pour l'instant ? Pourquoi ne pas nous contenter de l'espoir que tu as suscité ?

Accablé, Brooks comprit qu'il lui revenait de lui annoncer la découverte du second cadavre. Personne n'aimait les messagers porteurs de mauvaises nouvelles, mais il n'avait pas le choix.

19

Gwen remarqua tout de suite le changement d'expression de Brooks.

Incapable d'expliquer pourquoi, elle sentit aussitôt un frisson glacé lui parcourir l'échine.

— Brooks, qu'y a-t-il ? Que me caches-tu ?

Il comprit sans doute qu'il ne pouvait plus reculer, à présent, qu'il devait se jeter à l'eau, parce qu'il s'éclaircit la gorge.

— Ma sœur m'a téléphoné hier. En fait, elle a appelé pendant que j'étais assis dans ma voiture sur le parking de l'école.

Gwen fronça les sourcils, essayant de comprendre ce qu'il cherchait à lui dire – et pourquoi.

Dans l'espoir de dissiper sa confusion, il précisa :

— Je parle de mon autre sœur, de Jordana.

Un autre frisson la parcourut, plus intense et plus froid que le précédent.

— Et que voulait-elle te dire ? Brooks, que me caches-tu ?

Il poussa un soupir et finit par lâcher :

— Ils ont trouvé un deuxième cadavre sur le chantier de démolition.

Gwen sentit le sang se retirer de son visage.

— Était-ce…

Sa voix se brisa et elle essaya à nouveau, d'une voix si basse qu'elle en était à peine audible.

— Était-ce ma mère ?

— Le médecin légiste n'a pas encore pu l'identifier.

Brooks entendit un gémissement s'échapper des lèvres de Gwen et craignit d'avoir commis une erreur. Peut-être aurait-il dû attendre l'identification officielle pour lui parler du deuxième corps.

Mais plus il tardait à le lui dire, plus il courait le risque que quelqu'un d'autre divulgue l'information. Gwen finirait par en entendre parler accidentellement, peut-être en suivant le journal télévisé. Il n'y avait rien de pire pour apprendre ce genre de nouvelles.

Comme si lui jeter les faits à la figure au milieu du poste de police était plus simple pour elle, se réprimanda Brooks en silence. *Bien joué, mon vieux. Tu fais preuve d'une délicatesse hors pair.*

— Pourquoi n'a-t-il pas pu l'identifier ? demanda Gwen.

— Contrairement au premier cadavre, celui-ci n'était pas emballé dans du plastique. Du coup, il n'a pas été aussi bien conservé que celui de Crane. Manifestement, l'assassin voulait l'enfouir au plus vite. Son seul objectif était de le faire disparaître.

Devant l'expression accablée de Gwen, Brooks tenta de lui laisser un peu d'espoir.

— Une fois le corps nettoyé, Yvette s'efforcera de reconstituer le visage de la victime. Des prélèvements et des clichés dentaires seront effectués. De cette façon, elle pourra nous apporter des réponses.

— Si je te comprends bien, pour le moment, personne ne sait si la victime est un homme ou une femme ?

— Pas encore avec certitude, répondit Yvette qui revenait. Voici les photos que j'ai faites du calepin de Crane, Gwen, dit-elle en lui tendant les photocopies. Quant au deuxième cadavre, il est en ce moment en morceaux, comme un puzzle géant. Une fois nettoyé et reconstitué, il sera plus facile de l'identifier.

— Pourras-tu nous appeler dès que tu en sauras davantage ? lui demanda Gwen.

Elle la suppliait presque, remarqua Brooks, déchiré.

— Bien sûr. Dès que j'ai du nouveau, promit Yvette.

— Tu sais, c'est la première fois que j'entends Yvette proposer quelque chose qui ne soit pas conforme au règlement, dit Brooks à Gwen alors qu'ils quittaient le laboratoire criminel. En général, elle respecte scrupuleusement les consignes. Imagine-toi qu'elle n'a jamais été verbalisée pour excès de vitesse, ajouta-t-il, espérant la faire sourire.

Elle hocha la tête sans répondre. Sans doute avait-elle besoin d'espace.

Mais elle continuait à garder le silence alors qu'ils sortaient de l'enceinte et se dirigeaient vers son véhicule, Brooks s'en inquiéta. Se renfermer dans sa coquille ne lui ressemblait pas. Elle était généralement plus bavarde.

— Parle-moi, Gwen. Ne garde pas tout à l'intérieur.

Comme elle ne répondait toujours pas, il insista :

— À quoi penses-tu en ce moment, là, tout de suite ?

Elle se tenait à côté de sa voiture. Quand elle se retourna pour le regarder, il vit l'angoisse dans ses yeux.

— Difficile à dire, répondit-elle. Mes pensées partent dans toutes les directions. Je ne sais plus si je dois espérer que ce corps ne soit pas celui de ma mère. J'aurais alors la possibilité de continuer de l'imaginer encore en vie quelque part. Ou s'il vaudrait mieux que ce soit elle, pour en finir avec cette horrible incertitude quant à son sort.

Et puis, elle pensa à Rita et fondit en larmes.

— Ma pauvre grand-mère ressent probablement la même chose.

Brooks déverrouilla la portière passager et la tint ouverte mais Gwen ne fit aucun mouvement pour entrer dans la voiture.

— Gwen, dit-il doucement.

Comme elle restait figée sur place, il la prit dans ses bras. C'est alors qu'elle explosa en sanglots, ravagée de douleur.

Brooks la tint serrée contre lui et la laissa pleurer.

Longtemps.

— Laisse-moi te ramener à la maison, proposa-t-il quand elle sembla un peu calmée.

Elle le regarda, l'air hésitant.

— Chez moi ? demanda-t-elle finalement.

— Non, répondit-il. Chez moi. Tu n'es pas en état de rester seule en ce moment. Et, en plus, Shelton est toujours caché quelque part et je ne prends pas le risque de le sous-estimer.

Mais alors que Brooks l'invitait de nouveau à monter, Gwen secoua soudain la tête.

— Je ne veux pas partir, dit-elle à Brooks. Pas tout de suite, en tout cas. Je veux d'abord voir la dépouille.

— Gwen, il n'y a pas encore eu d'identification. Yvette t'a dit que le corps n'était encore qu'un tas d'ossements qui n'ont pas encore été assemblés.

Gwen secoua la tête.

— Je m'en fiche. Je veux les voir.

— Gwen, je t'en prie, insista Brooks, ne t'impose pas cette épreuve.

Mais elle resta inflexible.

— Mieux vaut les voir que de les imaginer, crois-moi.

— Cela me semble une très mauvaise idée. Je m'y oppose.

Gwen hocha la tête.

— C'est noté. Maintenant, conduis-moi à la morgue.

Il referma la portière du passager et se détourna de sa voiture, sachant depuis le début qu'il finirait par lui céder.

— Qu'espères-tu en tirer ? demanda-t-il en l'escortant vers le bâtiment.

— Je ne sais pas. En tout cas, je pourrai au moins indiquer au médecin légiste où se trouve le dossier dentaire de ma mère.

Brooks la regarda avec surprise.

— Attends. Tu connais le nom du dentiste de ta mère ? Comment est-ce possible ? Tu avais trois ans quand elle a disparu ?

— C'est vrai. Mais ma grand-mère avait le même dentiste qu'elle. Le Dr McClellan. Et quand est venu le temps de faire examiner mes dents, elle m'a conduite chez lui. Et lorsque le Dr McClellan a pris sa retraite, son fils a repris le cabinet. Le dossier dentaire de ma mère y est toujours conservé, conclut-elle, heureuse d'avoir quelque chose de positif à apporter à l'enquête.

— Comment le sais-tu ? demanda Brooks.

Il aurait cru que, depuis la numérisation des documents, les anciens dossiers n'avaient pas été convertis mais simplement détruits.

Gwen le suivit au sous-sol.

— Ma grand-mère s'en est occupée, expliqua-t-elle. À une époque, les années passant, elle a commencé à abandonner l'espoir que ma mère soit toujours vivante. Mais elle voulait être sûre qu'il y aurait toujours un moyen de l'identifier si jamais elle était retrouvée un jour. Voilà pourquoi elle a supplié le premier Dr McClellan de conserver le dossier de ma mère. Lorsque le cabinet a changé de mains, elle a proposé de l'argent au fils du Dr McClellan pour qu'à son tour il le garde. Il a refusé son argent mais lui a assuré que le dossier resterait au cabinet tant qu'il vivrait.

Brooks sourit, impressionné.

— Ta grand-mère est une femme très ingénieuse.

— Et obstinée.

Cette fois, Brooks éclata de rire.

— C'est clair.

— Êtes-vous sûre de vouloir faire ça ? demanda Jeffrey Robbins, le médecin légiste, en regardant Gwen. Vous savez, j'ai vu des flics chevronnés tourner de l'œil la première fois qu'ils se sont retrouvés devant un corps autopsié. Et dans le cas qui nous occupe, il s'agit d'ossements que nous allons tenter de reconstituer comme une sorte de puzzle macabre, ajouta-t-il.

Robbins soupira.

— De plus, d'après le règlement, il m'est interdit de vous avoir ici, dit-il à Brooks. Et rien ne justifie la présence de madame.

— Un membre de la famille du défunt est toujours autorisé à voir le corps ou, au pire, les ossements, répliqua Gwen. À des fins d'identification.

— Comment savez-vous que vous faites partie de la famille de la victime puisque je ne l'ai même pas identifiée ?

— Disons que j'en ai l'intuition, répondit-elle.

Gwen s'était ressaisie, remarqua Brooks, impressionné. Elle ne ressemblait plus à la femme anéantie qui avait fondu en larmes dans ses bras.

Le médecin légiste se tourna vers lui comme pour lui demander conseil. Parfois, être un Colton se révélait utile. Si beaucoup de gens disaient du mal du clan, certaines personnes – peu nombreuses, il est vrai – se mettaient en quatre pour leur faciliter la vie.

Brooks hocha la tête pour lui faire comprendre que la requête de Gwen lui semblait légitime.

Robbins poussa de nouveau un profond soupir, puis fit signe à ses visiteurs de le suivre. Il les mena devant ce qui ressemblait à une armoire de classement en métal.

Ouvrant une des portes, il en tira un tiroir.

Au lieu d'un corps, il y avait des os de jambes et de bras disjoints, un crâne et plusieurs ossements épars. Et aussi des objets scellés dans un petit sac en plastique.

— Voilà ce que vous êtes venue voir, dit Robbins à Gwen.

Gwen regarda les os qui auraient pu appartenir à sa mère pendant un long moment.

— Puis-je refermer le tiroir maintenant ? demanda le médecin légiste avec une pointe d'impatience.

— Oui, répondit Gwen en reculant.

Mais, alors que Robbins repoussait le tiroir, Gwen posa soudain sa main sur son bras et cria :

— Attendez. Qu'est-ce que c'est ? demanda-t-elle en désignant le contenu du petit sachet en plastique.

— Ces objets ont été retrouvés au milieu des gravats avec les ossements quand les ouvriers ont démoli le mur. L'inspectrice Colton pense qu'ils appartenaient peut-être à la personne décédée et pourront aider à l'identifier, dit-il. Elle m'a prié de les garder avec le corps.

— Pourriez-vous les retirer du sac et me les montrer, s'il vous plaît ? demanda Gwen.

Comme le légiste ne semblait pas d'accord, Brooks intervint.

— Penses-tu reconnaître quelque chose, Gwen ?

— Peut-être. Je n'en suis pas totalement sûre, dit-elle avec sincérité.

— Écoutez, dit le médecin légiste, perdant patience. J'ai du travail et je ne peux p…

— Quelques instants de plus ou de moins ne feront pas de différence, insista Brooks, interrompant les protestations de Robbins.

— Facile à dire pour vous.

À contrecœur, le légiste ouvrit le sachet en plastique et étala soigneusement son contenu sur la dalle à côté des ossements.

Robbins et Brooks observèrent Gwen alors qu'elle examinait avec attention un pendentif et un bracelet à breloques bon marché.

— Reconnais-tu quelque chose ? s'enquit Brooks.

— Je ne sais pas. Je pense que oui, mais je ne suis pas sûre.

— C'est souvent le cas, dit Robbins avec dédain.

Il commença à réunir les bijoux.

— Maintenant, remettons-les dans le sac et…

— Puis-je les photographier, s'il vous plaît ? demanda Gwen au médecin légiste, au moment où il allait les glisser dans la pochette en plastique. J'aimerais les montrer à ma grand-mère. Je pense les reconnaître grâce à un portrait de ma mère, encadré sur la cheminée du salon, mais je ne suis pas sûre à cent pour cent. Ma grand-mère, elle, saura. Elle a toujours eu un grand sens du détail.

— Votre grand-mère, répéta Robbins avec incrédulité.

Il était facile de voir qu'il était sceptique. Mais, en jetant un coup d'œil vers Brooks, il céda.

Gwen sortit son smartphone et prit rapidement quelques photos.

— Merci beaucoup, dit-elle.

— Autre chose ? demanda Robbins en regardant Gwen puis Brooks.

Il n'avait pas l'air content.

— Non, merci beaucoup, ajouta poliment Gwen. Ma grand-mère essaie de découvrir ce qui est arrivé à ma mère depuis plus d'un quart de siècle. Vous lui avez peut-être enfin donné les réponses qu'elle attendait.

— Ravi d'avoir pu vous aider, marmonna Robbins, visiblement agacé.

— Tu sais, tu n'avais pas besoin de flatter autant Robbins, lui dit Brooks alors qu'ils quittaient la morgue.

— Je l'ai fait pour toi.

— Pour moi ?

Cela n'avait aucun sens, pensa-t-il.

— Cela ne fait jamais de mal d'être polie – et tu ne sais jamais quand tu auras à nouveau besoin de lui.

Il soupira, passant son bras autour de ses épaules pendant qu'ils marchaient.

— Tu as raison. Comme d'habitude.

20

— Pourquoi n'irions-nous pas dîner dehors, ce soir ? proposa Brooks à Gwen. Ta journée a été difficile. Et te changer les idées pourrait t'aider à te détendre.

— Tu as peut-être raison, répondit-elle après un instant d'hésitation.

Mais, au fond d'elle-même, elle savait que rien ne l'aiderait à chasser de son esprit ces terribles images.

Elle s'installa dans la voiture et boucla sa ceinture. Pourtant, une fois assise, elle ne put s'empêcher de regarder les photos sur son smartphone.

Comme il s'arrêtait à un feu rouge, Brooks jeta un coup d'œil à Gwen et s'aperçut qu'elle examinait les bijoux trouvés près du corps.

— Reconnais-tu ces bijoux ? lui demanda-t-il.

Elle se tourna vers lui et répondit avec sincérité.

— Cela dépend des moments. Je n'arrête pas de changer d'avis. Ce pendentif et ce bracelet ressemblent beaucoup à ceux qu'elle avait sur ce portrait encadré sur la cheminée. Mais ils ne sont pas rares. Beaucoup de femmes les portaient à l'époque.

— Pourquoi ne pas retourner à Kansas City demain et les montrer à ta grand-mère ?

Elle se mordilla les lèvres.

— Cela m'ennuie de lui faire subir cette épreuve mais

elle sera bien plus capable que moi de déterminer si ces bijoux appartenaient bien à ma mère, c'est certain. Je crois que c'est elle qui lui a offert ce pendentif. Pour la féliciter d'avoir décroché son diplôme.

— Et le bracelet ? s'enquit Brooks. Sais-tu qui le lui a donné ?

Gwen fronça les sourcils.

— Ma grand-mère a toujours pensé que le bracelet venait de mon père. Chaque fois qu'elle l'interrogeait à ce sujet, ma mère restait vague. Ma grand-mère en avait déduit que le bracelet était un moyen pour lui d'enchaîner ma mère.

Une idée traversa soudain Brooks.

— Demain, avant d'aller voir ta grand-mère, j'appellerai Yvette pour l'inviter à récupérer ce dossier dentaire chez le dentiste dont tu m'as parlé. Mais pour le moment, ajouta-t-il s'efforçant de paraître un peu plus optimiste, j'aimerais que tu savoures la cuisine du meilleur restaurant italien de la ville. Et que tu oublies le reste.

Touchée par sa gentillesse, Gwen s'efforça de lui sourire :

— D'accord, allons-y.

Gwen fit semblant de s'amuser. Elle le devait à Brooks qui se mettait en quatre pour lui faire oublier ces ossements.

Mais en réalité elle ne parvenait pas à repousser la profonde tristesse qui l'avait envahie au moment où elle avait posé les yeux sur ces restes humains.

— Aimerais-tu un dessert ? proposa Brooks.

Il avait remarqué que Gwen avait à peine touché à son repas.

— Ou préfères-tu abréger le repas et retourner à la maison ?

À la maison.

Il parlait de chez lui, pensa-t-elle. Mais en réalité, elle-même se sentait plus chez elle dans sa belle demeure que dans son appartement.

— Ça t'ennuierait beaucoup si on rentrait maintenant ? dit Gwen.

— Pas du tout, lui assura-t-il en levant la main pour attirer l'attention du serveur.

Il lui demanda l'addition.

Plutôt que d'utiliser une carte de crédit, il posa un billet sur la table. Le serveur garderait la monnaie.

— Allons-y, dit-il à Gwen, l'escortant hors du restaurant.

— Je suis désolée d'être d'aussi mauvaise compagnie, s'excusa Gwen alors qu'ils se dirigeaient vers son véhicule.

— Tu n'es pas de mauvaise compagnie. Tu traverses une période difficile. Tu as sans doute vu la dépouille de ta mère tout à l'heure. Ce n'est pas rien. Tout bien considéré, je dirais que, vu le contexte, tu t'en sors très bien.

Ils atteignaient sa voiture. Gwen se tourna vers Brooks pour le remercier d'être aussi compréhensif. Mais elle se figea soudain, les yeux écarquillés, alors qu'elle fixait quelque chose derrière lui au loin.

— Gwen ? Quelque chose ne va pas ?

Elle attrapa son bras. Tout son corps était devenu rigide.

Abasourdi, Brooks regarda autour de lui mais il ne vit rien qui expliquerait sa réaction.

Il la saisit par les épaules, la secoua un peu.

— Qu'y a-t-il ?

Elle battit des paupières, poussa un gros soupir et balbutia :

— Il est parti.

— Qui est parti ? demanda Brooks en parcourant le parking des yeux.

Quelques personnes sortaient ou regagnaient leurs véhicules. Mais il ne remarqua rien d'inhabituel.

Gwen secoua la tête, se sentant stupide.

— Tu vas me traiter de folle.

Elle avait vraiment l'air effrayée. Quelque chose lui avait fait peur. Tout ce qu'il voulait, c'était l'aider.

— Jamais je ne penserais que tu es folle.

— J'aurais pu jurer que Daniel était là.

Brooks scruta à nouveau les alentours, plus lentement cette fois. Il n'aperçut personne qui ressemblait de près ou de loin à Shelton.

— Où ?

— Là-bas. De l'autre côté du parking, dit-elle en désignant un endroit désormais désert. Il nous regardait.

Après ce qu'elle avait traversé, il n'était pas surprenant qu'elle croie voir ce Daniel à tous les coins de rue.

— C'est nerveux, Gwen. En plus, je sais à quoi il ressemble et il n'est pas là. Ton esprit te joue des tours.

— Ou peut-être suis-je en train de perdre la tête.

Elle semblait bouleversée et il mourait d'envie de la réconforter.

Il la prit dans ses bras.

— Je te promets de te protéger. Il ne t'arrivera rien, Gwen. Je tiens à toi. Tu comptes beaucoup pour moi et si ce Shelton t'approche, je lui ferai regretter de s'être immiscé dans ta vie.

Gwen ne retint qu'un mot.

— Tu tiens à moi ?

Pourquoi avait-elle l'air si surprise ?

— Bien sûr que je tiens à toi ! Je te l'ai prouvé ces dernières nuits, non ?

— Je ne suis pas sûre que faire l'amour avec moi prouve quoi que ce soit. Tu es un homme, non ?

— C'est vraiment ce que tu penses ?

Elle poussa un long soupir et haussa les épaules.

— Je ne sais pas quoi penser, avoua-t-elle.

— Alors je vais te le dire. Tout à l'heure, tu craignais d'être folle.

Avait-il finalement changé d'avis sur son état mental ?

— Eh bien, moi, en tout cas, je suis fou. Fou de toi. Comprends-tu ? Je suis fou de toi, Gwen.

Comme elle le regardait dans les yeux, elle prit conscience qu'il parlait sérieusement. Soudain, elle se sentit mieux.

Émue, soulagée, heureuse, elle jeta ses bras autour de son cou et scella les lèvres aux siennes.

Mais, très vite, Brooks retira avec douceur ses bras de son cou.

Surprise, Gwen le regarda d'un air interrogateur.

— J'ai hâte de sortir de ce parking et de rentrer dans ma maison, dit-il.

Soudain, Gwen ne se sentait plus perdue ni seule.

— Ça marche, chuchota-t-elle à Brooks. Allons-y.

L'instant d'après, elle se glissa sur le siège passager et attacha sa ceinture.

Gwen pensait qu'il allait foncer mais elle ne reconnut pas la route.

Troublée, elle demanda :

— Euh, Brooks, où allons-nous ?

— Chez moi, répondit-il avec un coup d'œil à son rétroviseur.

— Je ne reconnais pas la route.

— Parce que je ne prends pas l'itinéraire habituel.

— C'est le circuit panoramique ? demanda-t-elle. Dommage, il fait trop sombre pour apprécier le paysage.

— Je ne l'emprunte pas pour cette raison, dit-il. Mais

si jamais Shelton était réellement sur le parking et qu'il nous suit, je préfère ne pas le conduire chez moi.

Gwen s'enfonça un peu plus dans son siège.

— S'il veut savoir où tu habites, Daniel est assez ingénieux pour engager quelqu'un pour le découvrir. Tu es un Colton. Trouver ton adresse est assez facile, j'imagine.

— Tu as raison mais je ne vais pas lui faciliter les choses. Si tu as peur, je peux te déposer chez Jordana.

— Merci mais je me sens plus en sécurité avec toi.

Elle avait confiance en lui, pensa Brooks. Et sa confiance l'obligeait. Il se sentait encore plus protecteur envers elle qu'il ne l'était déjà.

— Jordana bénéficie d'un système de sécurité à la pointe de la technologie moderne.

— Toi aussi. En plus, dit Gwen, tu as la possibilité de me changer les idées d'une manière que ta sœur n'a pas.

Brooks se mit à rire.

— C'est sûr.

Ils arrivaient et il remonta l'allée avant de se garer devant chez lui. Il déverrouilla la porte d'entrée, désarmant son système d'alarme.

Tenant la porte ouverte, il lui fit signe d'entrer.

— Cela signifie-t-il que tu vas m'autoriser à te dévorer ?

Elle posa son sac sur le guéridon et lui sourit.

— Si, et seulement si, j'ai le droit de te déguster en retour, répondit-elle.

Son cœur battait la chamade alors qu'il picorait de baisers son visage.

Brooks recommençait, pensa-t-elle, prise de vertige.

Un désir impérieux s'empara d'elle.

— Mange-moi, murmura-t-elle le souffle court.

— Oui, madame, répondit-il solennellement.

De délicieuses sensations explosaient déjà en elle. D'une

main fiévreuse, elle déboutonna la chemise de Brooks, la fit glisser sur ses bras avant de la jeter de côté.

Elle caressa alors les muscles de son torse. Son cœur battait à tout rompre.

Visiblement, Brooks n'avait pas besoin d'encouragements supplémentaires.

À son tour, il lui arracha ses vêtements, les envoyant valser.

Comme sa bouche dévorait avidement ses lèvres, elle comprit qu'ils étaient trop affamés pour attendre d'arriver jusqu'à sa chambre. Ils n'allaient même pas tenir jusqu'au pied de l'escalier.

Chaque fois qu'ils faisaient l'amour, elle avait l'impression d'une révélation. Elle découvrait de nouvelles facettes de cet homme merveilleux. Elle se délectait de la façon dont il faisait exulter son corps.

Brooks faisait preuve d'une incroyable douceur et d'une infinie tendresse mais, en même temps, d'une indicible générosité sensuelle. Il l'affolait. Le plaisir qu'il lui donnait la comblait.

Il savait la guider vers le ciel et tous deux s'envolaient pour se rejoindre dans une jouissance partagée.

Dans ses bras, elle se sentait si bien qu'elle en oubliait Daniel et ses menaces. Elle ne pensait plus qu'elle l'avait aperçu sur le parking. Sans doute s'était-elle trompée.

Alors que Brooks s'abattait sur elle avec un cri rauque, elle comprit qu'il était devenu tout pour elle.

Et pour le moment, elle ne désirait rien d'autre.

Une petite voix lui soufflait que cet homme exceptionnel avait tout pour la rendre heureuse, jour après jour.

Si seulement il la voulait pour toujours…

21

— Veux-tu appeler ta grand-mère pour la prévenir de notre visite ? demanda Brooks à Gwen le lendemain matin alors qu'ils s'apprêtaient à partir.

— Ce n'est pas nécessaire, lui dit Gwen. Ma grand-mère est presque toujours à la maison, surtout le matin.

L'inflexion de sa voix attira son attention. Il perçut ses réticences.

— Tu n'as pas envie de lui annoncer la découverte du second corps emmuré, n'est-ce pas ?

À quoi bon le nier ?

— En tout cas, pas par téléphone, répondit-elle. Je préfère lui en parler en face. Je tiens à être là, à l'entourer quand elle comprendra que ma mère ne reviendra jamais. Qu'elle est morte depuis longtemps.

Devinant son émotion, il lutta contre le désir de la prendre dans ses bras.

— Ces bijoux n'étaient peut-être pas ceux de ta mère. Je me fais peut-être des illusions, mais…

Un sourire passa sur les lèvres de Gwen.

— Tu as raison. Tant que nous n'avons pas montré à ma grand-mère les photos de ces bijoux, il reste de l'espoir. Alors continuons à y croire.

Cette fois, Brooks cessa de résister et la serra contre lui.

— L'épreuve que tu traverses est terriblement difficile, douloureuse. Je suis désolé.

Elle apprécia qu'il le dise. Et aussi qu'il l'ait prise dans ses bras. Son étreinte était très réconfortante.

— Au moins, je ne l'affronte pas seule.

Elle prit une profonde inspiration comme pour puiser la force de faire face à ce qui l'attendait.

— On y va ?

Il hocha la tête avant de se diriger vers la porte.

— On y va.

— Tu es bien silencieuse, observa-t-il.

Ils roulaient depuis un bon quart d'heure et elle n'avait pas encore prononcé un seul mot.

Elle sourit tristement.

— Il n'est pas facile de parler avec le cœur serré. J'ai passé des années à attendre que ma mère revienne, à espérer qu'un beau jour elle réapparaîtrait dans ma vie, et maintenant… et maintenant, je dois y renoncer.

— Tu es donc sûre que ces bijoux sont les siens ?

Gwen hocha la tête d'un air triste.

— Presque sûre, oui.

— Écoute, rien ne nous oblige à aller voir ta grand-mère aujourd'hui. Pourquoi ne pas attendre qu'Yvette ait récupéré le dossier dentaire et confirmé que le deuxième corps est bien celui de ta mère ?

Gwen secoua la tête.

— Ce ne serait pas juste. Ma grand-mère mérite d'être mise au courant.

— Et toi ? demanda-t-il en la regardant. Que mérites-tu ?

Il vit son visage s'assombrir.

— Je mérite de trouver le salaud qui a tué ma mère

et de lui faire payer son crime. Je mérite aussi de savoir qui était mon père.

Une pensée le traversa soudain.

— Et s'il s'agissait de la même personne ?

Brooks avait déjà vu des cas où un mari coureur de jupons avait pris des mesures extrêmes pour protéger son secret et empêcher sa femme de découvrir qu'il la trompait. Il espérait vraiment que le père de Gwen n'était pas l'assassin de sa mère. Son chagrin en serait évidemment décuplé.

Gwen redressa les épaules.

— Si par malheur cette hypothèse se confirmait, il sera toujours temps d'y réfléchir. Pour le moment, contentons-nous de montrer ces photos à ma grand-mère.

Ils ne rencontrèrent pas d'embouteillages et arrivèrent vite à destination.

Comme il s'arrêtait devant la petite maison où Gwen avait vécu la majeure partie de sa vie, Brooks sortit du véhicule et le contourna pour lui ouvrir sa portière.

Quand il lui prit la main pour l'aider à sortir de la voiture, il s'aperçut qu'elle était glacée.

Son cœur se serra.

— Il est encore temps de renoncer et de rentrer à la maison, dit Brooks.

— Il n'en est pas question, répondit-elle.

Elle lui adressa un sourire reconnaissant. Puis elle se dirigea vers la porte de sa grand-mère et sonna. Elle avait toujours la clé mais elle ne voulait pas risquer de l'effrayer en entrant à l'improviste. Si elle l'avait prévenue de leur arrivée, le problème ne se poserait pas.

Cela dit, une deuxième visite si proche de la précédente inquiéterait forcément la vieille dame.

Lorsque celle-ci apparut dans l'embrasure de la porte, son visage s'illumina en les reconnaissant.

— Gwennie, Brooks, vous êtes de retour ! s'exclama-t-elle. Quelle bonne surprise !

Mais très vite son sourire s'envola.

— Que se passe-t-il ? Qu'est-ce qui ne va pas ?

— Et si nous avions seulement envie de venir t'embrasser ?

Au lieu de répondre à sa petite-fille, Rita se tourna vers Brooks.

— Je sais toujours quand Gwen ment, lui dit-elle. Alors dites-moi pourquoi vous êtes revenus si vite.

Gwen semblait incapable d'aligner deux mots et Brooks comprit qu'il lui revenait de lui annoncer la terrible nouvelle.

— Un deuxième cadavre a été retrouvé sur le chantier, madame Harrison.

Le visage de Rita se décomposa. Craignant sans doute que ses jambes ne se dérobent sous elle, elle recula et s'affaissa sur le canapé.

— Est-ce… S'agit-il du corps de ma fille ? demanda-t-elle à Brooks.

— Nous ne le savons pas encore. Contrairement au premier corps, celui-ci n'est pas bien conservé.

Il vit la vieille femme porter les mains à sa bouche, comme pour retenir un cri d'horreur.

Émue, Gwen eut du mal à retrouver l'usage de la parole.

— Ils ont découvert des bijoux avec le corps, grand-mère, et ils m'ont laissée les photographier. J'ai apporté les clichés pour te les montrer.

Mais Rita continuait de regarder sa petite-fille, en proie à une myriade d'émotions qui ravageaient son visage.

Ses yeux perçants vrillèrent sur Gwen, assise en face d'elle.

— Tu as reconnu ces bijoux, n'est-ce pas ?

Gwen hésita mais finit par hocher la tête.

— Je pense que oui, grand-mère. L'un d'eux est un

pendentif. Il ressemble beaucoup à celui que tu as donné à maman quand elle a obtenu son diplôme de fin d'études.

— Et tu as ces photos ? demanda Rita sans cesser de la dévisager.

Gwen sortit de son sac les deux photographies qu'elle avait imprimées. Elle les posa sur la table basse devant sa grand-mère.

Rita les examina. Et aussitôt des larmes jaillirent de ses yeux.

— Vous reconnaissez ces bijoux, n'est-ce pas, madame Harrison ? demanda Brooks.

— Oui, répondit-elle d'une voix brisée.

— Appartiennent-ils à votre fille ? lui demanda-t-il.

— Oui, répéta Rita.

— En êtes-vous sûre, madame ? insista Brooks.

— Oui, répondit Rita dans un murmure. Sûre et certaine, ajouta-t-elle avant d'exploser en sanglots.

Gwen la prit dans ses bras et la serra avec force.

— Je suis désolée, grand-mère.

Rita caressa les cheveux de sa petite-fille.

— Ne le sois pas, chérie. Dans mon cœur, j'ai toujours su que ce jour viendrait. Et maintenant, je me sens soulagée. Nous allons pouvoir organiser des obsèques et enterrer ta mère convenablement.

Elle regarda à nouveau les photographies.

— Ma pauvre petite chérie le mérite.

Elle resta un petit moment silencieuse, luttant pour ne pas s'effondrer.

— Maintenant, partez tous les deux. Vous avez votre vie, un métier, des choses à faire, leur dit-elle en les regardant tour à tour.

Mais Gwen la considéra avec inquiétude.

— Es-tu sûre que ça ira, grand-mère ? Cela m'ennuie de te laisser toute seule après…

— Ça va aller, Gwen, assura Rita en lui tapotant la main. Je ne vous demande qu'une seule chose, Brooks, dit-elle en se tournant vers lui. Retrouvez le salaud qui a fait ça à ma fille. Je veux que vous découvriez qui l'a assassinée, l'implora-t-elle. Je ne suis pas riche mais je vous offrirai tout ce que j'ai si vous démasquez celui qui a tué mon Olivia et l'a cachée dans ce mur où elle est restée pendant toutes ces années.

— Gardez votre argent, madame Harrison, dit-il. La police de Braxville et ma sœur en particulier enquêtent déjà sur l'affaire. Elle met déjà tout en œuvre pour découvrir qui a tué et emmuré Felton Crane.

— C'est pareil, fit Rita.

— Vous pensez donc que les deux meurtres sont liés ? demanda-t-il à Rita.

— J'en suis persuadée, répondit-elle. Pas vous ? Cela semble évident.

Brooks rit doucement.

— Vous savez, madame Harrison, si vous décidez un jour que la retraite n'est pas pour vous, vous feriez une excellente détective privée.

Rita le regarda, amusée, malgré le sujet sombre.

— Mais dites-moi, jeune homme, n'êtes-vous pas en train de flirter avec moi ?

— Je ne m'y risquerais pas, répliqua-t-il, impassible. Je sais que je n'ai aucune chance.

Puis, redevenant sérieux, il revint au sujet principal.

— Gwen m'a dit que vous aviez demandé au dentiste de votre fille de conserver son dossier dentaire, ses radios en particulier. Je suis très impressionné par votre intelligence.

— J'ai appris très jeune que les situations désespérées

imposent des mesures extrêmes, voilà tout. Et ce dossier dentaire était la seule chose à laquelle je pouvais penser.

— Eh bien, vous avez fait preuve de beaucoup de présence d'esprit et, grâce à cette précaution, votre longue épreuve va prendre fin, au moins en partie. Votre chagrin est immense mais vous n'êtes plus dans l'incertitude.

Il vit les larmes se remettre à briller dans ses yeux.

— Oh ! je suis désolé, madame Harrison. Je ne voulais pas vous faire pleurer, dit Brooks, se sentant coupable.

Rita secoua la tête.

— Non, non, vous avez mal compris. Ce sont des larmes de joie, jeune homme.

Comme Gwen et Brooks échangeaient des regards inquiets, elle précisa :

— Ne te méprends pas, chérie. J'aurais évidemment préféré que ta mère soit retrouvée vivante mais je craignais de mourir sans connaître le sort de ma fille. Maintenant, enfin, je le sais. Et c'est un immense soulagement.

Brooks sourit à la grand-mère de Gwen.

— Je suis content d'avoir pu contribuer à ce soulagement, madame Harrison, lui dit-il avec sincérité. Maintenant, si vous pouviez me confier l'adresse du Dr McClellan, je vais la transmettre à la technicienne de laboratoire criminel et voir si ces radios dentaires nous permettent d'identifier sans risque d'erreur le corps.

— Vous parlez de votre sœur, dit Rita.

— Oui, ma sœur. Vous vous en êtes souvenue.

Il n'avait mentionné Yvette qu'en passant la seule fois où il était venu faire la connaissance de la grand-mère de Gwen. Elle était dotée d'un esprit vif et d'une mémoire exceptionnelle.

— Encore une fois, je dois dire que je suis impressionné. Vous êtes une femme incroyable, lui dit-il. Vous ressemblez à ma mère.

— Merci, très cher. Et votre sœur s'occupera-t-elle elle-même de l'identification ? demanda Rita à Brooks, revenant au sujet qui la préoccupait le plus.

Brooks hocha la tête.

— C'est son métier.

— Vous avez une famille intéressante, jeune homme, dit Rita. Et nombreuse. Vous ne mesurez sans doute pas votre chance. Une grande famille est un cadeau de la vie, Brooks. Il ne faut pas la considérer comme un dû ou une corvée. Je suis bien placée pour le savoir. Gwen et moi avons été seules pendant la majeure partie de notre existence. Et nous aurions préféré être entourées pour traverser toutes ces épreuves. Mais mon mari est mort peu de temps après la naissance d'Olivia et après un certain temps, on s'habitue à se débrouiller, surtout quand on a un enfant à élever. Et j'ai eu la chance de vivre deux fois ce bonheur. Une fois avec Olivia, une fois avec Gwen ici, précisa-t-elle en faisant un signe de tête à cette dernière. Je n'oserais demander davantage au ciel, sauf peut-être un jeune homme qui saura rendre ma petite-fille heureuse, dit Rita, regardant Brooks ostensiblement.

— Grand-mère ! cria Gwen, embarrassée.

Sa grand-mère avait-elle soudain décidé de jouer les entremetteuses ?

— Quoi, pourquoi devrais-je garder mes opinions pour moi ? demanda Rita, surprise. À mon âge, Gwen, le temps qu'il me reste à vivre est compté. Cela signifie que je dois dire aux gens ce que je pense, surtout lorsque c'est important, parce que je n'aurai peut-être plus jamais l'occasion de le faire. N'êtes-vous pas d'accord, Brooks ?

Gwen se sentit rougir.

— Grand-mère, s'il te plaît. Tu le gênes.

Rita sourit en regardant Brooks.

— Mes propos ne vous dérangent pas, n'est-ce pas ?

Il se tourna vers Gwen. Il imagina la vie s'il la passait avec elle. L'idée lui plut. Beaucoup.

— Pas du tout.

22

Gwen attendit qu'ils soient sur le chemin du retour pour se tourner vers Brooks :

— Je suis désolée des allusions peu fines de ma grand-mère.

Il jeta un coup d'œil dans sa direction, se demandant de quoi elle s'excusait.

— Pourquoi « désolée » ? Ta grand-mère est une femme adorable.

Gwen resta un instant silencieuse, digérant ce qu'il venait de dire. Que Brooks aime la personne la plus importante de sa vie la touchait.

— Elle l'est, reconnut-elle. Mais je regrette qu'elle t'ait mis dans l'embarras.

— Comment ça ? demanda-t-il d'un air innocent. Je ne vois pas du tout de quoi tu veux parler.

— Ma grand-mère laissait entendre de façon peu subtile que nous devrions nous mettre ensemble tous les deux. Et j'ai senti que sa réflexion te gênait. Voilà, ajouta-t-elle. Satisfait ?

— Très satisfait, répondit-il en lui souriant. Et cette idée me paraît excellente.

Maintenant, il jouait avec elle, pensa Gwen.

— Ne te sens pas obligé de continuer cette petite

comédie. Nous sommes dans ta voiture et ma grand-mère ne peut plus nous entendre.

— Je me fiche d'être entendu par qui que ce soit. Et il ne s'agit pas d'une comédie. Quand je t'ai dit que je tenais à toi, je ne plaisantais pas, Gwen. C'est vrai.

Il la regarda un bref instant, un petit sourire sur les lèvres.

— Cela te pose un problème ? ajouta-t-il.

Il est sérieux, pensa-t-elle.

Brooks ne lui déclarait pas sa flamme pour arriver à ses fins, dans l'espoir de faire l'amour avec elle. Il éprouvait réellement des sentiments pour elle. Elle sentit sa poitrine se gonfler d'allégresse.

Elle lui sourit.

— Pas du tout.

Son sourire s'élargit.

— Formidable.

Il lui fallut un moment pour calmer les battements précipités de son cœur.

Lorsqu'elle recouvra ses esprits et promena les yeux autour d'elle, elle ne reconnut pas la route.

— Où allons-nous ? demanda-t-elle. Je pensais que nous nous rendions au poste de police pour voir Yvette et lui donner le nom du cabinet dentaire.

Avait-il changé d'avis ? se demandait-elle.

— Je m'en suis déjà occupé. Je lui ai envoyé un texto pour l'informer de l'existence de ce dossier et lui transmettre l'adresse. Dans l'immédiat, et sauf si tu y vois un inconvénient, j'ai envie d'aller jeter un œil au chantier. Je sais qu'il est à l'arrêt par décision judiciaire, poursuivit-il, anticipant ses protestations. Mais j'aimerais voir si Jordana ou l'un des membres de son équipe a découvert quelque chose d'autre dans les décombres. Quelque chose qui pourrait nous aider à découvrir qui a tué Felton Crane et la deuxième victime.

Il avait toute son attention.

— Comme quoi, par exemple ?

— Je n'ai pas d'idée préconçue, mais tout est possible…

Peut-être Gwen ne souhaite-t-elle pas y aller, se dit-il soudain. Après tout, il s'agissait de l'endroit où avait été retrouvée la dépouille de sa mère.

— Si tu préfères, je te dépose d'abord à la maison.

— Non, je ne préfère pas, répondit-elle. Je te rappelle que nous sommes ensemble dans cette histoire…

Il lui sourit. Elle était courageuse. Cette enquête était évidemment difficile à vivre pour elle, douloureuse, mais elle voulait toujours aller de l'avant.

Il aimait ce côté de sa personnalité. En fait, il aimait tout chez cette femme.

— Je suis heureux que tu voies les choses ainsi, lui dit Brooks.

Il leur fallut une bonne demi-heure supplémentaire pour se rendre sur le site de démolition de ce qui avait été Ruby Row, un centre commercial très prisé à une époque. Il avait été détruit pour permettre la construction d'un nouveau centre.

Grâce à son père, Brooks savait que le maire de la ville menait campagne contre ce qu'il qualifiait de « bétonnage à tout va ». L'expression avait évidemment exaspéré son père. Les engagements écologiques de la mairie contrariaient les activités de Colton Construction.

Si la municipalité persistait à tout faire pour entraver la croissance de l'entreprise, non seulement le groupe ne se développerait pas, mais il connaîtrait de graves problèmes financiers. Beaucoup d'argent avait été investi dans la construction de ce nouveau centre commercial.

En recoupant diverses conversations entendues à droite, à gauche, Brooks avait compris que d'autres problèmes tourmentaient également l'entreprise et gênaient son développement.

Bien sûr, quand il l'avait interrogé à ce sujet, son père n'avait pas voulu lui parler.

Mais rien ne restait longtemps secret à Braxville. Les rumeurs allaient bon train et prétendaient que certains employés de son père – les plus anciens – étaient tombés malades. Gravement malades. Restait à savoir s'il s'agissait d'un hasard malheureux ou si leurs ennuis de santé étaient liés à leur activité. En tout cas, cet arrêt de travail aurait peut-être un effet secondaire positif, pensait Brooks. Si les commérages étaient fondés, rester éloignés du chantier de construction aiderait ces hommes à guérir.

S'extirpant de ses sombres pensées, il se rendit compte que Gwen était penchée en avant sur le siège passager pour mieux voir ce qui l'entourait.

— J'ai l'impression d'être au milieu d'un vieux film de guerre, dit-elle.

Brooks se gara le plus près possible du bâtiment démoli et tous les deux sortirent de la voiture.

Gwen considéra les gravats qui avaient autrefois été un entrepôt.

— Dans combien de temps l'entreprise de ton père pourra-t-elle reprendre son activité et la construction de ce centre ? demanda-t-elle.

— Le plus tôt sera le mieux, lança une voix grave derrière eux, répondant à sa question. Chaque jour qui passe nous coûte une fortune.

Surpris, Gwen et Brooks se tournèrent dans un bel ensemble vers l'homme qui venait de parler.

Brooks le reconnut immédiatement. Markus Dexter.

Présenter à Gwen l'associé de son père ne l'amusait en rien. Dexter était dans la vie de son père depuis des années. Pour des raisons obscures, il aimait se désigner comme leur « oncle Markus ». En réalité, ils n'avaient aucun lien de parenté.

Les yeux verts de Dexter s'éclairèrent en se posant sur Gwen.

— Bonjour, mademoiselle, lança-t-il.

Les chacals avaient la même lueur dans le regard lorsqu'ils repéraient leur futur dîner, se dit Brooks.

Dexter dévorait littéralement Gwen des yeux.

— Et qui est cette charmante jeune personne ? demanda-t-il.

Sa question était destinée à Brooks mais Dexter ne regardait qu'elle.

Pour ne pas apparaître comme un rustre, Brooks n'avait d'autre choix que de se charger des présentations.

— Gwen, voici…

Prenant la main de Gwen, Dexter la porta à ses lèvres, d'un geste qui avait été autrefois galant mais qui était devenu, de l'avis de Brooks, d'un ridicule achevé.

— Oncle Markus Dexter, dit-il, lui coupant l'herbe sous le pied. Très heureux de faire votre connaissance, mademoiselle, ajouta-t-il.

— Dexter n'est pas un oncle, en réalité, précisa Brooks.

— J'ai vu grandir tous ces petits Colton, et voilà pourquoi j'ai l'impression d'être de la famille, expliqua-t-il à Gwen. Brooks, pourquoi traînes-tu cette ravissante créature sur ce chantier ? Elle risque de se salir. Il y a sûrement des endroits plus agréables où la conduire.

L'attention de Dexter revint vers Gwen.

— Si j'avais une personne aussi délicieuse que vous à escorter, je ne vous emmènerais certainement pas sur un site de démolition.

— Nous ne sommes pas venus pour admirer le paysage, Dex, répliqua Brooks. Nous sommes à la recherche de réponses.

Le front de Dexter se plissa légèrement alors qu'il faisait semblant de réfléchir aux propos de Brooks.

— Brooks a toujours aimé parler par énigmes, mademoiselle…

Il s'apprêtait à dire son nom mais s'aperçut qu'il l'avait oublié.

— Pardonnez-moi, comment m'avez-vous dit que vous vous appeliez ? demanda-t-il.

— Gwen, répondit-elle, légèrement mal à l'aise.

— Gwen comment ? insista Dexter, son sourire s'agrandissant.

Pour une raison qu'il refusa d'analyser, Brooks trouva le comportement de Dexter insupportable. Sa simple présence semblait contaminer tout ce qui l'entourait.

Brooks voulut éloigner Gwen de cet homme qui, il le savait, aimait s'attaquer à des femmes plus jeunes que lui, beaucoup plus jeunes.

Mais Gwen le surprit en répondant :

— Harrison, répondit-elle. Gwen Harrison.

Un bref instant, le visage de Dexter se figea et blêmit. Brooks aurait juré qu'il avait vu un fantôme.

Très vite, Dexter reprit ses esprits.

— Je viens de me rappeler que je suis attendu à une réunion à l'autre bout de la ville dans vingt minutes. Je regrette de devoir vous laisser.

Son sourire était forcé lorsqu'il ajouta :

— J'ai été ravi de faire votre connaissance, Gwen. Brooks, dis à ton père que je passerai le voir plus tard cette semaine.

— Vous feriez mieux de le lui dire vous-même, conseilla Brooks, parce que je ne le vois pas souvent.

Le départ soudain de Dexter le surprit.

— Alors, que penses-tu de lui ? demanda Brooks une fois Dexter hors de portée de voix.

Gwen ne voulait pas insulter quelqu'un qui faisait manifestement partie de la Colton Construction Company depuis des années, d'autant qu'elle ignorait ce que Brooks ressentait pour cet homme.

Aussi répondit-elle avec précaution :

— C'est sans doute injuste de ma part mais après lui avoir parlé, même très peu de temps, je ressens le besoin de prendre une douche.

Lorsque Brooks éclata de rire, elle en fut soulagée.

— C'est bon de savoir que nous sommes d'accord, dit-il. Je dois admettre que derrière son apparence de gentleman distingué, Dexter me donne la chair de poule. Et pour tout dire, je ne pense pas que mon père l'apprécie.

— Alors pourquoi sont-ils associés ? interrogea-t-elle. Cela n'avait aucun sens.

— Je n'en sais rien, reconnut Brooks. Je crois que Dex est arrivé dans sa vie à une époque où mon père se débattait avec des problèmes financiers, de trésorerie sans doute. Mon père est très discret quand il s'agit de son entreprise. Il déteste être questionné sur le sujet. Il estime n'avoir pas de comptes à rendre. Finalement, j'ai arrêté de le faire.

— M. Dexter ne semble pas être le type d'amis de ton père, remarqua Gwen.

— Il ne l'est pas, lui confirma Brooks. Mon père n'est peut-être pas l'individu le plus chaleureux et le plus extraverti de la terre mais c'est un homme honnête qui a réussi à la force du poignet. Il travaille beaucoup. Quant à Dexter…

Il regarda dans la direction que Dexter avait prise.

—… il n'a jamais travaillé de sa vie.

L'animosité dans la voix de Brooks était palpable.

— Ses parents avaient de l'argent et puis, il a épousé Mary. Sa femme est issue d'une vieille et riche famille. Il lui a passé la bague au doigt pour cette seule raison, j'en suis certain. Je l'ai souvent vu à l'œuvre. Pour parvenir à ses fins, il est prêt à tout.

— Tu en es sûr ? dit Gwen.

— J'ai entendu des rumeurs mais je n'ai jamais été témoin d'aucun fait répréhensible, reconnut-il. En revanche, je sais avec certitude que Dexter a eu sa part de maîtresses – de très jeunes femmes, le plus souvent.

Gwen se frotta les bras, conjurant un frisson soudain qui n'avait rien à voir avec la température extérieure. Elle hésita mais elle avait besoin de dire à Brooks ce qu'elle avait éprouvé.

— Bizarrement, j'ai ressenti un bref instant… comment te dire… une étrange connexion entre Dexter et moi. Mais très vite, elle s'est muée en…

— Dégoût ? demanda-t-il.

Elle y réfléchit.

— Non, je pense plutôt à… Tu sais, comme dans ces films d'horreur, quand tu vois que l'héroïne est sur le point d'être poignardée par le tueur en série ou dévorée par un anaconda mais que tu es incapable de détourner le regard ? Eh bien, il me fait cet effet. L'associé de ton père me terrifie et me fascine en même temps.

Brooks se mit à rire.

— Tu sais, si les femmes étaient toutes comme toi,

Dexter se rendrait sans doute compte qu'il est un minable pathétique.

— Je n'ai plus envie de parler du collaborateur de ton père, dit-elle. Allons plutôt trouver les gens que nous sommes venus interroger.

— Bonne idée, dit-il.

Il regrettait d'avoir imposé cet échange à Gwen.

Brooks s'approcha d'un groupe d'ouvriers occupés à dégager des gravats près de l'endroit où les seconds ossements avaient été découverts.

L'un d'eux, Kyle Jackson, un homme gigantesque, reconnut Brooks.

— Êtes-vous venu condamner une autre partie du site ? s'enquit Jackson. Votre sœur est déjà passée hier pour limiter la zone que nous sommes autorisés à déblayer. Cela ne nous arrange pas. Si nous ne travaillons pas, nous ne sommes pas payés, j'espère que vous en êtes conscient.

— Je ne suis pas ici pour fermer quoi que ce soit, assura Brooks. Mais pour savoir si quelqu'un aurait trouvé quelque chose... disons... d'inhabituel, en fouillant les débris.

— Si c'était le cas, personne n'en parlerait, vous vous en doutez, répondit Jackson. Vu que la dernière fois que quelque chose de très « inhabituel » est apparu, nous avons dû arrêter de travailler...

Jackson se mit à rire mais son rire n'avait rien de gai.

Les trois autres ouvriers hochèrent la tête en signe d'accord.

— Je comprends, dit Brooks, mais je ne travaille pas pour la police. Il se trouve que les inspecteurs de police et moi avons souvent les mêmes sujets d'intérêt.

Fouillant dans sa poche, Brooks en sortit une de ses cartes de visite.

— Donc, si vous tombez sur quelque chose d'inhabituel, n'importe quoi, j'apprécierais que vous m'appeliez d'abord.

Jackson prit la carte de visite et la regarda.

— J'ai une question à vous poser, monsieur Colton. Pourquoi le fils du patron travaille-t-il comme inspecteur de police ?

— Je suis détective privé, corrigea Brooks.

— D'accord. Mais pourquoi vous et vos frères et sœurs travaillez-vous au lieu de faire la fête tous les soirs ? demanda Jackson. C'est ce que ferait mon propre fils, s'il en avait les moyens.

— J'adore mon métier, répondit Brooks. Mes sœurs et mes frères aussi. Et nous aimons aussi être autonomes.

Jackson hocha la tête.

— Eh bien, si je peux me permettre, je crois savoir que votre père le vit mal.

— Pourquoi ? s'enquit Gwen.

— M. Colton aurait voulu qu'au moins l'un de ses enfants suive ses traces, reprenne le flambeau. Qu'aucun de vous ne s'intéresse au bâtiment, aux travaux publics, le blesse. Il y voit une forme de mépris.

— Vous l'a-t-il dit ? demanda Brooks, étonné.

Jackson parut surpris par la question. Fitz Colton ne s'épanchait évidemment pas auprès de ses salariés.

— Votre père ? Sûrement pas. Il ne parle pas aux ouvriers. Mais son expression en dit long.

Il glissa la carte de visite de Brooks dans sa poche.

— Je vous appellerai si quelqu'un trouve quelque chose, promit-il.

Brooks le remercia d'un sourire. Sans doute ne devait-il pas espérer davantage.

23

Leur enquête étant momentanément dans une impasse, Brooks et Gwen décidèrent de retourner chez lui.

Le smartphone de Brooks sonna au moment où ils franchissaient le seuil de sa maison. Il vit la lueur qui jaillit aussitôt des yeux de Gwen. Elle espérait que quelqu'un l'appelait pour lui donner des nouvelles, pensa-t-il, le cœur serré. Mais ce n'était pas le cas.

La sonnerie qui retentissait était celle qu'il avait attribuée à Bridgette.

Bridgette était le seul membre de la famille que Gwen n'avait pas rencontré lorsqu'il l'avait conduite chez ses parents. Sa sœur triplée vivait en effet à Kansas City.

Pour que Gwen ne se fasse pas des idées, il lui dit :

— C'est ma sœur.

— Laquelle ? Jordana ou Yvette ?

Pour Gwen, que l'une ou l'autre cherche à le joindre signifiait qu'il y avait du nouveau.

Brooks s'en voulut de la décevoir.

— Ni l'une ni l'autre. C'est Bridgette, ajouta-t-il en décrochant. Salut, Bridgette. Quoi de neuf ?

— Je m'apprêtais à te poser la même question, répondit-elle d'une voix tout excitée.

— Pardonne-moi, Bridgette, je suis un peu occupé en

ce moment et je n'ai pas le temps de jouer aux devinettes ni à quoi que ce soit, d'ailleurs.

Il l'entendit éclater de rire.

— Du moins pas avec ta sœur, n'est-ce pas ?

Du coin de l'œil, il vit Gwen quitter la pièce. Cet échange la contrariait-il ? Ou l'ennuyait-il ? Il était temps de conclure.

— Que veux-tu dire, Bridgette ? De quoi parles-tu ?

— Mon travail va m'obliger à revenir vivre à Braxville pendant plusieurs mois. Et je me demandais si tu accepterais de m'héberger pour la durée de cette mission. Mais lorsque j'en ai parlé à notre mère, elle m'a expliqué que ma présence te gênerait sans doute. Je ne veux pas t'envahir.

Brooks poussa un gros soupir. Mais pour ne pas avoir à répondre à l'inévitable avalanche de questions qui allait suivre, il tenta de faire l'imbécile.

— Quelle idée ! Pourquoi pense-t-elle une bêtise pareille ?

— Vraiment, Brooks ? Tu me prends pour une idiote ? D'accord. Alors, je vais être directe. D'après elle, tu as une nouvelle petite amie et elle vit chez toi.

Ravie, Bridgette émit un petit rire.

— Tu progresses, Brooks. Sauf erreur de ma part, cela ne t'était encore jamais arrivé. Alors raconte ! Dis-moi tout !

Le côté intrusif de sa sœur aurait sans doute ennuyé Brooks, s'il n'avait pas été aussi heureux de sa situation actuelle.

— La vie privée est un concept inconnu dans cette famille, dit-il.

— C'est vrai, répondit-elle en riant. Alors c'est sérieux, hein ?

— Nous en parlerons quand tu viendras, répondit Brooks.

— Oh non, je resterai chez les parents pendant toute

la durée de ma mission, dit Bridgette. Assure-toi seulement que cette jeune femme est digne de toi. Pour ne pas m'obliger à l'étriper.

— Très drôle, répliqua-t-il sèchement. Et pour ta gouverne, sache que…

Il jeta un coup d'œil vers la porte pour voir si Gwen risquait de l'entendre mais elle n'était pas à proximité.

— Gwen est la plus belle chose qui me soit jamais arrivée, dit-il.

Bridgette siffla doucement.

— Waouh ! Tu es réellement mordu ! J'ai hâte de la rencontrer. Et j'aurai beaucoup d'occasions de le faire parce que je vais revenir à Braxville pour un moment. Peut-être pour toujours.

— Vraiment, Bridgette mais pourquoi ? demanda-t-il, sa curiosité éveillée. Tu faisais allusion à une mission. De quelle mission s'agit-il exactement ?

Il entendit sa sœur soupirer.

— Des rumeurs de plus en plus persistantes sont revenues aux oreilles du ministère de la Santé. D'après les statistiques, le nombre de personnes atteintes d'un cancer aurait explosé au cours des deux dernières années.

— Et ? demanda-t-il avec inquiétude.

— Et la plupart des gens qui sont touchés travaillent ou ont longtemps travaillé pour Colton Construction…

Il eut l'impression d'un coup de poing dans le ventre. Et aussitôt, une question s'imposa à son esprit, une question terrifiante.

— Rassure-moi, Bridgette : tu ne penses pas que notre père soit impliqué d'une manière ou d'une autre dans cette histoire, n'est-ce pas ?

— Honnêtement, Brooks, répondit-elle avec lassitude, je n'en sais rien. J'aimerais croire qu'il n'y est pour rien mais tu le connais aussi bien que moi. Il a toujours été très secret. Et voilà pourquoi je vais enquêter et essayer d'aller au fond des choses.

Ce qui signifiait que, tôt ou tard, elle devrait demander des comptes à leur père et le sommer de s'expliquer... Fatalement, il le prendrait mal.

— Bonne chance, alors, lui dit-il. Et surtout, bon courage.

— Oui, merci. Écoute, ajouta-t-elle après un moment, si tu entends quelque chose, quoi que ce soit, à propos des salariés de l'entreprise tombés malades ou de quelque chose lié à une possibilité d'un empoisonnement, d'une intoxication ou quoi que ce soit susceptible de me mettre sur une piste, j'apprécierai que tu m'en parles.

Il n'avait pas envie de s'en mêler. Il n'aimait pas prendre parti dans les histoires de la famille.

— Bridgette, je ne pense pas...

Bridgette joua son atout.

— Tu es détective privé, Brooks, tu sais mener des investigations. C'est ton métier. Personne ne le saura. Ce sera notre petit secret. Officiellement, tu ne travailleras que pour moi, pas pour le ministère de la Santé.

— Tu me demandes d'enquêter sur notre père ? répéta-t-il incrédule.

— Non, pas sur lui. Sur son entreprise.

— Au cas où ce détail t'aurait échappé, Colton Construction et lui, c'est la même chose, dit Brooks.

— Pas vraiment. Je donnerais n'importe quoi pour que notre père ne soit pas impliqué. Mais j'ai besoin de réponses.

Tôt ou tard, il s'ensuivrait fatalement une mise en accusation de leur père. Il serait sommé de s'expliquer sur des transactions qu'il avait opérées dans le passé. La menace avait toujours été là, tapie dans l'ombre.

— Beaucoup de gens aimeraient voir notre père à terre, je ne te l'apprends pas, Bridgette. Ils lui reprochent d'être un Colton. Il a réussi grâce à un travail acharné mais, comme il a du coup fait fortune, il a attiré beaucoup de rancœur.

— Je le sais très bien, répliqua Bridgette. Ils sont envieux de sa réussite. La jalousie est une émotion extrêmement toxique. J'y suis moi-même souvent confrontée. Tu n'imagines pas combien de personnes sont persuadées que j'ai obtenu mon poste grâce à mon nom de famille.

Le ressentiment était perceptible dans la voix de sa sœur, si facile à vivre d'habitude, et il se demanda ce qui s'était passé.

— Elles ne se rendent pas compte que mon travail n'a rien d'enviable, poursuivit Bridgette. Mais, bref, je ne t'ai pas appelé pour me plaindre mais pour te demander une faveur. Alors, puis-je faire appel à tes services, Brooks ?

Elle pensait l'avoir convaincu et sa réponse la déstabilisa.

— Non, Bridgette. J'examinerai la question pour toi dès que possible. Mais dans l'immédiat, je travaille sur une autre enquête. Et elle est prioritaire.

— Dis à Gwen qu'elle a beaucoup de chance, dit Bridgette pour mettre fin à la conversation.

— Et réciproquement, dit Brooks. Je te tiendrai au courant si j'entends quelque chose.

— J'y compte bien. En attendant, nous devons nous réunir très bientôt. J'aimerais m'assurer que cette Gwen est digne de mon frère.

— Elle l'est, lui assura-t-il en riant.

— Je préfère vérifier par moi-même. À bientôt, Brooks.

Après avoir mis fin à l'appel, il partit à la recherche de Gwen, qui avait quitté la pièce pour lui donner un peu d'intimité.

Quand il entra, elle leva les yeux vers lui.

— As-tu du nouveau ? demanda-t-elle, pleine d'espoir.

— Rien qui nous éclairerait sur ce qui aurait pu arriver à ta mère, dit-il. Ma sœur Bridgette m'annonçait qu'elle va revenir vivre dans le coin quelque temps.

— Pour raisons professionnelles ou personnelles ? s'enquit Gwen.

— Professionnelles ! Bien qu'elle veuille aussi passer un peu de temps en famille. Il y aura sans doute d'autres dîners…

— Très bien, dit Gwen.

— Je n'en suis pas sûr, répondit-il d'un ton sceptique.

— Pourquoi ? demanda-t-elle en se levant de sa chaise. Il n'est pas toujours simple de suivre tes raisonnements, Brooks. Tu as cette habitude de t'exprimer par énigmes.

— C'est ce qui me rend intéressant, répliqua Brooks en riant.

Elle posa les yeux sur cet homme qui lui était devenu si cher en si peu de temps.

— Tu n'as pas besoin d'être énigmatique pour être intéressant, Brooks.

Il sourit.

— Est-ce un compliment ?

— Si tu en doutes, cela signifie que je n'ai pas mis le ton qu'il fallait…

Brooks l'attira près de lui.

— Excuse-moi, fit-il. Je suis un peu préoccupé.

— À cause de l'enquête ?

— À cause de toi, lui dit-il, le sourire aux lèvres. As-tu faim ? demanda-t-il soudain.

Quand il la regardait de cette façon, elle avait l'impression qu'il capturait son âme avec ses yeux.

— Très.

— Qu'aimerais-tu pour le déjeuner ?

Il n'y avait rien dans le réfrigérateur mais il était plus que disposé à courir jusqu'à l'un des restaurants du quartier pour y prendre des plats à emporter.

Elle pencha la tête, une lueur coquine dans les yeux et répondit avec un sourire en coin :

— Devine…

Lorsqu'elle lui souriait ainsi, il fondait comme beurre au soleil.

Son cœur s'accéléra.

— Je gagne quoi si je donne la bonne réponse ? demanda-t-il.

— Moi.

Il la prit dans ses bras et l'embrassa encore et encore.

Peut-être ne serait-il jamais rassasié d'elle.

Sa mère avait raison. Gwen était la femme qu'il lui fallait.

Il devait à présent l'en convaincre…

Ils montèrent dans la chambre de Brooks. Gwen l'avait expressément réclamé, arguant que faire l'amour dans son lit à lui la rassurait un peu.

Brooks ne releva pas tout de suite cette réflexion. Mais après avoir touché le ciel avec elle, quand ils se retrouvèrent dans les bras l'un de l'autre à tenter de recouvrer leur souffle, les mots de Gwen lui revinrent à l'esprit et, intrigué, il demanda :

— Que voulais-tu dire en prétendant que faire l'amour dans mon lit te rassurait ?

— J'aurais dû dire que je m'y sens mieux protégée, dit-elle après un instant.

Cela ne répondait pas à sa question.

— Pourquoi as-tu besoin de te sentir protégée ?

Gwen regarda le plafond.

— Tu vas penser que je suis paranoïaque.

— Non, sûrement pas. Parle-moi, Gwen. Que se passe-t-il ?

— Je n'arrive pas à me débarrasser du sentiment que quelqu'un nous espionnait quand nous étions en bas.

— Et pas quand nous sommes en haut ?

— Cela paraît absurde, je sais. Peut-être qu'arrivée ici, j'ai tellement hâte de faire l'amour avec toi que je ne fais plus attention au reste, ajouta-t-elle en rougissant. Je suis folle, non ?

— Non, bien sûr que non, dit-il gentiment, mais j'ai un excellent système d'alarme et il est programmé pour se déclencher s'il détecte le moindre mouvement alentour. Te sens-tu mieux de le savoir ?

— Oui, dit-elle avant de passer à nouveau ses bras autour de son cou et de l'embrasser.

Elle l'affirma pour ne pas s'appesantir sur une situation qui semblait ridicule à ses propres yeux

Mais, sur ce point, elle n'était pas totalement sincère.

24

Gwen trouva leur étreinte amoureuse fabuleuse et en même temps tendre et réconfortante.

Une fois de plus, Brooks avait réussi à créer une petite bulle d'intimité dans laquelle ils étaient tous les deux infiniment bien.

Et se blottir dans ses bras après l'amour, la tête sur son épaule, lui parut divin.

Elle s'assoupissait quand un bruit lointain parvint à ses oreilles, la faisant sursauter.

Son mouvement brusque réveilla Brooks.

— Quel est le problème ? lui demanda-t-il, tendant la main pour la ramener dans ses bras et tenter de se rendormir.

— J'ai entendu quelque chose, lui dit-elle, scrutant l'obscurité.

Comme elle ne voyait évidemment rien, elle finit par allumer la lampe sur la table de nuit.

— Es-tu sûre qu'il ne s'agissait pas d'un rêve ?

Physiquement épuisé, il s'était vite assoupi et n'avait rien perçu.

— J'en suis sûre et certaine, insista Gwen. J'ai entendu quelque chose tomber en bas. Pas toi ?

— Non, mais que, toi, tu l'aies entendu me suffit. Reste ici, ajouta-t-il en rejetant les draps. Je vais voir.

Gwen refusait d'endosser le rôle de la demoiselle en détresse.

— Je t'accompagne.

— Cela n'a aucun sens, protesta-t-il en enfilant son jean. Attends-moi ici.

Gwen comprit qu'il était inutile d'en discuter. Brooks pensait qu'elle avait rêvé.

Mais dès qu'il eut quitté la chambre, elle bondit du lit et passa sa chemise de nuit.

Elle décrocha du mur une batte de base-ball puis ouvrit la porte sans bruit. Sur la pointe des pieds, elle remontait le couloir jusqu'à l'escalier lorsqu'elle entendit un grand fracas au rez-de-chaussée.

Ce n'est pas mon imagination, pensa-t-elle alors qu'un frisson glacé lui parcourait l'échine.

Appuyée contre la balustrade, elle se pencha pour voir ce qu'il se passait en bas. Elle aperçut deux hommes qui se battaient au pied de l'escalier, dans le hall d'entrée. Malgré la pénombre, elle reconnut facilement Brooks. Pour tenter d'identifier l'autre, elle descendit quelques marches et s'efforça de percer l'obscurité.

Elle eut du mal à en croire ses yeux.

L'agresseur de Brooks était Daniel !

Le cœur battant à tout rompre, elle dégringola l'escalier, déterminée à s'attaquer à l'homme qui la harcelait depuis trop longtemps. Et surtout à l'éloigner de Brooks.

Shelton avait évidemment eu pour lui l'effet de surprise. Il en avait profité pour faire tomber Brooks. Il lui assénait à présent avec violence des coups de poing sur le visage.

Parvenue en bas des marches, elle se précipita vers Daniel qui lui tournait le dos et, brandissant sa batte de base-ball, elle le frappa de toutes ses forces.

Il hurla de douleur et se retourna, une fureur noire peinte sur le visage.

— Tu ne perds rien pour attendre, Gwen ! cria-t-il alors que Brooks, assommé, restait à terre, presque inconscient.

Shelton essaya d'attraper Gwen par les cheveux mais, bondissant en arrière, elle parvint à lui échapper.

Elle s'interdit de se précipiter vers Brooks, sachant que Shelton en profiterait pour la frapper.

— J'ai déjà appelé la police, prétendit-elle. Ils arrivent. Ils seront là d'un instant à l'autre.

— Tu bluffes, répliqua-t-il d'un ton haineux.

De nouveau, il se jeta sur elle mais, une fois encore, elle réussit à se sauver. S'il la rattrapait, il la tuerait sans aucun doute.

Elle jeta un coup d'œil à Brooks et s'aperçut qu'il essayait de se redresser. Il se frottait la tête dans l'espoir de recouvrer ainsi ses esprits.

Remarquant que l'attention de Gwen se focalisait sur le détective privé, Shelton plongea pour récupérer le pistolet qu'il avait laissé tomber dans la lutte. Mais elle anticipa la manœuvre et se précipita. Par miracle, elle parvint à l'atteindre en premier.

Malheureusement, alors qu'elle s'apprêtait à la ramasser, Shelton envoya valser l'arme d'un coup de pied.

Il bondit alors sur elle. Il jubilait.

— Je te tiens maintenant, dit-il avec un rire cruel. Tu vas regretter de m'avoir frappé. Je vais te massacrer.

Mais, avant de pouvoir mettre ses menaces à exécution, il cria de fureur. Brooks avait suffisamment récupéré pour être capable de l'attaquer. Il lui asséna plusieurs coups de poing pour lui faire lâcher prise.

— Gwen, appelle la police, ordonna Brooks, sachant qu'elle ne l'avait pas fait, en réalité.

— Avec plaisir, répondit-elle en se dépêchant de décrocher le combiné du téléphone du salon.

Quelques instants plus tard, elle s'entretenait avec le dispatcheur du 911.

— J'appelle pour signaler une intrusion avec effraction, dit-elle.

— L'intrus est-il encore là ? demanda le répartiteur.

— Oui, répondit Gwen. Dépêchez-vous, s'il vous plaît.

Et elle lui donna l'adresse de Brooks.

Après avoir raccroché, elle regarda à nouveau dans la direction de Brooks.

Furieux, Shelton se débattait en criant et en les insultant.

Brooks secoua la tête.

— Regarde-le, dit-il avec mépris. Il n'est même pas assez intelligent pour avoir peur.

— Peur ? répliqua Shelton avec un ricanement. C'est vous qui devriez avoir peur, parce qu'une fois que la police aura fini avec ses questions débiles et m'aura laissé partir, je reviendrai vous régler votre compte…

Brooks le fit taire d'un uppercut. Touché au visage, Shelton eut vite les lèvres en sang.

Les deux hommes se remirent à se battre jusqu'au moment où la sonnette retentit. Gwen ouvrit prudemment. À son grand soulagement, elle découvrit deux policiers dans l'embrasure de la porte.

— C'est bien vous qui avez appelé à propos d'un cambrioleur ? demanda le plus grand des deux.

— Il est ici, cria Brooks, toujours aux prises avec Shelton.

— Nous allons nous en occuper, monsieur Colton.

— Les laquais des Colton passent à l'action, ricana Shelton. Vous me dégoûtez !

Et, hors de lui, il chargea les deux nouveaux venus qui, sans se méfier, venaient de pénétrer dans la maison.

Gwen le regarda faire, bouche bée. S'attaquer à des forces de l'ordre était d'une stupidité sans nom.

Surpris, les agents lancèrent deux sommations. Shelton ne semblant pas les entendre, l'un des policiers sortit son arme et fit feu, le touchant aux jambes.

— Vous venez de sceller votre destin, mon vieux.

L'officier Ed Marrow dit à Brooks :

— Il va rester en prison pendant très, très longtemps.

Il entraîna Shelton qui continuait à vociférer vers la voiture de patrouille pendant que son coéquipier réglait les détails avec Brooks.

— Vous devrez venir tous les deux au poste faire vos déclarations, dit l'officier Hathaway.

— Pas de problème, lui assura Brooks. Donnez-nous quelques instants pour nous habiller et nous vous suivons.

— Il n'y a pas d'urgence. Passez demain matin, ce sera très bien. Pourquoi ne pas essayer de vous rendormir et de reprendre des forces ?

— Merci d'être venus si vite, dit Brooks en escortant le deuxième policier jusqu'à la porte. Nous allons suivre vos conseils. J'ai une question, cependant, ajouta-t-il tout à coup.

Se retournant pour lui faire face, Hathaway répondit :

— Je vous écoute.

— J'ai un système d'alarme à la pointe de la technologie moderne, et pourtant Shelton a réussi à entrer dans ma maison sans le déclencher. Comment a-t-il fait ?

— Il a sectionné les fils de votre système d'alarme, expliqua Hathaway.

— Vous plaisantez.

— Je crains que non, répondit Hathaway avec un sourire. Vous allez devoir le réparer. Pensez-y. Rien d'autre ?

Brooks secoua la tête.

— Non, vous avez parfaitement répondu à ma question.

Hathaway leur offrit un sourire encourageant.

— Bonne nuit ou ce qu'il en reste, ajouta-t-il en prenant congé.

Brooks verrouilla la porte.

— Demain matin, Ty viendra inspecter la maison, vérifier la sécurité des portes, des fenêtres… et surtout m'installer un système d'alarme tout neuf, le meilleur qu'il me recommandera.

— Maintenant que ce maniaque est derrière les barreaux, il n'y a pas d'urgence, dit Gwen avec pragmatisme.

— Peut-être pas, reconnut Brooks. Mais je tiens à rester vigilant quant à ta sécurité.

Elle lui sourit.

— J'apprécie que tu veilles sur moi à ce point mais je pense que nous pouvons enfin nous détendre. Mon harceleur est en prison, tout va bien.

Comme pour la contredire, le smartphone de Brooks sonna à cet instant précis. Elle regarda Brooks sortir son téléphone et vit l'étrange expression sur son visage quand il regarda son appareil. Elle sentit son estomac se nouer.

— C'est Yvette, lui dit-il en glissant un doigt sur l'écran pour prendre l'appel. Bonsoir, Yvette, lança-t-il à sa sœur. N'est-il pas un peu tard pour appeler ? Y a-t-il un problème ? Quelque chose ne va pas ?

— Je n'arrivais pas à dormir, répondit sa sœur. Et j'ai pensé que tu voudrais apprendre au plus vite ce que j'avais découvert.

— Qu'as-tu découvert ?

— Tu sais, ce dentiste à qui tu m'as conseillé de m'adresser… Celui qui a en sa possession le dossier dentaire d'Olivia Harrison ?

— Oui, eh bien quoi ?

Il sentait les yeux de Gwen rivés sur lui. Il essaya de garder un visage impassible.

— Les radios comme les autres données dentaires qu'il m'a envoyées correspondent, dit-elle.

Brooks sentit son cœur se serrer. Il comprit alors que, contre tout bon sens, il avait espéré que les radios ne correspondraient pas, que la mère de Gwen était toujours en vie quelque part.

— Tu veux dire que… ?

— Oui, répondit Yvette. Le corps trouvé dans un mur sur le chantier est bien celui d'Olivia Harrison.

Brooks regarda Gwen au moment où sa sœur prononça le nom de la mère de Gwen.

— Merci, Yvette, dit-il avant de mettre fin à son appel.

L'expression peinte sur le visage de Brooks n'échappa pas à Gwen. De nombreuses raisons étaient susceptibles de l'expliquer mais elle ne se focalisa que sur une seule.

Sur la raison la plus évidente.

Soudain, elle eut l'impression que la pièce se refermait sur elle.

Elle avait cru s'être préparée à cette éventualité depuis un long moment. Mais maintenant qu'elle était sur le point d'entendre que ses craintes étaient fondées, que le pire devenait réalité, elle fut prise d'un insupportable vertige. Son cœur battait à tout rompre, ses jambes se dérobaient sous elle, des mouches passaient devant ses yeux.

— C'est elle, n'est-ce pas ? balbutia-t-elle d'une voix étouffée.

Il ne voulait pas lui asséner la vérité sans précaution.

— Gwen…

— C'est bien elle, n'est-ce pas ? répéta-t-elle.

Acculé, il n'eut d'autre recours que de hocher la tête.

— Gwen, je suis sincèrement désolé, commença-t-il.

Il n'alla pas plus loin.

Elle explosa en sanglots et il la prit dans ses bras.

Le cœur serré, il la serra contre lui en répétant :

— Je suis désolé, Gwen, tellement désolé.

Elle pleura, pleura longtemps, pleura jusqu'à ce qu'elle n'ait plus de larmes.

Il lui caressait les cheveux en silence, conscient que face à un tel chagrin les mots étaient dérisoires.

Finalement, elle prit une profonde inspiration, leva lentement la tête et le regarda.

— Maintenant, le deuil va pouvoir enfin commencer.

Il lui embrassa le haut de sa tête.

— Je le pense aussi. Pour ta grand-mère et pour toi.

Épilogue

Brooks et Gwen décidèrent d'annoncer la nouvelle à sa grand-mère en face, de vive voix.

Au moment où Rita Harrison entrouvrit sa porte et découvrit sa petite-fille et Brooks sur le seuil de sa maison, elle comprit.

Elle s'agrippa au chambranle pour ne pas s'effondrer.

— Le second cadavre était bien celui d'Olivia, n'est-ce pas ? demanda-t-elle d'une voix teintée de tristesse.

— Oui, madame, répondit Brooks.

Rita hocha la tête, acceptant les faits avec un mélange de soulagement, de résignation et de chagrin.

— Dans mon cœur, je savais depuis longtemps qu'elle était morte, leur dit-elle.

Ouvrant la porte en grand, elle les invita à la suivre jusqu'au salon. Comme ses jambes menaçaient de nouveau de se dérober, elle se laissa tomber dans un fauteuil.

— Maintenant, au moins, nous allons avoir la possibilité d'organiser ses obsèques, ajouta-t-elle.

— J'ai toujours l'intention de démasquer l'assassin de votre fille, dit Brooks à Rita. Je vous en donne ma parole.

Rita lui sourit et, un bref instant, ce sourire effaça les années de son visage.

— Vous êtes un brave garçon, Brooks, murmura-t-elle, lui caressant la joue d'un geste affectueux.

Ils lui proposèrent de rester pour l'aider à organiser les funérailles d'Olivia.

Mais Rita refusa. Elle leur assura qu'elle allait bien et n'avait besoin de rien. Au cours des vingt-cinq dernières années, elle avait eu le temps de songer à l'enterrement dans ses moindres détails.

Gwen devinait que cette cérémonie aurait un effet cathartique pour sa grand-mère.

Brooks et Gwen la laissèrent entamer le travail de deuil et rentrèrent à Braxville.

Pendant le voyage de retour, Gwen n'avait pas prononcé un mot.

Comprenant qu'elle avait beaucoup d'événements à digérer, Brooks l'avait laissée tranquille. Mais lorsqu'ils arrivèrent à destination et qu'il se gara devant chez lui, il fut incapable de se taire plus longtemps.

Il se tourna vers elle pour lui demander à quoi elle pensait.

Elle poussa un gros soupir.

— Apparemment, Shelton est hors d'état de nuire pour un long moment, grâce aux déclarations des policiers, sans parler du fait qu'il les a agressés…

— Et n'oublie pas les témoignages de toutes ces femmes qu'il a harcelées avant de s'attaquer à toi, lui rappela Brooks.

Elle hocha la tête, l'air sombre.

— Sans toi, elles ne seraient jamais sorties de leur silence. Tu as su les rassurer. Tu leur as conseillé de parler en leur expliquant que dénoncer ses agissements était la seule façon de le mettre hors d'état de nuire.

Il refusa de s'en attribuer le mérite.

— Personne n'a le droit d'infliger un tel comportement à autrui, de faire subir de tels traitements à un autre être humain, répondit-il avec simplicité. Il n'était pas question qu'il s'en tire sans être inquiété.

— En tout cas, tu l'as fait. Et de même, tu avais dit que tu me protégerais et tu m'as protégée.

Avec un soupir, elle se détourna, ne voulant pas le regarder en face.

— Et maintenant, tu vas pouvoir reprendre le cours de ta vie.

Brooks pencha la tête, l'air un peu confus.

— Comment ça ? demanda-t-il. Que veux-tu dire ?

Elle prit une profonde inspiration.

— Que je vais réintégrer mon appartement.

— Cela me semble très prématuré, répondit-il. Je n'ai toujours pas identifié l'assassin de ta mère, ni découvert qui était ton père. Ces questions font partie des raisons pour lesquelles tu m'as embauché, tu t'en souviens ?

Il y avait quelque chose dans l'expression de Gwen qui commençait à l'inquiéter.

— Et puis, je ne plaisantais pas, l'autre jour. Je tiens à toi, tu comptes beaucoup pour moi. Je t'aime, Gwen. Je ne veux pas que tu t'en ailles, je veux que tu t'installes chez moi, dans ma vie… sauf si tu n'en as pas envie, ajouta-t-il soudain.

— Sauf si je n'en ai pas envie ? répéta-t-elle, stupéfaite. Comment imaginer une chose pareille ?

Il ne comprenait pas.

— Si tu n'en as pas envie, pourquoi viens-tu de dire que tu allais réintégrer ton appartement ?

— Parce que je n'ai pas l'intention de m'imposer, figure-toi !

— Impose-toi, répliqua-t-il. Et, pendant que tu y es, épouse-moi.

Gwen le dévisagea, se demandant si elle avait bien entendu.

— T'épouser ? Tu veux m'épouser ?

— Oui. Ma mère en serait très heureuse, ajouta-t-il en souriant.

— Ta mère ? répéta-t-elle, totalement perdue.

— Tu es exactement le genre de femme qu'elle aurait choisie pour moi.

Elle lui sourit.

— Eh bien, je m'en voudrais de la décevoir, dit-elle.

— Et il y a un bonus à m'épouser, ajouta-t-il.

— Et lequel ? demanda-t-elle avec un sourire.

— Tu n'auras pas à me payer pour savoir qui est ton père. Considère l'enquête comme un cadeau de mariage.

Redevenant sérieux, il dit d'un ton persuasif :

— Dis oui.

— J'aurais dit oui sans le bonus. Parce que j'aime beaucoup ta mère.

— Et moi ? demanda Brooks. Que ressens-tu à mon égard ?

— C'est compliqué à expliquer. Je préfère te montrer.

Enroulant ses bras autour de son cou, elle commença à l'embrasser.

Il recula légèrement.

— Alors, c'est un oui ?

— Comment as-tu pu en douter ? demanda-t-elle en scellant de nouveau sa bouche à la sienne.

Ils s'embrassèrent.

Longtemps, très longtemps.

JULIE ANNE LINDSEY

Une femme en détresse

Traduction française de
CHRISTINE BOYER

BLACK ROSE

HARLEQUIN

Titre original :
STAY HIDDEN

© 2021, Julie Anne Lindsey.
© 2022, HarperCollins France pour la traduction française.

1

En proie à une terreur croissante, Gina Ricci pressa le pas. La nuit était tombée mais les longs frissons glacés qui lui parcouraient l'échine n'étaient pas liés à la fraîcheur de la soirée automnale. En général, elle aimait rentrer à pied à la fin de sa journée de travail. Le refuge pour animaux abandonnés qui l'employait n'était pas loin de chez elle et marcher la détendait. Mais là, quelque chose n'allait pas. Elle le sentait au plus profond d'elle-même, viscéralement.

L'atmosphère comme l'obscurité et la petite pluie froide semblaient chargées de menaces.

Elle posa une main sur son ventre légèrement arrondi et tenta de se rassurer. Tony, son ex-petit ami, ignorait qu'elle était ici. Il n'avait pas la possibilité de lui faire du mal, de l'atteindre. Ni de toucher à l'enfant qu'elle portait.

— Tout va bien, répéta-t-elle, essayant à la fois de s'en persuader et de réconforter son bébé. Cette fois-ci, je n'ai pas commis d'erreurs. Il ne me retrouvera pas.

Voilà deux mois qu'elle s'était enfuie et il lui avait déjà fallu changer quatre fois de ville. Mais depuis qu'elle s'était installée à Great Falls, dans le Kentucky, elle commençait à espérer. Elle avait appris de ses erreurs. Par exemple, elle ne payait plus qu'en espèces. Par miracle, elle avait rencontré un gérant d'immeuble d'accord pour lui louer un appartement sans lui demander de garanties ni de preuves de solvabilité. Et une gynécologue avait accepté de suivre sa grossesse même si elle ne bénéficiait d'aucune assurance-maladie. Et surtout, elle avait trouvé du travail.

Bien sûr, tout n'avait pas été aussi simple. Elle avait été obligée de couper les ponts avec ses proches et elle se sentait très seule. Le prix à payer pour assurer sa sécurité et celle de son bébé était très lourd.

Elle rabattit la capuche de son sweat sur sa tête pour se protéger de la fine bruine et se hâta vers sa résidence. Autour d'elle, les rues du centre-ville commençaient leur mue nocturne. Les petites boutiques pittoresques fermaient tandis que les bars ouvraient.

Pour tromper l'angoisse qui la taraudait, elle entreprit de compter ses pas, de contempler le reflet de la lumière des réverbères sur les trottoirs humides. Après une longue journée au refuge, à s'occuper de chiens et de chats abandonnés ou maltraités, elle se sentait épuisée. Elle aspirait à se détendre sous une bonne douche chaude.

Sa mission consistait à aider chaque animal sous sa responsabilité à trouver celui ou celle qui l'adopterait afin que tous deux deviennent des amis pour la vie. Pour leur donner toutes leurs chances, elle toilettait et pomponnait avec soin ses protégés avant de les photographier sous leurs meilleurs profils. Elle téléchargeait ensuite ces images sur le site web du refuge. Pas question pour elle de présenter un chien tout triste derrière des barreaux ou un chat recroquevillé dans un coin. Gina veillait à ce que chaque photo soit digne d'un site de rencontres et mette en valeur la personnalité du candidat à l'adoption. Chaque fois qu'elle en avait la possibilité, elle y ajoutait une petite biographie et spécifiait les goûts et les caractères. Ainsi, certains chiens « aimaient les enfants » quand d'autres, plus « craintifs », étaient en quête « de tranquillité ». Elle les aimait tellement qu'elle aurait voulu les accueillir tous chez elle mais elle était consciente qu'elle non plus n'avait pas vraiment de domicile fixe. Elle se tenait prête à plier bagage à tout moment.

Sa famille serait horrifiée si elle connaissait les épreuves qu'elle traversait. Son père, sa mère et sa sœur lui manquaient terriblement. Mais elle n'avait pas eu le choix.

Depuis qu'un médecin lui avait annoncé sa grossesse, elle avait su qu'elle garderait l'enfant et, surtout, qu'elle donnerait sa vie pour le protéger... de son père, en particulier.

Si Tony apprenait l'existence d'un être humain qu'il pouvait contrôler pendant les deux prochaines décennies, il ferait tout pour mettre la main sur lui. Tony adorait imposer sa volonté à son entourage. Savoir qu'il avait le droit légal d'exercer un pouvoir absolu sur quelqu'un le galvaniserait. Gina avait vécu sous sa coupe et dans la peur de ses coups, pendant deux longues années. Il n'était pas question que son enfant connaisse cet enfer.

Pour empêcher cette catastrophe, il lui faudrait peut-être ne plus jamais revoir ses parents ni sa sœur. Le prix à payer était lourd mais l'enjeu énorme. Cela dit, elle s'était promis qu'un jour, une fois installée et en sécurité, elle trouverait le moyen de leur expliquer pourquoi elle avait dû partir. Parce qu'ils l'aimaient, ils comprendraient.

Elle approchait de son immeuble. Tout semblait tranquille. Personne ne traînait sur le trottoir ni dans le hall et elle poussa la porte vitrée.

Comme elle se précipitait vers la cage d'escalier, elle perçut des éclats de voix qui la pétrifièrent. Elle était habituée à entendre des bruits émanant de chez ses voisins, à travers les cloisons trop minces... des bribes de conversations, des émissions de télévision. Mais, au long frisson glacé qui la parcourut et à la chair de poule qui couvrit sa peau, elle identifia avec certitude l'homme qui criait.

Tony.

D'instinct, elle tourna les talons, dégringola en vitesse les marches du perron et s'élança dans la nuit. Tout en courant, elle priait, paniquée.

Mon Dieu, je Vous en prie, faites qu'il ne nous trouve pas. Faites que M. Larkin ne lui dise rien.

Son gérant d'immeuble était vieux mais très gentil. Sans doute avait-il deviné qu'elle fuyait quelque chose. Ou quelqu'un. Ses yeux brillaient de bonté et de compréhension. Et maintenant, elle comptait sur lui, sur son silence.

Pourvu qu'il se taise, prétende ne pas la connaître, ne l'avoir jamais vue !

Elle se réveilla plusieurs heures plus tard, tirée du sommeil par la sonnerie de son smartphone et par les aboiements d'une meute de chiens. Après avoir passé la nuit sur le banc du vestiaire du refuge, elle se sentait ankylosée. Une odeur chaude, animale, flottait dans l'air. Elle devait se dépêcher. Heather, la réceptionniste, n'allait pas tarder à arriver ainsi que les bénévoles chargés de sortir les chiens et de nettoyer les litières des chats. Personne n'avait le droit de dormir dans l'établissement. Certes, Heather n'était pas du genre à dénoncer une collègue mais elle la bombarderait de questions. Et Gina lui en avait déjà trop raconté sur son passé.

Elle ouvrit son casier pour récupérer son sac à dos et se dirigea vers les toilettes en se frottant les yeux. Dix minutes plus tard, elle avait changé de vêtements, s'était lavé les dents et avait mis des lunettes noires. Une perruque blonde et un foulard gris complétaient son nouveau look.

Elle prit une barre de céréales au distributeur pour

apaiser sa faim et sortit pour se rendre au Starbucks voisin. Elle avait besoin d'un thé chaud et d'un endroit tranquille pour réfléchir.

Les nuages gris et la pluie avaient cédé la place à un beau ciel bleu et à un grand soleil. L'air frais de la montagne comme les visages souriants qu'elle croisait lui redonnaient espoir. Elle commençait à douter de la réalité de ce qu'elle avait entendu la veille au soir. Fatiguée, elle avait peut-être dramatisé et imaginé une menace inexistante.

Comme d'habitude, une longue file d'attente s'était formée devant le comptoir du coffee-shop mais, par expérience, elle savait que les boissons servies en valaient la peine. Tandis qu'elle patientait, elle ferma les paupières et s'enivra des arômes qui flottaient dans la salle.

Après un moment, elle chercha de la monnaie dans son sac. Il ne lui restait que quelques dollars mais cela suffirait pour la journée. Elle récupérerait le reste ce soir en réintégrant son appartement. Elle avait caché ses économies dans la petite trousse à couture de sa grand-mère.

La première fois qu'elle s'était enfuie de chez Tony, elle avait continué à tout payer par carte bleue mais elle avait vite compris son erreur. Accéder à ses comptes bancaires et réussir ainsi à la localiser avait été un jeu d'enfant pour lui. Les Marino étaient très riches et avaient le bras long. Voilà pourquoi, au début, elle avait eu du mal à lui échapper. Mais Gina apprenait vite. L'avenir de son bébé était en jeu.

— Un thé au jasmin, dit elle quand son tour arriva enfin.

La serveuse l'encaissa sans prendre la peine de lever les yeux sur elle. Gina versa la monnaie dans un pot à pourboires.

Elle anticipait déjà le plaisir qu'elle aurait à savourer son breuvage préféré. Quelques gorgées lui remonteraient le moral, elle en était certaine. Ensuite, elle retournerait chez elle pour discuter avec M. Larkin. Elle espérait qu'il avait su être discret et qu'il la rassurerait.

— Votre nom ? demanda l'employée à la caisse, son feutre à la main.

— Heather, répondit Gina, donnant le premier prénom qui lui était passé par la tête.

Elle se dirigea dans un coin pour attendre sa boisson. Inquiète, elle scruta la salle bondée à la recherche de quelqu'un qui aurait l'air d'observer les clients. Ne remarquant rien d'anormal, elle poussa un soupir de soulagement et reporta son attention sur une télévision fixée au mur du fond. Un bandeau d'information en continu défilait sur l'écran. Le son était coupé mais, en découvrant le texte, Gina blêmit.

Meurtre à Great Falls... Hier, peu après 21 heures, un inconnu a tué un homme d'une balle en plein cœur.

Derrière le journaliste, la caméra filmait les lieux du drame et, glacée, Gina reconnut *son immeuble*. Des ambulanciers emportaient un corps recouvert d'un drap, étendu sur une civière, vers la fourgonnette du coroner, garée un peu plus loin.

Le ventre noué, elle fonça vers les toilettes pour vomir. Des larmes lui montèrent aux yeux à l'idée que M. Larkin puisse être la victime de cet assassinat. Se pouvait-il qu'il y ait un lien entre ce meurtre et la dispute qu'elle avait entendue la veille ? Au bord du malaise, elle s'aspergea le visage d'eau froide et tapota des serviettes en papier humides sur sa nuque, essayant de se ressaisir.

Tony était indéniablement un monstre, mais était-il capable de tuer ? Elle ne parvenait pas à le croire, et pourtant le doute s'insinuait dans son esprit. En tout cas, elle devait prévenir les autorités, leur avouer qu'elle avait peut-être conduit sans le vouloir un homme dangereux, mentalement dérangé, à Great Falls et provoqué la mort de quelqu'un. Elle espérait qu'elle se trompait, qu'il ne s'agissait que d'un hasard, que les événements n'étaient pas liés entre eux. Mais, au fond d'elle-même, elle se sentait déjà coupable.

Pour ne pas être inquiétée, elle appellerait la police de manière anonyme, après avoir quitté la ville.

Soudain déterminée, elle redressa les épaules. Elle décida de récupérer son thé et d'aller découvrir ce qui s'était passé dans son immeuble. Puis, si nécessaire, elle contacterait la police. Ensuite, elle rassemblerait en vitesse ses affaires et s'en irait.

Cette perspective lui brisait le cœur mais elle refoula ses émotions. Depuis son arrivée, elle s'était préparée à cette éventualité. Elle avait toujours su qu'elle serait peut-être obligée de fuir un jour ou l'autre. Et avec un peu de chance, personne au bureau du shérif de Great Falls n'avait encore été corrompu par Tony ou sa famille. S'il était coupable du meurtre, peut-être serait-il enfin puni.

Elle se força à ouvrir la porte des lavabos. Une petite partie naïve d'elle-même s'accrochait à l'espoir que toute cette histoire se résumait à un enchaînement de malheureuses coïncidences. Qu'elle avait paniqué pour rien.

Tony n'était pas dans la région et la personne qui avait été tuée dans son immeuble n'avait rien à voir avec elle.

— Heather ? appela la serveuse alors que Gina regagnait la salle.

Alors qu'elle s'apprêtait à répondre, un pressentiment l'arrêta net. Certains jours, sa peur se muait en paranoïa et la paralysait. Les bouleversements hormonaux liés à sa grossesse n'arrangeaient rien. De toute évidence, la journée promettait d'être difficile.

Elle devait se ressaisir. Elle avait besoin d'agir, de retourner chez elle, peut-être de faire ses valises et de filer.

Comme elle s'avançait pour récupérer son thé, un rire familier la pétrifia.

Le souffle court, elle sentit le sang se retirer de son visage. Accoudé au comptoir, Tony bavardait amicalement avec la caissière, le sourire aux lèvres. Son élégant polo, sa montre haut de gamme, ses chaussures de marque et son jean sorti tout droit des mains d'un grand couturier prouvaient sa richesse. Comme son assurance et sa décontraction. Tout, de son expression à sa façon de se tenir, était destiné à mettre son interlocutrice en confiance, à la séduire. Il injectait toujours le même poison avant d'emprisonner sa proie dans sa toile.

Elle recula lentement et plongea dans une alcôve, à côté de la porte des lavabos.

— Heather ? répéta la serveuse.

Tony redressa la tête. Son sourire s'estompa un instant alors qu'il parcourait la salle des yeux. Finalement, il reporta son attention sur l'employée et lui tendit une feuille imprimée. Puis, après avoir jeté un autre regard circulaire, il s'en alla.

Le cœur de Gina battait avec force contre ses côtes. La peur lui serrait la gorge. Il avait été si proche. La serveuse l'appelait.

Pas par son véritable prénom, heureusement, se souvint-elle, remerciant sa bonne étoile pour l'habitude qu'elle avait prise depuis des semaines. L'employée cherchait une Heather.

Elle retourna dans les lavabos et se laissa glisser sur le sol carrelé. Les jambes repliées contre elle, la tête sur les genoux, elle lutta contre la terreur dont elle était la proie. Elle devait à tout prix se calmer pour pouvoir partir sans attirer l'attention.

Elle compta jusqu'à cent avant que son rythme cardiaque ne revienne à un niveau proche de la normale. Péniblement, elle se releva.

— Ça va, madame ? demanda une femme plus âgée alors que Gina se remettait sur ses pieds.

Elle se força à sourire, s'appuyant contre le mur pour se soutenir.

— Oui, oui, merci. Je souffre de nausées matinales, dit-elle en posant une main sur sa taille. Rien de grave.

Le regard de son interlocutrice tomba sur le ventre de Gina et un sourire compréhensif balaya l'inquiétude de son visage.

— Ne vous en faites pas, dit-elle. Bientôt, elles vont s'estomper et disparaître. Passé trois mois, tout deviendra plus facile.

Gina s'accrocha à ces mots en sortant des toilettes et prit son thé, à présent tiède, sur le comptoir d'une main tremblante.

L'air de rien, elle s'approcha de la caisse pour jeter un coup d'œil au feuillet que Tony avait laissé à l'employée.

Lorsqu'elle parvint à voir le flyer, elle resta un instant bouche bée.

Une image d'elle dans les bras de Tony ornait le haut de la feuille.

Un texte en grosses lettres dactylographiées disait :

AVIS DE RECHERCHE
GINA RICCI
ÂGE : 26 ANS - TAILLE : 1,60 M - POIDS : 60 KG
CHEVEUX : BRUNS
VUE POUR LA DERNIÈRE FOIS, LE 8 AOÛT,

À West Liberty, dans le Kentucky, vêtue d'un short en jean et d'un débardeur rouge.
5 000 $ de récompense pour tout renseignement qui permettrait de la retrouver.

2

Bien calé dans son fauteuil, les pieds sur son bureau, Cruz Winchester écoutait d'une oreille distraite les plaisanteries échangées entre ses cousins, Derek et Blaze.

Depuis toujours, Derek, détective privé comme Cruz dont il était associé, adorait faire tourner son cadet en bourrique. Et Blaze, brillant inspecteur de police, avait l'habitude tout aussi ancienne de répliquer et de rendre coup pour coup.

Tout en se balançant sur son siège, Cruz jouait avec une balle de base-ball qu'il lançait en l'air et rattrapait au vol. Quant aux deux frères, ils se chamaillaient pour savoir lequel des deux avait choisi le meilleur siège-auto pour bébé.

Blaze et Derek avaient l'un et l'autre fondé une famille depuis peu, et désormais l'essentiel de leurs discussions tournait autour de leurs progénitures respectives, du matériel de puériculture ou des progrès de leurs chères têtes blondes… des sujets sans aucun intérêt aux yeux de Cruz.

Il finit par les interrompre avec un soupir exaspéré :

— J'en ai assez. D'accord, vous êtes tous les deux des papas formidables, les meilleurs du monde, et vos enfants ne mesurent pas encore leur chance d'être vos rejetons. Maintenant, serait-il possible de parler d'autre chose ?

À contrecœur, Blaze reporta son regard vers Cruz.

— Très bien, dit-il. J'ai besoin d'aide pour enquêter sur un suspect dans une affaire d'homicide à West Liberty.

Une main sur le cœur, Derek leva l'autre, comme s'il s'apprêtait à prêter serment.

— Je suis ton homme. Quels que soient le problème et la nature des investigations à mener, je m'en charge, frérot.

Blaze lança un regard surpris en direction de Cruz.

— Entends-tu ce que j'entends ?

Cruz relança sa balle en l'air, déterminé à rester en dehors de leur petite comédie au scénario bien ficelé… mais heureux de profiter du spectacle.

— Je m'en serais occupé moi-même si j'avais plus de temps, expliqua Blaze. Mais j'ai énormément de travail en ce moment. Or cette affaire me semble importante. Cela m'ennuierait de la traiter par-dessus la jambe.

Derek agita sa main levée.

— Tu as enfin compris qu'il valait mieux confier certaines enquêtes à un vrai professionnel. Je ne peux que saluer ta lucidité.

— Arrête, répondit Blaze en riant. Contente-toi de recueillir des renseignements et de m'envoyer ta facture.

Il tendit à son frère un mince dossier en papier kraft orné du logo du poste de police de West Liberty.

Derek se mit aussitôt à le feuilleter.

La plupart des hommes de la famille de Cruz étaient d'anciens militaires ou des membres des forces de l'ordre en activité ou en retraite. Cruz ne faisait pas exception et il en était fier.

Et il était très heureux d'être célibataire. Il n'enviait pas ses nombreux cousins qui se mariaient tous, les uns après les autres.

Une femme qui entrait dans l'agence attira soudain son attention et il reposa les pieds sur le sol. L'inconnue, qu'il voyait à travers les miroirs sans tain du hall, avait tout d'une beauté fatale. Sa mère, paix à son âme, lui reprocherait sans doute de remarquer ses formes somptueuses mais… il n'était qu'un homme, après tout.

Ses cousins se retournèrent pour suivre son regard.

— Qui est-ce ? demanda Blaze.

— Je n'en ai aucune idée, répondit Cruz. Mais j'en suis déjà amoureux.

— Ce que tu ressens n'est certainement pas de l'amour, mon vieux, répliqua Blaze. Ressaisis-toi.

La visiteuse s'approchait du bureau, jetant un œil au miroir qui les séparait comme si elle hésitait. Quelque chose dans sa démarche indiquait qu'elle venait « pour affaires » et il s'en félicita.

— Entrez, entrez, murmura-t-il. Laissez-moi vous aider… Vous ne le regretterez pas.

Derek secoua la tête.

— Dans tes rêves !

Sans répondre, Cruz esquissa un petit sourire, mais Derek n'était pas très loin de la vérité. L'inconnue était si belle qu'elle semblait tout droit sortie des fantasmes de Cruz – même s'il ne l'aurait évidemment jamais avoué à haute voix.

— Elle est sans doute de passage dans la région. Peut-être est-elle venue rendre visite à sa famille ou à des amis pour la journée.

En effet, il connaissait la plupart des habitantes de la ville et il ne l'avait encore jamais vue. Il s'en serait souvenu.

Elle finit par ouvrir la porte de leur bureau.

Sans doute muets de stupeur, ses cousins restèrent silencieux lorsqu'elle entra et Cruz décida de prendre les choses en main.

— Bonjour, dit-il en se levant et en lui décochant son

sourire le plus séduisant. Je me présente, Cruz Winchester, et voici mon associé, Derek. Et son frère Blaze, ajouta-t-il en désignant les deux autres d'un geste.

Elle hocha poliment la tête, observant tour à tour leurs visages.

— Bonjour, répondit-elle d'une petite voix.

Quand son regard tomba sur l'insigne de Blaze, elle recula une fraction de seconde. Cruz remarqua également qu'elle ne semblait pas pressée de décliner son identité…

— En quoi puis-je vous aider ? poursuivit-il en s'appuyant d'un air nonchalant sur son bureau. Avez-vous égaré votre chien ou votre chat ? Aimeriez-vous retrouver la trace de quelqu'un que vous avez perdu de vue ? Dites-moi. Je me charge de toutes sortes de missions, ajouta-t-il de sa voix traînante, typique du Sud.

— Si vous rencontrez des difficultés à localiser vos proches, intervint Derek, je vous suggère d'utiliser les porte-clés que j'offre à mes amis pour Noël. Montres-en un à la dame, Blaze.

Son frère brandit son trousseau, désignant du doigt le petit traceur qui y était accroché.

— La plupart des gens s'en servent pour retrouver des clés ou leur téléphone portable qu'ils égarent trop souvent. Derek, lui, les utilisent pour surveiller les membres de la famille.

La jeune femme leva un sourcil étonné tandis qu'un petit sourire passait sur ses lèvres.

Cruz adora son sourire et se promit de s'arranger pour le faire apparaître le plus souvent possible à l'avenir.

Malheureusement, elle se tourna vers Derek :

— Vous suivez vos proches à la trace ? répéta-t-elle, incrédule.

— Parce que je les aime et me soucie de leur sort, se hâta-t-il de préciser.

— Derek n'a jamais su faire la différence entre « veiller sur » quelqu'un et « le surveiller », répliqua son frère avec un regard accablé au délinquant de la tribu. Quant à moi, je n'ai pas besoin d'un traceur. Tout le monde sait toujours où je suis. Je ne suis jamais perdu, ajouta-t-il en se dirigeant vers la porte.

L'inconnue parut se détendre et Cruz sourit.

Derek enfila sa veste et s'apprêta à suivre son frère.

— Je dois voir un fermier à propos d'un cheval, dit-il. Appelle-moi si tu as besoin de mes lumières, Cruz.

Elle les regarda partir puis se tourna vers Cruz, l'air interrogateur.

— Il est vraiment en route pour s'entretenir avec quelqu'un à propos d'un cheval, dit Cruz. Puis-je vous offrir quelque chose à boire ?

— Un verre d'eau ? demanda-t-elle, une note d'espoir dans la voix.

D'un geste, Cruz lui proposa un siège puis alla chercher une bouteille d'eau minérale dans le réfrigérateur.

À sa grande joie, elle était assise quand il revint.

Et elle avait retiré ses lunettes noires, révélant des yeux bruns ombrés de cils épais. Si elle avait été brune et non pas blonde, il aurait complètement craqué.

— Je n'ai pas retenu votre nom, reprit-il, se demandant si elle avait l'intention de lui dire quoi que ce soit.

Elle accepta la petite bouteille qu'elle but à grands traits.

— Je m'appelle Gina, répondit-elle enfin en s'humectant les lèvres. Gina Ricci.

Le nom lui parut vaguement familier mais il n'arrivait pas à le situer ni à comprendre pourquoi elle semblait si nerveuse.

Sa peau mate contrastait avec les cheveux blonds qu'elle avait cachés sous un foulard et il commençait à s'interroger. Son apparence semblait bizarre. Surtout ses lunettes noires. Et la façon dont elle avait reculé à la vue du badge de Blaze ne lui avait pas échappé.

Peut-être était-elle en cavale.

Il retourna à sa place, moins impressionné qu'il ne l'avait été un instant plus tôt.

— Fuyez-vous quelqu'un ? demanda-t-il, pressé d'avancer.

Elle blêmit mais recouvra très vite une expression impassible.

— Je cherche à prendre un nouveau départ, dit-elle évitant manifestement de répondre simplement « Oui. » J'espère que vous connaissez des personnes capables de forger de nouvelles identités.

— De forger de nouvelles identités ? Vous voulez dire de fabriquer de faux papiers, ce genre de choses ?

Visiblement mal à l'aise, elle se mordilla les lèvres sans répondre.

Ce qui, là encore, signifiait « Oui. »

Il soupira.

— Je crains que vous ne vous soyez trompée d'adresse. Je vous conseille d'avouer et de vous rendre.

— D'avouer et de me rendre ? répéta-t-elle en se raidissant. Mais je n'ai rien fait de mal !

Cruz se pencha en avant et riva les yeux aux siens.

— Si vous ne fuyez pas la justice, que fuyez-vous ?

Elle se raidit et redressa les épaules.

— Hier soir, quelqu'un a été assassiné, peut-être par ma faute. J'aimerais quitter la ville avant qu'une autre personne ne soit blessée ou pire. Mais, pour y réussir, je vais avoir besoin d'aide.

Cruz s'efforça de dissimuler le choc provoqué par cette déclaration inattendue.

— Pourriez-vous m'expliquer ça un peu mieux ? demanda-t-il.

S'il était totalement focalisé sur elle, à présent, sa beauté n'était plus seule en cause.

Elle prit une longue et profonde inspiration puis commença à parler.

Dix minutes plus tard, Cruz avait compris pourquoi le nom de Gina Ricci lui disait quelque chose. Il était apparu dans une affaire de disparition inquiétante, à West Liberty, quelques mois plus tôt.

Il avait entendu parler d'elle à chaque fois qu'il avait rendu visite à Blaze et à son autre cousin, Lucas, au poste de police de la ville voisine. Comme elle n'avait pas réapparu après quelques jours, Cruz avait imaginé le pire à son sujet. La plupart des gens qui n'étaient pas très vite retrouvés étaient morts, il le savait.

Les autorités avaient interrogé son petit ami, Tony Marino, le considérant comme suspect dans sa disparition. Malheureusement pour la justice, la famille Marino possédait la moitié du Kentucky via une chaîne mondiale de magasins d'équipement sportif et d'importants investissements immobiliers. La fortune et les relations des Marino rendaient Tony presque intouchable. Surtout, rien ne prouvait qu'il savait où elle se trouvait.

À présent, Cruz savait pourquoi.

Gina attendit patiemment que Cruz digère son histoire.

Comme un détail important qu'elle avait presque oublié lui revenait soudain en mémoire, elle sortit l'avis de recherche de son sac à main, le déplia et le mit sur le bureau devant lui.

— Tony a laissé ce flyer au Starbucks, ce matin. La ville est petite et, en plus, il offre une récompense… Cela risque de poser un problème.

Cruz examina le papier, puis leva les yeux vers elle. Elle ne parvint pas à déchiffrer son expression.

— Êtes-vous brune ?

— Oui, répondit-elle, sans comprendre l'intérêt de la question. Alors ? reprit-elle. Qu'en pensez-vous ?

Il frotta ses joues mal rasées.

— Je pense que vous êtes courageuse, dit-il d'un ton catégorique. Courageuse de fuir. Courageuse d'être venue me trouver. Merci de m'avoir confié votre histoire. Qui d'autre est au courant ?

— Personne, répondit-elle d'une voix brisée. Acceptez-vous de m'aider ?

Cruz s'étira sur sa chaise.

— Je suis d'accord pour vous protéger mais je ne vous aiderai pas à fuir. Tony Marino doit être traduit en justice pour ses crimes. Mon frère, Knox, est adjoint du shérif ici, et mes cousins Blaze et Lucas sont inspecteurs de police dans votre ville d'origine. Si vous me faites confiance, je m'assurerai que Tony soit arrêté et puni. Ensuite, vous aurez la possibilité de retrouver votre ancienne vie.

Les yeux de Gina se remplirent de larmes et sa gorge se serra. De nouveau, l'espoir s'emparait d'elle. Un espoir qu'elle n'avait pas ressenti depuis longtemps.

— Merci, dit-elle.

Elle n'osa pas l'interroger sur son taux horaire ou ses honoraires mais, quoi qu'il lui en coûte, son aide serait précieuse, indispensable. Peut-être aurait-elle besoin de contracter un emprunt quand cette histoire serait finie. Heureusement, elle avait des économies cachées dans son appartement qu'elle lui verserait en acompte.

Cruz sortit plusieurs formulaires de son tiroir et les lui tendit avec un stylo.

— Remplissez ces papiers. Dès que vous ferez officiellement partie de nos clients, nous commencerons l'enquête.

Elle se mit au travail, consciente de son regard posé sur elle, essayant d'ignorer l'attirance absurde qu'il exerçait sur elle.

Les bouleversements hormonaux liés à sa grossesse en étaient la cause, elle le savait. L'absence de toute relation physique depuis des mois aussi.

Câline par nature, Gina était affamée de tendresse.

Que Cruz Winchester soit beau comme le péché ne lui facilitait pas les choses. Les détectives privés n'étaient-ils pas censés être tous des ivrognes ventripotents ayant dépassé la cinquantaine ? Pourquoi ses cousins et lui ressemblaient-ils plus à des acteurs de films d'action qu'à de vraies personnes ?

Dans la famille de Gina, les femmes étaient petites, plantureuses, dotées de longs cheveux épais et indisciplinés. Quand elle était plus jeune, elle avait appris à tirer le meilleur parti de son physique mais rien ne lui permettrait de rivaliser avec la beauté insolente de Cruz.

— Voilà, j'ai fini, dit-elle en lui retournant les feuillets remplis, espérant qu'il ne savait pas lire dans ses pensées.

Cruz parcourut les pages, sourit, puis lui tendit la main.

— Eh bien, mademoiselle Ricci, je suis désormais à votre service.

3

Gina regarda Cruz parcourir des yeux les réponses à son formulaire.

Il fronça soudain les sourcils.

— Vous êtes chef cuisinier ?

— Sous-chef, corrigea-t-elle. Ou plutôt, je l'étais. Maintenant, je travaille au refuge pour animaux de la ville. Je cherche de bons maîtres pour les chiens et chats abandonnés.

Elle essaya de sourire mais n'y réussit pas totalement. Se remémorer les épreuves qu'elle avait traversées ces dernières semaines et tout ce qu'elle avait perdu pour tenter de s'en sortir ravivait son anxiété qui atteignait à présent des sommets.

Cruz la dévisagea d'un air interrogateur.

— Vous m'expliquerez plus tard comment vous y parvenez.

— Vous n'aurez qu'à consulter le site web du refuge, dit-elle en se mordillant nerveusement les lèvres. Soigner les animaux et les faire adopter me plaît autant que m'activer aux fourneaux d'un restaurant. Peut-être davantage. Cela dit, cuisiner m'est facile, naturel, parce que j'ai grandi dans une cuisine, ajouta-t-elle. Je suis issue d'une famille italienne et, depuis toujours, la cuisine est le cœur de la maison, l'endroit où nous nous retrouvons. Pour cuisiner, nous restaurer, discuter…

Comme les souvenirs affluaient à sa mémoire, les larmes brouillèrent soudain sa vision et elle s'interrompit. Cruz ne se souciait pas de son passé. Il s'efforçait d'arranger son avenir. Il était là pour effectuer un travail.

— Pardonnez-moi.

Elle s'éclaircit la gorge, chassa les sanglots qui l'obstruaient, puis reposa les mains sur ses genoux.

Encore une manie familiale, pensa-t-elle. Sa mère parlait toujours avec les mains et sa sœur s'exprimait avec tout son corps quand elle voulait convaincre ou qu'elle était la proie de sentiments intenses. Dans sa famille, les femmes étaient de grandes émotives, mais l'exubérance et la spontanéité caractérisaient tous les Ricci.

Ils lui manquaient terriblement.

S'efforcer de se fondre dans le paysage était indispensable pour rester cachée mais finissait par devenir déprimant. Elle avait l'impression de porter un body trop serré qui comprimait son cœur, son esprit et sa poitrine.

Cruz l'observait en silence. Il avait les yeux d'un vert étrange, éthéré, et elle s'interrogeait. Était-ce leur couleur naturelle ? Elle n'avait jamais vu de prunelles de cette teinte. Sa peau bronzée les mettait en valeur. Combien de temps passait-il au soleil ? Et à faire quoi ?

— Pour ma part, j'adore les grillades, dit-il, préférant apparemment rester au chapitre des banalités. Que cuisinez-vous ?

Elle s'efforça de s'intéresser à la conversation, probablement destinée à la mettre à l'aise.

— Tout. Et tout le temps. Chez mes parents, cuisiner est une façon de déclarer son amour. Voilà pourquoi la plupart d'entre nous souffrent de surcharge pondérale. Trop de pâtes et de pizzas…

— Et vous aimez travailler avec les animaux ?

— Pour tout vous dire, je les préfère souvent aux humains, reconnut-elle avec un petit sourire.

Il hocha la tête comme s'il le comprenait.

— Quand votre bébé doit-il naître ?

— Dans cinq mois.

Il jeta un bref coup d'œil à ses papiers.

— Votre famille ignore que vous êtes enceinte ?

— Personne ne le sait.

— Et vous comptiez imposer à votre enfant cette existence ? demanda-t-il. Vous pensiez l'élever seule en ne faisant confiance à personne et en surveillant sans cesse les alentours, sur le qui-vive ?

Elle redressa le menton d'un air bravache.

— Et pourquoi pas si ces précautions lui permettent de rester en vie ?

Elle n'avait pas encore de plans bien arrêtés concernant l'accouchement ou le mode de garde qu'elle opterait par la suite mais elle y songeait. Son médecin lui avait promis de tout faire pour protéger son anonymat lors des examens mais Gina devrait donner sa véritable identité pour être admise en salle de travail. Or, il fallait des heures pour mettre un bébé au monde. Et, après la naissance, elle passerait au moins une nuit à l'hôpital. Dans ces conditions, Tony aurait largement le temps de la débusquer, surtout s'il avait embauché un détective privé pour la chercher.

Et elle était certaine qu'il l'avait fait.

Tony était violent, cruel et manipulateur mais il n'avait que deux bras et deux jambes. Pour réussir à la retrouver, tout en jouant la comédie du petit ami au cœur brisé et tout en travaillant dans l'entreprise familiale, il avait besoin d'aide. Une aide rémunérée qu'il pouvait contrôler.

Un jour, il lui avait expliqué que les personnes les plus pauvres, qui avaient un besoin d'argent impératif, lui étaient les plus utiles parce que l'appât du gain était un puissant mobile. Elle espérait que Tony ne parviendrait pas à corrompre Cruz.

Gina promena le regard sur les photos encadrées sur le bureau de Cruz. Sur l'une d'elles, il se trouvait avec Derek dans la rue devant leur agence. Tous deux pointaient en riant le panneau « Détectives privés ». Une autre le représentait parmi un groupe de militaires en treillis près d'un hélicoptère de l'armée américaine. Sur d'autres encore, elle découvrit des inconnus qui ressemblaient beaucoup à Cruz. Des frères ou des cousins, sans doute. La plupart enlaçaient leur femme, tenaient par la main leurs enfants ou portaient des bébés dans leurs bras. À la vue de ces images de bonheur familial, les tensions dont elle était la proie s'apaisèrent.

— Êtes-vous proche de votre famille, monsieur ?

— Cruz, appelez-moi « Cruz ». Très proche, ajouta-t-il, un petit sourire en coin. Bon, maintenant, voici comment nous allons procéder, poursuivit-il, changeant brusquement de sujet. Afin d'être plus efficaces et plus rapides, nous allons collaborer, unir nos efforts. Cela vous convient-il ?

Plus tôt ils aboutiraient, mieux cela vaudrait. En revanche, l'idée de participer à l'enquête la perturbait. En général, les détectives privés travaillaient seuls. Et d'ailleurs, en quoi pourrait-elle lui être utile ? Elle lui avait déjà dit tout ce qu'elle savait, lui avait résumé l'histoire de sa vie, lui avait donné les coordonnées des membres de sa famille...

Elle ne voyait pas très bien comment l'aider.

— Vous voulez que je collabore avec vous ? répéta-t-elle pour être sûre d'avoir bien compris.

— Oui, répondit-il en se levant.

Il s'étira.

— Maintenant que nous en avons fini avec les formalités administratives, je vais vous dire ce que j'attends de vous. Ça se résume en trois points.

— Et lesquels ?

— Premièrement, ne me mentez jamais, répondit-il. Je pose beaucoup de questions alors si certaines vous gênent, si vous estimez que je dépasse les bornes ou que la réponse ne me regarde pas, dites-le. Mais soyez franche avec moi. Il m'est impossible de vous aider si vous mentez. Et pendant que j'y suis, garder des informations pour vous, ne pas me communiquer des éléments importants, est également un mensonge à mes yeux.

— D'accord.

Dire la vérité ne posait aucune difficulté à Gina. Par nature, elle était sincère. Et par éducation, elle avait appris à partager ses pensées, à exprimer ses émotions, ses sentiments, à s'épancher, de façon volubile souvent… Quitte à le regretter par la suite.

Cruz se frotta les mâchoires. Sans doute pensait-il qu'elle avait accepté trop vite. Peut-être ne la croyait-il pas tout à fait.

— Comptez sur moi, dit-elle en agitant inutilement les mains. Je vous promets de vous dire la vérité, rien que la vérité, toute la vérité, tout le temps. De tout faire pour vous aider.

— D'accord. Deuxièmement, vous devez me faire confiance, poursuivit-il en croisant les bras. Je comprends pourquoi cette consigne risque d'être difficile pour vous et j'ai vu la façon dont vous avez reculé à la vue du badge de Blaze. Mais les membres de ma famille sont des gens bien, et nous sommes tous excellents dans nos domaines. Les Winchester travaillent tous dans les forces de l'ordre. Vous vous méfiez peut-être de la police mais vous allez devoir me faire confiance. Parce que je travaille main dans la main avec les autorités locales aussi souvent que nécessaire.

Gina se mordit l'intérieur des joues. Il avait raison : cette consigne ne lui serait pas simple à suivre mais se cacher en permanence devenait trop difficile. Elle devait faire confiance à quelqu'un. Au moins, Cruz Winchester était-il franc avec elle. Il jouait cartes sur table. Il ne semblait pas du genre à piéger les gens.

— D'accord.

— Formidable.

Il se leva et attrapa son manteau sur le dossier de sa chaise.

— Allons chez vous voir ce que nous pourrons y trouver, décida-t-il.

Elle se leva et le suivit, un peu désorientée par ses requêtes et par cette « collaboration » qui lui semblait étrange.

— Quelle est la troisième chose que vous attendez de moi ? demanda-t-elle, certaine qu'elle ne devait aller nulle part avec lui tant que toutes ses conditions n'auraient pas été clairement énoncées.

Cruz lui tint galamment la porte ouverte pour la laisser passer.

— Essayez de ne pas tomber amoureuse de moi, dit-il.

Sa recommandation, alliée à la chaleur qui émanait de lui et aux fragrances de son eau de toilette, troubla un instant son cerveau et elle émit un gloussement gêné.

— Je ferai de mon mieux.

— C'est tout ce que je vous demande.

Le sourire éblouissant qu'il lui décocha en retour la fit rire.

— En échange, je vous rendrai votre ancienne vie, promit-il. Vous avez fait un bon choix en venant à mon bureau.

Gina l'espérait plus que tout.

Cruz s'arrêta devant une jeep blanche toute neuve. Si elle était équipée de pneus d'une taille et d'une grosseur impressionnantes, elle n'avait ni toit ni portières.

— Votre véhicule ne semble pas complet, dit-elle, se demandant comment y grimper.

— Allez-vous réussir à vous y installer ? demanda-t-il en se glissant au volant. Ou avez-vous besoin d'un coup de main ?

— Je peux le faire, assura-t-elle en s'accrochant à l'arceau de sécurité pour se hisser à l'intérieur. Je suis enceinte, pas handicapée.

— Vous n'êtes pas très grande. Si un escabeau vous faciliterait la tâche, dites-le.

— Je mesure un mètre soixante, je ne suis pas naine non plus !

Elle saisit la ceinture de sécurité et la boucla.

— Ne me traitez pas comme si j'étais une petite fleur délicate.

— Personne ne vous imagine en petite fleur délicate, je vous le garantis, répliqua-t-il en souriant alors qu'il démarrait.

Et elle eut la certitude qu'ils allaient bien s'entendre.

Cruz se gara derrière l'immeuble de Gina pour éviter les regards indiscrets. Il promena les yeux autour de lui pendant qu'elle ouvrait une porte de service, afin de pénétrer dans le bâtiment par l'arrière.

Le ruban jaune et noir qui signalait une scène de crime s'étendait dans une grande partie du hall du rez-de-chaussée.

À sa vue, Gina poussa un gémissement et il lui prit le bras pour l'entraîner vers l'adjoint qui se tenait devant un appartement ouvert.

— Venez, Gina, nous avons de la chance. A-t-on trouvé quelque chose ?

Son petit frère, Knox, se retourna et, en reconnaissant Cruz, son froncement de sourcils se mua en sourire.

— Comment es-tu entré ici ? Et pourquoi ? demanda-t-il. Derek m'a dit que tu étais à l'agence en train de faire des ronds de jambe à une cliente potentielle.

Cruz étouffa un gémissement puis s'écarta pour lui présenter celle qui l'accompagnait.

— Je suis ici pour aider Mme Ricci, dit-il. Fleur, voici mon frère, l'adjoint Knox Winchester. Knox, voici Fleur.

Gina secoua la tête et leva les yeux au ciel.

— Je m'appelle Gina, précisa-t-elle. Et je viens de dire à votre frère que je n'avais rien d'une petite fleur fragile.

Knox sourit.

— Cruz se trouve drôle.

— Je suis hilarant, corrigea Cruz.

Un instant plus tard, le regard de Knox se durcit. Il venait de reconnaître Gina.

— Vous êtes Gina Ricci, dit-il. La femme dont la photo figure sur un avis de recherche placardé dans toute la ville. Vous avez disparu à West Liberty il y a trois mois.

— Deux, corrigea-t-elle en posant une main protectrice sur son ventre.

Knox le remarqua, puis leva un regard confus vers Cruz.

— Tu l'as retrouvée ?

— Non, c'est moi qui l'ai trouvé, rectifia Gina en s'avançant. Je suis la cliente que vous avez mentionnée, il y a un instant – celle des ronds de jambe – et je n'ai jamais été perdue ni enlevée. J'avais décidé de disparaître de la circulation. Mais dites-moi... M. Larkin était-il la... victime ? Est-ce lui qui a été tué hier soir ?

Sa voix se brisa et elle baissa la tête. La réponse était évidente. Ils se trouvaient devant l'appartement de M. Larkin. Mais elle attendit que Knox parle, refusant de perdre tout espoir.

— Nous ne rendons pas public le nom d'un défunt tant que nous n'avons pas contacté ses proches, déclara Knox, récitant son texte, insupportable dans les circonstances.

— Arrête, Knox. Gina sait à qui appartient cet appartement, intervint Cruz. Tout le monde dans ce bâtiment sait qui est mort, ce qui signifie que toute la ville le sait aussi, maintenant.

Gina battit des paupières, s'efforçant de réprimer ses larmes.

— M. Larkin était veuf depuis douze ans et son fils unique s'était enrôlé dans l'armée depuis plus longtemps encore. Il est marine, je crois. Il y a une photo de lui sur le bureau.

Knox hocha la tête.

— Mais nous n'avons pas encore réussi à le joindre.

— Alors c'était bien lui, dit Gina, la gorge serrée.

Cruz sourit devant l'expression stupéfaite de son frère.

— Je la laisse te mettre au courant de ce qu'elle sait, fit-il.

Gina résuma la situation à Knox mais lui donna assez de détails pour qu'il comprenne pourquoi elle était là, et pourquoi elle avait besoin de son aide. Elle ne lui raconta cependant pas l'intégralité de ce qu'elle avait confié à Cruz.

Après un moment, Cruz salua son frère et prit la main de

Gina pour l'entraîner dans son appartement du deuxième étage et lui permettre d'y récupérer ses affaires.

Un éclat sur le chambranle mit les sens de Cruz en alerte et il leva le bras pour lui barrer l'accès.

— Attendez.

Il tendit l'oreille avant de dégainer son arme et d'ouvrir la porte avec précaution.

L'appartement était visible depuis le seuil. Manifestement, il avait été mis à sac.

Cruz traversa à la hâte le petit trois-pièces pour s'assurer que personne ne s'y cachait.

Il remit finalement son automatique dans son holster.

— C'est bon, dit-il. Vous pouvez entrer.

Gina se tenait dans l'embrasure de la porte où il l'avait laissée, visiblement accablée devant le désastre.

— Quand j'ai aperçu Tony au Starbucks, j'ai espéré qu'il n'était que de passage. Qu'il allait de ville en ville en distribuant ses avis de recherche. Dans l'espoir de remonter des pistes si des gens répondaient à l'annonce. J'ai même voulu croire que la fusillade d'hier soir n'avait aucun rapport avec moi. Qu'il ne s'agissait que d'une terrible et malencontreuse coïncidence. Mais maintenant, je ne peux plus nier l'évidence.

Elle donna un coup de pied dans un gobelet qui traînait par terre.

— Dommage. Je me plaisais bien à Great Falls.

Cruz prit quelques photos des lieux puis les envoya par SMS à son frère.

— Knox a déjà mené des investigations dans l'appartement, relevé les empreintes et recherché des indices.

— Tony ne laisserait pas d'empreintes, dit Gina en ouvrant un placard rempli de conserves et d'aliments en boîte. Il n'est pas stupide. Et je…

Son regard se tourna brièvement vers la porte ouverte. Elle pensait probablement au meurtre perpétré deux étages plus bas.

— Je dois quitter la ville.

Elle farfouilla sous l'évier pendant que Cruz prenait davantage de photos.

— Je vais vous payer pour le temps que vous m'avez consacré jusqu'à présent, déclara-t-elle. Et maintenant, la police va prendre le relais. Peut-être les forces de l'ordre parviendront-elles à le ralentir assez pour me donner une longueur d'avance. Votre frère ne semble pas corruptible. Une chance. Peut-être les autorités vont-elles enquêter sérieusement maintenant que Tony a tué quelqu'un.

Elle laissa tomber ses bras sur ses côtés, les poings serrés.

— Laissez-moi vous aider, dit Cruz, en enfilant une paire de gants en latex.

Il redressa une lampe et remit la table sur ses pieds.

— Dès que j'aurai remis la main sur la trousse à couture de ma grand-mère, je partirai, reprit Gina. L'appartement était loué meublé. Je n'ai donc qu'à récupérer mes vêtements, mes affaires de toilette et cette trousse. Tout empaqueter ne me prendra pas longtemps. J'en ai pour une heure au maximum.

Cruz ne savait pas si elle lui demandait de l'aider ou si elle organisait à haute voix son départ.

Mais il était hors de question qu'elle quitte la ville seule.

— Tony a tué M. Larkin, n'est-ce pas ? demanda-t-elle soudain en tournant vers lui des yeux sombres. Je sais que l'affaire fait l'objet d'une enquête mais, compte tenu des éléments dont nous sommes certains, il est évident qu'il est le meurtrier, n'est-ce pas ?

— Sans doute, répondit Cruz.

Elle hocha la tête, une expression indéchiffrable sur le visage.

— Je continue de m'interroger, dit-elle. M. Larkin lui a-t-il dit quel appartement était le mien et Tony l'a-t-il ensuite tué pour le faire taire ? Ou M. Larkin a-t-il essayé de me protéger et Tony l'a tué parce qu'il refusait de parler ? Quoi qu'il en soit, Tony m'a sans doute retrouvée grâce à M. Larkin. Et, de toute façon, un homme a perdu la vie à cause de moi. C'est injuste et accablant.

Visiblement au bord des larmes, elle se mordillait les lèvres.

Cruz empila des assiettes intactes dans l'évier, puis jeta celles qui étaient cassées à la poubelle.

— Vous n'avez rien fait de mal, dit-il.

Elle leva les yeux au ciel puis, sans répondre, se remit à fouiller dans le bazar de sa petite cuisine.

— Vous n'y êtes pour rien, insista-t-il.

Gina se tourna vers lui, les joues rouges et les yeux brillants.

— Vraiment ? Tony est venu dans cette ville uniquement parce que j'y vis. Il a parlé à M. Larkin uniquement parce que j'habite dans cet immeuble. Et je ne serais pas responsable de sa mort ? À qui voulez-vous le faire croire ?

Cruz secoua la tête, refusant de céder.

— Tony est le seul responsable, le seul coupable, dit-il. Vous fuyez cet homme parce qu'il est dangereux et déséquilibré. Le fait qu'il vous pourchasse le prouve. Si vous aviez la possibilité de le raisonner, vous lui diriez de cesser de vous importuner. Et vous iriez retrouver votre famille et vos amis, non ?

— De toute évidence, je n'en ai pas la capacité, lança-t-elle, cherchant frénétiquement dans ses affaires éparpillées sur le sol. Tout le problème est là.

— CQFD, conclut Cruz. Soit vous le contrôlez, et c'est votre faute, soit il fait ce qu'il veut, et vous n'y êtes pour rien.

Gina regarda autour d'elle, le visage sombre.

— Qu'y a-t-il ? demanda Cruz en rangeant plusieurs affaires dans ses placards.

— Je ne retrouve pas la trousse à couture de ma grand-mère. Elle est petite, de la taille d'une trousse d'écolier, bordée de bleu avec une fleur et un ruban sur le devant. Je la gardais là-haut, au milieu des conserves et des paquets de pâtes.

Cruz finit de nettoyer le comptoir tandis que Gina regardait sous le réfrigérateur. Une fois la cuisine rangée, il passa au salon, évaluant l'endroit pour la première fois.

L'appartement de Gina était le plus triste qu'il n'ait jamais visité. Il n'y avait aucun effet personnel, aucun souvenir. Pas de photos ni de tableau sur les murs. Seulement quelques meubles visiblement achetés chez un brocanteur.

Un petit gémissement le fit se retourner.

— Qu'y a-t-il ? demanda-t-il.

— Ma trousse à couture a disparu, dit Gina, les mâchoires serrées. Tony l'a trouvée et il l'a prise.

— Vous y teniez tant que ça ? demanda Cruz, réduisant la distance entre eux.

Bien sûr, l'objet avait appartenu à sa grand-mère et elle le gardait sans doute en souvenir de son aïeule mais il ne comprenait pas l'expression accablée sur son visage.

La journée avait été riche en catastrophes. Comparé au reste, la perte d'une trousse de couture semblait dérisoire

— Tout mon argent était dans cette trousse, expliqua-t-elle en se mettant à trembler. Tony est riche, il n'en avait pas besoin. Il l'a prise pour me priver de ressources. Sans argent, je n'irai pas loin, il le sait. Il m'a piégée.

Elle explosa en sanglots et, sans réfléchir, se jeta au cou de Cruz. La joue contre son torse, elle le serra avec force.

Cruz se figea.

Ignorant sa réaction, elle balbutia :

— Je ne peux pas vous payer maintenant. Ni m'enfuir. J'ai dépensé le dernier dollar que j'avais dans mon sac à main pour un thé au jasmin.

Elle le repoussa alors qu'il enroulait maladroitement ses bras autour d'elle.

— Désolée, dit-elle en relevant le menton et en s'essuyant les joues. Excusez-moi, je ne sais pas ce qui m'a pris. Je n'aurais pas dû faire ça. Pardonnez-moi. Cela ne se reproduira plus.

Il battit des paupières, pris au dépourvu par son étreinte inattendue et troublé du vide qu'il éprouva quand elle s'écarta.

— C'est bon, dit-il, se sentant comme un idiot.

Déstabilisé, il fronça les sourcils. À part sa tante, plus personne ne le serrait dans ses bras.

Elle prit soudain son visage entre ses mains.

— Oh ! non ! s'exclama-t-elle. Non, ce n'est pas possible. Je touche le fond.

— Qu'y a-t-il ?

Que pouvait-il y avoir de pire qu'un psychopathe la traquant, tuant son gérant d'immeuble et lui volant tout son argent ?

Gina s'affala sur le canapé miteux. Elle était livide.

— Le cliché de l'échographie… était dans cette trousse.

4

Cruz redressa une chaise renversée et remit la commode à sa place. Il voulait surtout permettre à Gina de se ressaisir. Elle détestait se sentir faible, cela crevait les yeux. Et sans doute n'avait-elle aucune envie qu'il l'aide à ranger son appartement. Mais elle avait besoin de temps pour assimiler les événements. N'importe qui en aurait eu besoin. Et lui devait mesurer le niveau de danger auquel il était confronté.

Une jolie femme était venue lui demander de l'aider à se cacher et à échapper à son ex-petit ami. Deux mois plus tôt, elle avait disparu de la circulation sans explication mais elle ne fuyait pas la justice.

Et, selon toute vraisemblance, son ex était un meurtrier, un voleur, un vandale et un psychopathe…

En prendre conscience glaça Cruz et il se demanda ce que devait ressentir Gina.

Il glissa un regard dans sa direction.

L'expression horrifiée peinte sur ses traits en constatant la disparition de ses économies et de la photo de l'échographie s'était muée en détermination. Elle avait relevé le menton, les épaules. Et posé une main protectrice sur son ventre.

Elle était seule, effrayée, en cavale et enceinte.

Cruz avait du mal à imaginer ce qu'elle traversait.

Il remit le matelas sur le sommier puis entreprit de faire

le lit. Tandis qu'il s'activait, il songeait à Gina. Quand il l'avait vue entrer dans son agence, il n'avait pas tout de suite mesuré à quel point elle avait besoin de lui. Un gros poids tomba soudain sur sa poitrine.

Le monstre l'avait-il frappée ? Était-ce pour cette raison qu'elle s'était enfuie ?

Jusqu'à cet instant, il n'avait pas pris le temps de se demander pourquoi elle avait quitté ce Tony. Mais maintenant il s'interrogeait.

Ce type l'avait-il agressée physiquement ?

Comme cette éventualité lui traversait l'esprit, il serra les poings. Il se promit de donner à ce Tony une bonne correction si l'occasion se présentait. Pour que ce minable éprouve à son tour la violence des coups et la terreur.

Au cours de sa vie, Cruz avait croisé bon nombre d'ordures. Mais, à ses yeux, les pires étaient ceux qui s'attaquaient à des femmes, à des enfants, à des personnes vulnérables. Voilà d'ailleurs l'une des raisons pour lesquelles il n'avait jamais voulu faire carrière dans la police. Contrairement à son frère ou à ses cousins, il serait incapable de gérer avec calme des cas de violence conjugale ou de maltraitance parentale. S'occuper de crimes ordinaires et d'adultères l'ennuyait déjà beaucoup. Certains jours, ce travail lui était si pénible qu'il songeait à changer de voie. Mais au moins avait-il parfois le sentiment de contribuer à rendre justice à certaines victimes.

Gina retourna dans la cuisine pour charger en silence le vieux lave-vaisselle. Elle semblait en mode automatique. Son regard était devenu distant.

Comme il s'approchait d'elle, elle le considéra avec circonspection puis ferma la porte de l'appareil et le mit en route.

Cruz s'arrêta à bonne distance et lui ouvrit les bras.

Son ravissant visage s'éclaira et, sans hésiter, elle vint vers lui. Elle se blottit contre lui, pleurant doucement contre sa chemise. Tout son corps tremblait.

— Je n'arrive pas à croire que M. Larkin soit mort, chuchota-t-elle. Il m'avait protégée. Il m'avait offert un toit alors que rien ne l'y obligeait. À sa place, personne d'autre ne l'aurait fait. Je lui avais donné un faux nom, je payais le loyer en liquide, il n'avait aucune garantie. Il m'avait fait confiance. Et, en échange de sa gentillesse, il a été assassiné.

Cruz appuya sa joue contre le sommet de sa tête et la serra contre lui, décidé à rester ainsi aussi longtemps qu'elle en aurait besoin.

— Nous allons retrouver son assassin et l'arrêter, lui promit-il. Et, en attendant, je vous protégerai.

Elle recula d'un pas, le visage fermé, et essuya une larme sur sa joue.

— Je n'avais pas mesuré à quel point les câlins me manquaient, dit-elle, un sourire gêné sur ses lèvres. Ça faisait longtemps que personne ne m'avait prise dans ses bras. Ma famille adore les embrassades. En Italie, les gens sont très démonstratifs. Ils parlent beaucoup, crient parfois pour exprimer leurs émotions. Ils s'empoignent, s'étreignent, s'embrassent…

Revenant à la situation présente, elle poussa un gros soupir.

— Comment m'a-t-il retrouvée ? J'étais si prudente.

— Il ne vous a pas retrouvée, répliqua Cruz, enfonçant les mains dans ses poches pour ne plus la toucher. Il a trouvé votre appartement. Nuance.

Elle leva les yeux vers lui.

— Je suis à la rue. Je ne peux même pas louer une chambre dans un hôtel maintenant qu'il m'a volé tout mon argent. J'ai ouvert un compte bancaire, la première fois que j'ai voulu m'enfuir, mais il m'avait retrouvée en quelques jours. Et à présent, je n'ai plus rien…

— Ne vous inquiétez pas, dit Cruz. Vous avez bien fait de venir sonner à ma porte. Maintenant, c'est pour lui que les ennuis vont commencer. Les hommes de ma famille ne se contentent pas d'être séduisants et charmants, ajouta-t-il avec un clin d'œil. Ils sont intelligents, tenaces et déterminés.

Il fut heureux de la voir sourire.

— Tony aussi est intelligent, prévint-elle. Sournois et manipulateur. Dangereux. Il aime contrôler les gens, et quand il n'y parvient pas avec de belles paroles… il devient brutal. Et à présent, il est au courant pour ma grossesse. Il connaît l'existence du bébé…

Le regard de Cruz glissa vers son ventre. Elle n'avait pas dit à Tony qu'il allait être père. Ce qui en disait long sur le monstre qu'était Tony.

Quand elle lui avait raconté son histoire dans son bureau, elle avait déclenché ses instincts protecteurs mais, lorsqu'elle avait sangloté dans son cou, il avait su qu'il irait jusqu'au bout pour la défendre. La façon dont elle s'était accrochée à lui en pleurant lui avait brisé le cœur.

Elle se frotta les tempes, s'efforçant de recouvrer ses esprits.

— Que vais-je faire maintenant ?

— Pour commencer, vous allez vous installer chez moi. Ma maison est sécurisée. Vous pourrez vous y reposer et récupérer pendant que Derek, Blaze et moi poursuivons ce type.

Elle secoua la tête.

— Merci de le proposer mais c'est impossible, dit-elle. Je n'ai même pas les moyens de vous payer ce que je vous dois. Je ne vais pas vous demander en plus de me loger. Je me débrouillerai.

Cruz croisa les bras.

— Vous êtes enceinte, en danger et à la rue. Vous ne me connaissez pas, c'est vrai. Nous venons de nous rencontrer mais, à votre avis, quel genre de type suis-je ?

Elle haussa les épaules, découragée une fois de plus.

— Vous avez l'air gentil, mais les gens ne sont pas toujours ce qu'ils semblent être.

Il était bien plus que gentil mais, au lieu de le dire, il lança :

— Serais-je gentil si je vous laissais vous débrouiller en me contentant de vous souhaiter bonne chance ? Vous êtes harcelée, pourchassée par un homme violent. Jamais plus je n'oserais me regarder dans la glace si je vous laissais tomber.

Gina serra les lèvres. Cruz voyait presque les rouages de son cerveau se mettre en branle pour peser les options. Soit elle continuait à fuir, seule, sans un sou et sans aucune protection. Soit elle restait avec un inconnu qu'elle venait de rencontrer. Et elle ne pouvait se fier à son propre jugement. Son dernier petit ami s'était avéré être un tueur.

Son dilemme n'était pas simple à résoudre…

Elle posa les mains sur son ventre, soulignant un élément important.

— Faites-le pour votre bébé, dit-il. Allons chez moi. Octroyez-vous une bonne nuit de sommeil, une douche chaude, un repas fait maison. Ensuite, vous y verrez plus clair pour décider de la suite pendant que j'aide les forces de l'ordre à trouver Tony. Si vous avez besoin de quelque chose que je n'ai pas, ma tante et mes belles-sœurs vous l'apporteront.

— Je ne veux pas déranger toute votre famille !

Cruz éclata de rire.

— Si vous connaissiez les femmes de ma famille, vous n'auriez pas ce genre de scrupules. Elles adorent rendre service.

Gina déglutit, puis rougit.

— J'aurais l'impression d'abuser…

— Gina, dit-il. Si vous ne voulez pas venir chez moi, alors laissez-moi au moins vous installer quelque part. Si vous préférez l'hôtel, je vous en trouverai un, puis je m'installerai devant pour faire le guet. Cela ne me dérange pas, mais pendant que je surveillerai votre chambre, je ne pourrai pas pister Tony. Je n'ai pas le don d'ubiquité. Derek et le bureau du shérif se chargeront des investigations mais un homme de plus ne serait pas superflu.

Ellc se mordilla les lèvres tout en réfléchissant.

— Ma famille me manque, déclara-t-elle soudain.

— Vos parents savent où vous êtes ?

— Non, répondit-elle en secouant la tête. Je ne peux pas le leur dire.

— Mais ils savent que vous êtes partie de votre plein gré ?

— Je pense que oui. Je ne leur ai pas dit tout de suite pour qu'ils ne soient pas soupçonnés d'être responsables de ma disparition. Mais ils savent que je ne serais jamais partie si je n'y avais pas été obligée. Ils savent à quel point ils comptent pour moi.

Cruz passa une main dans ses cheveux. Sa famille serait folle d'angoisse si l'un de ses membres disparaissait, surtout l'un de ses membres féminins. Statistiquement parlant, les femmes qui disparaissaient n'étaient pas souvent retrouvées vivantes. Il nota mentalement de prévenir les proches de Gina. Ils avaient le droit de savoir qu'elle allait bien et qu'elle était avec des personnes qui prendraient soin d'elle. Leurs coordonnées figuraient sur le formulaire dans son bureau.

— D'accord, dit-elle finalement. J'accepte votre aide, pour mon bébé. Je resterai chez vous. Je ne veux pas vous causer davantage de travail ou faire quoi que ce soit pour ralentir l'enquête ciblant Tony. De plus, j'ai l'intention de vous payer, un jour ou l'autre, dès que possible. Le temps que vous consacrez à cette affaire mérite rétribution. Il n'est pas nécessaire d'ajouter des frais d'hôtel, en prime. D'ailleurs, les hôtels ont trop de points d'entrée à surveiller.

Cruz hocha la tête et se frotta les paumes, impatient de la déposer chez lui et de commencer à traquer Tony.

— C'est vrai et vous avez fait un excellent choix.

— J'ai une condition, ajouta-t-elle.

Un sourire involontaire se dessina sur son visage alors qu'il croisait les bras.

— Je vous écoute.

— Je veux vous aider du mieux possible. Vous me tiendrez au courant de ce que vous faites pour retrouver Tony et des avancées de l'enquête. Je le connais. Probablement mieux que quiconque et je peux vous aider à réussir, si vous m'y autorisez. Si vous ne le faites pas, il vous bernera. Il n'a aucun sens moral. C'est un manipulateur. Si vous le sous-estimez, vous perdrez la partie.

Cruz serra la mâchoire. Il détestait de plus en plus ce Tony.

— Tout ce que je veux, c'est vous sauver et arranger au mieux la situation, répondit-il, espérant avoir l'air plus arrogant qu'irrité.

Il s'adossa au mur, essayant de paraître inoffensif et digne de confiance pour une femme qui devait être terrifiée.

— Vous souffrez du complexe du sauveur, dit-elle, taquine. Comme c'est rafraîchissant !

— Vous en parlez comme d'un défaut. Quel est le problème à avoir un complexe du sauveur ? demanda-t-il en s'écartant d'elle pour finir de faire le lit.

— Eh bien, pour commencer, cela fait de moi une victime, une demoiselle en détresse et je refuse de l'être, dit-elle en pliant avec soin un torchon et en le posant sur le comptoir. Je sais que vous n'en croyez rien mais je vais bien.

— Pas une demoiselle, répliqua-t-il. Une petite fleur.

— Oh ! taisez-vous ! s'exclama-t-elle en riant.

Il adorait son rire.

Ils travaillèrent dans un silence agréable jusqu'à ce que tout soit rangé dans l'appartement. Comme elle ne possédait pas grand-chose, ils firent vite.

Peu après, Knox monta à l'étage.

Il s'arrêta devant la porte ouverte.

— L'appartement a meilleure figure, dit-il en se tournant pour faire face à Cruz et Gina.

— Cruz m'a aidée à tout remettre en ordre.

Knox hocha la tête.

— Il est comme ça. Puis-je entrer ?

— Bien sûr. Pardon.

Il sourit poliment, puis reporta son attention sur Cruz.

— Gina ne peut pas rester ici.

Cruz leva les yeux au ciel.

— Vraiment ? Tu crois ?

— Nous pourrions appeler les parents de Derek, dit Knox à Gina. Notre tante et notre oncle possèdent une grande maison, beaucoup de chambres, et ils comprennent ce genre de choses. Notre oncle a longtemps travaillé pour les forces de l'ordre.

Gina regarda Cruz.

Il croisa les bras.

— J'ai proposé à Gina de s'installer chez moi.

Knox leva un sourcil interrogateur.

Et Gina se sentit obligée de balbutier :

— Ça ne m'ennuie pas d'aller vivre un temps chez votre tante et votre oncle si cela vous semble préférable. Je ne veux rien faire qui soit… qui paraisse…

Elle chercha le mot juste, regarda Knox, puis Cruz et rougit.

Ses joues écarlates embrasèrent Cruz. Une myriade de pensées inconvenantes le traversa, des pensées qui auraient fait rougir encore plus Gina si elle les avait soupçonnées. Mais très vite, il se ressaisit. Gina était en difficulté. Elle avait besoin de lui pour la protéger. Pas pour la désirer.

Cela dit, il se promit de lui faire la cour plus tard, dans quelques semaines, quand elle serait en sécurité.

En fait, il espérait que Tony serait rattrapé et emprisonné au plus vite, parce que désormais Gina logerait chez lui et il n'était qu'un homme, après tout.

Knox se tourna vers Gina.

— Il manque quelque chose ?

— La trousse de couture de ma grand-mère, dit-elle en jetant un regard gêné à Cruz. Il y avait tout mon argent dedans et un cliché d'échographie. Il n'était pas au courant pour le bébé.

Knox hocha la tête d'un air compréhensif.

— Je vois. Et votre ex est violent ?

Gina donna un bref coup de menton qui brisa le cœur de Cruz.

Il recula, se reprochant son incapacité à l'apaiser. Il remplit un verre d'eau, puis le lui offrit.

Elle accepta.

— Merci.

Knox parcourait l'appartement, repérant les moindres détails, examinant les fenêtres, faisant son métier de flic.

— Soyez vigilants lorsque vous partirez, dit-il. Il surveille peut-être l'immeuble en attendant qu'elle rentre.

Gina pâlit.

Cruz s'avança et planta les yeux dans les siens.

— Vous êtes en sécurité.

Il prit un moment pour laisser les mots pénétrer, puis reporta son attention sur Knox.

— N'est-ce pas ?

Knox hocha la tête.

— Vous êtes entre de bonnes mains, les meilleures.

Cruz rinça le verre vide de Gina dans l'évier.

— Et si vous alliez faire vos valises ? Nous emporterons toutes vos affaires, et quand vous partirez de chez moi, ce sera pour rentrer chez vous, auprès de votre famille.

La lèvre inférieure de Gina trembla à l'évocation de sa famille mais elle se redressa. Elle ouvrit un placard et en sortit des sacs de voyage.

— Ces romans sont à vous ? demanda Cruz en désignant une petite rangée de livres de poche sur le rebord de la fenêtre.

Il ne pouvait pas imaginer une femme en cavale emportant des livres mais la collection de disques classiques l'intriguait tout autant.

Un portable sonna avant que Gina ne réponde à la question.

— C'est le refuge pour animaux, dit-elle. J'ai oublié de les prévenir que je ne viendrais pas. Que dois-je faire ?

Cruz se dirigea vers elle.

— Dites-leur que vous êtes malade. Que vous serez absente jusqu'à la fin de la semaine. À ce moment-là, nous en saurons un peu plus sur la situation avec Tony.

Tendue, elle se détourna pour prendre l'appel.

Cruz passa une main dans ses cheveux et lança à Knox.

— La matinée a été pleine de rebondissements, non ?

Knox eut un sourire narquois.

— Ce Tony sème la terreur mais il va bientôt tomber, dit-il avec assurance. Cela me remonte un peu le moral. Je m'occupe de lui pendant que tu te concentres sur la sécurité de Gina. D'accord ?

Il pencha la tête vers Gina qui parlait doucement au téléphone, une main protectrice posée sur le ventre.

— D'accord, fit Cruz.

Et il prendrait sa part de travail très au sérieux.

Gina rangea son téléphone dans sa poche et se força à sourire.

— J'ai la grippe et je les rappellerai dès que je me sentirai mieux.

Elle fit rouler sa tête pour détendre ses muscles ankylosés.

— Je déteste mentir à Heather mais lui dire la vérité la mettrait en danger.

Le cœur de Cruz se serra de nouveau.

— Elle ne connaît pas votre situation ?

— Je ne lui ai raconté que quelques épisodes édulcorés de mon passé, répondit Gina. Heather est la réceptionniste du refuge et ma seule amie dans cette ville, mais j'ai essayé de lui en dire le moins possible. Elle en sait assez pour comprendre pourquoi je préfère rester seule quand je ne travaille pas.

Knox acquiesça d'un air pensif.

— Je contacterai votre employeur plus tard dans la journée.

Un adjoint apparut dans l'embrasure de la porte et posa les yeux sur Knox.

— Vous avez une minute ?

— Je vous laisse, fit Knox. Prenez soin de vous, tous les deux. Je vous verrai plus tard.

Gina empila les livres dans l'un des sacs.

— J'ai tout, dit-elle enfin.

Cruz lui décocha un sourire encourageant.

— Alors il est temps d'y aller.

Il ramassa ses maigres affaires et se dirigea vers la porte. Elle le rejoignit dans le hall.

— J'espère que vous êtes sûr de ce que vous faites.

Il sourit.

Il n'avait jamais été plus sûr de quoi que ce soit.

5

Une heure plus tard, ils quittèrent enfin la ville. Cruz avait dû faire halte à l'agence de détectives privés pour y régler quelques détails et prévenir qu'il serait absent pour la journée.

Tandis qu'il s'activait, Gina était restée près des fenêtres à observer les gens qui allaient et venaient dans la rue. Elle espérait que Tony n'aurait pas la même idée qu'elle, qu'il n'entrerait pas dans l'agence pour se renseigner sur la façon dont une personne en cavale s'y prendrait pour se cacher. Elle avait hâte de remonter dans la jeep et de s'en aller.

Mais alors qu'ils franchissaient les portes de la ville, que les immeubles, les boutiques et les maisons cédaient la place à des hectares de champs et de forêts, le doute s'immisçait dans son esprit.

Elle commençait à se demander si elle n'avait pas commis une terrible erreur. Dans le domaine des hommes, elle se trompait souvent, elle le savait. Elle avait été incapable de se rendre compte que Tony était un monstre avant qu'il ne soit trop tard. Et si ses petites antennes l'avaient de nouveau induite en erreur ? Et si Cruz Winchester était, lui aussi, sournois, manipulateur et violent ?

Elle glissa un œil inquiet vers lui. Qui se cachait derrière ces traits séduisants, ce sourire chaleureux ? Au début,

Tony aussi lui avait paru beau, sympathique, gentil… Il inspirait confiance. Et voilà où cela l'avait menée…

— C'est encore loin ? demanda-t-elle, s'efforçant d'enregistrer les panneaux qui défilaient et de chercher des points de repère au cas où l'homme assis à côté d'elle se révélait être un sale type.

— Encore une dizaine de kilomètres.

Ses yeux vert pâle se posèrent un instant sur son ventre, là où elle avait involontairement collé une main dans un geste protecteur. Elle n'avait pas vraiment désiré cet enfant, mais désormais elle donnerait sa vie pour lui.

— D'accord, répondit-elle, feignant une désinvolture qu'elle était loin d'éprouver.

Et elle devinait que Cruz n'en était pas dupe.

— Je sais qu'il est tôt mais la journée a été longue et je suis fatiguée.

D'autant qu'elle avait mal dormi sur le banc du refuge.

Elle se retourna pour regarder la route, se demandant si Tony était à leurs trousses. Surtout, elle espérait que Cruz était l'homme qu'il semblait être.

Lorsque son smartphone sonna, elle sursauta, puis regarda brièvement l'écran.

— C'est encore le refuge, dit-elle en repoussant ses cheveux blonds derrière les oreilles.

— Ils veulent sans doute s'assurer que vous n'êtes pas trop gravement malade. Peut-être aussi voir si vous avez besoin de quelque chose.

Gina regarda son téléphone. Elle n'avait pas envie de mentir mais elle ne voulait pas non plus inquiéter son patron ou son amie.

Alors que l'appareil sonnait pour la quatrième fois, elle prit donc l'appel.

— Allô ?

— Gina ? lança Heather. Où es-tu ?

Gina comprit avec horreur que le bruit du moteur et du vent qui s'engouffrait dans l'habitacle ouvert la trahissait. Maintenant, elle aurait du mal à se prétendre au fond de son lit avec la grippe.

— En train de courir à la pharmacie, improvisa-t-elle. Tout va bien ?

Comme elle attendait la réponse de Heather, elle sentit le regard de Cruz sur elle.

— Non, dit son amie. Pas du tout.

Heather chuchotait, ce qui inquiéta Gina.

— Que se passe-t-il ?

— Un homme est venu au refuge. Il te cherchait.

Gina sentit son estomac se nouer mais elle tenta de se rassurer. Cet homme était sans doute Knox, pas Tony.

— Qui ? demanda-t-elle d'une voix étranglée. Attends un instant, ajouta-t-elle.

Rapidement, elle actionna la touche « Haut-parleur » de son smartphone pour permettre à Cruz d'écouter.

— Pardonne-moi. Continue.

— Je ne sais pas qui est ce type. Il m'a donné un papier, un avis de recherche, poursuivit Heather. Il a dit que tu avais disparu et qu'il te cherchait. Il y avait ta photo sur son flyer. Une photo de toi dans ses bras ! ajouta-t-elle avec agitation. Quelqu'un en ville t'a reconnue et lui a dit que tu travaillais ici. Bien sûr, j'ai nié et prétendu que ce n'était pas vrai mais il veut que j'accroche l'avis de recherche sur la vitrine. Je refuse de le faire. J'aurais vraiment l'impression de placer une cible dans ton dos. Mais si je ne le fais pas, il va sans doute se demander pourquoi…

Heather étouffa un petit sanglot.

— Gina, j'ai peur et je ne sais pas quoi faire. Tu es sortie avec ce fou ? Est-ce lui dont tu m'as parlé ?

Le cœur battant et les pensées en déroute, Gina s'humecta les lèvres. Savoir que Tony avait mis à sac son appartement était une chose. Comprendre qu'il avait probablement tué le gérant de son immeuble et risquait à présent de s'en prendre à son amie la rendait malade. Elle percevait le désespoir et la panique dans la voix de Heather et se reprochait d'en être la cause.

— Tu as bien fait de prendre ce papier, dit-elle. Maintenant, colle-le sur la vitrine comme il t'a demandé de le faire. Et surtout, oublie tout ce que je t'ai raconté à propos de mon ex. Je vais bien. Ce n'est pas moi sur la photo. D'accord ?

— Pourtant, la femme qui figure sur cet avis de recherche te ressemble beaucoup, répliqua Heather. Et ce type a dit que tu avais disparu moins d'un mois avant d'arriver ici. Écoute, je pars déjeuner. Je pensais passer chez toi mais comme tu n'y es pas, pourquoi ne pas nous retrouver quelque part pour accorder nos violons, au cas où il reviendrait ?

Heather se tut quelques instants avant de poursuivre :

— Je sais que je suis absolument ridicule d'imaginer une chose pareille mais, s'il te plaît, dis-moi que tout ça n'a rien à voir avec ce qui s'est passé dans ton immeuble. Il paraît que quelqu'un y a été tué…

Gina se tourna vers Cruz pour puiser de la force, puis elle comprit qu'elle devait à tout prix protéger Heather.

— Je ne peux pas te retrouver pour le moment, dit-elle, s'obligeant à s'exprimer d'un ton froid, distant. Je ne me sens pas bien. Je vais chercher de quoi faire tomber ma fièvre et rentrer chez ma mère pour me reposer. Ce n'était pas moi sur la photo, répéta-t-elle. Je reviendrai travailler dès que possible.

— Oh ! lâcha Heather, l'air perdue.

Pourvu qu'elle ait cru à mes mensonges, songea Gina.

Mais Heather semblait maintenant parler à quelqu'un d'autre.

— Euh… Re-bonjour. Tout va bien ? demandait-elle.

Sa voix était étrange.

Gina sentit les poils de sa nuque se hérisser et, livide, se tourna vers Cruz.

— Qui est là ? lança-t-elle. Heather ? Il y a un problème ?

— J'ai posé l'avis de recherche comme vous me l'aviez demandé, continuait Heather. J'espère que vous retrouverez bientôt votre petite amie. Y a-t-il autre chose que je puisse faire pour vous ?

Cruz freina brutalement. D'un bref coup d'œil dans son rétroviseur, il s'assura qu'il n'y avait personne et qu'il pouvait manœuvrer sans danger. La route était déserte et il fit rapidement demi-tour. Comme il repartait en vitesse vers la ville, il pressa une touche sur son tableau de bord et demanda à l'application d'appeler le bureau du shérif de Great Falls.

— Heather ? Heather ? répétait Gina. Dis-moi quelque chose pour prouver que tu vas bien. Es-tu toujours au refuge ?

Le hurlement de Heather fut bref mais il lui glaça le sang.

— Heather ? cria-t-elle, paniquée. Heather !

Cruz aboyait des ordres en arrière-plan, le vent s'engouffrait bruyamment dans la jeep mais quand elle entendit la voix de l'interlocuteur de Heather, elle la reconnut aussitôt.

— Bonjour, Gina, dit Tony, d'un ton satisfait.

Submergée par une vague d'émotions, Gina resta un instant muette. Mais, très vite, la fureur prit le dessus.

— Qu'as-tu fait ? lança-t-elle, le corps tremblant. Je te hais. Tu le sais. Laisse-moi tranquille ! Jamais je ne reviendrai vers toi. Alors arrête de me chercher ! Cesse de t'en prendre à des innocents !

— Tu es en colère, répondit-il. Moi aussi. Et tu sais comment ça se passe entre nous quand nous sommes en colère. Nous nous battons. Puis tout s'arrange, nous nous réconcilions. Mais tu n'as pas le droit de me quitter !

Les larmes aux yeux, elle se représenta son visage congestionné, son regard fou. Quand il était hors de lui, il ressemblait à un animal enragé, et elle se tendit, comme pour se préparer à recevoir des coups.

En arrière-plan, Heather gémissait et suppliait son tortionnaire de la lâcher.

Son amie avait pris sa place.

— Reviens immédiatement, ordonna Tony. Sinon, elle va payer à ta place.

L'estomac de Gina se révulsa. D'un geste, elle arracha sa perruque blonde bon marché.

— Non, ne fais pas ça, dit-elle d'une voix tétanisée de peur. Je reviens, j'arrive. Laisse-la partir. Je suis désolée.

— C'est bien, fit Tony. Mais je vais garder ton amie en attendant. Ensuite, nous procéderons à l'échange. Et, pour que tout soit bien clair, peu importe que tu veuilles de moi ou non. Tu as quelque chose à moi maintenant, quelque chose que je tiens à récupérer.

Sur ces mots, il raccrocha et Gina explosa en sanglots. Quand Cruz posa une main sur son épaule, elle hurla.

— Du calme, Gina, du calme, dit-il en la lâchant. Je ne voulais pas vous faire peur. Knox et un autre adjoint sont en route vers le refuge. Votre amie ne sera pas seule longtemps et Tony va avoir des comptes à rendre.

Gina se mordit la lèvre luttant contre une vague de souvenirs terribles et douloureux, se demandant par où commencer.

Puis elle pria en silence pour que Tony ne fasse pas de mal à Heather et qu'il soit arrêté. Peut-être était-il enfin allé trop loin, peut-être était-il devenu trop arrogant et n'allait-il plus tarder à se retrouver derrière les barreaux.

Elle l'espérait.

Des sirènes hurlaient au loin alors qu'ils se rapprochaient du centre-ville.

Gina respira un peu plus facilement, se félicitant de l'enchaînement des événements. Cruz avait appelé son frère pendant qu'elle parlait à Tony.

Knox arriverait sans doute à temps pour l'arrêter.

Heather aurait peut-être du mal à surmonter la peur qu'elle avait dû éprouver mais au moins serait-elle en sécurité.

L'argent et les relations de la famille Marino ne suffiraient pas à éviter une inculpation pour meurtre à Tony.

Cruz se gara derrière une ambulance et rejoignit Gina qui avait déjà sauté à terre.

— Ça va ? demanda-t-il. Je suis là. Peu importe ce qui se passe là-bas, je ne vous quitte pas.

Elle hocha la tête.

— Merci.

Des adjoints en uniforme les rejoignirent et saluèrent Cruz.

Un peu plus loin, Knox surveillait le travail d'un groupe d'ambulanciers qui soulevaient une civière.

Le cœur de Gina s'accéléra, à la possibilité que Tony ait été abattu.

Cruz la poussa doucement vers le mur pour dégager un chemin pour les ambulanciers. Mais elle aperçut alors la personne étendue sur la civière.

Elle reconnut Heather. Un masque à oxygène couvrait son nez et sa bouche. Des bandages imbibés de sang ornaient son visage.

Le souffle court, Gina se mit à claquer des dents. Tout était sa faute. Elle n'aurait pas dû parler de Tony à Heather. Si cette dernière n'avait pas su la vérité, rien ne serait arrivé. Elle aurait affiché le dépliant sans se poser de questions.

Cruz pressa une main contre son dos.

— Allons parler à Knox.

Tandis qu'il l'entraînait, elle tendit le cou pour regarder les urgentistes charger Heather dans l'ambulance. Livide, immobile, la malheureuse avait les yeux clos.

— Que lui est-il arrivé ? demanda-t-elle à Knox d'une voix brisée. Comment va-t-elle ? Où est Tony ? Qu'a-t-il fait ?

Knox scruta avec attention la scène autour d'eux avant de poser les yeux sur Gina.

— Heather était seule et inconsciente quand nous sommes arrivés. Elle souffre d'un traumatisme crânien. Son agresseur a sans doute entendu les sirènes et filé. Le véhicule de votre amie a été vandalisé et elle n'a pas repris connaissance.

Accablée, Gina se tourna vers la voiture de Heather, garée un peu plus loin dans l'allée.

Trois mots avaient été gravés sur la peinture de la carrosserie.

REVIENS-MOI GINA

6

Cruz se tourna vers Gina et se pencha pour lui parler à l'oreille.

— Sortons d'ici pour permettre à Knox et à son équipe de travailler, dit-il.

Il s'efforçait de faire écran pour lui cacher la scène autour d'eux mais il doutait que ses efforts suffisent à la réconforter.

Elle hocha la tête. Lorsqu'il lui prit le bras, elle le laissa l'entraîner. Manifestement, elle avait besoin de soutien et il mêla leurs doigts.

Elle regardait fixement le sol tandis qu'il cherchait Tony Marino dans la foule.

Le psychopathe n'était nulle part en vue mais Cruz se jura de le poursuivre et de ne cesser que le jour où il l'aurait retrouvé et arrêté.

De retour dans la jeep, il multiplia les détours pour rentrer chez lui, s'assurant que personne ne le suivait. Pour la première fois depuis l'achat de la jeep, il regretta de ne pas avoir gardé le toit et les portières. Rouler les cheveux au vent lui avait longtemps semblé un symbole de liberté. Mais à présent, l'habitacle ouvert lui paraissait d'une insupportable imprudence.

Il avait envie que Gina soit à l'abri et hors de vue.

Il lui jeta un regard de biais alors qu'ils roulaient en

silence. Elle ne posa aucune question sur l'itinéraire, ne lui demanda pas pourquoi il était complètement différent de celui qu'ils avaient emprunté auparavant. Pourtant, elle avait dû s'en apercevoir. Rien ne semblait lui échapper. Il ne put s'empêcher de se demander pourquoi elle ne le questionnait pas. Et plus son silence se prolongeait, plus il s'en inquiétait.

Il négocia un dernier virage avant de s'engager sur une longue allée de gravier.

— Ma maison se trouve au bout, au fond de la propriété, dit-il. Vous la verrez bientôt, derrière ce petit bosquet.

Elle se tourna vers lui, visiblement tendue.

— Vous habitez au milieu des bois ?

— Je vis derrière une rangée d'arbres, corrigea-t-il avec un sourire. Ils me protègent des regards indiscrets. Je tiens beaucoup à mon intimité.

Gina ne lui rendit pas son sourire. Sans doute était-elle en train de regretter d'avoir accepté de suivre un inconnu.

Comment aurait-il pu le lui reprocher ? Et après ce qu'ils avaient vu devant le rcfuge, il ne serait pas surpris qu'elle veuillc s'enfermer à clé dans une pièce en arrivant chez lui. Au cas où…

Il lui décocha un sourire qu'il espérait rassurant.

— Je suppose que vous viviez en ville auparavant ? Que vous n'êtes pas une fille de la campagne ?

Soudain, il regretta de n'avoir pas prêté plus d'attention aux avis de recherche de personnes disparues et aux points de presse concernant Gina, publiés lorsqu'elle était entrée en clandestinité. Il ne savait rien d'elle, de la femme qu'elle était et de l'existence qu'elle menait avant de rencontrer Tony et que tout ne déraille.

Et s'il ignorait tout d'elle, comment espérer la mettre à l'aise ?

— En effet, répondit-elle. J'ai grandi dans un vieux quartier du centre-ville. Nous étions entourés de nombreuses familles, italiennes pour la plupart, et j'avais la possibilité de jouer avec plein d'enfants quand j'étais petite. Et de sortir et de m'amuser avec eux quand j'ai grandi.

Elle esquissa un petit sourire.

— Mes parents sont par nature très accueillants. Notre porte a toujours été ouverte aux voisins, amis… « Plus on est de fous, plus on rit » est un peu notre devise familiale.

Cruz se mit à rire.

— Nos familles se ressemblent et s'entendraient bien. Peut-être les vôtres pourraient-ils venir vous rejoindre et ouvrir leur porte aux habitants du Kentucky.

Elle sourit mais ne répondit pas.

Sans doute se disait-elle qu'entre deux maux, il fallait choisir le moindre. Tony était un monstre, elle en avait eu cent fois la preuve. Alors elle pariait sur Cruz.

Mais, en un sens, il devinait que si Tony continuait à s'attaquer à des innocents pour faire pression sur elle, elle finirait par céder au chantage et par revenir vers lui pour l'empêcher de s'en prendre à d'autres.

Il ne pouvait qu'espérer que le besoin de protéger son bébé lui interdirait de se sacrifier. Ce sale type maltraiterait fatalement l'enfant, elle devait le savoir. Cette certitude retirerait sans doute de sa tête toute idée de se livrer à ce malade. Il le fallait.

Il gara la jeep devant sa maison, un petit cottage de deux chambres. Un étang se devinait tout près et des hectares de champs s'étendaient aux alentours.

— Vous vivez ici ? demanda Gina.

Il tourna les yeux vers la maison, s'efforçant d'imaginer comment elle la voyait.

Les murs étaient peints à la chaux, le toit, la porte et

les volets en noir. Le jardin était rempli de fleurs, grâce à sa tante, qui avait la main verte et mettait ses talents au service de toute la famille. Une pancarte de bienvenue, peinte par un artiste local, était accrochée près de la porte.

La fille de son plus proche voisin la lui avait offerte. Elle avait trouvé drôle le petit bonhomme qui y figurait.

Cruz avait accroché une balançoire dans l'un des arbres pour les enfants de ses cousins , même s'ils étaient encore un peu jeunes pour y jouer. L'endroit avait tout d'une maison ordinaire.

— Oui. Pourquoi ?

Le sourire de Gina apparut lentement. Son regard se promena sur le porche, l'allée et les buissons.

— Pour rien. Ce cottage me paraît charmant.

Il grimaça d'un air perplexe.

— Cela veut dire quoi… ?

Elle haussa les épaules, s'efforçant de ne pas sourire trop ouvertement.

— C'est seulement que vous êtes très… Vous le savez bien ! ajouta-t-elle en agitant les mains.

— Très beau ? proposa-t-il en riant. C'est vrai. Continuez.

Elle leva les yeux au ciel mais son sourire s'élargit.

— Plus la jeep. Plus l'agence de détectives privés et plus votre famille dans les forces de l'ordre…

— Pour vous résumer, vous me trouvez formidable sur tous les plans, non ? Je coche toutes les cases.

Il rayonnait et elle secoua la tête.

— Manifestement, vous n'avez pas de problème avec votre ego. Votre estime de soi est puissante.

— C'est vrai, reconnut-il. Mais quel rapport avec ma maison ?

Elle pencha la tête de côté et fronça les sourcils.

— Je vous imaginais vivre dans une cabane en rondins ou, en tout cas, dans une demeure rustique et virile.

— Ma maison est très virile, protesta-t-il.

Un sourire aux lèvres, elle secoua la tête.

— Elle a l'air de sortir d'une gravure de conte de fées.

Son froncement de sourcils s'accentua.

— Pas du tout !

Elle rit, et ce rire remua quelque chose dans le ventre de Cruz.

— En tout cas, l'endroit est charmant mais ne ressemble pas à ce à quoi je m'attendais.

Cruz monta les marches du perron et déverrouilla la porte. Sans doute aurait-il dû faire en sorte que sa maison lui ressemble davantage mais il n'y avait jamais pensé.

Des années durant, sa mère avait été trop occupée à joindre les deux bouts pour se soucier de l'apparence de leur logement. Voilà peut-être pourquoi il n'avait pas eu envie de consacrer beaucoup de temps au sien.

— Laissez-moi vous faire visiter.

Tout comme l'appartement de Gina, la majeure partie de son espace était visible depuis la porte. Un grand salon ouvrait sur le jardin. Une petite cuisine américaine avait été aménagée dans un coin. Sur le côté, un couloir menait aux chambres et à la salle de bains.

— Quand je l'ai achetée, la maison avait besoin d'être vidée, dit-il. Le prix était correct et, de toute façon, j'étais surtout intéressé par le terrain. Au départ, j'avais envie de la rénover un peu, assez pour pouvoir y vivre pendant que je construisais autre chose. Mais finalement je me suis attaché aux lieux tels qu'ils étaient.

Il regarda Gina pour évaluer sa réponse.

Elle promena les yeux autour d'eux, semblant tout comprendre.

Cruz ignora les battements affolés de son cœur et continua :

— Il y avait des encoches sur les montants de la porte d'une des chambres et des dates, marquant la croissance d'un enfant. Et des petits cœurs enlacés gravés sur une poutre. Je les trouvais touchants et je les ai gardés. Le bâtiment date des années 1900 et ces inscriptions aussi sans doute.

Les travaux de restauration lui avaient donné un répit salvateur à son retour de l'armée, lui permettant de se vider l'esprit et de s'occuper. Il en avait bien besoin à l'époque.

— Et, une fois tout arrangé et nettoyé, j'aimais tellement ce cottage que je n'avais plus envie de construire autre chose.

Il l'emmena fairc le tour du propriétaire.

Il avait envie de lui demander ce qu'elle pensait de sa maison et surtout de la rassurer, de lui dire qu'elle y était en sécurité. Mais il ne voulait pas non plus insister trop lourdement.

Pour finir, ils s'arrêtèrent devant la porte de la chambre d'amis.

— Vous serez ma première invitée à y dormir. Entrez, faites comme chez vous. Je vais sortir vos affaires de la jeep.

Il lui laissait de l'espace et du temps pour se mettre à l'aise. Il revint quelques instants plus tard avec tout ce qu'elle possédait.

Elle leva les yeux lorsqu'il s'arrêta sur le seuil de sa chambre.

— Quand vous avez dit que vous n'aviez jamais eu d'invitées pour la nuit ici, vous vouliez dire dans cette pièce en particulier ? demanda-t-elle.

Elle rougit, et Cruz sourit en devinant à quoi elle pensait.

Le souvenir d'une poignée de charmantes jeunes

femmes avec un excellent goût pour les hommes remonta à sa mémoire et il sourit. Non, ses invitées pour la nuit ne restaient généralement pas dans la chambre d'amis.

Gina s'assit sur le lit.

— J'espère que ma présence ne gênera pas vos habitudes, dit-elle d'un ton taquin.

Il s'appuya contre le montant de la porte et croisa les bras.

— Lorsque mes amoureuses viennent me rendre visite, nous allons directement dans ma chambre. Vous aurez donc le reste de la maison pour vous.

Surprise, Gina ouvrit la bouche avant de finir par sourire en remarquant la lueur moqueuse dans ses yeux.

— Vous êtes incorrigible.

— Au moins, maintenant, je sais ce que vous pensez de moi, dit-il. Je vous prouverai que vous vous trompez à mon sujet. Et à présent, voulez-vous vous allonger un moment ou avez-vous faim ? Parce que j'ai une pièce de bœuf dans le frigo qui n'attend que nous.

Gina leva une main vers ses cheveux blonds puis enleva sa perruque. Des doigts, elle peigna les longues mèches brunes qu'elle avait cachées en dessous.

Cruz fit de son mieux pour ne pas gémir. Il avait toujours eu un faible pour les brunes et, avec ses yeux noirs, ses cheveux de jais et sa peau mate, Gina avait le profil de la femme idéale.

— Cela vous dérange si je prends une douche ? demanda-t-elle.

— Non, pas du tout.

Il la conduisit vers la salle de bains, au bout du couloir.

— Les serviettes sont ici, dit-il en ouvrant un placard. Les shampoings et les savons sur le bord de la baignoire. Si vous avez besoin d'autre chose, criez.

— Merci.

Cruz offrit un petit sourire en retour.

— Pendant ce temps-là, je vais appeler Knox et lui demander des nouvelles de votre amie.

— Merci, dit-elle. Merci pour tout.

Cruz la regarda dans les yeux.

— Vous avez fini de fuir, Gina. Je vous ai promis de vous rendre votre vie et je tiendrai parole.

Il ne plaisantait pas.

Rien n'avait jamais été plus important dans sa vie.

7

Lorsque les premiers rayons de soleil traversèrent les persiennes et que le coq d'un voisin chanta au loin, Cruz se réveilla.

Il n'avait passé que trois heures dans son lit et son sommeil avait été trop haché pour être réparateur.

Toute la soirée, il avait cherché sur Internet des renseignements sur Tony Marino et sur sa famille, mais ses investigations n'avaient pas donné grand-chose. Et quand il s'était écroulé, épuisé, il s'était brutalement souvenu que Gina dormait de l'autre côté du couloir.

Sa fatigue s'était aussitôt envolée.

Ses pensées s'étaient égarées, s'aventurant sur des chemins interdits, malgré tous ses efforts pour les maîtriser. En fait, il avait commencé à dérailler à l'instant où elle était allée prendre une douche. Quand il avait entendu les bruissements d'eau, il avait compris qu'elle était nue, et aussitôt des images torrides s'étaient imposées à son esprit.

Dans l'espoir de les chasser, il s'était versé un verre de whisky et s'était réprimandé intérieurement. Et il devait le reconnaître, ses efforts avaient été couronnés de succès.

Jusqu'au moment où il s'était mis au lit.

Avoir Gina sous son toit rendait la situation beaucoup plus compliquée qu'il ne l'avait prévu.

Tandis qu'elle se douchait, il avait tenté de se ressaisir en sortant préparer le barbecue mais quand elle était apparue, marchant pieds nus sur la terrasse, il avait été ébloui. Ses longs cheveux noirs tombaient dans son dos. Le vent les gonflait comme un voile. Sa peau, rosie par la chaleur de l'eau chaude, semblait transparente, tant elle était fine.

Troublé par ce souvenir, il gémit et se frotta les yeux, s'efforçant de repousser cette image qui l'avait tourmenté au cours de la nuit.

Après ses ablutions, Gina avait revêtu un short de nuit en coton qui tombait sur ses hanches, exposant un minuscule ruban de chair au niveau du ventre. Son T-shirt mettait en valeur des courbes irrésistibles.

— Non, annonça-t-il à la pièce vide. Non, il n'est pas question d'emprunter ce chemin.

Gina avait besoin d'être protégée et Cruz était déterminé à la défendre de tous les dangers. Il ferait tout pour qu'elle se sente en sécurité.

Il lui fallait donc rester concentré.

Mais l'entreprise promettait d'être un véritable défi. Maintenant qu'il avait posé les yeux sur son corps de reine, il ne l'oublierait plus jamais. Il ne la connaissait que depuis quelques heures et pourtant, en ce bref laps de temps, il s'était attaché à cette femme petite de taille et grande sur tous les autres plans.

Elle incarnait tout ce qui avait de la valeur à ses yeux : l'honneur, le courage et le cœur. Il admirait sa bravoure et sa ténacité. Il s'émerveillait de la façon dont elle avait sacrifié tout ce qu'elle aimait afin de protéger son bébé. Elle avait laissé derrière elle son foyer, sa famille, ses amis et son métier. Elle était partie en n'emportant que quelques sacs de voyage.

Seule, menacée et en cavale.

Et elle avait survécu.

L'écouter parler de ses parents et de sa sœur pendant le dîner avait touché Cruz au cœur. Comme la façon dont elle s'était recroquevillée ensuite sur le canapé, près de lui, tandis qu'il effectuait des recherches sur son ordinateur portable. Elle aurait pu s'asseoir dans le fauteuil à bascule ou près de la cheminée. Mais elle s'était installée à côté de lui, les jambes repliées sous elle, et sa présence l'avait profondément troublé. Peut-être avait-elle envie de compagnie après tant de jours passés seule ou peut-être cherchait-elle sa protection au cas où Tony se montrerait à l'improviste.

Mais Cruz se plaisait à imaginer que son attirance pour elle était réciproque. Cela dit, être enceinte et fuir un ex assassin lui interdisait probablement de penser à autre chose.

Il se força à se lever, à se traîner jusqu'à la cabine de douche. Une fois frais et dispos, il se rendit à la cuisine pour préparer un café.

Son téléphone sonna alors qu'il lançait une cafetière et commençait à préparer le petit déjeuner. Rester actif l'aidait à réfléchir, et s'occuper du repas lui semblait faire preuve d'un minimum d'hospitalité.

Il porta le téléphone à son oreille.

— Winchester.

— Salut, répondit Derek, son associé et cousin. Comment va ta cliente ?

— Elle dort, dit Cruz, s'adossant au comptoir et se concentrant sur tout ce que Derek pourrait avoir à lui communiquer. Tu as du nouveau ?

— Pas grand-chose, répondit Derek, qui semblait presque aussi fatigué que Cruz. J'ai passé la matinée à enquêter sur les réseaux sociaux. Et la journée d'hier à montrer une photo de Tony aux habitants de la ville. J'ai l'intention d'y retourner après le petit déjeuner.

Cruz sourit. Derek était le roi des tâches répétitives et frustrantes. Tenace, il continuerait jusqu'à ce qu'il ait obtenu les renseignements dont ils avaient besoin. Poser les mêmes questions à toute la population de Great Falls ne l'ennuyait pas.

— Quelqu'un l'a reconnu ?

— Tout le monde l'a reconnu, dit Derek. Tony a exhibé partout son avis de recherche en répétant chaque fois son histoire à faire pleurer dans les chaumières. Tout le monde y a cru et son flyer est sur toutes les vitrines de la ville. J'ai dû remettre bon nombre de pendules à l'heure. J'ai expliqué aux uns et aux autres qu'il était soupçonné de meurtre. J'ai laissé ma carte de visite et leur ai demandé de m'appeler ou de contacter le bureau du shérif s'ils le revoyaient. Je leur ai dit de ne pas se confronter à lui parce qu'il était dangereux.

Le sourire de Cruz s'agrandit.

— Intelligent. As-tu eu des nouvelles de l'état de santé de la réceptionniste du refuge ? demanda-t-il.

— Non. Une infirmière de l'hôpital m'a promis de m'envoyer un texto si Heather se réveillait ou recevait des visiteurs.

— Très bien, dit Cruz. Quant à moi, j'ai enquêté sur la famille de Tony, hier soir. Gina m'avait prévenu qu'ils étaient riches et avaient le bras long. Elle ne plaisantait pas. Le père de Tony possède une chaîne de magasins de sport qui domine le secteur dans tout le Midwest. Apparemment, les Marino ne sont pas seulement riches. Ce sont des chasseurs de gros gibier et des passionnés d'armes à feu. Ils s'intéressent aussi au tir à l'arc.

Derek émit un bruit désapprobateur.

— Tony a sans doute eu droit à un régime à base de testostérone et de maniement des armes dans sa jeunesse.

— Je le pense aussi, dit Cruz.

Il n'aimait pas être confronté à ce genre de type et Gina n'aurait pu trouver pire.

— Heureusement, il n'est pas le seul, ajouta Derek.

Le sourire de Cruz revint sur ses lèvres. Les hommes Winchester avaient tous été élevés par un policier, formé par l'armée américaine. Le père de Cruz était violent et agressif pour d'autres raisons mais, heureusement, il n'était plus dans le paysage. Son oncle, le père de Blaze et de Lucas, avait spontanément pris le relais et joué le rôle de père de substitution.

Cruz et Derek traquaient et appréhendaient parfois des criminels. Leurs frères et cousins procédaient à des arrestations. Les lois de l'État du Kentucky fixaient les peines.

— As-tu trouvé des traces d'arrestations antérieures dans le dossier ? demanda Derek. Tony a-t-il un casier judiciaire ?

Cruz se pinça le haut du nez, un signe de tension chez lui.

— C'est un sujet supplémentaire de préoccupation. Dans le passé, quatre femmes ont porté plainte contre lui pour violence et harcèlement, mais aucune de ces plaintes n'a débouché sur une condamnation quelconque. Elles ont toutes été classées sans suite. La première remonte à l'époque de sa dernière année au lycée. Il avait alors dix-huit ans et la fille en avait seize. Elle a été déboutée et les charges rapidement abandonnées. Trois autres affaires similaires ont eu lieu tandis qu'il poursuivait ses études au sein de l'université locale. Et ont abouti au même résultat.

— Je me demande combien il y a eu de victimes, en réalité, déclara Derek. Combien n'ont rien dit…

Cruz grogna. Il avait pensé la même chose. Seul un petit pourcentage de femmes violentées osait se plaindre. Probablement parce que ces affaires étaient trop souvent classées sans suite. Faute de preuves, leurs auteurs étaient rarement inquiétés. Ils niaient les faits. Tony Marino était l'un d'entre eux.

— Je déteste ce genre de types.

Il se versa une tasse de café et se remémora les détails qu'il avait obtenus en se plongeant dans le dossier de Tony.

— Il s'est rendu coupable d'une longue liste de délits mineurs, des infractions au Code de la route, pour l'essentiel. Il respecte rarement les limitations de vitesse et les feux rouges. À part ça, il a été arrêté pour vols à l'étalage, escroqueries et pour avoir organisé un cercle de jeux illégal.

— Les riches se croient toujours au-dessus des lois, déclara Derek. Je me demande bien pourquoi ?

Cruz sourit.

— Je n'en sais rien. Je n'ai jamais été riche.

Ouvrant le réfrigérateur, il en sortit une boîte d'œufs et des légumes.

— L'argent donne peut-être des droits supplémentaires aux yeux de certains… Mais il est possible que Tony soit seulement un psychopathe ordinaire.

Cette dernière hypothèse lui semblait de plus en plus crédible. Il fallait être fou pour assassiner un vieil homme un soir, puis se promener dans la ville le lendemain en distribuant des avis de recherche. Il fallait être fou pour essayer de convaincre tout le monde que vous étiez un amoureux inquiet… dans le seul but de parvenir à localiser votre prochaine victime.

Cruz s'immobilisa soudain. Non, Gina ne serait pas la prochaine victime de Tony. Pas tant que Cruz la protégerait.

Un petit bip le prévint que quelqu'un d'autre cherchait à le joindre et il jeta un coup d'œil à l'écran de son smartphone.

— Hé, Je reçois un double appel. Knox veut me parler.

— Prends-le. De mon côté, je retourne enquêter en ville, dit Derek.

Les cousins se déconnectèrent et Cruz prit l'appel de son frère.

— Salut. As-tu du nouveau ? demanda-t-il, zappant les salutations d'usage.

— Je n'en suis pas sûr, répondit Knox. Peut-être n'est-ce rien.

— Peux-tu être un peu moins vague ? demanda Cruz en sirotant son café.

— J'ai un gars qui a quitté un bar, situé non loin de la résidence de Gina, le soir où Larkin se faisait assassiner. Il s'était garé sur le parking réservé aux locataires derrière le bâtiment pour éviter de payer le parcmètre. Bref, il prétend avoir vu un homme correspondant à la description physique de Tony quitter l'immeuble à l'heure du crime. Il s'en souvient à cause d'un détail. L'homme en question portait des gants et s'essuyait les mains avec un chiffon. Il s'est dit qu'un tel comportement n'avait aucun sens.

— C'est génial, dit Cruz, traversé par une bouffée d'espoir pour la première fois depuis qu'il avait pris l'affaire. Amène-le au poste et montre-lui des photos de Tony, mélangées à des clichés d'autres hommes de la même stature et de la même corpulence, pour voir si ton gars réussit à l'identifier.

Knox soupira, vexé sans doute. Il n'avait pas besoin des conseils de Cruz pour savoir comment effectuer son travail. Mais Cruz s'en fichait. Ils devaient à tout prix avancer. Le bonheur de Gina en dépendait.

— Et le problème est là, dit Knox. Mon gars, comme tu dis, n'a cessé de ricaner pendant sa déclaration. Il n'en revenait pas que je prenne des notes et m'a balancé à la fin qu'il pensait avoir tout imaginé. Bref, comme témoin, on fait mieux. Surtout, je n'ai pas envie d'inquiéter Tony et ses avocats trop tôt. Pourquoi les pousser à lui forger des alibis et à bâtir un dossier de défense en béton ? Tant que nous n'avons rien de plus substantiel, je préfère ne pas en parler.

Les mâchoires serrées, Cruz cassa plusieurs œufs dans un bol et les battit.

— Pour l'instant, poursuivit Knox, nous recueillons des faits et cherchons des pistes. Il n'y a aucun moyen de savoir ce qui sera important plus tard.

Cruz hacha des champignons et un oignon.

— Derek est retourné dans le centre-ville pour parler avec des gens qui ont mis l'avis de recherche concernant Gina sur leurs vitrines, dit-il. Il essaie de retracer les mouvements de Tony au cours des derniers jours.

Avec de la chance, Derek pourrait même tomber sur Tony. Dans ce cas, il l'arrêterait aussitôt et Tony se retrouverait derrière les barreaux avant l'heure du déjeuner.

— Ça m'a l'air bien, dit Knox. Je vais appeler Derek. Je ne veux pas qu'il confronte ce type trop vite. Pour le moment, contentez-vous de le suivre pour que je sache en permanence où il est et où je peux le trouver.

— As-tu eu l'occasion de jeter un œil au casier judiciaire de Tony ? demanda Cruz. Aux autres accusations qui le visaient ? Aux plaintes qui ont été abandonnées ?

Knox poussa un long soupir.

— Crois-tu que j'aie obtenu mon badge dans une pochette-surprise ? Bien sûr, j'ai regardé son dossier. J'ai les coordonnées de chacune de ses anciennes accusatrices et je prévois de leur téléphoner aujourd'hui. Cela dit, je vais leur demander de me rencontrer. En face à face. Pour me permettre de décrypter leurs expressions, leur langage corporel, leurs regards. Malheureusement, l'une d'elles a quitté l'État environ trois semaines après avoir retiré sa plainte. Je vais devoir me contenter des autres.

— Parfait, dit Cruz.

Tout ce qu'ils pourraient réunir pour monter un dossier contre Tony serait utile.

Il ajouta les légumes hachés aux œufs, puis les versa dans une poêle.

— Tiens-moi au courant de tes avancées. Et en temps réel, s'il te plaît.

— Compris, fit Knox avec sa simplicité habituelle.

Son frère avait toujours été doué pour communiquer, une qualité dont Cruz lui avait été reconnaissant à plus d'une occasion.

Cette pensée raviva ses sentiments fraternels et protecteurs.

— Knox ?

— Oui ?

— Fais attention à toi.

8

Le murmure d'une voix masculine réveilla Gina en sursaut.

Tendue, elle retint son souffle tandis qu'elle ouvrait les yeux sur un environnement inconnu.

Mais, après un moment, un rire chaleureux qu'elle identifia comme celui de Cruz Winchester lui permit de recouvrer ses esprits. Elle poussa un soupir de soulagement.

Elle n'était pas seule dans son petit appartement solitaire, avec une chaise coincée contre sa porte par mesure de protection. Elle se trouvait dans la chambre d'amis du détective privé le plus sexy du Kentucky. Peut-être même du monde.

Pleinement rassurée, elle s'étira entre les draps. Un léger parfum de lavande flottait sur la taie d'oreiller.

Avant de se lever, elle prit un long moment pour se remémorer la situation. Les dernières vingt-quatre heures avaient été les plus effrayantes de sa vie. Un brave homme était mort, Heather avait été si violemment battue qu'elle était dans le coma et qu'il avait fallu l'hospitaliser.

Et Gina se savait responsable de ces catastrophes.

Mais, au milieu de ces tragédies, elle avait fait la connaissance de Cruz Winchester. Et il avait accepté de la protéger.

Il l'avait prise sous son aile et lui avait ouvert sa chambre d'amis.

Si elle avait trouvé le petit cottage adorable, digne d'un conte de fées, sa nouvelle chambre, elle, semblait sortie tout droit des pages d'un magazine *Maison & Jardin*. Le plancher en bois était chaleureux, le cadre de lit en métal noir tranchait avec la literie, les rideaux et le tapis, tous d'un élégant blanc crème. Plusieurs coussins d'un joli bleu pâle étaient assortis au papier peint qui couvrait les murs. La couette en duvet lui avait semblé paradisiaque lorsqu'elle l'avait remontée jusqu'au menton, la veille au soir.

En revanche, elle s'interdisait de fantasmer sur son hôte aussi séduisant que charismatique. Elle devinait que les événements des dernières heures exacerbaient ses émotions et que les bouleversements hormonaux liés à sa grossesse n'arrangeaient rien. Il n'était pas question de commencer à broder un roman.

Elle était en danger et Cruz effectuait son travail de détective privé, rien de plus. Les regards brûlants qu'il lui lançait de temps en temps lui coupaient le souffle et la faisaient trembler mais ne voulaient certainement rien dire pour lui. Il la fascinait et elle ne pouvait s'empêcher de le dévorer des yeux, mais elle était stupide, elle le savait.

De délicieux parfums lui ouvrirent l'appétit et elle bondit du lit. Si le petit déjeuner était aussi bon que le dîner que Cruz lui avait confectionné la veille, elle ne quitterait jamais cet endroit.

Gina se précipita dans la salle de bains pour faire un brin de toilette et se coiffer puis elle se dirigea vers la cuisine.

Vêtu d'un simple bermuda, pieds nus, Cruz s'activait devant les fourneaux. Torse nu, il lui parut magnifique.

Il était au téléphone :

— Fais attention à toi, dit-il à son interlocuteur avant de raccrocher.

Il posa l'appareil sur le comptoir.

Comme s'il avait senti sa présence, il se tourna vers elle, un grand sourire aux lèvres.

— Bonjour, Gina. Bien dormi ?

— Bonjour, répondit-elle, plus timidement qu'elle ne l'aurait voulu. Très bien, merci. Et toi ?

La veille, il avait proposé qu'ils se tutoient et elle avait aussitôt accepté.

Il eut un petit rire.

— Très peu et très mal, répondit-il en secouant la tête. J'espère que tu as faim et que tu aimes les omelettes. Si les œufs ne sont pas ton truc, j'ai aussi des fruits, des yaourts et des céréales.

— J'aime les œufs, dit-elle en se hissant sur un tabouret haut. Tu te restaures de façon saine et équilibrée. Je t'en félicite mais j'en suis étonnée. Je pensais que les hommes célibataires se nourrissaient exclusivement de pizzas et de bières.

Il lui fit une grimace par-dessus son épaule.

— Pas moi.

Cruz reporta son attention sur ses fourneaux. Il éteignit la flamme et retira la poêle du feu. Fascinée, Gina admira le jeu des muscles de son dos et de ses épaules à chaque mouvement.

Elle sourit. Elle appréciait le spectacle, elle ne cherchait pas à le nier. Après avoir sorti une tasse du placard, elle se versa un café. En général, le matin, elle en avait besoin de deux pour se réveiller complètement.

Cruz reprit le fil de la conversation qu'elle avait déjà presque oubliée :

— À une époque, j'ai fait du sport en professionnel.

Bien se nourrir était essentiel pour avoir une bonne condition physique.

— Quel genre de sport ? demanda-t-elle. Tu étais bon ?

Cruz se retourna, deux assiettes fumantes à la main. Il les posa sur le bar.

— Le base-ball. J'étais très bon, oui.

— J'en suis sûre, dit-elle en rougissant.

Il lui tendit une fourchette, une serviette et déposa un verre d'eau devant elle.

Elle lui sourit avec chaleur.

— Merci.

Affamée, Gina engloutit son omelette avec appétit.

— C'est un délice ! s'exclama-t-elle avec sincérité. Elle fond dans la bouche. Je me régale.

Cruz se tenait en face d'elle pendant qu'ils se restauraient.

— Parle-moi du base-ball, reprit-elle.

Apprendre ce que Cruz avait fait avant de devenir détective privé l'intéressait beaucoup. Elle n'avait aucune difficulté à l'imaginer en grand sportif.

Le sourire de Cruz s'élargit.

— Je pourrais t'en parler pendant des heures, répondit-il avec une pointe de nostalgie dans la voix. J'ai été repéré dès le lycée par des professeurs. Ils me trouvaient doué pour ce sport, et chaque année tout le monde me voulait dans son équipe. Plusieurs universités m'ont alors ouvert leurs portes et proposé d'intégrer leurs unités sportives. À l'époque, je pensais que le base-ball était ma vocation et me permettrait non seulement de gagner ma vie mais aussi d'aider ma famille. Et de changer le monde en mieux.

— Et que s'est-il passé ? demanda-t-elle.

De toute évidence, il n'était pas devenu professionnel, mais pourquoi ?

— Une blessure t'a empêché de concrétiser ton rêve ? lança-t-elle.

L'expression mélancolique de Cruz devint douloureuse. Il secoua la tête.

— Ma mère a appris qu'elle souffrait d'un cancer. Mon père n'était plus dans le paysage depuis un moment et quand elle a arrêté de travailler, c'est moi qui ai dû payer les factures.

À ces mots, des larmes brûlèrent les paupières de Gina.

— Alors tu as renoncé à ce que tu aimais, dit-elle. Pour elle.

Bizarrement, elle en éprouva aussi une immense fierté. Il existait donc des hommes bien sur terre.

Cruz détourna les yeux de la ligne d'horizon pour les planter sur Gina.

— Ma famille a toujours été ma priorité. Je ferais tout pour elle. Je n'ai pas hésité.

D'instinct, elle lui prit la main pour mêler leurs doigts.

Il soutint son regard. Elle y vit briller une certaine curiosité et quelque chose d'autre qui la fit frissonner. Il posa les yeux sur leurs mains jointes.

Gina le relâcha immédiatement.

— Pardon.

Il encercla son poignet et ramena avec douceur sa main vers lui.

Gina retint son souffle. Elle aurait pu se libérer d'une petite secousse, elle le savait. Mais elle était touchée qu'il veuille la retenir. Et elle aussi avait envie de prolonger ce moment.

Lorsqu'il planta une fois de plus les yeux dans les siens et posa sa grande paume calleuse sur la sienne, elle s'humecta les lèvres.

— As-tu déjà regretté d'avoir renoncé au base-ball ? demanda-t-elle.

La réponse l'intéressait, mais elle l'interrogeait surtout pour le garder près d'elle et continuer à l'écouter.

Elle avait envie d'en savoir plus sur lui.

Et elle ne voulait pas que ce moment intense et inattendu se termine.

— Non, jamais. Si j'avais choisi le base-ball plutôt que ma mère, je me serais retrouvé sur le terrain au lieu d'être à ses côtés quand elle est morte. Le simple fait d'imaginer cette éventualité m'était insupportable. Je ne laisse pas tomber ceux que j'aime. Jamais.

Les yeux de Gina se remplirent de larmes.

— Je suis désolée pour ta mère.

La sonnerie du smartphone de Cruz retentit et ils s'écartèrent l'un de l'autre d'un air coupable.

Cruz jeta un bref coup d'œil à l'écran de son téléphone, puis ajusta la ceinture de son bermuda avant d'enfiler un T-shirt.

— Bonjour, ma tante, dit-il en portant l'appareil à son oreille.

Il échangea gentiment quelques phrases avec elle mais mit vite fin à l'appel.

— C'était la mère de Derek. C'est une deuxième mère pour Knox et moi. Mais elle adore jouer les entremetteuses. Comme elle a entendu dire qu'une femme s'était installée avec moi, elle brûle de curiosité. Alors elle m'appelait pour savoir si elle pouvait t'apporter quelque chose.

— Comme quoi ? demanda Gina, réconfortée par la façon affectueuse dont Cruz parlait de sa tante.

Il rit.

— Tout ce que tu veux ! L'important pour elle est de

te voir. Elle veut s'assurer que tu es à l'aise et que tu vas aussi bien que possible, compte tenu de ta situation.

— Je le suis, lui assura Gina.

L'estomac noué, elle repoussa son assiette. Avec Cruz, il était si facile, si tentant de se perdre. De baisser la garde.

Elle s'éclaircit la gorge et redressa les épaules.

— Je n'ai besoin de rien mais j'aimerais t'aider à traquer Tony. Peut-être pourrais-tu me dire ce que tu as découvert jusqu'à présent. Je t'ai entendu parler au téléphone, j'étais réveillée.

Cruz hocha la tête. Il prit sa fourchette et termina son petit déjeuner, qui était sans doute froid maintenant. Il lui raconta tout ce qu'elle avait manqué pendant son sommeil.

Gina l'écouta avec attention.

— J'avais l'habitude de suivre Tony via les réseaux sociaux, dit-elle. Il y est très présent. Il adore être le centre d'attention.

Lorsqu'elle vivait avec lui, les messages et les photos qu'il postait sur son compte donnaient à Gina une idée de son humeur. Il était tellement imprévisible qu'elle était soulagée d'être informée d'avance et de pouvoir s'y préparer.

— Je n'ai pas osé me connecter sur mes comptes depuis que j'ai quitté la maison, au cas où quelqu'un les surveillerait. J'ai acheté un téléphone jetable et je n'utilise Internet que dans les bibliothèques.

Elle secoua la tête et soupira.

— Je suis sûre qu'il n'arrive pas à rester longtemps sans communiquer. Il se croit le centre du monde. Suivre ses mouvements sur Instagram serait un bon début. Peut-être aussi jeter un œil à la page Facebook de ses parents.

Cruz fronça les sourcils.

— N'hésite pas à utiliser mon ordinateur portable aussi souvent que nécessaire. Il est à ta disposition. Je le laisse sur la table basse ou sur mon bureau s'il est en charge. Je suis toujours connecté, tu peux donc utiliser mes comptes de médias sociaux pour l'espionner et personne ne le saura. C'est un réseau privé.

— Merci.

Cruz empila leurs assiettes vides et leurs verres dans l'évier.

— Penses-tu que Tony pourrait prendre ta famille en filature via Internet, Facebook ou Instagram ? demanda-t-il.

Elle y réfléchit un instant.

— Je ne sais pas, répondit-elle. Je ne sais pas de quoi il est capable, et c'est pour cela que je n'ai pas essayé de les contacter. Pourquoi ?

— Parce que j'aimerais leur parler, Gina. Tony sait que tu es proche de tes parents, alors il est probablement allé les voir dans l'espoir de trouver une piste. Quelque chose qu'il leur a dit pourrait nous être utile, maintenant.

— Tu veux parler à ma famille ? répéta-t-elle en frissonnant.

Elle donnerait n'importe quoi pour les revoir ou même pour entendre le son de leurs voix ou échanger des messages. Elle ne s'était jamais autorisée à le faire, au cas où Tony surveillerait sa présence sur les réseaux sociaux. Certes, elle était paranoïaque mais elle tenait à rester loin de lui. La vie de son bébé dépendait de sa prudence. Et la famille de Tony avait les moyens d'acheter le monde entier pour parvenir à ses fins.

Sauf peut-être les Winchester.

— Tes parents doivent savoir que tu vas bien, déclara Cruz. Et je ferai en sorte que le risque soit très limité. Si l'un des membres de ma famille manquait à l'appel, nous serions tous malades d'angoisse, nous imaginerions le pire.

Il avait raison, se dit Gina. Sa famille était probablement inquiète.

— Ma petite sœur, Kayla, a commencé ses études à l'université de Bellemont à West Liberty l'automne dernier, dit-elle. Elle vit sur le campus. C'est un endroit très fréquenté, et il serait logique que mes parents viennent lui rendre visite de temps en temps. Peut-être serait-il possible d'être là-bas la prochaine fois qu'ils y passeront, suggéra-t-elle.

Une profonde émotion la submergea alors qu'elle s'imaginait revoir ses parents, sa sœur, les serrer dans ses bras et leur dire combien elle les aimait.

— Laisse-moi parler à mon cousin Lucas, dit Cruz. Il est inspecteur à West Liberty et diplômé de Bellemont. Il aura certainement une idée de l'endroit où les rencontrer et du meilleur moment pour le faire. Nous ferons parvenir un message à Kayla par son intermédiaire. Je vais m'habiller et passer au commissariat. Fais comme chez toi en mon absence. Le système d'alarme est très perfectionné ici. Ma maison est plus sécurisée que Camp David. Ne t'inquiète pas.

— Je ne m'inquiète pas, déclara Gina. Je viens avec toi.

9

Après le déjeuner, Cruz revint au salon.

Lucas s'était rendu sur le campus de l'université de Bellemont dans la matinée. Apparemment, il y allait souvent. Il en avait profité pour passer un message de Gina à sa sœur. L'établissement relevait de la juridiction de Lucas et, en tant qu'inspecteur de police spécialisé dans la défense des victimes, il était en contact régulier avec la police du campus. Jusqu'alors, Cruz n'avait pas beaucoup réfléchi aux habitudes professionnelles de son cousin mais cette façon de procéder était logique.

Lucas éprouvait une profonde empathie pour les victimes d'agression pour des raisons essentiellement personnelles. Quelques années plus tôt, avant qu'il ne l'épouse, sa propre femme s'était fait attaquer. Ils vivaient alors ensemble sur le campus de Bellemont et, à la suite de ce drame, Lucas avait décidé d'intégrer les forces de l'ordre. Lucas était bien placé pour mesurer l'impact de la violence sur les femmes et leurs proches.

Pour sa part, Cruz aurait été incapable de travailler exclusivement sur ce genre de crimes mais son cousin était très bon dans son domaine.

— Es-tu bientôt prête, Gina ? lança-t-il en consultant sa montre.

Debout près des portes vitrées de la cuisine, Gina

considérait la terrasse, les bras noués autour de la taille. Elle avait souvent ce geste et chaque fois qu'il le surprenait, Cruz avait le cœur serré. Elle n'en était sans doute pas consciente mais il commençait à remarquer tout ce qui la concernait. La voir bercer son enfant à naître autant par peur d'un monstre que par amour maternel le rendait anxieux. Des émotions qu'il avait veillé à ne pas éprouver depuis des années.

Elle se tourna vers lui, une expression d'espoir et d'angoisse sur le visage.

— Je n'arrive pas à croire que je vais enfin revoir ma sœur. Es-tu sûr qu'il n'y a aucun danger ?

— Certain, répondit Cruz. J'aurais voulu trouver un moyen pour permettre à tes parents d'être là, eux aussi. Mais Lucas estime que les faire venir serait trop dangereux pour le moment. Il a d'ailleurs demandé à Kayla d'attendre un jour ou deux avant de leur en parler. Si Tony l'espionne ou surveille leurs faits et gestes, mieux vaut ne pas lui faciliter la tâche. Mais vous vous retrouverez bientôt.

Elle essuya une larme.

— Excuse-moi, balbutia-t-elle en riant. Ce sont des larmes de joie, promis. Et Kayla respectera la consigne, je le sais. Quant à mes parents, ils comprendront quand ils finiront par apprendre ce qui se passe.

Cruz sourit, porté comme toujours par le rire contagieux de Gina et par son beau sourire.

— Ne me remercie pas encore, dit-il, se forçant à arborer une expression assurée.

Se montrer confiant mettait les autres à l'aise.

— Tu dois te déguiser, ajouta-t-il.

Gina s'immobilisa.

— Dois-je remettre ma perruque blonde ?

Il secoua la tête et sortit une casquette de base-ball de sa poche arrière et la brandit.

— Je ne suis pas fan de cette perruque et trop de gens t'ont vue la porter. Penses-tu pouvoir dissimuler tes cheveux là-dessous ?

— Facile, répondit-elle en riant. Je suis douée pour ce genre de choses. Cela fait partie de mes talents cachés.

— Mettre un chapeau ne paraît pas d'une difficulté insurmontable, répliqua-t-il. Je connais des bébés qui le font.

— Tu connais beaucoup de bébés ? demanda-t-elle en cherchant des élastiques dans son sac à main.

— Ma famille est en plein baby-boom, répondit-il. Il y aura bientôt plus de Winchester de moins de deux ans que de plus de trente ans.

Elle rit puis reposa le sac et se dirigea vers le couloir.

— Ma famille n'a pas vu naître de bébé depuis une décennie. Je vais découvrir un monde nouveau avec le mien, et le pauvre enfant me servira un peu de cobaye. Je me sens déjà mal pour lui ou pour elle.

— Je suis sûr que tu seras une mère formidable, dit Cruz.

Une image de Gina, un nouveau-né dans les bras, s'imposa à son esprit. Il secoua la tête et redressa les épaules. Il avait vraiment besoin de se ressaisir. D'autant qu'il était capital d'avoir les idées claires. Les retrouvailles de Gina et de sa sœur auraient lieu dans quelques heures. Bien sûr, son cousin Lucas avait tout planifié pour qu'elles se déroulent au mieux mais Cruz était nerveux. S'exposer ne le dérangeait pas mais il renâclait à mettre Gina en danger.

— Porter un de mes blousons te gênerait-il ? demanda-t-il.

Elle se fondrait plus facilement au milieu des étudiants si elle cessait de caresser son ventre. Peut-être lui tiendrait-il la main pour l'y aider.

— Pas du tout, répondit-elle en revenant vers lui avec un sourire.

Elle avait réussi à réduire sa somptueuse chevelure en un chignon gros comme le poing et l'avait fixé en haut du crâne. En découvrant ce tour de force, il fut sidéré.

— Comment as-tu fait ? demanda-t-il avec curiosité.

— Quinze ans de cours de danse dans l'espoir d'intégrer un ballet ont fait de moi une experte en matière de chignons.

Il lui ouvrit le placard de l'entrée.

— Que préfères-tu ? Un blouson en jean ou en cuir ?

La tête penchée sur le côté, elle étudia ses options avant de désigner du doigt son blouson d'aviateur préféré.

— En cuir.

Cruz la regarda enfiler le vêtement. Savait-elle qu'elle le rendait fou ?

Elle lui sourit.

— Alors ? De quoi ai-je l'air ?

Avec un gémissement, il secoua la tête. Il l'imaginait déjà enfourchant sa moto, se collant à lui, les bras autour de sa taille…

— D'une femme enfin prête à partir, dit-il, conscient qu'il n'avait pas le droit de céder à la tentation.

Et tant pis si elle le tuait.

Il la précéda jusqu'à sa jeep et lui ouvrit la portière.

Elle considéra le véhicule d'un air surpris.

— Quand as-tu trouvé le temps de faire ça ?

— Hier soir.

Il avait réinstallé les portières et le toit de sa jeep. Les vitres étaient teintées, une chance. Ils pourraient circuler sur le campus incognito.

Au pire, il cacherait Gina dans une immense housse de matériel qu'il avait pliée à l'arrière mais il doutait qu'elle accepte d'être transportée comme un sac de pommes de terre. Il se rappela qu'elle avait déjà prouvé qu'elle était plus solide qu'elle n'en avait l'air.

Quoi qu'il arrive, elle serait à la hauteur.

Et il n'avait jamais été aussi fier de quelqu'un.

10

Un grand sourire aux lèvres, Gina imaginait ses retrouvailles avec sa sœur alors que Cruz naviguait sur le campus de Bellemont, magnifiquement arboré.

Elle y était déjà venue, à l'époque où Kayla cherchait l'établissement idéal pour y poursuivre ses études. Leur père était alors obsédé par les questions de sécurité. Leur mère s'intéressait à la façon dont leur fille se restaurerait et Kayla était surtout curieuse de découvrir la population étudiante. Ou plus précisément, les étudiants... Elle avait même demandé à visiter la salle de sport et la piscine afin d'en avoir une meilleure idée. Drôle et insouciante, sa petite sœur aimait s'amuser et tout le monde l'adorait. Gina, en revanche, avait toujours été timide et peu sûre d'elle. Voilà d'ailleurs pourquoi elle avait été la cible parfaite pour un manipulateur comme Tony. Elle regrettait de ne l'avoir compris que trop tard.

— Nous y sommes, dit Cruz, glissant sa jeep sur une place de parking devant la résidence.

Gina baissa un peu sa vitre, assez pour laisser l'air d'automne s'infiltrer mais pas trop pour rester invisible. Des étudiants discutaient par petits groupes sur les pelouses et les allées. Elle entendait une musique diffusée en sourdine par des téléphones portables. La scène semblait surréaliste, extraite d'un autre monde, d'un monde qui ne connaissait pas le cauchemar dans lequel elle se débattait depuis des semaines.

— Prête ? demanda Cruz.

Gina se mordilla les lèvres. En route, le désir de retrouver sa sœur, de pouvoir de nouveau la serrer dans ses bras, l'avait plongée dans l'allégresse. Mais soudain, la panique s'emparait d'elle. Et si sans le vouloir elle menait Tony jusqu'à la porte de sa cadette ? Et si, par égoïsme, elle exposait Kayla au danger ?

Elle scruta les visages alentour, cherchant Tony des yeux.

— Comme moi, Tony a peut-être engagé un détective privé, dit-elle. Peut-être a-t-il posté quelqu'un près du dortoir de Kayla. Il a l'argent, l'intelligence et la motivation. De plus, il ne peut pas être partout à la fois.

— Détends-toi, dit Cruz. Je connais tous les détectives privés de la région. Si l'un d'eux me voit avec toi, il m'appellera pour me demander ce que je fais ici avant de faire son rapport à son client. Par solidarité professionnelle.

Il lui glissa un sourire confiant.

— De plus, aucun d'entre nous ne s'est lancé dans ce métier pour défendre les intérêts de sales types.

— D'accord, mais si Tony avait demandé à un ami de prendre ma sœur en filature ? demanda-t-elle en observant les visages inconnus avec angoisse. Ou payé un étudiant pour s'en charger ? Il m'a dit un jour qu'il était possible d'acheter tout le monde à condition d'y mettre le prix. Et d'après lui, plus le prix est bas, plus l'allié est fidèle. Les étudiants sont toujours fauchés, non ?

Cruz ouvrit la portière, sauta à terre et contourna la jeep pour l'aider à descendre.

— Je ne t'aurais pas conduite ici si je n'avais pas été sûr et certain que tu y serais en sécurité.

Déchirée, elle ne savait plus quoi penser. Cruz était un

homme bon, intègre et sincère, elle en était persuadée. Il la protégerait, quoi qu'il lui en coûte, elle n'en doutait pas non plus. Mais pouvait-elle se fier à son instinct, à ses petites antennes ? Tony lui avait prouvé que non…

Elle ouvrit brusquement sa portière, refusant de céder à l'angoisse et au doute. Tony était une exception. Il n'était pas question de se méfier de tous les hommes comme si ce fou furieux représentait en quelque sorte la norme.

Cruz sourit.

— J'adore ton enthousiasme.

Elle rit, se sentant plus légère.

Cruz lui tendit la main.

— Par discrétion, mieux vaut nous balader comme des amoureux pour éviter que tu ne ressembles à une femme en cavale en compagnie de son détective privé… Au cas où.

Gina mêla aussitôt leurs doigts.

— Je pensais qu'il n'y avait pas lieu de s'inquiéter ?

Cruz l'attira vers lui et l'enlaça.

— Simple précaution. Et ce service supplémentaire est fourni sans frais ! Que du bonheur !

Comme il tournait son visage hilare vers elle, elle rejeta sa tête en arrière pour mieux le regarder. Il était vraiment beau et elle sentit un frisson la parcourir. En entrant dans l'agence de détectives privés, elle ne s'attendait pas à tomber sur un tel apollon.

— Tant mieux, dit-elle avec un sourire désinvolte, parce que tu travailles à la commission. Et tant que Tony n'aura pas été arrêté, je n'ai pas la possibilité de te payer.

Il sourit, le regard malicieux.

— Raison de plus pour te garder en sécurité. S'il t'arrivait quelque chose, je ne serais pas payé du tout. Blottis-toi contre moi. Joue les amoureuses.

Elle sourit alors qu'ils se dirigeaient vers les doubles portes du bâtiment qui abritait les dortoirs.

— Il faut un passe pour entrer, non ?

— Erreur.

Il la prit dans ses bras, la tourna vers lui et la plaqua doucement contre le mur près des portes. Elle avait l'impression qu'ils étaient seuls au monde.

— Tout va bien ? murmura-t-il. Si je suis trop près, repousse-moi.

— Pas de problème, assura-t-elle en secouant la tête.

Elle ignorait ce qu'il faisait et pourquoi il le faisait, mais elle n'avait pas l'intention de s'y opposer. Il l'affolait et, serrée contre lui, elle se sentait fondre.

Il scruta son visage comme s'il s'apprêtait à dire quelque chose d'une extrême importance. Mais soudain son regard s'adoucit alors qu'il le passait au-dessus de sa tête.

— Prépare-toi, nous allons entrer, chuchota-t-il.

La porte vitrée s'ouvrit et deux étudiantes en survêtement se précipitèrent dehors en riant.

Cruz retint la porte avant qu'elle ne se referme, puis se tourna vers Gina pour l'inviter à entrer. Il souriait, visiblement fier de lui.

— Les dames d'abord.

Gina laissa échapper un petit rire.

— Tu es doué, dit-elle.

— Il ne s'agit pas de mon premier rodéo, répliqua-t-il avec un clin d'œil.

Il la prit par les épaules pour l'entraîner.

— Kayla nous attend dans la buanderie. Nous aurions eu besoin d'un passe pour accéder à l'ascenseur ou aux cages d'escalier. Attendre qu'un étudiant emprunte l'un ou l'autre aurait pris une éternité.

Gina essaya de ne pas réfléchir trop longtemps à la

facilité avec laquelle ils avaient réussi à entrer dans le bâtiment. Elle le suivit dans un couloir.

Le cri de joie de sa sœur mit fin à ses spéculations. Telle une tornade, Kayla courut vers eux, les bras ouverts et les larmes aux yeux. Elle percuta Gina, la renversant presque.

— Je n'arrive pas à y croire. C'est bien toi ! Tu es vraiment là.

Cruz s'éclaircit la gorge.

— Nous devrions poursuivre cette réunion dans un endroit plus discret, suggéra-t-il.

Kayla recula. Elle écarquilla les yeux en voyant Cruz.

Gina se chargea des présentations.

— Kayla, voici Cruz Winchester, le détective privé qui s'occupe de moi.

Sa petite sœur la lâcha pour tendre la main à Cruz.

— Le policier à qui j'ai parlé est-il votre frère ? demanda-t-elle. Vous vous ressemblez beaucoup.

— C'est mon cousin, répondit Cruz. J'espère qu'il a été gentil.

— Oh ! oui, très gentil, assura Kayla avec un petit rire. Tu le connais ? ajouta-t-elle en se tournant vers Gina.

— Pas celui-là, répondit Gina.

Mais elle avait vu Derek et Knox. Elle n'avait guère de doute sur ce que sa sœur pensait de Lucas, puisqu'il ressemblait à Cruz.

— Mesdemoiselles, insista Cruz. Ne restons pas là.

Kayla les entraîna dans l'appartement qu'elle occupait avec cinq autres étudiantes au troisième étage. Celle qui partageait sa chambre était en cours. Heureusement. Les autres n'étaient nulle part en vue.

— Assieds-toi et dis-moi tout, Gina, ordonna-t-elle. Et pour commencer, pourquoi tu t'es enfuie.

Tandis qu'ils montaient l'escalier, l'excitation initiale

de sa sœur s'était lentement transformée en colère. Manifestement, elle se sentait trahie.

Gina ne lui reprochait pas sa fureur. Elle était partie sans explication et, à sa place, elle aurait ressenti exactement la même chose. Elle savait aussi que Kayla la comprendrait une fois qu'elle aurait entendu l'histoire.

— Nous étions malades d'inquiétude ! En as-tu seulement conscience ? poursuivit Kayla, les larmes aux yeux. Sais-tu combien de personnes nous avons interrogées ? Combien de flyers nous avons distribués ? Maman a même consulté une voyante pour essayer de te retrouver. Papa a engagé un détective privé. Ce dernier a cru t'avoir localisée une semaine après ton départ parce que quelqu'un avait utilisé ta carte bleue mais cela n'est arrivé qu'une fois. Nous avions tellement espéré que nous avons été terriblement déçus.

— Le détective privé de papa m'avait retrouvée ? demanda Gina.

Kayla se laissa tomber sur son lit jumeau et tapota l'espace à côté d'elle pour inviter Gina à s'y asseoir.

— Oui. Tony est devenu fou à partir de là. Il a engagé un autre détective privé. Ou du moins a-t-il dit qu'il l'avait fait, mais nous n'avons eu aucun retour. Nous te croyions morte.

De nouveau, ses yeux s'embuèrent de larmes.

— Où étais-tu ? reprit-elle. Qu'as-tu fait ? Et pourquoi ? Le cousin policier de Cruz ne m'a rien dit, sauf que tu allais bien et que tu venais me voir. Et que je ne devais en parler à personne. Pas même aux parents. Que se passe-t-il ?

Cruz s'adossa au mur à côté de la porte et attendit en silence tandis que Gina racontait tout à sa sœur.

Quand elle eut fini, Kayla écarquilla les yeux.

— Tu vas avoir un bébé ?

Gina fondit en larmes.

— Oui.

Kayla se jeta sur elle pour l'embrasser avec force.

— Je l'aime déjà. Je serai sa tante préférée. En tout cas, je me doutais que ta disparition avait quelque chose à voir avec Tony. Je déteste ce gars.

Cruz s'avança, la tête penchée sur le côté.

— Pourquoi ? A-t-il déjà fait ou dit quelque chose qui vous a choquée ? Quelque chose d'inhabituel ? De particulier ?

Kayla regarda Cruz puis sa sœur.

— Après ta disparition, nous avons contacté tous tes amis et ils ont raconté que Tony t'avait éloignée d'eux depuis des mois. Je ne me doutais de rien. Tu venais moins souvent à la maison mais je n'avais pas conscience qu'il te coupait de tout le monde. Si je l'avais compris, je me serais présentée chez toi tous les jours. Matin, midi et soir s'il le fallait. Après avoir discuté avec tes amies, j'ai réfléchi et me suis rendu compte que depuis que tu vivais avec lui, je ne te voyais plus jamais seule. Tony était toujours là. Et j'ai commencé à me demander s'il était la raison de ton départ. J'en ai parlé aux parents. Papa pensait que Tony t'avait peut-être tuée.

Et il aurait pu le faire.

Gina embrassa une fois de plus sa petite sœur. Elle ne s'était pas aperçue tout de suite que Tony la coupait de tous ses proches. Sa violence s'était installée ensuite.

— Je suis désolée d'avoir disparu ainsi sans explications mais je ne savais pas quoi faire d'autre. Un soir, il est rentré à la maison très en colère. Je n'ai jamais su pourquoi. Je venais d'apprendre ma grossesse mais je ne lui avais rien dit. Il s'est mis à crier sur moi et, très vite, ça a été l'escalade. Il m'a rouée de coups et finalement… il a tenté de m'étrangler.

Elle s'interrompit pour reprendre son souffle, les joues brûlantes. Elle passa les mains sur son cou, se remémorant le contact glacé des doigts de Tony qui serraient sa gorge. Les marques avaient disparu depuis longtemps mais la terreur était toujours là.

— J'ai paniqué, dit-elle. Il n'avait encore jamais fait ça. Son agressivité s'intensifiait. Comment réagirait-il à la naissance du bébé ? Et s'il le blessait ? Ou s'il me tuait ? Mon enfant se retrouverait alors à sa merci. J'étais terrifiée et je craignais de vous en parler. Il se serait vengé sur vous. Au début, je n'avais prévu de prendre que quelques jours pour réfléchir mais il n'arrêtait pas de m'appeler. Encore et encore, toute la nuit. Je m'étais réfugiée dans un hôtel mais il m'a retrouvée. Il a demandé mon numéro de chambre. J'ai été prévenue, heureusement, et je suis partie. J'ai alors décidé de disparaître.

— Je l'ai entendu crier sur toi, une nuit, dit Kayla d'un air coupable. J'en avais parlé aux parents et ils t'avaient interrogée à ce sujet, Gina. Mais tu leur avais dit que ce n'était pas grave, que je me faisais des idées.

Gina serra la main de sa sœur.

— Je suis désolée. Je ne voulais pas qu'ils s'inquiètent. J'aurais dû t'en parler mais je préférais… oublier.

— Quand tu as disparu, je me suis reproché de ne pas avoir porté plainte pour toi. Je n'avais pas été à la hauteur.

— Ce n'est pas ta faute, dit Gina, horrifiée que le comportement de Tony ait également blessé Kayla.

— Quand Tony est venu nous interroger, les parents et moi n'avons rien dit à propos de nos soupçons, déclara Kayla. Nous ne savions pas quoi penser de lui ou de son rôle potentiel dans tout ce qui t'était arrivé. Il venait tout le temps, posant les mêmes questions. Quand t'avions-nous vue pour la dernière fois ? Qu'avais-tu dit ? Où aurais-tu pu aller ? Sa famille se démenait pour te retrouver. Nous nous demandions tous si c'était du cinéma. S'il savait où tu étais depuis le début parce qu'il t'y avait emmenée, qu'il t'y tenait enfermée.

Gina était horrifiée d'apprendre que Tony avait rendu visite à sa famille.

Et s'il s'en était pris à eux ? Elle avait longtemps cru qu'il n'était violent qu'avec elle. Mais maintenant qu'il s'était attaqué à M. Larkin et à Heather, une nouvelle image plus effrayante de Tony avait pris forme dans son esprit.

Devinant son malaise, Cruz s'avança.

— Tout va bien ? demanda-t-il à Gina avec inquiétude. Tu es toute blanche.

Elle hocha la tête mais, en réalité, elle se sentait mal.

— Avez-vous de l'eau là-dedans ? demanda-t-il à Kayla en jetant un coup d'œil à son mini-réfrigérateur.

Elle en sortit deux bouteilles et les lui tendit.

Il en prit une, l'ouvrit, puis la passa à Gina, qui accepta. Manifestement, elle était en pilotage automatique. Elle but l'une des bouteilles d'une traite.

— Désolée, dit Kayla, en remettant l'autre dans le réfrigérateur. Tout cela a été très difficile pour toi. Je suis trop focalisée sur moi. Que puis-je faire pour toi ?

Gina regarda le frigo ouvert.

— Les plats empilés là-dedans ont été préparés par maman ?

Kayla fronça les sourcils, puis sourit.

— Oui. Des cannellonis. Tu en veux ?

Elle rouvrit le frigo et glissa deux plats dans un sac qu'elle confia à Cruz.

— Pour plus tard.

Il hocha la tête et sourit.

— Ça vous dérangerait que je vous pose quelques questions avant de partir ?

— Non, dit-elle. Au contraire. Je veux aider Gina à retrouver sa vie.

— Que pouvez-vous me dire sur Tony ou sur son comportement depuis que Gina est partie ? demanda Cruz. Savez-vous où je peux le trouver ?

— J'ignore où il est maintenant, dit-elle. Mais j'ai peut-être quelque chose d'utile.

Elle se retourna et ouvrit un tiroir de son bureau.

— J'ai commencé à noter tout sur lui dès que Gina a disparu. J'avais lu quelque part qu'après trois jours, les chances qu'une victime réapparaisse étaient considérablement réduites. Je n'arrêtais pas de penser à Tony criant avec colère sur Gina et j'étais sûre qu'il lui avait fait quelque chose. Alors, j'ai pris des notes.

Elle passa un dossier à Cruz.

— J'ai répertorié toutes les fois où il s'est présenté chez nous, combien de temps il est resté et tout ce qu'il a dit ou demandé. J'ai également découpé des articles de journaux et les interviews qu'il a données à son sujet.

Cruz feuilleta le cahier en hochant la tête.

— Merci. Puis-je le garder ? Je voudrais le confier à mon frère. Il est l'adjoint local de la région où Tony a été vu ces derniers temps et où il a attaqué plusieurs personnes.

— Bien sûr, dit-elle. J'espère qu'il vous sera utile.

Puis Kayla sortit un spray défensif de son sac et le tendit à sa sœur.

— Tiens, cela peut servir.

Kayla avait plus besoin du spray défensif que Gina qui avait Cruz pour la protéger. Mais Kayla avait probablement un tiroir rempli de produits similaires. Leur père y avait veillé.

La sonnerie du téléphone de Cruz retentit quelques instants plus tard et les deux sœurs s'interrompirent pour écouter. La conversation fut brève et surtout unilatérale. Cruz sourit en rangeant son téléphone.

L'espoir gonfla le cœur de Gina.

— Bonnes nouvelles ?

Il hocha la tête.

— Knox a besoin de moi à Great Falls. Mon informateur, Rex, est au poste de police et veut me parler. Nous devons y aller.

Gina posa sa bouteille d'eau vide et embrassa sa sœur.

— Je t'aime. Sois prudente. Et ne parle de moi à personne, d'accord ?

Kayla hocha rapidement la tête, les yeux remplis de larmes.

— Promis. Je t'aime aussi.

— Ravi de vous avoir rencontrée, Kayla, dit Cruz en ouvrant la porte, une main sur le dos de Gina. Lucas reprendra contact avec vous. Nous essaierons de revenir bientôt. En attendant, faites attention à vous.

Gina lui adressa un signe par-dessus son épaule, incapable de dire au revoir.

Cruz passa un bras autour d'elle dès qu'ils furent dans le couloir et l'attira plus près.

— Protégez-la ! lui cria Kayla d'une voix brisée.

Cruz lui lança un regard rassurant.

— Comptez sur moi, dit-il. Il faudra me tuer pour l'atteindre.

Et Gina sut qu'il parlait sérieusement.

11

Cruz se gara sur le parking des visiteurs du bureau du shérif de Great Falls. Il était impatient de s'entretenir avec Rex. Il était plus qu'un indic pour lui et il le considérait comme un ami. Pour un détective privé, un homme comme lui était d'une aide inestimable. Il voyait et entendait tout ce qui se passait dans la ville. Bien qu'il fraye avec toutes sortes d'individus peu recommandables, Rex faisait partie des gens bien. Plus ou moins.

En tout cas, il ne dérangeait jamais Cruz sans raison valable.

D'après Knox, Rex avait appelé son service et demandé à être embarqué par une voiture de patrouille. Il tenait en effet à sauver les apparences, ce qui était intelligent de sa part.

Il se faisait en effet passer pour un truand, et ces derniers entraient rarement de leur plein gré dans le bureau du shérif. Il avait une réputation à défendre. Voilà pourquoi il avait expliqué à l'adjoint qui avait pris l'appel qu'il tenait absolument à se faire arrêter.

Cette requête avait paru bizarre à l'adjoint qui l'avait transmise à Knox, pensant qu'il s'agissait d'une blague. Knox avait immédiatement dérouté sa voiture pour se rendre sur place.

Il avait sorti le grand jeu, les gyrophares, les sirènes et

les menottes. Mais, une fois au poste, Rex avait refusé de parler tant que Cruz ne serait pas présent. Dans le passé, il avait connu trop de démêlés avec les forces de l'ordre – désagréables mais probablement mérités – pour croire que l'un de ses membres le traiterait correctement.

Alors Knox avait appelé Cruz.

Cruz détacha sa ceinture et se tourna vers sa passagère.

Depuis qu'ils avaient repris place dans sa jeep, Gina n'avait pas desserré les dents. Elle semblait distante. Elle avait répondu à ses questions de façon laconique, par un seul mot, le plus souvent. Il l'avait vue essuyer discrètement des larmes. Fermée comme une huître, elle avait regardé le paysage défiler par la vitre en silence.

Depuis qu'ils s'étaient rencontrés, c'était la première fois qu'elle l'excluait et il n'aimait pas ça. Même quand son amie Heather avait été agressée, Gina lui en avait parlé à cœur ouvert, pour être réconfortée.

Mais là, elle le tenait à distance et il en avait le ventre noué.

— Ne perds pas espoir, dit-il d'un ton encourageant. Rex aura peut-être quelque chose pour nous, quelque chose qui nous aidera à avancer.

Il attendit qu'elle se tourne vers lui pour lui décocher un clin d'œil et un sourire rassurant.

— Tôt ou tard, nous l'aurons. Nous ignorons quand mais c'est une incertitude. Nous capturerons Tony. C'est une évidence.

Elle hocha la tête mais elle ne semblait pas convaincue. La lumière et la joie qu'il avait vues briller dans ses yeux lorsqu'elle parlait avec sa sœur s'étaient complètement éteintes.

Dès qu'elle descendit de la voiture, Cruz la rejoignit et lui posa de nouveau une main dans le dos alors qu'ils se dirigeaient vers le poste de police. Il se demandait si le geste était trop intime, s'il allait trop loin… mais l'expression de Gina ne trahissait rien.

Elle lui avait dit que dans sa famille ils étaient tous très tactiles. Il en avait donc déduit qu'elle avait besoin de réconfort physique.

Il s'efforça d'ignorer la petite voix intérieure qui lui soufflait que son désir de la toucher n'avait rien d'altruiste et était en réalité très égoïste. Il avait envie de retrouver la complicité qu'ils partageaient jusqu'alors, cette connivence qui s'était nouée si naturellement entre eux.

— Ça va ? demanda-t-il enfin.

De nouveau, elle acquiesça.

— Oui, merci.

Deux adjoints leur ouvrirent la porte du bureau du shérif de Great Falls. Cruz y venait souvent et y connaissait tout le monde.

— Bonjour, Cruz, dit le premier, l'autre se contenant de hocher la tête.

Son attention semblait focalisée sur Gina.

À l'intérieur du hall, le réceptionniste les accueillit d'un sourire.

— Votre frère vous attend, dit-il en leur déverrouillant la porte qui menait aux bureaux intérieurs.

— Merci, répondit Cruz.

Ils croisèrent plusieurs adjoints en uniforme. Tous échangèrent quelques mots avec Cruz tandis que leurs yeux s'attardaient sur la femme qui l'accompagnait.

Il ralentit son pas pour se tourner vers elle.

Avait-elle remarqué que tous les regards étaient rivés sur elle ? Cette façon de l'observer comme une bête curieuse la mettait-elle mal à l'aise ? Il avait vraiment besoin de le savoir.

Elle haussa les sourcils avec un sourire.

— Y a-t-il quelqu'un ici qui ne te connaît pas ?

— Sans doute pas, répondit-il, confus. Nous sommes dans une petite ville. Tout le monde se connaît.

— Je vis, moi aussi, dans une petite ville, répliqua-t-elle. Je ne connais pas toutes les personnes que je croise et, en tout cas, aucun policier.

— Peut-être habites-tu dans la mauvaise petite ville, suggéra-t-il en lui rendant son sourire. Que mon petit frère soit adjoint ici explique peut-être mon apparente popularité. De plus, il nous est arrivé, à Derek et moi, de travailler pour le bureau du shérif, à l'occasion.

— Enfin, vous voilà !

Cruz et Gina se dirigèrent vers une porte ouverte. Knox se tenait derrière unc petite table dans une salle de visionnement et leur fit signe d'entrer.

Gina lui serra la main, puis s'assit quand Knox lui offrit un siège.

Cruz préféra rester debout.

Knox détourna les yeux de son frère pour les poser sur Gina.

— Je voulais vous informer de mes progrès avant que Cruz ne s'entretienne avec Rex, dit-il. Ce dernier en a assez d'attendre et il va finir par s'en aller, alors je serai bref. J'ai essayé de joindre Tony par tous les moyens habituels. Je me suis rendu à son domicile, à son bureau, chez ses parents… Jusqu'à présent, mes recherches n'ont abouti à rien et aucune des personnes que j'ai rencontrées n'a fait mine de vouloir m'aider. Pour vous donner un aperçu de l'ambiance, sa mère a menacé d'appeler son mari et de me « dénoncer ».

Knox secoua la tête avant de poursuivre :

— Elle voulait téléphoner à un chef d'entreprise pour

se plaindre des agissements d'un shérif adjoint. Cette réaction m'a paru révélatrice. Les Marino sont tellement imbus d'eux-mêmes et de leur toute-puissance qu'ils sont persuadés qu'ils font la pluie et le beau temps partout, y compris au sein des forces de l'ordre…

— Les Marino dirigent une multitude d'entreprises et contrôlent tout le monde, dit Gina. Je ne suis pas étonnée de cette réaction.

Knox fronça les sourcils, et l'inquiétude se dessina sur son visage.

— J'ai appris qu'ils géraient des magasins d'articles de sport.

— Ils ont beaucoup d'argent et peu de scrupules, dit-elle d'une voix dure. Ils en mettent plein la vue pour épater la galerie et attirer leurs proies. Ensuite, ils les emprisonnent dans leur toile.

Cruz s'approcha de Gina, les yeux rivés sur Knox.

— As-tu dit à sa mère ou à ses collaborateurs que Tony était recherché pour meurtre et agression ?

— Bien sûr que non, répondit Knox. Je leur ai dit que je cherchais Gina et que Tony pourrait certainement m'y aider.

Gina appuya ses coudes sur la table et plongea la tête dans ses mains.

Sans réfléchir, Cruz lui caressa le dos. Un geste qu'il voulait réconfortant mais qui sembla susciter aussitôt la curiosité de Knox…

— Nous devons faire preuve de prudence pour aborder l'affaire, reprit-il après un bref silence. Il n'est pas question d'attirer l'attention sur le fait que Gina est sous notre protection. Tony pourrait alors s'en prendre à nouveau à l'un de ses proches. Nous avons besoin d'un dossier solide pour l'arrêter, et de préférence en évitant de multiplier le nombre de victimes innocentes.

Gina leva le visage de ses mains, une expression de dégoût sur les traits.

— De préférence ?

Knox hocha la tête.

— Il nous est impossible de contrôler Tony tant qu'il n'est pas en garde à vue. Dans l'immédiat, l'objectif est de le retrouver et de l'appréhender. Mais avec un dossier assez solide pour qu'il ne soit pas remis trop vite en liberté. Pour le moment, nous n'avons aucune preuve attestant sa présence sur l'une des scènes de crime. Vous avez reconnu sa voix via le téléphone de Heather, Gina, et derrière la porte de l'appartement de Larkin. C'est trop léger. Avec si peu d'éléments, même un étudiant en droit de première année serait capable de l'innocenter des accusations qui pèsent sur lui.

Cruz se redressa et enfonça les mains dans les poches de son jean.

Knox se leva.

— Si tu es prêt pour Rex, Cruz, je le fais venir.

Il s'empara d'une télécommande et la pointa vers une télévision accrochée dans un angle de la pièce. Sur l'écran plat, apparut une salle semblable à celle dans laquelle ils se trouvaient.

— Ça va ? demanda Cruz à Gina alors que la porte se refermait sur Knox.

Elle prit une grande inspiration et hocha la tête.

— Il le faut. Mais c'est difficile. Si je te parais d'humeur morose, ne le prends pas pour toi, Cruz. Le problème vient de moi.

— Ce n'est certainement pas toi le problème, Gina.

C'est la situation, l'incertitude et un sale type nommé Tony Marino.

— Qui ne provoquerait pas tant de ravages dans cette ville si je n'existais pas.

Cruz étouffa un gémissement. Une fois de plus, il s'interrogea sur les limites de son rôle dans la vie de Gina. Cédant à une impulsion, il s'accroupit à ses côtés pour être à la hauteur de ses yeux.

— Beaucoup de gens t'ont laissée tomber lorsque tu te débattais avec Tony. Personne n'a rien vu, rien entendu, rien compris à ce qui se passait entre vous deux. Pour de bonnes ou de mauvaises raisons, ceux qui auraient pu t'aider ne l'ont pas fait.

Elle leva vers lui un regard incertain.

— Je ne ferai pas partie du lot, ajouta-t-il.

Ils se tournèrent vers l'écran de télévision. La porte de la pièce voisine, où se trouvait la caméra, s'ouvrit. Knox conduisit Rex à l'intérieur et l'invita à s'asseoir à la petite table. Une fois Rex installé, Knox partit.

— C'est à moi de jouer, dit Cruz en se remettant sur ses pieds. Knox va venir te rejoindre. Tu pourras regarder et écouter mon échange avec Rex.

Knox frappa et revint vers eux.

— Vas-y, dit-il à Cruz.

Cruz regarda Gina, qui lui offrit un petit sourire, et il sortit s'entretenir avec son indic.

Rex leva le nez lorsque Cruz entra dans la pièce. Les yeux méfiants du jeune homme le suivirent alors qu'il se déplaçait.

— Tu m'as fait appeler ? fit Cruz en lui serrant amicalement la main.

Rex était entré dans la vie de Cruz, trois ans plus tôt.

Rex, alors âgé de seize ans, avait volé une voiture, et la compagnie d'assurances avait chargé Cruz de la retrouver.

Rex avait prévu de vendre le véhicule. Cette année-là, l'hiver était particulièrement rigoureux et Rex avait froid et faim. Sa petite amie d'alors l'avait poussé au crime parce qu'elle n'avait pas voulu rester au refuge pour SDF. Elle avait prétendu que quelqu'un là-bas la harcelait sexuellement. Comme les hommes et les femmes étaient toujours séparés au moment de l'extinction des feux, Rex n'avait pas eu la possibilité de la protéger.

Tous deux avaient donc quitté le refuge pour squatter un ancien entrepôt. Mais il fallait se nourrir et tenter de se chauffer. Voilà pourquoi Rex avait dû se débrouiller pour trouver de l'argent.

Cruz avait compris la situation. Il avait rendu la voiture et nourri les deux adolescents. Il avait offert quelques nuits d'hôtel à la petite amie jusqu'à ce que Rex se soit renfloué.

Ce jour-là, un lien s'était formé entre eux. Rex avait apprécié que Cruz se démène pour mettre sa copine à l'abri du danger quand lui-même n'y parvenait pas.

La petite amie l'avait quitté depuis longtemps mais une amitié s'était nouée entre les deux hommes.

Rex croisa ses mains tatouées sur la table.

— Il était temps que tu arrives, champion.

Le « champion » faisait référence à la carrière de base-ball de Cruz au lycée. Rex avait découvert le passé sportif de Cruz sur Internet il y a trois ans, alors qu'il cherchait les failles de Cruz pour comprendre pourquoi le détective privé l'avait aidé gratuitement. Et pour pouvoir l'éjecter à la première occasion.

Finalement, il avait pris conscience que Cruz n'était qu'un homme bien mais le détail du base-ball l'amusait toujours.

— J'adore le café et les viennoiseries gratuits, mais maintenant je suis rassasié et je m'ennuie.

Cruz s'assit en face de lui et sourit.

— Tu as été dorloté, on dirait. Mon frère t'a octroyé le traitement royal. En général, si j'ai soif, je n'ai droit qu'à un verre d'eau à la fontaine.

Rex étira ses longues jambes sous la table étroite, un petit sourire aux lèvres.

— Il a surtout fait semblant de m'arrêter. Et je l'en remercie.

— Il est accommodant, oui, répondit Cruz. Pourquoi ne pas avoir appelé un Uber ? Cela aurait été plus simple, non ?

— Je n'aurais pas eu besoin de cette mise en scène si tu avais été à ton agence.

— J'ai été occupé, répliqua Cruz. As-tu du nouveau ?

— Oui. J'allais dérober le portefeuille d'un type plein aux as quand un mec est intervenu.

Il haussa les sourcils, défiant Cruz de lui faire la morale.

Cruz se mordit l'intérieur des joues, s'obligeant à laisser Rex continuer.

— Le mec m'a percuté et m'a obligé à laisser filer le client avant que je puisse prendre son portefeuille. Au début, j'ai cru qu'il m'avait heurté par hasard. Mais quand il m'a tendu un gros billet, j'ai compris qu'il avait surpris mon manège et qu'il l'avait interrompu volontairement.

Cruz secoua la tête, sidéré :

— Quelqu'un t'a donné cent dollars après t'avoir surpris en train de voler un portefeuille ?

— Et il m'a dit que si j'avais besoin d'argent, il avait un travail pour moi.

Cruz sentit les poils de la nuque se hérisser.

— Quel genre de travail ?

Rex tourna son regard vers la caméra accrochée au mur derrière la tête de Cruz.

— Je devais surveiller l'immeuble où le type a été tué et appeler ce numéro si je voyais la femme qui est sur l'avis de recherche.

Rex tira de sa poche le flyer concernant Gina. Un numéro de téléphone avait été griffonné en haut au stylo.

Cruz serra les poings.

— Autre chose ?

— Il m'a promis cent dollars supplémentaires à chaque fois que j'appellerai pour lui en dire plus sur les faits et gestes de la femme. Mais je ne l'ai pas appelé, ajouta-t-il en regardant Cruz. Parce que cette fille, je l'ai vue avec toi. Voilà pourquoi je tenais à t'en avertir. J'ignore ce qu'il cherche. Ta copine, c'est sûr. Toi aussi, peut-être. Je ne sais pas ce qui se passe, pourquoi elle l'intéresse, mais d'après mon expérience un homme qui a de l'argent à jeter par les fenêtres est dangereux.

Le cœur de Cruz s'accéléra dans sa poitrine.

— Tu as raison et merci de m'avoir prévenu, vieux, dit-il. Elle est en danger et je la protège. Voilà pourquoi j'aimerais mettre la main sur ce gars, mais jusqu'à présent je ne le trouve nulle part.

Rex hocha la tête.

— C'est ce que je pensais. Je ferai ce que je peux pour te renseigner mais fais gaffe parce que je ne suis pas le seul à être payé pour la chercher. Et quelqu'un d'autre se fera un plaisir de la livrer pour de l'argent.

Cruz serra les poings.

— Ça ne risque pas d'arriver.

12

L'angoisse gagnait Gina alors qu'elle suivait la conversation entre Cruz et Rex.

— Tout va bien, dit Knox qui devinait son malaise. Rex est d'une loyauté sans faille envers Cruz. C'est un atout. Et qu'il soit venu ici pour lui parler de cette menace prouve qu'il veut vraiment nous aider à assurer votre sécurité.

Elle reporta son attention sur l'écran.

— Compris, champion, disait le dénommé Rex à voix basse.

Derrière les mots, elle sentait chez ce Rex une forme d'engagement, quelque chose qui ressemblait à une promesse de fidélité.

Qu'un inconnu accepte de s'immiscer dans ses problèmes uniquement parce qu'il appréciait Cruz était à la fois humiliant et ahurissant. Elle se sentait proche de sa famille et de ses amis mais, à l'exception de ses parents et de sa sœur, elle n'était pas sûre de connaître quelqu'un qui aurait intentionnellement risqué sa sécurité, son bien-être, son confort, pour elle.

Sa rencontre avec les Winchester avait changé sa vision du monde. Ils lui donnaient un incroyable sentiment d'espoir.

Knox voulait peut-être lui venir en aide parce qu'il portait un badge, parce que ses fonctions d'adjoint du shérif l'y obligeaient. Mais elle avait l'intuition qu'il était animé par des raisons beaucoup plus personnelles, beaucoup plus profondes. Il en était de même pour leur cousin Derek. Et pour Cruz.

Et maintenant, Rex. Elle s'interrogeait sur l'origine de cet altruisme. Le fait qu'ils soient tous issus d'un univers infiniment plus dangereux que le sien entrait-il en ligne de compte ? Vivre dans un état d'urgence permanent amenait peut-être les individus à réévaluer leurs priorités et à tenir fermement à certaines valeurs.

Les gens bien, vraiment bien, avaient peut-être de petites antennes qui leur permettaient de reconnaître leurs semblables et de vouloir les aider.

— Je t'ai vu quitter l'immeuble avec elle, poursuivait Rex. Vous étiez tous deux chargés de valises. Et j'ai entendu dire que son appartement avait été mis à sac. Ce type va savoir qu'elle est partie et, si je ne le lui dis pas, il va comprendre que soit je lui cache quelque chose, soit je ne suis pas un bon indic. Dans les deux cas, je perdrai toute crédibilité à ses yeux et il me lâchera.

En voyant Cruz hocher la tête, Gina se tendit.

— Alors tu vas l'appeler et lui apprendre qu'elle est partie, dit-il. Il le sait déjà.

— J'ai envie de dire que j'ai vu une équipe de déménageurs en train de sortir des cartons de chez elle. Je lui donnerai ensuite le numéro peint sur leur camionnette. Ton numéro ou celui de ton frère. Lorsqu'il t'appellera pour obtenir des informations, tu lui donneras rendez-vous quelque part et tu n'auras plus qu'à l'arrêter.

Cruz se leva et sortit son portefeuille d'une poche.

Il tendit à Rex plusieurs billets pliés.

— Va te chercher quelque chose à manger. N'achète pas d'herbe mais de quoi t'alimenter un peu.

— Non, dit Rex. Je n'ai pas besoin de ton argent. J'ai

trouvé un boulot chez un garagiste. Les gars sont sympas, le salaire honnête et les patrons se moquent de mon casier.

Le grand sourire de Cruz prouvait sa fierté.

— Eh bien, d'accord, alors, fit-il en rangeant l'argent dans son portefeuille. Je te déposerai ma jeep un de ces jours. Pour te voir à l'œuvre.

Rex détourna les yeux en rougissant.

— Je suis là pour toi. Si tu as besoin de quoi que ce soit, fais-moi signe.

— Je sais, dit Cruz d'une voix rauque. Mais le gars à qui tu as affaire est dangereux. Donc sois prudent.

Rex leva le menton.

— T'inquiète.

Il frappa du poing celui de Cruz, puis se leva et quitta la pièce.

Gina se rendit compte que de plus en plus de gens étaient impliqués dans ses ennuis et se sentit coupable. Ils risquaient leur vie pour elle.

Comment les choses étaient-elles devenues à ce point incontrôlables ? Quand cette folie finirait-elle ? Quelqu'un d'autre serait-il blessé, ou pis, en tentant de la protéger ?

Knox s'éclaircit la gorge.

— Ça va, Gina ? demanda-t-il.

— Je vais bien, répondit-elle, regrettant que ce ne soit pas vrai.

— Vous êtes en sécurité avec Cruz, mais si vous préférez venir chez notre tante et notre oncle, leur offre tient toujours. Je leur en ai reparlé, ce matin. Cruz ne vous en voudra pas.

Knox sourit, et la ressemblance avec son frère la frappa.

— Toutes ces personnes veulent que vous alliez bien. Vous avez traversé suffisamment d'épreuves.

Elle se força à sourire.

— Merci.

La porte de la pièce s'ouvrit et Cruz apparut, son regard vert passant de Gina à son frère.

— Vous avez entendu ? leur lança-t-il.

— Oui, répondit Knox. Ce qu'il propose paraît une bonne idée, à condition que Tony ne se méfie pas et accepte de nous rencontrer.

Gina aurait aimé partager l'assurance des Winchester. Elle appréciait la délicatesse de Knox. Il voulait être certain qu'elle se sentait bien chez Cruz. Comment aurait-il pu en douter ? Cruz lui avait offert l'hospitalité. Non seulement il avait accepté de s'occuper de son affaire, de la protéger alors qu'elle ne pouvait pas le payer, mais il l'avait accueillie chez lui.

Elle prit soudain conscience qu'une page se tournait et elle savoura la liberté qui accompagnait ce changement. Le temps était venu pour elle de cesser de fuir et de se battre. Elle n'était pas seule dans la bataille. Les Winchester étaient là et la soutenaient. À présent, elle avait besoin de passer la vitesse supérieure.

Maintenant, l'enjeu était de réussir à se jeter dans la mêlée sans tomber amoureuse. Rien ne serait simple parce que Cruz lui avait volé son cœur au premier regard et qu'elle allait être amenée à passer beaucoup de temps avec lui…

Alors qu'elle sortait les cannelloni du réfrigérateur, Gina avait déjà l'eau à la bouche. Elle songea avec gratitude à Kayla qui lui avait offert un petit aperçu du bonheur familial qui lui manquait tant.

— Cela t'ennuie si j'utilise ton four ? demanda-t-elle à Cruz.

— Fais comme chez toi, répondit-il. Je te l'ai déjà dit.

Elle n'avait posé la question que par habitude. Non seulement il lui avait répété en effet qu'elle devait se comporter comme si elle était chez elle, mais, bizarrement, elle se sentait totalement à l'aise chez lui, dans la maison d'un homme qu'elle venait de rencontrer.

Après avoir passé tant de temps à faire attention à ne pas déranger Tony, elle s'étonnait d'être aussi naturelle avec Cruz. Lorsqu'elle vivait avec Tony, elle avait appris à marcher sur la pointe des pieds, à anticiper ses moindres désirs pour éviter de déclencher sa colère.

Chat échaudé craint l'eau froide, voilà sans doute pourquoi la prudence était devenue chez elle une seconde nature.

Maintenant, elle prenait conscience que Tony était une anomalie et qu'elle ne devait plus le laisser assombrir sa vision du monde. Tony s'était efforcé de minimiser son existence mais, malgré les efforts qu'il avait déployés pour qu'elle se sente comme une moins-que-rien, elle savait qu'elle avait de la valeur. Tony avait toujours tenté de nier la gravité de sa violence ou de l'en rendre, elle, responsable. Grâce à Cruz qui la respectait, elle réapprenait qu'elle était Gina Ricci, une femme pleine de qualités, aimante, tendre, et qui méritait le meilleur.

— Si tu as faim, poursuivit Cruz depuis son bureau, je peux préparer le dîner.

— Je réchauffe les cannelloni de ma mère, dit-elle. Tu en veux ?

Cruz cessa de taper sur son clavier.

— Tu les partagerais avec moi ?

— C'est la moindre des choses ! Tu partages tout avec moi !

Il sourit.

— J'accepte avec plaisir.

Gina disposa les pâtes dans un plat qu'elle glissa dans le four.

Le micro-ondes aurait effectué le travail plus rapidement, mais, réchauffés au four, les cannelloni seraient meilleurs.

Elle envisagea de retourner dans sa chambre jusqu'à ce que le repas soit prêt, mais finalement elle préféra rejoindre Cruz. Depuis leur retour, il tapait assidûment sur le clavier de son ordinateur portable. Elle s'était interdit de regarder par-dessus son épaule ce qu'il rédigeait mais la curiosité eut finalement raison d'elle.

Il s'immobilisa alors qu'elle s'approchait, comme s'il avait entendu ou senti son arrivée.

— Que fais-tu ? demanda-t-elle, espérant ne pas être importune.

Cruz donna quelques coups supplémentaires sur les touches puis se tourna pour lui faire face.

— J'ai créé un site web pour le service de déménagement fictif que Rex va communiquer à Tony. J'ai envoyé un SMS à Rex et nous avons convenu que donner un numéro à Tony serait trop facile et risquait de paraître suspect. Au lieu de cela, Rex se « souviendra » du nom de l'entreprise peint sur le camion et Tony cherchera lui-même le numéro. Il trouvera celui de mon téléphone portable et m'appellera dans l'espoir d'apprendre où j'ai déposé les cartons après avoir vidé ton appartement.

Il sourit, visiblement fier de lui. Elle regarda l'écran.

— Ce site a l'air réel, dit-elle en se baissant pour mieux voir l'écran. Tu as fait tout ça depuis que nous sommes rentrés ?

Il haussa les épaules.

— Je crée beaucoup de légendes, de couvertures, dit-il modestement. Avec la pratique, je m'améliore et je deviens plus rapide. Si, un jour, tu as besoin d'un site web, je suis ton homme.

Gina éclata de rire.

— C'est bon à savoir.

— J'ai également conçu quelques publicités pour l'entreprise et je les ai diffusées sans attendre sur les forums communautaires de notre ville. Cela lui permettra de me trouver encore plus facilement et contribuera à légitimer l'existence de cette entreprise de déménagement.

— Eh bien, tu es vraiment doté de multiples talents, murmura-t-elle avant de rougir comme une pivoine.

Les yeux de Cruz pétillèrent de malice.

— C'est vrai, dit-il.

Un sourire apparut sur le visage de Gina, et elle se détourna sur la pointe des pieds.

— Je ferais mieux d'aller jeter un coup d'œil au dîner.

Cruz la suivit dans la cuisine puis ouvrit un placard pour en sortir des assiettes.

— Tu préfères t'installer au bar ou à table ?

— Au bar, dit-elle d'un ton désinvolte, sachant que les tabourets y étaient beaucoup plus rapprochés.

À l'intérieur du four, les cannelloni commençaient à roussir ce qui signifiait qu'ils étaient prêts à être servis. Elle enfila la paire de gants de cuisine et sortit les pâtes pour les déposer sur un dessous-de-plat.

Elle s'assit à côté de Cruz. Très vite, la conversation porta sur leur journée bien remplie. Gina apprécia que Cruz revienne sur le temps passé avec Kayla. Il avait tout remarqué. L'affection profonde qui les unissait mais aussi les photos de famille accrochées autour du miroir et sur l'écran de l'ordinateur de sa sœur. Derrière ces portraits, il y avait des pans de leur vie, de leur jeunesse et elle sourit en se les remémorant.

— Mes parents me manquent tellement, avoua-t-elle.

— J'en suis conscient, répondit-il avec chaleur. J'y travaille.

Comme ils finissaient de dîner, Cruz reçut un coup de fil et s'éclipsa pour prendre l'appel. C'était la première fois qu'il s'éloignait pour parler au téléphone et sa curiosité en fut attisée.

En quoi cette conversation était-elle différente ?

Elle envisagea de le suivre et d'insister pour être mise au courant. Mais elle n'était pas sûre que l'appel concerne leur enquête et si ce n'était pas le cas, si ce coup de fil était lié à sa vie privée, elle n'avait pas le droit d'écouter.

Elle lava la vaisselle, donna un coup d'éponge sur les plans de travail, avant d'arpenter le salon jusqu'à ce qu'une idée lui vienne à l'esprit.

Elle se dirigea vers le bureau où se trouvait Cruz pour lui emprunter un bloc-notes et un stylo. Elle prit alors place sur le canapé pour réfléchir et écrire.

Peut-être pourrait-elle contribuer à faire avancer l'enquête. Après deux années passées avec Tony, elle savait beaucoup de choses sur lui et certaines seraient sans doute utiles pour le retrouver, au moins indirectement.

Elle tapota le stylo contre le papier, puis commença à dresser une liste des noms de ceux qui gravitaient autour de Tony, à commencer par les membres de son personnel. Celui d'une femme de ménage qui venait chaque semaine passer l'aspirateur chez lui. Celui d'un chauffeur qui le conduisait à des événements importants. Ceux d'amis qu'elle avait rencontrés lors de ses soirées. Et aussi ceux des ennemis et des ex-copines qu'il snobait ouvertement lorsqu'ils se croisaient à des vernissages ou lors de galas de charité.

Toutes ces personnes étaient susceptibles d'en savoir beaucoup sur lui et pourraient peut-être être incitées à les dire.

Elle hésita à ajouter des membres de sa famille mais Knox s'en occupait déjà.

Bientôt, la page fut noire de noms et elle en fut la première étonnée. Tony était secret et s'arrangeait pour ne dévoiler sur lui que ce qu'il voulait mais il aimait aussi parader, être sous les feux des projecteurs, elle l'avait presque oublié.

Il avait peut-être gardé ses démons personnels bien cachés, mais un grand nombre de personnes en savait suffisamment sur lui pour donner à la police un petit aperçu de l'homme qu'il était en réalité.

Par exemple, où le chauffeur le conduisait-il ? Pour y faire quoi ?

Où Tony avait-il vécu avec ses ex-petites amies ? Pourrait-il s'y être caché ?

Elle considéra les endroits où Tony l'avait emmenée, elle, mais aucun n'était assez proche pour lui permettre de garder un œil sur Great Falls. Soit il s'était installé dans une nouvelle planque, soit il se cachait au vu et au su de tous.

Elle frissonna à cette éventualité.

Un claquement de pas la fit soudain sursauter.

Cruz s'approcha, un air d'excuse sur le visage tandis que son regard se posait sur le calepin posé sur ses genoux.

— Excuse-moi, je ne voulais pas t'effrayer. J'ai des nouvelles, mais qu'écris-tu ?

Gina lui passa le bloc-notes.

— J'ai dressé la liste de toutes les personnes que j'ai rencontrées par l'intermédiaire de Tony. Je ne connais pas toujours leurs noms de famille mais peut-être ces prénoms seront-ils utiles, malgré tout…

Cruz parcourut le feuillet, les sourcils levés.

— C'est plus qu'un début. C'est fantastique. Knox et Derek seront ravis de ces nouvelles pistes.

Quand son regard revint dans le sien, elle y vit briller quelque chose de nouveau qui lui fit chaud au cœur.

Quelque chose qui ressemblait beaucoup à de la fierté.

— J'espère que ça fera avancer l'enquête. Maintenant, à ton tour. Quoi de neuf ?

Un lent sourire s'étala sur le visage de Cruz.

— J'étais au téléphone avec Derek. Il a suivi tes parents toute la journée.

La peur s'empara aussitôt d'elle.

— Pourquoi ?

— Je lui ai posé la question, dit Cruz remarquant qu'elle s'était tendue. Pour toi, précisa-t-il. Il voulait s'assurer que personne d'autre ne les filait.

— Et ce n'est pas le cas, n'est-ce pas ? demanda-t-elle.

Une lueur de joie dansa dans les yeux de Cruz.

— Non, répondit-il. Et voilà pourquoi tu peux leur rendre visite sans les exposer au danger.

Le cœur de Gina bondit.

— Quoi ?

— Voici le plan de Derek : tes parents assistent à la messe chaque semaine. Nous avons pensé qu'il serait plus facile de se glisser dans l'église et de les rencontrer dans une salle privée. Pour ne pas risquer d'attirer l'attention au cas où des personnes curieuses auraient échappé à la vigilance de Derek.

En proie à une joie sans mélange, Gina se jeta au cou de Cruz.

Ses bras puissants se refermèrent autour d'elle et il éclata de rire.

— J'espérais cette réaction de ta part. Rappelle-moi de toujours être porteur de bonnes nouvelles, dit-il. Et de le faire le plus souvent possible.

Elle se blottit contre lui un long moment, appréciant

la chaleur de son étreinte. Son cœur battait vite et fort sous son oreille et elle se demanda s'il partageait son trouble. Elle espérait avoir souvent de bonnes raisons de s'accrocher à lui ainsi.

— Il y a encore une chose, dit doucement Cruz, glissant ses mains dans son dos. Nous avons été vus ensemble dans la jeep plusieurs fois déjà. Nous devrions prendre un autre véhicule. Par précaution.

Elle pencha la tête en arrière pour lui demander à quoi il pensait.

Il lui sourit.

— Cela te dérangerait de grimper sur ma moto ? demanda-t-il.

Elle cria de joie.

13

Gina enfourcha la moto de Cruz et se plaqua contre lui. Son cœur battait à tout rompre alors que l'engin rugissait, fonçant dans le noir sur une route de campagne. Bientôt, les champs vallonnés et les fermes cédèrent la place aux immeubles du centre-ville et à des ribambelles de voitures.

Son casque intégral lui procurait une sensation exaltante d'anonymat.

La cathédrale Saint-Pierre se profilait à l'horizon. Ses flèches majestueuses brillaient dans l'obscurité, mises en valeur par des projecteurs stratégiquement placés.

Unc vague d'excitation la parcourut à l'idée de revoir enfin ses parents.

Cruz devina sans doute son émotion parce qu'il posa une main sur les siennes, nouées contre son torse.

Le cœur de Gina s'accéléra encore et, encouragée par la tendresse du geste, elle colla sa joue contre son dos.

Bientôt, la moto entra dans un petit parking réservé aux employés. Elle descendit du bolide mais garda son casque alors qu'ils approchaient de l'édifice religieux. Dans le passé, elle s'était rendue mille fois dans cette cathédrale avec sa famille mais ils se garaient alors sur le parking réservé aux fidèles.

Elle n'avait jamais remarqué la porte dérobée à laquelle Cruz frappa et qui s'ouvrit immédiatement.

En reconnaissant l'homme qui les faisait entrer, Gina sentit une profonde émotion l'envahir.

— Monsieur Garcia, murmura-t-elle, un sourire heureux sur les lèvres.

M. Garcia et sa femme étaient de vieux amis de sa famille. Ils avaient souvent gardé Gina et Kayla quand elles étaient petites et que leurs parents devaient s'absenter.

Il lui sourit avec chaleur puis salua Cruz d'une poignée de main.

— J'ai demandé aux Ricci de m'attendre dans la salle polyvalente, dit-il alors que les accords d'une musique d'orgue s'élevaient dans des parties plus éloignées de l'édifice. J'ai prétendu vouloir discuter avec eux d'une collecte de fonds destinée à financer la rénovation de notre école primaire. Lorsqu'ils comprendront qu'il s'agissait d'une ruse pour les attirer à l'écart, ils ne m'en voudront pas, j'en suis certain.

Ses yeux noirs pétillaient d'amusement.

— Dépêchons-nous pour vous permettre de passer le plus de temps possible ensemble.

Il les entraîna le long d'un étroit couloir.

— Comment vous connaissez-vous ? demanda Gina aux deux hommes, sans se soucier de savoir qui répondrait.

Le monde était-il petit à ce point ?

Cruz posa une main dans son dos.

— Nous ne nous connaissons pas.

M. Garcia sourit par-dessus son épaule.

— Derek, l'associé de Cruz, m'a téléphoné et expliqué la situation. Je me trouvais alors dans mon bureau après une réunion avec le conseil consultatif de l'école. Cette réunion s'était tenue le soir et les employés étaient tous déjà rentrés chez eux. Son appel tombait donc à pic, à l'un des rares moments de la journée où j'étais seul. Je suis allé parler à tes parents dès que je les ai vus se garer sur le parking.

Il s'arrêta devant la porte fermée d'une grande salle habituellement réservée aux vins d'honneur lors des mariages et se tourna vers Cruz.

— Si vous avez besoin de quoi que ce soit, n'hésitez pas à me le demander.

— Merci, dit Cruz.

M. Garcia s'écarta de quelques pas. Il faisait semblant de jouer avec son téléphone, mais en réalité il montait la garde.

Cruz ouvrit la porte et invita Gina à entrer.

Le cri de surprise que poussa sa mère en la reconnaissant et les larmes de joie qui jaillirent aussitôt de ses yeux la propulsèrent en avant. Elle se jeta au cou de ses parents. Ils lui avaient tant manqué.

Le nez enfoui dans les cheveux de Gina, sa mère sanglotait. Enfin, elle recula pour regarder sa fille.

— Je n'arrive pas à croire que c'est toi. Nous étions malades d'inquiétude, nous ignorions ce qui t'était arrivé et nous imaginions le pire. Où étais-tu, Gina ? Et comment vas-tu ?

Immobile à leurs côtés, son père s'efforçait manifestement de se ressaisir. Ses traits étaient décomposés.

Gina s'approcha de lui, l'attirant dans l'étreinte de leurs retrouvailles.

Un long moment s'écoula avant que les larmes et les mots d'amour se tarissent un peu.

Cruz tendit une boîte de mouchoirs à Gina.

— Peut-être devrions-nous tous nous asseoir, suggéra-t-il avant de les inviter à prendre place autour de la table ronde la plus proche, assez grande pour accueillir huit personnes. Nous avons peu de temps et beaucoup à nous dire.

Son père se racla la gorge et hocha la tête. Il tira des chaises pour Gina et sa mère. Il posa un bras sur ses épaules tandis que sa mère serrait les mains de Gina avec force.

Sur un signe de Cruz, Gina recommença à raconter son histoire. Et, comme sa sœur, ses parents pleurèrent. En apprenant la vérité sur Tony, sur tout ce que leur fille avait enduré à cause de lui, ils furent choqués, anéantis et se reprochèrent de ne pas avoir été conscients du drame qui s'était déroulé près d'eux. Elle leur avait caché la situation pour les épargner mais ils auraient du mal à se pardonner leur aveuglement. Accrochés l'un à l'autre et à elle, le cœur brisé, ils comprirent pourquoi elle avait été obligée de s'enfuir.

— Tu aurais dû nous en parler, nous t'aurions aidée, dit son père, la voix lourde de désespoir. Quelles que soient tes difficultés, nous serons toujours là pour toi. Toujours. Je pensais que tu l'avais compris, Gina.

Sa mère sortit d'autres mouchoirs et s'en tamponna les yeux.

— Je n'arrive pas à croire qu'il t'ait fait du mal. Kayla nous avait raconté un jour qu'elle vous avait entendus vous disputer mais nous avions cru à des petites chamailleries sans conséquence. Les Marino sont des piliers de la communauté et Tony s'est toujours montré poli et aimable avec nous. Et depuis ta disparition, sa famille s'est donné pour mission de te retrouver.

Gina frotta le bras de sa maman.

— Au début, je ne voulais pas vous contrarier en vous racontant mes conflits avec Tony. Et lorsqu'il est devenu violent, j'ai eu peur de vous impliquer. Maintenant, je mesure mon erreur, je comprends à quel point j'ai eu tort. Mais à l'époque, il m'était difficile de savoir quoi faire. J'étais perdue. Je suis vraiment désolée.

Sa mère lui caressa les cheveux et l'attira contre elle.

— Nous ne te reprochons rien, ma chérie, murmura-t-elle. Et nous ne te jugeons pas. En aucun cas.

Son père semblait anxieux, maintenant.

— Penses-tu que sa famille était au courant de sa violence ?

Gina retint son souffle, le cœur battant. Elle ne leur avait pas encore dit le pire. Elle jeta un coup d'œil à Cruz pour puiser de la force mais fondit en larmes.

— Je ne sais pas si la famille de Tony se doute de qui il est vraiment mais ils ne le livreront jamais à la justice. La famille Marino ne correspond pas à l'image qu'elle souhaite donner. Elle a des ombres, des côtés sombres, dit-elle dans un murmure. Je ne m'en suis rendu compte que trop tard mais ils sont manipulateurs. Ils cherchent toujours à étendre leur influence et leur pouvoir dans leurs cercles.

Elle serra ses parents contre elle et ajouta :

— Je sais que vous me protégerez toujours, dit-elle pour qu'ils comprennent qu'ils n'avaient rien fait de mal. Vous avez toujours tout fait pour Kayla et moi mais le monde était devenu compliqué pour moi. J'essayais de vous protéger.

Son père soupira, puis l'attira à lui pour l'embrasser sur la tête.

— Laisse-nous t'aider, maintenant. Nous ne sommes pas complètement inutiles, tu sais ?

Il se força à sourire puis leva les yeux vers Cruz d'un air interrogateur.

— Que pouvons-nous faire ?

Ils avaient besoin d'apprendre tout de suite un élément capital.

— Papa, je me suis enfuie pour une autre raison,

dit-elle, posant les mains sur son ventre. Je devais protéger mon bébé.

Stupéfait, son père couvrit sa bouche et se tourna vers sa femme.

— Gina, tu attends un bébé ? demanda celle-ci en la prenant de nouveau dans ses bras pour l'étreindre avec force.

— Nous allons être grands-parents ? répéta son père, l'air émerveillé.

Gina hocha la tête et ses parents la serrèrent dans leurs bras.

Il lui tint la main puis tourna vers Cruz un regard déterminé.

— Et plusieurs membres de votre famille sont à la recherche de Tony, n'est-ce pas ? demanda son père.

— Oui, monsieur, répondit Cruz. Mon frère, Knox, est le shérif adjoint chargé de Gina, dit-il. Mes cousins sont inspecteurs de police à West Liberty, où Gina avait été portée disparue au départ. Ils supervisent les choses depuis votre ville, tandis que Knox veille depuis la mienne. Mon associé, Derek, et moi travaillons en collaboration avec le bureau du shérif pour protéger Gina et son bébé tout en traquant Tony. Jusqu'à présent, nous n'avons pas le moindre indice de l'endroit où il se cache mais nous menons l'enquête secrètement. S'il se doutait que nous sommes à sa poursuite, il disparaîtrait. Nous ne voulons pas étaler nos cartes trop vite.

— Avez-vous suffisamment de preuves pour l'arrêter ? Gina devra-t-elle témoigner ? Les auteurs de violence conjugale sont-ils d'ailleurs jugés et passibles d'une peine de prison ?

Le cœur de Gina se serra et elle se redressa sur son siège, croisant brièvement le regard de Cruz.

— Trop rarement, répondit Cruz. Mais la justice est moins clémente avec les meurtriers.

— Quoi ? cria sa mère. Il a tué quelqu'un ?

Cruz leur raconta le meurtre de M. Larkin et l'attaque de Heather.

Son père jura.

Cruz se leva, puis sortit une paire de téléphones portables de sa poche. Il en tendit un à ses parents, l'autre à Gina.

— Leurs numéros ne sont pas enregistrés. J'ai ajouté mon nom et mes coordonnées dans les contacts, ainsi que toutes les informations nécessaires pour joindre mon frère et mes cousins. Et, bien sûr, le numéro de Gina.

Gina serra le sien contre sa poitrine, le cœur gonflé de joie. Quand s'était-il procuré ces appareils ? Depuis combien de temps organisait-il cette réunion avec ses parents ? Et elle qui ne se doutait de rien…

Cruz était vraiment un homme merveilleux.

Sa mère émit un petit cri d'excitation.

— Kayla va être verte de jalousie.

Un rire jaillit des lèvres de Gina.

— Un grand merci à toi, dit-elle à Cruz.

Il pencha légèrement la tête en avant, d'un mouvement léger mais magnanime.

— Ainsi, vous pourrez rester en contact sans que personne ne le sache. Très important : ne répondez que si le numéro entrant appartient à l'un des contacts que j'ai programmés. Ignorez les numéros inconnus. Toujours. C'est bien compris ?

Son père acquiesça alors qu'il regardait le téléphone de Cruz.

— Oui.

Sa mère soupira, visiblement soulagée.

— Mais nous avons le droit de parler à notre fille, n'est-ce pas ?

Cruz sourit.

— Oui, bien sûr. Autant que vous le souhaitez. Pour le reste, continuez à vivre comme d'habitude. Il est évident que vous semblerez désormais plus heureux que lorsque vous êtes arrivés ici, ce soir. Essayez de ne pas laisser paraître votre joie trop ouvertement pour n'intriguer personne, poursuivit-il. Compte tenu des derniers événements, nous ne voulons pas que quiconque soupçonne que vous savez où se trouve Gina.

La porte de la pièce s'ouvrit et M. Garcia entra.

— Désolé de vous interrompre, dit-il. Mais je voulais vous prévenir que la messe se termine.

Le cœur de Gina se serra alors que sa mère l'étreignait à nouveau.

— Je t'aime, maman, murmura-t-elle avant de se lever et de se tourner vers son père.

Son père l'embrassa sur le haut de la tête.

— Je t'aime, chérie.

Soudain, le héros de sa jeunesse semblait plus fragile qu'auparavant.

— Je t'aime aussi, papa, dit-elle. Tout ira bien, leur assura-t-elle.

— Protégez notre petite fille, dit sa mère à Cruz d'un ton suppliant, faisant écho aux mots d'adieu de Kayla alors qu'ils se dirigeaient vers la porte.

— Et notre futur petit-enfant, ajouta son père.

— Pour les atteindre, il faudra passer sur mon cadavre, affirma de nouveau Cruz.

Puis il prit la main de Gina et l'entraîna.

14

Courir jusqu'à la moto donna à Gina le temps de se ressaisir. Alors qu'ils enfourchaient l'engin, la visière teintée du casque dissimulait ses yeux rouges et gonflés. Comme ils traversaient la ville sur le bolide, l'air frais de la nuit lui remit les idées en place.

Gina éprouvait une infinie gratitude envers Cruz. Non seulement il avait permis ces retrouvailles mais il lui avait donné le moyen de rester en contact avec ses proches sans inquiéter personne.

Plus le temps passait, plus son estime envers son détective privé grandissait. De beau gosse sexy, il se métamorphosait d'heure en heure en super-héros. Ses multiples attentions à son égard, son assurance et son sourire chaleureux avaient plus d'impact sur elle qu'un intérêt amoureux classique et Cruz était certainement très loin de s'en douter. Parce qu'il ne jouait pas. Il n'avait pas d'arrière-pensées, il ne tirait pas de plans sur la comète. Cruz Winchester était sincère et droit. Après avoir vécu un cauchemar auprès de Tony, elle avait presque oublié que les hommes comme Cruz existaient. Mais la façon dont il se comportait avec elle avait tout changé.

Désormais, elle n'accepterait plus une relation toxique dans laquelle elle se sentirait méprisée, dévalorisée, maltraitée. Si elle ne se respectait pas assez pour exiger de l'être, elle poussait les autres à mal la considérer. Et, dès lors, elle les autorisait sans le dire à faire de sa vie un enfer.

La moto ralentit en approchant du dernier feu rouge avant la sortie de la ville. Derrière eux, la vie nocturne battait son plein. Devant eux, une route de campagne tranquille les ramènerait chez Cruz.

Malgré le rugissement du moteur, elle entendit son téléphone sonner dans sa poche.

Cruz l'entendit et se tourna vers elle en riant.

— Tes parents ne perdent pas de temps pour se servir de leur nouvel appareil !

Gina sourit en s'emparant du sien.

— Je peux prendre l'appel ? demanda-t-elle, le cœur bondissant d'allégresse à l'idée d'entendre à nouveau la voix de sa mère.

Certes, elle lui avait parlé il y a moins d'un quart d'heure mais elles avaient encore tant à se dire.

Quand le feu passa au vert, Cruz dirigea la moto vers un parking désert. Là, il régla le moteur pour lui permettre de parler sans être gênée par le bruit.

Elle retira son casque et pressa le smartphone contre son oreille.

— Oui, maman, dit-elle d'une voix joyeuse. Tout va bien ?

— Nous allons bien, oui, répondit sa mère comme si elle n'en était pas vraiment sûre. Ce n'est sans doute rien mais…

Un grand silence tomba et plus il se prolongeait, plus Gina sentait sa gorge se serrer.

— Maman ? insista-t-elle. Que se passe-t-il ? Dis-moi.

— L'entreprise chargée du système d'alarme de la maison vient de nous appeler. Nous avons été victimes d'un cambriolage.

Une heure plus tard, Cruz arpentait son salon. L'expression peinte sur le visage de Gina, recroquevillée sur le canapé, le ravageait. Elle était contrariée parce qu'il avait insisté pour rentrer chez lui. Vu les événements, elle aurait préféré se rendre chez ses parents. Elle aurait voulu les entourer, les soutenir. Se faire cambrioler n'était jamais une partie de plaisir. Mais Cruz estimait que le risque était trop grand.

La priorité de Gina était sa famille mais Cruz n'avait que sa sécurité en tête.

Alors il l'avait reconduite chez lui comme prévu et si elle comprenait pourquoi elle ne pouvait pas être avec ses parents, la douleur était gravée sur ses traits.

Le smartphone de Cruz vibra pour lui signaler la réception de plusieurs messages. Ils venaient de ses cousins Blaze et Lucas. Aucun d'eux n'était chargé des cambriolages ni des personnes disparues mais Cruz leur ayant demandé de s'impliquer, ils avaient évidemment répondu à sa requête.

— Derek vient d'arriver chez tes parents, dit-il à Gina, se déplaçant pour la rejoindre sur le canapé. Blaze et Lucas ont parlé avec eux et m'ont confirmé qu'ils allaient bien. L'intrus était parti depuis longtemps quand ils sont entrés chez eux et la police était déjà sur les lieux. Ta mère et ton père t'appelleront dès qu'ils le pourront, j'en suis sûr. Ils attendent probablement d'être à nouveau seuls. Ils savent qu'il est important de garder votre entrevue secrète.

Gina le dévisagea d'un œil accablé.

— Je m'en veux tellement. Je suis responsable de tout. Je suis la cause de ce cambriolage. J'ai quitté la ville pour éloigner Tony d'eux. En disparaissant sans explication, je les ai inquiétés pendant des mois, mais je me répétais qu'au moins, ils étaient en sécurité. Et maintenant, Tony est plus près de me trouver qu'il ne l'a jamais été. Qui sait ce qu'il fera ensuite ? Et je ne peux rien faire pour leur épargner tous ces ennuis.

Cruz s'interdisait de la prendre dans ses bras. Si elle lui tendait la main, il mêlerait leurs doigts mais il n'irait pas plus loin. Il voulait que ce soit le choix de Gina, sa décision, son désir.

— En ce moment, tu fais exactement ce que tu dois faire, dit-il.

Elle hocha la tête mais elle ne semblait pas convaincue. Elle promena les yeux sur le parquet.

Il mesurait la culpabilité dont elle était la proie. Elle avait fait un choix courageux et désintéressé, dans des circonstances très difficiles. Il regrettait qu'elle ne soit pas consciente de sa force. Elle avait toutes les raisons d'être fière d'elle. Pas d'avoir honte ou de nourrir des regrets.

— Tu as toujours réagi comme il le fallait, assura-t-il. Depuis le jour où tu t'es enfuie et où tu as clairement fait comprendre à Tony que tu ne le laisserais plus te contrôler. Manifestement, il n'a pas l'habitude de rencontrer de la résistance. Voilà pourquoi il est devenu fou.

Le visage de Gina s'assombrit davantage encore.

— Alors, il est bien derrière ce cambriolage. Tu penses qu'il ne s'agit pas d'une coïncidence ?

Elle espérait encore qu'ils se trompaient.

— Non, je suis presque sûr que c'est lui le responsable. Selon Blaze, la porte d'entrée a été forcée, le buffet de la salle à manger renversé, toute la vaisselle à l'intérieur brisée. Plusieurs bibelots en porcelaine ont été piétinés et une peinture à l'huile accrochée au-dessus de la cheminée a été tailladée. Sciemment.

Il s'interrompit un instant avant de lui asséner le pire.

— Un message a été peint à la bombe en rouge sur le tapis, dit-il.

Il attendit que son regard rencontre le sien pour ajouter : « Continue de te cacher. Ils continueront à en faire les frais. »

Gina serra les poings.

— C'est Tony, gronda-t-elle. Sans l'ombre d'un doute. Qui d'autre aurait écrit ça ? Il est allé chez mes parents pour s'en prendre aux objets auxquels ils tiennent. Il a voulu nous frapper là où ça fait mal.

— Ces bibelots et ce tableau avaient donc de la valeur aux yeux de tes parents ?

Le profil de Tony Marino se précisait d'heure en heure.

— Tout ce qu'il a saccagé était chez les Ricci depuis des générations, dit-elle. Les figurines en porcelaine venaient d'Italie. Mes aïeuls les ont emportées en s'embarquant sur le bateau qui les a conduits aux États-Unis, au siècle dernier. Le tableau était un portrait de mon arrière-arrière-grand-mère. Il était irremplaçable. Tony n'a pas cambriolé mes parents. Il a détruit ce à quoi ils tenaient. C'était une punition.

Cruz se leva et se rendit dans la cuisine pour chercher deux bouteilles d'eau.

— Visiblement, il perd le contrôle et ce n'est pas forcément une mauvaise nouvelle. Il est beaucoup plus difficile de capturer et de monter un dossier solide contre un psychopathe qui garde la pleine maîtrise de ses actes. Un impulsif qui agit sur le coup de la colère a tendance à multiplier les erreurs.

Il tendit à Gina l'une des bouteilles puis ouvrit l'autre pour lui-même.

— Cela dit, je ne suis pas certain que tout se soit passé ainsi. Sans doute est-il entré chez tes parents dans l'espoir de te localiser. Ils n'étaient pas chez eux, la maison était vide. Ce n'est sûrement pas un hasard. Il a peut-être fouillé leurs affaires, leurs papiers, leurs ordinateurs…

Gina sirota son eau, tout en réfléchissant aux paroles de Cruz. Après un moment, elle posa la bouteille et replia les jambes sous elle.

Soudain, elle écarquilla les yeux.

— Et si tu te trompais ? Et si ma famille était sa véritable cible et que, par miracle, mes parents n'étaient pas chez eux ?

— Je ne pense pas.

Cruz posa sa bouteille, s'efforçant de mettre de l'ordre dans son esprit. Mais le désir qu'il éprouvait pour Gina compliquait son besoin de rester rationnel. Il s'aventurait sur un territoire nouveau et effrayant.

L'une des qualités qui lui permettaient d'être un excellent détective privé était sa capacité à garder ses distances, à ne pas s'impliquer émotionnellement lorsqu'il travaillait sur un dossier. Il était essentiel de garder l'esprit clair et objectif. Travailler avec Gina avait réduit à néant cette faculté.

— Pourquoi ? demanda-t-elle, le forçant à reprendre la conversation en cours.

— N'oublie pas qu'il ne sait toujours pas que tu es avec moi, ni que des adjoints des shérifs de deux villes différentes le poursuivent. Il est persuadé que tu es toujours manipulable et qu'il obtiendra ce qu'il veut. S'attaquer à ta famille n'est pas malin de sa part. De ce fait, tu n'auras pas envie de revenir vers lui, dit Cruz. Ce cambriolage chez tes parents a été conçu pour t'intimider. Peut-être s'agit-il aussi d'un test pour savoir si tu es en contact avec eux. Et je suis sûr qu'il a fureté dans leurs affaires avant de tout casser. Heureusement, tu ne leur avais pas parlé auparavant, il n'y avait donc rien à trouver.

Cruz ne prit pas la peine d'ajouter une vérité plus horrible encore. Si Tony avait voulu s'en prendre aux Ricci, il aurait pu le faire à tout moment. Au lieu de quoi, il avait attendu pour cela qu'ils se rendent à la messe.

Elle hocha lentement la tête, semblant un peu réconfortée.

— Alors, il nous a fait une grosse colère.

Cruz sourit.

— C'est une façon de voir les choses. Mais plus il crie fort, plus il sera facile de le retrouver.

Gina se rapprocha de Cruz et se blottit contre lui.

— Mon comportement ne te gêne pas ?

— Pas du tout répondit Cruz, veillant à dissimuler son étonnement.

Il repoussa tendrement ses longs cheveux en arrière. Leur douceur le mettait en transe.

— Que fait-on maintenant ? demanda-t-elle.

Il fallut un moment à Cruz pour bien comprendre le sens de la question et pour revenir au moment présent.

— Nous restons ici, à l'abri et ensemble, pendant que Derek et les forces de l'ordre locales continuent de le rechercher, dit-il, appréciant de plus en plus cette idée. Tony ne peut pas rester très longtemps caché. Les gens s'affairent, partent en voyage, prennent quelques jours pour être seuls, mais ils reviennent. Ils continuent leur vie. Mon frère et mes cousins l'ont à l'œil, guettent son retour pendant que moi, je suis chargé de ta protection.

— Que se passera-t-il lorsqu'ils le localiseront ? demanda Gina.

— S'il se présente à son domicile ou à son bureau, un agent de West Liberty l'invitera à se rendre au commissariat pour l'interroger sur ta disparition. Même si ses avocats le font sortir avant une éventuelle mise en examen, nous pourrons le suivre à partir de là.

Gina hocha la tête en bâillant.

Cruz se tourna vers elle.

— Tu devrais dormir un peu, dit-il doucement. Derek passe la nuit devant la maison de tes parents. Tu les appelleras demain matin s'ils ne t'appellent pas avant.

— Je ne pourrai pas dormir. Et je n'ai pas envie d'être seule. Ça te dérange si je reste avec toi un peu plus longtemps ?

Le cœur de Cruz s'accéléra dans sa poitrine et il se demanda comment réagir. Gina était douce et chaude contre lui.

— Très bien, dit-il enfin en la calant dans ses bras pour que sa tête repose contre son torse.

Puis il s'autorisa à se détendre et à profiter du moment. Il était ravi qu'elle veuille être là, avec lui, même si ce n'était que pour ne pas être seule. Et il espérait qu'un jour prochain, il pourrait lui dire à quel point cela ne le dérangeait pas qu'elle le choisisse, lui, plutôt qu'une chambre solitaire et un lit vide.

Et à quel point il aimerait qu'elle en ait envie, soir après soir.

15

Une bonne odeur de café tira Cruz du sommeil. Il était resté éveillé longtemps après que Gina se fut endormie sur le canapé, blottie contre lui.

Il avait effectué des recherches sur la famille Marino, sur Tony et son père, en particulier. Ensuite, il avait parlé avec Derek, qui veillait sur les Ricci. Tous deux s'étaient efforcés de faire le tri dans leurs idées concernant l'affaire.

Il n'avait pas osé mettre Gina au lit. Il craignait de la réveiller alors qu'elle avait tellement besoin de récupérer. Il l'avait donc allongée là où elle s'était assise, avait glissé un oreiller sous sa tête et l'avait recouverte d'un plaid avant de s'éclipser pour s'octroyer quelques heures de repos.

La regarder dormir l'avait profondément ému.

Ce désir l'avait empêché de s'assoupir lorsqu'il s'était finalement glissé dans son lit, malgré l'heure tardive. À présent, comme il n'avait pas assez dormi, il se sentait irritable.

Il se dirigea donc en pilote automatique vers l'odeur du café fraîchement infusé, comme un marin suivant le chant des sirènes. Il s'interrogeait sur le nombre de tasses qu'il lui faudrait ingurgiter pour se réveiller complètement, doutant que la caféine, même à fortes doses, suffise à lui redonner l'esprit alerte après trois malheureuses heures de sommeil.

Gina apparut alors dans son champ de vision. Debout près des portes vitrées donnant sur la terrasse, elle observait quelque chose au loin. Avec ses longs cheveux noirs, flottant sur ses épaules et se détachant sur le coton blanc immaculé de son T-shirt, elle était ravissante. Il devinait le reflet de son joli visage dans la vitre.

Il laissa son regard affamé parcourir son dos jusqu'au short de nuit à carreaux roses et ses jambes nues.

Une poussée d'adrénaline le traversa, faisant plus pour le réveiller que n'importe quelle quantité de caféine. Et un petit gémissement s'échappa de ses lèvres.

Gina se retourna, les yeux brillants, et un large sourire éclaira son visage. Elle serrait une tasse blanche entre ses mains.

Cruz fit semblant de s'étirer pour dissimuler son trouble.

— Bonjour.

— Bonjour, répéta Gina.

Il se dirigea vers la cafetière pour se verser une tasse.

— Merci de l'avoir préparé, dit-il, se retournant vers elle avant d'en savourer une gorgée avec délice.

— C'est la moindre des choses, répondit-elle en se hissant sur le tabouret en face de lui. Dis-moi quand tu seras bien réveillé parce que j'ai une idée à te soumettre.

— Et laquelle ?

— Depuis que je me suis enfuie, j'ai évité les réseaux sociaux pour ne pas permettre à Tony de retrouver ma trace. Mais les sites web comme Facebook ou Instagram sont également d'excellentes sources de renseignements pour nous. Même si Tony n'a pas mis à jour son profil, sa mère ou quelqu'un d'autre pourrait l'avoir fait.

Elle s'agita puis se mordilla de nouveau les lèvres.

— Pardon pour ma nervosité. Je limite ma consommation de caféine depuis que j'ai appris ma grossesse.

J'ai déjà bu deux tasses au cours de la dernière heure et je pense avoir atteint mon quota.

Il rit, porté par son sourire.

— Je travaille à te rattraper, dit-il. En attendant, continue.

Elle prit une profonde inspiration.

— Et si je contactais quelques personnes en ligne ? Je ne m'adresserais qu'à deux ou trois proches et uniquement ceux dont je suis certaine qu'ils seront disposés à m'aider à monter un dossier contre Tony. Par discrétion, je peux créer un nouveau profil et garder ces échanges privés.

Cruz vida sa tasse et se brûla la gorge. Il avait vraiment besoin de caféine pour avoir l'esprit clair et discuter de tout ce qui risquait de mettre Gina en danger.

— Et si nous en parlions autour d'un petit déjeuner ? proposa-t-il en attrapant le panier de muffins et un pot de beurre de cacahuètes.

— Bien sûr, approuva-t-elle en souriant.

— J'aime le concept global de ton idée, dit-il, mais pas le risque.

Il attendit qu'elle proteste mais, comme elle n'en faisait rien, il poursuivit :

— Pour avoir une chance d'aboutir, tu devrais faire confiance à des gens issus d'un monde sans foi ni loi. Et ça me rend nerveux, reconnut-il.

Il prit une autre gorgée de café et se demanda s'il faisait preuve de bon sens ou s'il se montrait surprotecteur avec elle. Il avait l'impression de sortir des banalités alors que Gina savait mieux que quiconque dans quoi elle s'embarquait.

— C'est vrai, il y a un certain risque, mais des gens aussi horribles que Tony se font inévitablement des ennemis en cours de route. Les personnes qui lui en veulent évitent de l'attaquer frontalement pour ne pas être détruites. Nous devons donc les identifier.

— Je suppose que tu as des idées sur celles à contacter en premier, reprit-il en se versant une deuxième tasse de café.

— Je pense que oui, dit Gina en s'appuyant contre le comptoir. Je sais que tu t'inquiètes pour moi, mais c'est inutile. Tu superviseras tous les échanges en ligne et si quelqu'un accepte de me rencontrer, tu choisiras le lieu, tu viendras avec moi ou t'y rendras seul. Je m'en fiche, pourvu que Tony se retrouve derrière les barreaux.

Le plan était intelligent.

La pire chose qui pouvait arriver était que l'une des personnes qu'elle appellerait la dénonce à Tony. Mais, même dans cette hypothèse, Gina serait toujours en sécurité avec Cruz.

— J'ai l'impression que tu as réfléchi à tout, dit-il.

— Merci, répondit-elle avec un sourire.

Cruz vida sa tasse de café, puis étala du beurre de cacahuètes sur des moitiés de muffins grillés. Il en plaça deux sur chaque assiette et les emporta sur la terrasse.

Gina le suivit.

Ils se régalèrent en bavardant amicalement pendant un moment avant que Cruz ne revienne sur le sujet qu'elle avait soulevé. Maintenant qu'il avait l'estomac plein et sa dose de caféine, il voulait lui poser d'autres questions.

— Qui as-tu en tête pour tes cibles ?

Gina joignit les mains sous le menton.

— Tony a une sœur avec qui il est fâché depuis des années… et une secrétaire qu'il traite comme une moins-que-rien et qu'il a virée il y a quelques mois. Il y a aussi une ex-petite amie qui l'évite comme s'il avait la peste à chaque fois qu'il la croise à un gala de charité. Un jour, elle est partie dès qu'elle nous a vus arriver.

— Laissons tomber la sœur, dit Cruz. Les relations

familiales sont compliquées, je préfère éviter. Mais les autres me semblent intéressantes… à creuser.

Une employée récemment licenciée et une ex-petite amie étaient des témoins convaincants. Toutes deux auraient également accès à des informations qui seraient utiles au frère et aux cousins de Cruz pour monter leur dossier.

Gina croqua dans son muffin avec une expression pensive.

— J'étais également proche de la petite amie d'un ami de Tony, Ben, dit-elle. Elle s'appelle Celia, et Ben travaille dans l'entreprise de Tony. Celia pourrait m'aider à entrer en contact avec la secrétaire et l'ancienne petite amie. Elle pourrait même avoir des renseignements sur les affaires dans lesquelles Tony a trempé ces derniers temps, s'il en a parlé avec Ben.

Cruz s'étira sur son siège.

— Il est peu probable que la petite amie de l'ami en question se sente obligée de raconter à Tony que tu l'as contactée. Cependant, elle pourrait en parler à ce Ben. Comment est-il ?

— Très sympa, répondit Gina. J'ai toujours senti qu'il était horrifié par la façon dont Tony me traitait. Il ne s'est jamais comporté avec Celia comme Tony avec moi. Tony et lui se connaissent depuis longtemps. J'ai parfois eu le sentiment qu'ils étaient davantage unis par une histoire commune que par une affection réelle.

— Si Ben travaille dans l'entreprise de Tony, il craindra peut-être de perdre son emploi, fit remarquer Cruz.

Gina hocha la tête, perdue dans ses pensées.

Cruz avait envie de l'apaiser.

Elle était trop intelligente pour Tony, et ce minable ne l'avait sans doute pas supporté.

Cruz sourit à cette pensée.

— Quoi ? demanda-t-elle en rivant ses yeux aux siens.

Il leva les mains en signe de reddition.

Son téléphone sonna alors et elle consulta l'écran.

— Ce sont mes parents.

— Prends-les, dit-il.

Gina répondit, un sourire chaleureux sur les lèvres.

— Allô ? Maman ?

Cruz s'autorisa à se demander si Gina aurait envie qu'il reste dans sa vie, une fois le danger passé. S'intéresserait-elle toujours à lui si elle n'avait plus besoin de sa protection ? L'attirance qu'il ressentait entre eux était-elle seulement le fruit d'émotions exacerbées ? Gina les ressentait-elle, elle aussi ?

Il porta leurs assiettes dans l'évier. Il adorerait voir naître son bébé, faire partie de sa vie et de celle de son enfant…

Il secoua la tête et se traita d'imbécile.

De toute évidence, le café n'avait pas donné à son cerveau confus autant de clarté qu'espéré. Il n'y avait aucune raison de penser que Gina aurait envie de continuer à le voir quand Tony aurait été mis hors d'état de nuire. Et pourquoi lui proposerait-elle d'élever son bébé avec elle ? Ou qu'il fasse partie de leur vie de manière permanente ?

Il termina la vaisselle, puis passa un coup d'éponge sur la table en réfléchissant au plan qu'elle avait proposé au petit déjeuner. C'était un bon plan.

Gina regagna la cuisine quelques instants plus tard.

— Comment va ta mère ? demanda-t-il.

Gina sourit.

— Bien. Elle a promis de m'appeler tous les matins à cette heure-ci.

Sa lèvre tremblait mais il ne savait pas s'il était sous l'emprise d'une profonde tristesse ou d'une indicible joie.

Cruz lui ouvrit les bras et elle se blottit spontanément contre sa poitrine, l'étreignant avec force.

— Tu es vraiment câline, dit-il.

Elle rit contre son torse.

— Pas toi ?

— Uniquement avec toi.

— Merci, murmura-t-elle en rougissant.

Il aurait donné tout ce qu'il possédait pour savoir ce qu'elle pensait.

— Je voulais te dire quelque chose, ajouta-t-elle. J'ai donné à mon obstétricienne le numéro de mon nouveau téléphone portable. J'espère que ça ne t'ennuie pas. Tu as dit de ne pas répondre à n'importe qui. Mais je ne sais pas combien de temps je vais vivre ici, et il me faudra la revoir dans une dizaine de jours. Je ne voulais pas annuler le rendez-vous.

— Parfait, dit-il. J'ignorais que tu voyais un médecin régulièrement. Est-ce normal ? Vous allez bien, le bébé et toi ? demanda-t-il, soudain désemparé.

— Très bien, lui assura Gina avec le sourire. Les femmes enceintes consultent généralement leur gynécologue tous les mois jusqu'au septième mois de grossesse. Ensuite, je la verrai plus souvent.

Il hocha la tête, notant mentalement qu'il devait examiner les antécédents de son médecin et l'emplacement de son cabinet.

— Je peux t'y accompagner si tu le souhaites.

— Avec plaisir, merci.

Cruz enfonça les mains dans ses poches.

— Nous allons voir comment mettre ton plan en place.

— Vraiment ? demanda-t-elle, toute contente. Maintenant ?

— Le plus tôt sera le mieux, non ? Tu es courageuse de vouloir aider. Knox était ravi d'avoir cette liste de personnes issues des cercles de Tony. Ces noms seront utiles à l'enquête.

Il sourit, sentant une fierté mal placée gonfler sa poitrine. Gina déclenchait chez lui de bonnes vibrations.

— Tu serais capable de faire tomber Tony toute seule, ajouta-t-il avec un clin d'œil.

Elle éclata de rire.

— C'est sûr. Mais je préfère le faire avec l'aide de mon beau garde du corps.

Quand ses yeux cherchèrent les siens, il fit un pas de plus vers elle, conscient du crépitement d'énergie amoureuse autour d'eux.

La sonnette l'interrompit et il maudit leur visiteur, quel qu'il soit.

— Je reviens tout de suite, dit-il, furieux.

Gina avait flirté avec lui, regardé ses lèvres avec envie et quelqu'un avait le culot de lui rendre visite ?

À ce moment précis ?

Il ravala un gémissement alors qu'il jetait un coup d'œil sur le perron.

Derek lui fit un signe de la main.

— Derek est là, annonça-t-il en ouvrant la porte, une expression peu accueillante sur le visage.

Son cousin entra à grands pas, dévisagea Cruz d'un regard curieux alors qu'il se dirigeait vers la cuisine.

— Je n'ai pas dormi depuis vingt heures et je fais le guet dans une voiture depuis neuf heures. Je suis raide de fatigue et totalement courbaturé. J'ai besoin d'un café et d'un long massage.

Cruz referma la porte et la verrouilla derrière lui.

— Je peux t'offrir un café mais pas de massage.

Derek salua Gina d'un geste de la main en se versant une tasse.

— Qu'est-ce qui t'amène ? demanda Cruz en les rejoignant dans la cuisine.

Derek prit son temps. Il savoura son café, les yeux clos. Il semblait sur le point de s'écrouler.

— Tout va bien ? fit Gina, une inquiétude sincère dans la voix.

Derek battit des paupières et sembla avoir du mal à se concentrer pendant un moment.

— Oui. Mais je suis fatigué… épuisé.

Elle regarda Cruz.

Il haussa les épaules.

— Dis-moi ce que tu sais, puis tu pourras piquer un somme sur le canapé et j'appellerai Allison pour qu'elle ne s'inquiète pas.

Derek vida sa tasse puis la posa sur le bar.

— Une caméra de surveillance installée sur une maison voisine de celle des Ricci a surpris la voiture de Tony dans la rue au moment du cambriolage. Certes, ce n'est pas une preuve formelle mais, compte tenu du reste, ces images vont renforcer les présomptions de culpabilité. Knox travaille là-dessus.

Gina se couvrit la bouche.

Cruz s'approcha d'elle, les yeux braqués sur son partenaire.

— C'est incroyable. Bon travail, vieux.

Le sourire de Derek s'élargit alors qu'il trébuchait maladroitement vers le canapé.

— Ça avance. Knox, qui faisait sa tournée dans leur quartier il y a environ une heure, est tombé sur Tony. Il se rendait à son travail comme s'il s'agissait d'un jour habituel. Knox n'était pas encore au courant des images prises par la caméra de surveillance. Il lui a donc simplement demandé de le suivre au commissariat, prétendant qu'il voulait lui poser des questions à propos de la disparition de la fille Ricci.

Il s'effondra sur le canapé et fit signe à Gina.

— Maintenant, Knox attend l'arrivée de l'avocat de la famille Marino pour interroger Tony.

Cruz se tourna vers Gina.

— Et si nous allions au poste de police ?

16

Gina entra dans la pièce que leur désignait Knox et sursauta à la vue de l'écran de télévision. Elle y reconnut Tony. Filmé dans la salle voisine, il se tenait en compagnie d'un homme plus âgé – son avocat sans doute.

Son cœur s'affola aussitôt dans sa poitrine et elle eut soudain du mal à respirer.

Le simple fait de poser les yeux sur Tony provoquait chez elle le désir impérieux de partir en courant.

— Ça va aller, dit Cruz d'un ton apaisant. Aimerais-tu t'asseoir ?

Gina secoua la tête, à court de mots. Elle inspira plusieurs fois à fond et glissa de nouveau un œil vers l'écran. Tendue, elle se sentait oppressée.

Tony avait l'air ennuyé alors que Knox apparaissait.

L'avocat de Tony se redressa sur son siège.

— Adjoint Winchester, j'espère que vous êtes revenu pour vous excuser auprès de mon client pour nous avoir fait perdre notre temps.

Knox le considéra, le visage impénétrable.

— Non, maître.

— Alors je vous conseille d'être en mesure de présenter quelque chose de plus substantiel qu'une liste de crimes sans queue ni tête. Gina Ricci mise à part, mon client n'a jamais entendu parler des autres victimes, poursuivit l'avocat.

Knox ouvrit le dossier qu'il avait apporté puis étala une série de photos sur la table.

Cruz s'approcha de Gina et posa la main sur son dos pour la réconforter.

— De quoi s'agit-il ? s'enquit l'avocat.

— Ce sont des photos de la voiture de M. Marino. Il se trouvait dans la rue où un cambriolage s'est produit hier soir.

L'avocat les repoussa en secouant la tête.

— Et alors ? Avez-vous l'intention de faire porter le chapeau à mon client pour tous les délits du Kentucky ? Ce cirque commence à m'agacer prodigieusement et nous allons nous en aller sans tarder, ajouta-t-il, une note de menace dans le ton. Qu'essayez-vous de démontrer en exhibant une série de photos floues et mal cadrées d'une voiture ressemblant à la Volvo de mon client ?

Il laissa 'chapper un soupir dramatique et ajout :

— Même s'il s'agissait de son véhicule, cela ne prouverait rien.

Un sourire narquois sur les lèvres, Tony examinait ses ongles. Il jetait régulièrement un regard noir à la caméra, sans jamais prononcer un mot.

— Comment peut-il être si arrogant ? chuchota Gina.

Elle l'avait déjà vu se comporter ainsi, supérieur et intouchable, mais jamais face à un adjoint du shérif qui l'interrogeait sur des crimes qu'il avait manifestement commis. N'éprouvait-il donc aucune nervosité ?

— Il a tué un homme, attaqué une femme et mis la maison de mes parents à sac. Et il reste assis là comme si ce n'était rien. Comme si les gens n'avaient pas d'importance à ses yeux, comme si leurs biens et leurs vies ne comptaient pas.

Elle noua ses bras autour de sa taille, terrifiée une fois de plus, en imaginant ce qu'il pourrait faire à son bébé s'il en avait la possibilité.

L'avocat se redressa, retira d'un geste un grain de poussière imaginaire sur sa veste et fusilla Knox du regard. Son mépris et sa condescendance étaient perceptibles, même à travers le filtre de la caméra.

— Nous en avons terminé, adjoint. Je vous conseille de vous ressaisir avant de convoquer à nouveau mon client, à moins que vous ne souhaitiez que je porte plainte pour harcèlement. J'ai l'intention de contacter votre supérieur cet après-midi, pour mettre un terme à cette comédie.

Il se dirigea vers la porte et Knox l'ouvrit. L'avocat fit un signe de tête à Tony, l'invitant à le suivre.

Tony se leva lentement, les yeux rivés sur l'objectif de la caméra, puis il emboîta le pas à l'avocat.

L'estomac de Gina se noua et elle eut l'impression de manquer d'air alors que le visage de son tortionnaire envahissait l'écran.

Tony leva une main et remua ses doigts pour la saluer tout en la dévisageant avec colère.

— Anthony, appela l'avocat en passant la tête par la porte ouverte.

Les lèvres de Tony s'incurvèrent en un sourire d'amusement. Comme s'il savait qu'elle était là et qu'elle tremblait de peur.

Comme s'il allait la faire payer.

Gina ferma les yeux et sentit Cruz changer de position.

Quand elle rouvrit ses paupières, elle découvrit le protecteur, pas le monstre.

Cruz s'était installé entre elle et le poste de télévision.

— Tu es sous ma protection, maintenant, dit-il. Et Tony Marino ne s'approchera plus jamais de toi.

En frissonnant, elle se pencha vers lui et pressa sa joue contre son torse, comme elle l'avait fait plus tôt dans la journée. Ses mots étaient porteurs d'espoir et elle avait besoin que chacun d'eux soit vrai.

Gina se réveilla tôt le lendemain matin après une nuit blanche, la pire depuis des semaines. Voir Tony ricaner, sachant qu'il était assez proche pour l'atteindre, l'avait bouleversée plus qu'elle ne l'avait mesuré sur le moment. Les effets de son regard de serpent, combinés aux souvenirs de sa colère, l'avaient gardée éveillée des heures durant alors que son corps et son esprit aspiraient au repos.

À bout de forces, elle s'était enfin endormie et, un long moment plus tard, de bonnes odeurs de petit déjeuner l'avaient tirée du sommeil. Quand elle avait ouvert les yeux et pris conscience qu'elle était chez Cruz, un puissant soulagement l'avait soulevée et elle avait souri. Tony ne pouvait plus lui faire de mal.

En revanche, la perspective de devoir un jour quitter Cruz lui brisait le cœur.

Elle s'était attachée à son garde du corps. Au début, elle avait été attirée par ses traits séduisants et son attitude. Mais, au fur et à mesure qu'ils passaient du temps ensemble, elle était devenue sensible à sa sincérité inébranlable, à son grand cœur et à son sens de l'honneur. Cruz la faisait rire et il semblait lié à elle d'une manière qu'elle n'avait jamais connue. La vie avec lui ces derniers jours lui avait paru facile et naturelle. Comme s'ils se connaissaient depuis des années et non pas quelques jours. Et plus il lui parlait de lui et de sa famille, plus elle voulait en apprendre davantage. Elle espérait rencontrer ses cousins, les connaître et entendre des histoires sur lui quand il était enfant.

Quand elle songeait qu'il lui faudrait un jour sortir de sa vie, elle savait qu'un morceau de son cœur resterait à jamais avec lui.

Mais pour l'instant elle profitait des moments passés avec lui en essayant de ne pas songer à la suite.

Après le petit déjeuner, elle prit l'appel de sa mère, et Cruz alla se doucher.

Après avoir raccroché, elle se recroquevilla sur son canapé pour réfléchir. Elle avait encore besoin de contacter Celia, la petite amie de Ben, l'ami de Tony. Elle n'avait pas encore décidé de la meilleure manière d'entamer la conversation qui promettait d'être délicate.

Celia ne serait pas surprise d'apprendre que Gina s'était enfuie. Elle savait que Tony cherchait à la contrôler et avait un tempérament de détraqué. Elle avait vu les bleus sur le corps ou le visage de Gina. Celle-ci prétendait toujours s'être cognée contre un meuble, être tombée, mais Celia n'était certainement pas dupe. Il s'agissait maintenant de déterminer la bonne façon de lui demander de l'aide et des informations pertinentes sur un homme dangereux et puissant.

— Oui, oui.

La voix de Cruz traversa la maison alors qu'il ouvrait la porte de la salle de bains. Une grande bouffée de vapeur envahit le couloir, apportant avec elle les parfums enivrants de son gel douche, de son shampoing et de son eau de Cologne.

Pieds nus, vêtu d'un jean et d'un T-shirt gris, il entra dans le salon, son téléphone à l'oreille.

— J'étais sous la douche, lança-t-il à son interlocuteur. Dix minutes de tranquillité, est-ce trop demander ?

Il leva les yeux au ciel et sourit à Gina alors qu'il s'approchait de son bureau.

— Elle va bien. Tout va bien.

Gina tapota le coussin à ses côtés, et Cruz saisit son ordinateur portable avec lui pour s'asseoir près d'elle.

— As-tu du nouveau sur Tony ? demanda-t-il à celui qui était à l'autre bout du fil.

Entendre ce nom la fit frissonner.

Le regard que Tony lui avait lancé à travers la caméra du commissariat lui revint en mémoire comme un coup de poing dans le ventre. Il y avait quelque chose d'anormal dans ses yeux. Elle ne craignait plus qu'il la combatte pour obtenir la garde de leur enfant. Maintenant, elle craignait qu'aucun d'eux ne survive s'il avait ce qu'il voulait.

Cruz s'approcha d'elle.

— Ça va ?

Il posa son smartphone. L'écran était sombre, il avait raccroché.

Elle se força à redresser les épaules.

— Oui. Qui était au téléphone ?

— Derek, répondit Cruz avec un petit rire. Il suit Tony et m'envoie un rapport périodiquement. Jusqu'à présent, il n'y a rien à signaler et il s'ennuie. Il m'appelle plus pour passer le temps qu'autre chose.

— Vraiment ? dit-elle avec un sourire incrédule. A-t-il eu le temps de rentrer chez lui et de se doucher ?

Il dormait profondément sur le canapé quand Gina et Cruz étaient partis pour le commissariat.

Mais il n'était plus là lorsqu'ils étaient revenus.

— Je ne sais pas, répondit Cruz, mais il me semblait encore flagada.

Gina eut un petit rire.

— Toi et ta famille, vous êtes incroyables. Tu le sais ? J'ai pensé qu'il était temps que je le dise.

Il sourit.

—Tu me trouves incroyable ?

Elle hocha la tête.

— Tu t'es chargé de mon dossier en sachant que je ne pouvais pas te payer et maintenant j'ai cinq Winchester dans deux villes différentes qui se démènent pour réparer mes erreurs.

— Les membres des forces de l'ordre pourchassent les truands, dit-il avec un sourire et un haussement d'épaules. C'est leur travail et c'est dans l'ADN de ma famille. Je t'ai proposé de rester ici pour te garder près de moi. Pour des raisons de sécurité.

Il fit un clin d'œil à Gina, et aussitôt une douce chaleur se répandit dans son corps.

— Et comment vous en sortez-vous, Derek et toi ? demanda-t-elle, essayant d'en savoir plus sur son quotidien quand elle n'était pas là. Vous avez sûrement d'autres affaires à mener.

Il sourit.

— Rien de plus pressant que de capturer un dangereux individu et de protéger une femme innocente qu'il harcèle.

Elle leva les yeux au ciel, sachant qu'il avait failli employer le mot « victime » et elle détestait être une victime.

— Tu avais l'air bouleversée, il y a un instant, dit Cruz, croisant son regard. As-tu envie d'en parler ?

— Pas vraiment.

Avec un soupir, elle se laissa tomber contre les coussins.

— Mais je ne peux pas me débarrasser du sentiment que Tony savait que j'étais là, hier, poursuivit-elle. La façon dont il a regardé la caméra m'a glacée. J'ai l'impression que quelque chose de terrible va arriver. J'ai un mauvais pressentiment.

Son téléphone – celui que Cruz lui avait offert – sonna avant que Cruz ne puisse lui répondre. Elle se pencha pour le récupérer sur la table. Ses parents cherchaient sans doute à la joindre et la peur s'empara d'elle. Elle leur avait déjà parlé ce matin et ils étaient convenus de se contacter le lendemain.

Ils la rappelaient plus tôt parce que quelque chose n'allait pas. Forcément.

Elle se tendit.

Un numéro inconnu apparut sur l'écran.

Cruz fronça les sourcils.

— C'est probablement une erreur mais tu pourrais prendre l'appel en activant le haut-parleur.

— Tu as dit de ne pas répondre aux numéros inconnus, lui rappela-t-elle, complètement terrifiée à l'idée d'appuyer sur le bouton.

Cruz sourit.

— Je l'ai dit à tes parents. Je suis ici et je tiens une liste des numéros qui appellent.

Gina hocha la tête, préférant la possibilité d'un télévendeur à toutes les éventualités qui lui passaient par la tête.

Elle s'efforça de prendre une voix aussi posée que possible.

— Allô ?

Un rire sombre s'éleva dans le haut-parleur.

— Je t'avais dit que je te retrouverais, fit Tony, avec un mélange de satisfaction et de triomphe dans la voix. Tu ne peux pas fuir éternellement, poupée, et tes jours sont déjà comptés. Si tu continues comme ça, tu le paieras cher.

Cruz lança une application d'enregistrement sur son propre smartphone. En même temps, il agita ses doigts en l'air pour lui faire comprendre qu'elle devait continuer à parler à Tony.

La bouche de Gina était sèche.

— Que veux-tu ? balbutia-t-elle.

— Je veux ce qui est à moi, gronda-t-il d'une voix menaçante. Tu es à moi, tu m'appartiens et je décide quand tu peux partir. Moi, insista-t-il. Pas toi.

— Je ne t'appartiens pas, répliqua-t-elle. Je ne t'ai jamais appartenu et je ne reviendrai pas. Mais je veillerai à ce que tu paies pour tes crimes.

Elle serra les lèvres, se sentant soudain plus en colère qu'effrayée.

— Je t'en fais la promesse.

Elle se prépara à une réplique tranchante, mais il se contenta de ricaner. Son rire de maniaque vibra dans le haut-parleur du téléphone et lui glaça les os.

— Tu penses que tu es forte, maintenant, dit-il d'un ton amusé. Tu vas te cacher pendant quelques mois et te croire intouchable.

Il rit à nouveau.

— Chérie, laisse-moi te faire une promesse à mon tour, lui renvoyant ses propres mots. Tu es vulnérable. Et il en va de même pour tous ceux à qui tu tiens.

Gina chercha les yeux de Cruz.

— Tony ? demanda-t-elle d'une voix blanche. Comment as-tu obtenu ce numéro ?

Son rire la pétrifia.

— Tu n'es pas la seule à tout faire pour arriver à tes fins, rétorqua-t-il. Je tiens à récupérer ce qui est à moi. Cela signifie toi et mon bébé que tu portes.

Le visage de Gina s'embrasa et ses oreilles se mirent à bourdonner.

— Tu ne mettras jamais la main sur mon bébé, jura-t-elle.

Si pour lui échapper elle devait quitter l'État, le pays, ou acheter un billet pour la Lune, elle le ferait. Elle ferait tout ce qu'il fallait pour protéger son enfant.

Tony laissa échapper un long soupir d'ennui.

— Nous verrons ça, dit-il. Pour l'instant, tu vas devoir trouver une autre gynécologue.

La ligne fut coupée et Gina jeta le téléphone portable sur la table basse. Les menaces de Tony la ravageaient.

Elle avait envie de crier, de casser quelque chose, de vomir, mais elle tentait surtout de ne pas exploser.

En face d'elle, Cruz tapotait sauvagement l'écran de son téléphone, puis il s'arrêta brusquement.

— Comment s'appelle ton médecin ?

— Dr Tulane, dit-elle en pressant la paume de ses mains contre ses yeux. Melissa Tulane.

Un battement de cœur plus tard, elle ajouta d'une voix brisée :

— Voilà comment Tony a obtenu ce numéro, dit-elle. J'ai communiqué mes nouvelles coordonnées à son cabinet médical.

Cruz augmenta le volume de son téléphone et le tourna dans sa direction.

Un site d'informations locales apparut sur l'écran. Une journaliste se tenait devant le cabinet du Dr Tulane.

Un texte rouge vif défilait tandis qu'elle parlait.

Nouveau drame en ville.

— D'après le bureau du shérif de Great Falls, commença la journaliste, la gynécologue-obstétricienne de la ville, le Dr Melissa Tulane, a été poignardée devant son cabinet, tôt ce matin alors qu'elle arrivait au travail. D'après nos sources, elle est actuellement dans un état critique. Il n'y a pas de témoin. Nous n'avons aucun détail sur les circonstances du drame, pour le moment, mais il s'agit de la troisième attaque violente dans notre communauté, cette semaine.

Cruz baissa le téléphone avec un juron.

Gina avait l'impression qu'un froid sibérien glaçait ses veines.

— J'avais dit au Dr Tulane que je me cachais d'un homme dangereux et elle avait accepté de suivre ma grossesse gratuitement, aussi longtemps que je resterais en ville. Son nom figurait sur le cliché échographique volé, ajouta-t-elle. Il a utilisé cette photo pour la retrouver et pour obtenir mon nouveau numéro. Ensuite, il l'a attaquée pour me punir.

— Tu n'es pas responsable, dit Cruz en appuyant à nouveau sur l'écran de son téléphone.

Il tendit la main pour tirer Gina près de lui.

— Nous devons informer Knox de l'appel de Tony et lui annoncer que le Dr Tulane est ton médecin.

Gina accepta sa main, mais, pour la première fois depuis longtemps, elle ne voulait pas de réconfort.

Elle voulait un châtiment.

17

Une heure plus tard, Cruz et Gina attendaient à l'hôpital de Great Falls des informations sur l'attaque dont le Dr Tulane avait été victime et sur son état de santé.

Les Winchester connaissaient beaucoup de monde parmi le personnel hospitalier, et la plupart de leurs contacts étaient d'accord pour les renseigner lorsqu'ils en avaient besoin. Malheureusement, aucun ne travaillait aux soins intensifs ce jour-là. En clair, Knox devrait faire des pieds et des mains pour tenter d'en apprendre davantage.

Gina sursautait chaque fois que les portes du service s'ouvraient.

Cruz n'était pas beaucoup plus serein. La couverture du réseau des smartphones était mauvaise et Knox, à qui il demandait sans cesse des nouvelles, ne lui répondait pas.

Cerise sur le gâteau, Derek qui avait pris Tony en filature avait perdu sa trace sur l'autoroute, la circulation y étant particulièrement chargée. Heureusement, Tony était loin de l'hôpital au moment où il avait disparu mais Cruz avait hâte de reconduire Gina chez lui.

Là-bas, elle serait en sécurité, il pourrait la protéger.

Au lieu de quoi, ils se trouvaient dans le couloir animé d'un immense hôpital, à attendre Knox qui n'arrivait pas.

Gina se mordillait les lèvres et se rongeait les ongles. Elle semblait plus nerveuse qu'il ne l'aurait souhaité.

Depuis qu'ils avaient appris l'attaque de son médecin, elle n'était plus la même et cela l'inquiétait. Elle avait tenu à venir s'excuser auprès de sa gynécologue et de toute la famille Tulane, pour son rôle involontaire dans cette agression. Cette tragédie soulignait le danger qui planait en permanence au-dessus d'elle. Ils avaient décidé de retrouver Knox à l'hôpital, où il ferait livrer des fleurs de la part de Gina.

En attendant, elle se tenait dans un coin de la salle d'attente des soins intensifs, observant les hommes et les femmes – médecins, patients ou visiteurs – qui allaient et venaient dans les couloirs.

Elle se tourna vers Cruz pour lui montrer d'un mouvement de menton un petit groupe de personnes, visiblement bouleversées, qui venait d'arriver.

— Je parie qu'il s'agit de la famille du Dr Tulane, chuchota-t-elle.

Un trentenaire tenant un petit garçon en bas âge par la main et un couple plus âgé s'entretenaient avec un adjoint. La femme aux cheveux gris portait un bébé et les trois adultes semblaient au bord des larmes.

Gina ajusta sa perruque platine et retroussa une fois de plus les manches du sweat à capuche qu'il lui avait donné. Trop grand pour elle, le vêtement lui tombait sur les cuisses. Dans cet accoutrement, elle ressemblait à une enfant qui aurait voulu se déguiser. Dans un autre contexte, son apparence aurait prêté à rire.

— Ils doivent avoir tellement peur, en ce moment, dit-elle en regardant la famille de son médecin.

Cruz l'attira vers lui.

Elle enfouit son visage contre son torse pendant un long moment.

— Nous finirons par l'avoir, dit-il doucement, espérant dire vrai mais craignant que ce ne soit pas le cas.

Tony Marino s'était révélé beaucoup plus rusé et coriace que Cruz ne l'avait imaginé. Il ne cessait de lui échapper.

En général, Derek et lui trouvaient les personnes qui les intéressaient ou obtenaient des informations dans un laps de temps ridiculement court. Tous deux formaient une équipe rapide et efficace. Voilà d'ailleurs pourquoi ils s'étaient fait une réputation et pourquoi beaucoup de personnes faisaient appel à leurs services, des forces de l'ordre locales aux avocats en passant par des conjoints trompés. Mais cette affaire, sans doute la plus importante de Cruz, prenait beaucoup trop de temps. Et trop de gens étaient blessés dans le processus.

— Nous devons l'arrêter, déclara Gina. Il est complètement hors de contrôle et je suis terrifiée rien qu'en imaginant la suite. Qui sera sa prochaine victime ?

— C'est sans doute le but, dit Cruz. La terreur est l'arme préférée de Tony et la source de son pouvoir. Les gens le craignent, craignent l'influence de sa famille, leurs abus. Lorsque tu l'as quitté, tu as brisé le schéma sur lequel il comptait pour garder le contrôle. Il ne supporte pas de perdre sa toute-puissance. Maintenant, il essaie de te ramener à lui en jouant sur ta bonté. Il espère que tu te soumettras, que tu accepteras de subir sa violence afin d'épargner d'autres personnes.

Elle frissonna.

Il consulta sa montre, puis scruta les couloirs.

— Je me demande ce que fabrique Knox. S'il n'est pas là dans cinq minutes, nous rentrerons. Je l'appellerai pour qu'il me mette au courant des avancées de l'enquête.

— J'aurais voulu avoir des nouvelles du Dr Tulane avant de partir, dit Gina.

Elle avait l'air inhabituellement tendue, remarqua-t-il.

— Je sais, mais moins de gens te voient, mieux cela vaut, lui rappela-t-il doucement. Si Tony te sait ici ou avec moi, la situation va encore s'aggraver.

Elle laissa échapper un profond soupir puis passa la main sur son front couvert de sueur.

Son visage était livide mais des plaques rouges envahissaient ses joues.

— Qu'y a-t-il ? demanda-t-il avec plus de brusquerie qu'il ne l'aurait voulu. Cela ne va pas ? Tu as mal quelque part ?

— Je suis enceinte, répondit-elle. Ce n'est pas une maladie.

Elle tentait de plaisanter mais elle n'y parvenait pas.

— Parfois, je souffre de petits malaises, je me sens au bord de l'évanouissement, poursuivit-elle. Cela n'a aucun caractère de gravité. Cela va passer dans un petit moment.

— Viens, dit-il en glissant son bras autour de sa taille pour la soutenir et l'entraîner vers la salle d'attente. Es-tu sûre que tout va bien ? As-tu besoin d'un médecin ?

Au moins, se trouvaient-ils déjà à l'hôpital, pensa Cruz en essayant de se rassurer. Il ne savait rien des femmes enceintes, mais il tenait plus que tout à ce que celle-ci en particulier aille bien.

— En fait, dit-elle d'une voix blanche, je ne me sens pas très bien.

Elle était devenue livide et il sentit son rythme cardiaque s'accélérer.

— Que puis-je faire pour toi ?

— J'ai seulement besoin de m'asseoir un instant, dit-elle. Un peu d'air frais et d'eau froide me feraient du bien aussi. Le stress exacerbe tout, mais il n'y a pas grand-chose à faire. Cela va passer, répéta-t-elle.

Cruz l'accompagna dans la petite salle d'attente voisine, actuellement déserte. Il l'installa sur une chaise.

— Je vais te chercher de l'eau.

— Merci.

Elle bascula en avant et, les coudes sur ses genoux, plongea son visage entre ses mains.

Cruz croisa l'adjoint alors qu'il s'approchait d'un distributeur automatique de boissons.

Le regard de l'adjoint glissa sur Gina, puis revint sur Cruz.

— Elle va bien ? s'enquit-il d'un air inquiet.

— Les derniers événements l'ont secouée, dit Cruz. Mais ça va.

Le groupe de personnes avec qui l'adjoint parlait – la famille du Dr Tulane – s'éloigna et les deux hommes se retrouvèrent seuls.

— Par hasard, auriez-vous vu mon frère dans le coin, Stone ? demanda Cruz.

Il avait lu son nom sur son badge.

Très jeune, blond comme les blés, Stone semblait peu expérimenté.

— Non, dit-il. Je suis venu directement du poste de police quand j'ai pris mon service et Knox n'était pas là.

Cruz hocha la tête puis reporta son attention sur le distributeur automatique. Il ne proposait pas de bouteilles d'eau. En revanche, une pile de gobelets en carton se trouvait à proximité.

Il en attrapa un, puis revint vers Gina.

— Je vais trouver une fontaine et le remplir d'eau. J'achèterai une bouteille si j'en vois quelque part puis nous retournons chez moi, où tu pourras te reposer. Knox nous appellera quand il verra que nous sommes partis.

Cruz retourna à grands pas vers l'adjoint.

— Gardez un œil sur elle pendant quelques instants, d'accord ? demanda-t-il en inclinant la tête vers Gina. Je vais chercher de l'eau et une infirmière si j'arrive à en trouver une.

— Très bien, assura Stone qui croisa les bras comme un garde du corps.

— Merci, dit Cruz.

Il se dirigea vers l'unité de soins intensifs où il avait remarqué une fontaine d'eau.

Lorsqu'il aperçut Knox discutant avec une infirmière au bout du couloir, il se mit à courir.

Gina ouvrit les yeux en entendant la sirène caractéristique d'un « code bleu », signalant un arrêt cardiaque dans l'hôpital.

Heureusement, les nausées qu'elle éprouvait par intermittence depuis des mois devenaient plus rares. Si, un petit moment plus tôt, elle avait craint de s'évanouir, son malaise semblait s'estomper, à présent.

Elle espérait que Dr Tulane n'était pas le patient en arrêt cardiaque.

Elle se redressa et vit passer devant la petite salle d'attente une équipe d'urgentistes qui se hâtaient vers le service de soins intensifs.

Les membres de la famille du Dr Tulane, qui arpentaient le couloir, prirent soudain un air horrifié en suivant des yeux le groupe d'hommes et de femmes vêtus de masques et de blouses blanches.

L'adjoint, qui montait assidûment la garde devant Gina, leur fit signe de le rejoindre.

— Vous devez tous attendre ici, ordonna-t-il.

Gina aurait voulu leur dire à quel point elle était désolée mais elle devinait que ce n'était pas le moment.

Un instant plus tard, un médecin, vêtu d'une blouse, d'un masque et coiffé d'un calot sortit de l'unité de soins intensifs. Il invita la famille du Dr Tulane à entrer dans le service d'où il venait. Il se dirigea alors vers l'adjoint et lui parla à voix basse tout en gesticulant.

Gina se rapprocha, le cœur battant, alors qu'elle tentait de comprendre ce qui se passait.

L'expression de l'adjoint changea et il regarda Gina par-dessus son épaule.

Soudain, le médecin le frappa violemment dans l'abdomen. Quand il s'écarta, elle aperçut le scalpel qu'il tenait à la main. Elle ne l'avait pas remarqué auparavant et il était rouge de sang.

Un cri se bloqua dans la gorge de Gina, lui coupant le souffle. Pétrifiée, elle reconnut enfin Tony qui retirait son masque et son calot.

— Salut, poupée.

Stupéfaite, elle resta sans voix quelques instants.

— Non, dit-elle enfin.

Elle s'élança hors de la salle d'attente.

Mais il la rattrapa par le poignet. Ses doigts serraient son bras comme un étau.

— Pas si vite !

— Non ! hurla-t-elle.

Tony l'attira brutalement vers lui et pointa le scalpel ensanglanté vers son ventre.

— Tais-toi et laisse-toi faire. Suis-moi sans discuter. Sinon… c'est le bébé qui paiera.

Par terre, l'adjoint serrait d'une main son talkie-walkie, de l'autre, il s'efforçait de comprimer la plaie d'où jaillissait le sang.

Tony tira violemment Gina pour l'entraîner dans le couloir.

Des larmes coulaient sur ses joues alors qu'elle trébuchait à ses côtés.

— Gina !

Le cri de Cruz résonna derrière elle et elle entendit ses pas précipités vers elle.

— Knox ! lança-t-il. Viens vite ! Il a Gina !

Gina s'efforça de se retourner, de regarder derrière elle, d'apercevoir une dernière fois son héros.

— Cruz ! cria-t-elle, en larmes.

— Arrêtez ! hurla Cruz en s'élançant vers eux.

D'instinct, il chercha son arme mais se souvint soudain qu'il l'avait laissée dans sa boîte à gants avant de quitter sa jeep.

Il n'était pas autorisé à entrer armé dans l'hôpital.

Le cœur de Gina se serra, mais très vite sa peur se mua en colère.

Elle fuyait depuis trop longtemps. Il était temps de se battre.

— Non !

D'un coup de coude, elle tenta de se libérer de l'emprise de Tony.

— Arrête ! cria-t-elle. Au secours !

Et au lieu d'accepter de le suivre, elle refusa de marcher pour le forcer à ralentir.

Oui, il avait menacé son bébé mais ce n'était rien, comparé à ce qui se passerait si elle le laissait l'emmener.

Il donna un coupd'épaule contre la porte de la cage d'escalier, qui s'ouvrit.

De nouveau, il essaya de l'entraîner.

— Non ! hurla-t-elle.

Elle refusait de se comporter en victime et elle se laissa tomber sur le sol. Pour protéger son ventre, elle se recroquevilla en position fœtale.

Tony jura, l'insulta. Il tira sur son bras mais comprit rapidement qu'elle ne se relèverait pas toute seule.

Il n'avait pas le temps de la forcer à se lever. Cruz et Knox se rapprochaient. Sentant qu'il ne parviendrait pas à entraîner Gina avec lui, il laissa tomber son scalpel qui claqua sur le sol.

— Bureau du shérif de Great Falls, cria Knox, talonné par Cruz. Vous êtes en état d'arrestation !

— Vous ne m'avez pas encore ! répliqua Tony.

Il se jeta dans la cage d'escalier dont la porte se referma derrière lui.

18

Cruz arpentait le couloir des urgences pendant que Gina se faisait examiner par un médecin. Il l'entendait lui expliquer d'une voix tremblante ce qui lui était arrivé. Derrière le rideau qui les séparait, son angoisse était palpable.

Elle avait été attaquée parce que Cruz l'avait laissée aux mains de quelqu'un d'autre. Certes, l'adjoint Stone n'avait pas été assez vigilant, mais Cruz se reprochait de lui avoir fait confiance.

Il dressa mentalement la liste de tous les scénarios possibles, essayant de déterminer lequel aurait évité à Gina de manquer de peu d'être enlevée. Lequel aurait empêché un adjoint de se retrouver au bloc opératoire.

Peut-être Cruz aurait-il dû demander à Stone d'aller chercher de l'eau. Ou se faire livrer quelques bouteilles.

En tout cas, il avait eu tort. Il savait Tony aux aguets, attendant l'occasion de mettre la main sur elle. Il avait sous-estimé la détermination de son adversaire et cette erreur aurait pu coûter la vie à Gina ou à son bébé.

La famille de l'adjoint Stone venait d'arriver à l'hôpital. Ses parents, son frère attendaient avec angoisse des nouvelles.

Cruz se reprochait aussi l'état de santé du jeune homme.

Seul point positif – en plus du fait que Gina n'avait pas été enlevée ni tuée –, l'équipe médicale avait réussi à sauver le Dr Tulane. Tony était à l'origine de l'arrêt cardiaque qui avait failli l'emporter. Sans doute avait-il voulu créer une diversion et profiter de l'émoi général pour s'attaquer à Gina.

Cruz consulta son smartphone pour la dixième fois depuis une heure, impatient d'avoir des nouvelles de l'adjoint Stone, du Dr Tulane et de Heather, l'amie de Gina, qui n'avait toujours pas repris connaissance.

Il s'assura également qu'il n'avait pas manqué un texto de Knox, qui était de nouveau injoignable. Son frère avait envoyé un dernier message pour dire qu'il avait perdu la trace de Tony dans la cage d'escalier et allait à présent s'entretenir avec les membres de la sécurité de l'hôpital à propos des caméras de surveillance. Il voulait étudier les images de l'attaque.

Mais il n'était pas revenu et n'avait pas non plus envoyé de SMS pour expliquer son retard.

Cruz se demandait quand il devrait s'inquiéter de son silence.

Knox était capable d'avoir le dessus contre un adversaire loyal mais, face à un psychopathe comme Tony, ses chances étaient moindres. Si ce dernier lui tendait une embuscade, les deux hommes ne se battraient pas à armes égales.

Cruz priait pour que son petit frère ne se soit pas fait avoir.

Il retourna vers le rideau bleu, impatient d'apprendre si Gina et le bébé allaient bien. Il aurait voulu être avec elle pour la rassurer et la soutenir mais les infirmières l'avaient chassé. Il n'était pas de la famille, il n'avait donc pas le droit de savoir quoi que ce soit sur son état de santé.

Malade d'angoisse, il tournait en rond, se préparant au pire.

Quand enfin, le médecin tira le rideau, Cruz se précipita. Le sourire chaleureux de l'interne le rassura.

Gina lui parut moins pâle qu'elle ne l'était une heure plus tôt.

— Comment vas-tu ? demanda-t-il. Et le bébé ?

Elle sourit et s'approcha de Cruz pour se blottir contre lui.

Cet élan lui réchauffa le cœur et fit s'envoler la douleur qui contractait sa poitrine. Elle et l'enfant à naître allaient bien et Gina lui demandait de la réconforter. À lui. Pas au médecin, pourtant jeune et séduisant.

Il enroula ses bras de manière protectrice, possessive, autour d'elle et planta un baiser sur le sommet de son crâne.

Le geste lui parut si naturel qu'il en fut sidéré.

Le médecin hocha la tête d'un air satisfait.

— Votre femme et votre bébé vont très bien, assura-t-il. Avec du repos et une bonne hydratation, Gina se rétablira vite. Je vous suggère de veiller à ce qu'elle soit plus au calme, à l'avenir. De longues douches, des massages des pieds et du dos l'aideront à se détendre. Et n'oubliez pas de consulter un psychologue dans un jour ou deux, pour un suivi.

Il perdit son expression compatissante pour prendre un ton grave.

— Vous avez subi un traumatisme, Gina. Vous vous sentez peut-être bien maintenant mais si vous ne parlez pas de ce qui s'est passé à un professionnel, vous risquez d'en subir le contrecoup plus tard.

Gina acquiesça mais ne lâcha pas Cruz.

— Pour l'instant, continua le médecin en levant le regard vers lui, prodiguez-lui tendresse, petites attentions et bienveillance. Il n'y a pas de meilleure prescription pour une relation heureuse.

Cruz prit les papiers qu'il lui tendait puis le regarda s'éloigner à grands pas. Apprendre qu'il devait prodiguer à Gina ainsi qu'à son enfant de la tendresse, de l'amour et de l'attention l'avait profondément secoué. Et il fut instantanément certain qu'il le ferait.

Il ne la connaissait pas depuis longtemps mais il l'appréciait. Il se sentait proche d'elle. Elle était douce mais forte, gaie et charmante. Et elle aimait sa famille. Il devinait que sa propre tribu allait l'adorer aussi, si elle acceptait qu'il joue un rôle plus personnel que garde du corps, une fois le danger passé.

— Je suis désolée, balbutia-t-elle, s'accrochant toujours à lui comme s'il risquait de disparaître. Je n'aurais pas dû insister pour que nous venions ici. Je n'aurais pas dû m'approcher du couloir des soins intensifs. J'ai eu tort. Je minimisais le danger.

Cruz recula pour la regarder.

— Tu sais ce que je vais dire à ce sujet, n'est-ce pas ?

Il attendit qu'elle lui réponde en se demandant comment la convaincre de nouer une relation amoureuse avec lui. Vu que son dernier petit ami avait non seulement été violent avec elle mais essayé de l'enlever, elle n'était sans doute pas pressée de tenter une nouvelle fois l'aventure.

— Peut-être. Tu regrettes de m'avoir conduite ici quand je te l'ai demandé, non ?

Un rire inattendu souleva Cruz.

— Tu décides et j'obéis, c'est toi le patron, dit-il. Mais rien de tout cela n'est ta faute.

Il posa une main dans son dos.

— Et si nous rentrions à la maison pour prendre cette douche, quelques antalgiques et un peu de repos ?

Elle s'appuya contre lui alors qu'ils se dirigeaient vers la sortie des urgences, où ils avaient garé sa jeep.

— Le médecin a dit que j'aurais besoin d'attention et de bienveillance mais je pense qu'il exagérait, répondit-elle avec désinvolture.

— Je pense au contraire qu'il faut prendre ses recommandations très au sérieux et suivre ses conseils à la lettre, répliqua Cruz en souriant. Je compte m'y atteler. Je vais m'occuper de toi.

— Formidable.

— Tu devras aussi raconter ce qui s'est passé à un professionnel, poursuivit-il. Le médecin a raison. Parler d'un traumatisme fait du bien et si tu ne le fais pas, tu peux avoir une réaction plus tard, quand tu ne t'y attendras pas. Nous le rappellerons pour obtenir les coordonnées de psychologues, à moins que tu n'en aies déjà un en qui tu as confiance.

Gina ralentit, scrutant son visage.

— Merci de te soucier de moi. Je vais suivre tes conseils, promis. Mais j'ai eu tort de te demander de me conduire à l'hôpital, répéta-t-elle.

— Rien n'indiquait que Tony viendrait ici, répliqua-t-il. Nous ne pouvions le prévoir. Pas avec les forces de l'ordre de deux villes à sa recherche. Pas avec Derek le poursuivant sur l'autoroute. Je pensais que le plus gros risque était d'être suivis jusque chez moi J'avais prévu une douzaine d'itinéraires alternatifs pour semer tous ceux qui chercheraient à nous filer le train.

— Il a vraiment perdu la tête, dit-elle. Ses yeux étaient fous. Et je ne peux toujours pas croire qu'il soit venu ici en sachant que les autorités le soupçonnaient de tant de crimes. Ni qu'il ait poignardé un adjoint. Et essayé de m'enlever en public en se faisant passer pour un médecin. Tony n'aurait jamais rien fait de tel auparavant. Il faisait toujours très attention à cacher son côté obscur. Il a visiblement franchi une étape et je me demande quelle sera la suivante…

Le téléphone de Cruz sonna avant que Gina ne puisse

terminer de formuler sa pensée, et ils se figèrent tandis qu'il regardait l'écran.

— Knox.

Elle hocha la tête, puis s'écarta par discrétion.

Cruz se rapprocha d'elle alors qu'il répondait.

— Qu'as-tu trouvé ? demanda-t-il en pressant le téléphone contre son oreille.

— Rien de bon, répondit Knox. Tu es toujours à l'hôpital ?

— Oui, nous sommes dans la salle d'attente des urgences, dit-il en reportant son attention sur Gina. Nous nous préparons à partir. Où es-tu ?

Il entendit les hurlements d'une ambulance, à la fois sur la ligne téléphonique et à l'extérieur.

Knox poussa un profond soupir.

— Je me gare et j'arrive. Ne bougez pas.

Gina fronça les sourcils et Cruz sentit sa gorge se serrer. La voix de son frère était tendue. Knox avait poursuivi Tony à pied, puis il avait prévu d'aller demander aux agents de sécurité de l'hôpital les images des caméras de surveillance.

Alors, pourquoi était-il au volant de sa voiture de patrouille ?

— Que s'est-il passé ? répéta-t-il.

Knox ne répondit pas

— Restez là. J'arrive, dit-il.

Cruz et Gina regardèrent Knox descendre de sa voiture et se hâtèrent avec lui vers l'ambulance.

Gina posa une main sur le bras de Cruz.

— Tu penses que c'est Tony ?

— Je ne sais pas, marmonna Cruz.

La civière apparut un instant plus tard, pilotée par une paire d'ambulanciers, un sac de perfusion suspendu au-dessus de la tête du patient. Une tête d'homme, apparemment, avec des cheveux noirs.

Cruz espéra que ce n'était pas quelqu'un de sa famille.

Pourvu qu'il ne s'agisse pas de Derek, de Blaze ou de Lucas !

Les infirmiers passèrent devant eux.

Le visage du blessé était presque méconnaissable. Il avait visiblement subi un passage à tabac sévère.

Et il ne s'agissait pas de l'un des cousins de Cruz.

Mais de Rex, son ami et informateur.

Knox s'arrêta à leur hauteur alors que la civière et les ambulanciers s'éloignaient.

— J'ai quitté l'hôpital dès que j'ai reçu l'appel, dit-il. Rex correspondait à la description de la victime mais je voulais en être sûr avant de t'en parler. Quand je suis arrivé, les infirmiers l'avaient stabilisé et le chargeaient pour le transport.

Il leva, puis abaissa une main, semblant aussi impuissant que Cruz se sentait.

— Que s'est-il passé ? demanda Gina, formulant les mots qu'il ne parvenait pas à articuler. Et quand ? Tony était là jusqu'à ce que vous le preniez en chasse et il était occupé à attaquer le Dr Tulane, ce matin.

Cruz s'appuya contre le mur, attendant que Knox réponde.

Son frère posa les mains sur ses hanches, puis planta sur Cruz un regard déterminé.

— Les infirmiers pensent qu'il a été attaqué tard hier soir. Son agresseur a laissé un mot planté dans la paume de sa main avec un couteau de chasse. Par ailleurs, Rex a subi un grave traumatisme crânien et il a perdu beaucoup de sang.

Gina émit un petit bruit étranglé.

Cruz se força à se tenir droit, le menton et les épaules relevés. Il était temps de se battre pour son ami.

— Que disait ce mot ? demanda-t-il.

Le regard de Knox passa de son frère à Gina et il répéta lentement le contenu de la note :

« Combien de personnes vont souffrir ou mourir à cause de toi, Gina ? »

19

Cruz apporta une tasse de camomille à Gina, recroquevillée sur son canapé. Rex n'avait toujours pas repris connaissance. Le Dr Tulane et Heather non plus. L'adjoint Stone était en salle de réveil mais, à part la confirmation d'une opération réussie, ils n'avaient aucune nouvelle.

— J'espère que tu aimes la camomille, dit-il. Ma tante m'en avait apporté l'hiver dernier quand j'étais enrhumé.

Gina accepta la tasse avec un sourire.

— Beaucoup. Merci.

Après une douche chaude, sa peau était rouge et ses yeux brillaient des effets d'une sieste bien méritée. Maintenant, elle était en pyjama.

— J'essaie d'oublier cette journée, dit-elle. Mais je n'y arrive pas. Je culpabilise tellement pour les victimes de Tony et je suis terrifiée par la rapidité avec laquelle leur nombre augmente. Toutes ces personnes se sont fait attaquer à cause de moi. Je m'en veux, ajouta-t-elle en levant ses grands yeux noirs vers Cruz.

Il s'assit, prit ses pieds et les posa sur ses jambes.

— Je sais.

Cruz entreprit de lui masser les mollets. Il avait laissé son téléphone sur le coussin à côté de lui.

— Knox a promis d'appeler dès qu'il aurait du nouveau,

dit-il. Jusque-là, nous nous cachons et reprenons des forces. Qu'en penses-tu ?

Elle sirotait le breuvage, les yeux mi-clos.

— D'accord… Je suis vraiment désolée pour Rex.

— Moi aussi.

Il caressait distraitement ses jambes.

— Rex voulait m'aider. Il est venu vers moi, et non l'inverse, et il connaissait la gravité de la situation. Il en mesurait le danger. Si j'avais essayé de l'arrêter, il ne m'aurait pas écouté et m'aurait dit de m'occuper de mes affaires. J'espère qu'il s'en sortira et qu'une fois rétabli il témoignera contre Tony.

Gina prit une autre gorgée de sa tisane. En la voyant froncer les sourcils, Cruz comprit qu'elle s'inquiétait à nouveau.

Il décida de lui masser les pieds plutôt que les mollets. Son esprit vagabondait dans des contrées interdites dès lors qu'il lui caressait les jambes.

— Il est peut-être temps pour nous de nous installer ailleurs, reprit Cruz.

Comme il pressait du pouce la plante de ses pieds, elle poussa un gémissement.

Il se figea. Lui masser les pieds n'était peut-être pas une bonne idée, finalement.

— Désolée, s'excusa-t-elle. C'est vraiment très agréable et je ne m'y attendais pas.

Cruz sourit, content de lui apporter assez de plaisir pour la faire gémir. Il eut tout de suite envie de recommencer.

— Tony me connaît maintenant. Il m'a vu à l'hôpital et m'a entendu t'appeler. Apprendre mon existence n'a pas dû lui plaire. Il suffit de consulter le site web du comté pour trouver mon adresse et mon nom. Rien de plus facile pour lui que de se présenter à ma porte. Alors, que dirais-tu d'aller passer un peu de temps dans le chalet de ma famille ?

Elle fronça de nouveau les sourcils.

— Fais au mieux. Je suis incapable de réfléchir et je te fais confiance.

Il appréciait cette confiance et tenait à la mériter.

— J'espérais que tu accepterais parce que Derek m'appellera bientôt pour prendre les dispositions nécessaires. Nous partirons demain matin à la première heure. D'ici là, nous aurons certainement reçu des nouvelles de Knox ou de l'hôpital.

Elle gémit à nouveau alors que ses doigts massaient sa voûte plantaire.

— Regrettes-tu d'avoir accepté cette enquête ? demanda-t-elle soudain.

— Non, dit-il avec un sourire.

Comme leurs yeux se croisaient, il s'immobilisa, captivé par l'intensité inattendue de son regard.

La chaleur qu'il ressentait si souvent en sa présence revint à la vie.

— Je t'ai vue avant que tu entres dans mon bureau, ce jour-là, poursuivit-il, ressentant le besoin de lui avouer qu'il était tombé sous son charme au premier regard. Je ne t'avais jamais croisée auparavant mais j'ai tout de suite eu envie de te connaître. Mes cousins pensaient que j'avais perdu la tête.

Elle se mit à rire.

— Tu m'as vue ? répéta-t-elle.

— Via les miroirs sans tain qui ornent l'entrée de l'agence. Et j'ai eu envie de te parler à l'instant où tu es apparue. Si tu n'étais pas entrée, je serais peut-être sorti pour te pourchasser dans la rue et te demander ton nom.

Les lèvres de Gina s'entrouvrirent et son expression passa de l'émerveillement à une pointe de déception.

— Tu as un faible pour les blondes…

— Au contraire ! répliqua-t-il. J'adore les brunes. Je pensais que la seule chose qui m'empêcherait de perdre complètement la tête était le fait que tu sois blonde.

Gina posa sa tasse à côté d'elle.

— C'est vrai ?

— Absolument. J'ai pensé qu'il fallait que tu le saches.

Elle sourit, charmée.

— Tu me trouvais jolie…

— Je te trouve belle, corrigea-t-il. J'ai appris à te connaître. Tu es merveilleuse et dotée d'une force incroyable. N'en doute pas.

L'expression de Gina s'adoucit et elle posa sa main sur le bras de Cruz.

Il poursuivit :

— L'étau se resserre sur Tony, dit-il. Sa récente série de crimes est la preuve qu'il perd le contrôle. Il prend de plus en plus de risques et attaque plus fréquemment. Ce n'est qu'une question de temps avant qu'il ne soit capturé. Tout ce que nous avons à faire est de te garder à l'abri jusqu'à ce qu'il soit arrêté. Ensuite, tu seras libre de choisir ta vie pour ton bébé et toi.

— Merci, dit-elle. Ta confiance me donne de l'espoir, ce qui est exactement ce dont j'ai besoin en ce moment.

Elle s'humecta les lèvres, puis leva son regard vers Cruz.

— Puisque nous en sommes aux aveux et aux vérités, poursuivit-elle, je ne t'ai pas encore dit à quel point tu as été incroyablement gentil avec moi. Au milieu de… de cette folie. Et à quel point j'apprécie…

Ses mains s'agitèrent et elle poursuivit :

— Je ne connais personne d'autre qui m'aurait ouvert

sa maison comme tu l'as fait. Tu as été un ami pour moi. Maintenant, tu t'occupes de moi. Tu me dis de me reposer et tu m'apportes de la camomille.

Elle secoua la tête.

— Je ne pense pas que tu aies la moindre idée de ce que cela signifie pour moi, Cruz.

Elle replia les jambes et s'assit, glissant les pieds sous elle.

Cruz sourit, enivré par le chaud parfum de vanille qui émanait de ses cheveux. Il brûlait de lui déclarer à quel point il aimait s'occuper d'elle, mais ce n'était pas le bon moment.

— Je veux que tu saches que tu es devenu très important pour moi, murmura-t-elle.

Il fouilla ses yeux, comme s'il espérait y lire ce qu'elle n'osait lui dire.

— J'avais une belle vie avant Tony, reprit-elle. J'ai été bien élevée par des parents aimants et je n'ai jamais eu de problèmes. J'ai toujours été la fille timide que personne ne remarque, surtout pas les beaux hommes riches, ajouta-t-elle avec un rire d'autodérision. J'étais incroyablement naïve mais je n'avais pas non plus eu de réelle expérience de la vie ou de l'amour. J'étais trop confiante. Et j'avais tellement envie d'être aimée que j'ai minimisé les premiers dérapages de Tony. Et le jour où il s'est montré ouvertement violent, il était trop tard. J'étais piégée dans un cauchemar. Honteuse. Embarrassée. Et effrayée.

Cruz lui tendit la main, devinant à quel point cette confession lui coûtait et voulant qu'elle comprenne qu'elle pouvait lui faire confiance.

Elle enlaça leurs doigts. Puis elle força un sourire crispé.

— Je te l'ai raconté parce que tu mérites de savoir comment je me suis retrouvée dans cette situation. Je te dois bien ça. J'ai vécu avec Tony le plus gros échec de ma vie. Mon bébé est le seul côté positif de cet enfer. Il en vaut sans doute la peine, ajouta-t-elle en haussant les épaules.

Elle rougit et ajouta :

— Les jolies filles ne sont pas toujours les plus intelligentes.

— Tu l'es, dit-il. Tu es belle, intelligente et courageuse.

Et puisqu'elle avait été assez courageuse pour lui confier son histoire, il était peut-être temps qu'il partage la sienne, lui aussi.

Il s'éclaircit la gorge, s'efforçant de calmer ses pensées et ses émotions. Cruz n'avait pas souvent raconté son passé, mais, au nom de l'égalité et de la transparence, il semblait juste et équitable de le faire. Gina devait savoir qu'il ne cachait pas un être monstrueux et brutal au fond de lui.

— Mon père était horrible avec ma mère.

Il laissa les mots reposer entre eux un moment avant de continuer.

— Il avait quitté la maison des années avant qu'elle ne tombe malade mais à l'époque où il vivait encore avec nous, il était terrifiant. Il la traitait comme si elle ne valait rien, comme si elle n'avait aucune valeur. Il lui brisait le cœur. Knox et moi étions jeunes mais nous sentions qu'il l'atteignait, la blessait. Il la dénigrait en permanence. Il ne rentrait pas toujours à la maison le soir et elle s'inquiétait mais il s'en moquait. Nous n'avions jamais assez d'argent mais il lui reprochait ses dépenses.

Il secoua la tête, une douleur insupportable dans la poitrine.

— Un jour, il l'a giflée. Je n'avais alors que quinze ans mais j'étais déjà presque aussi grand que lui. Alors j'ai pris ma batte de base-ball…

Il serra les mâchoires, conscient que sa rage était déplacée et inutile.

— Je ne l'ai pas frappé mais je le voulais. Ma mère m'a demandé de partir. Je n'ai pas obéi. J'ai ordonné à mon père de s'en aller. Il est revenu le lendemain chercher ses affaires, et ensuite nous ne l'avons jamais revu.

— Cruz, murmura Gina. Je suis vraiment désolée.

— Par la suite, Knox et moi avons trouvé du travail, gagné notre vie, poursuivit-il. Nous tirions le diable par la queue mais ma mère nous a dit un jour que son seul regret avait été de ne pas l'avoir mis dehors plus tôt.

Il secoua la tête, repoussant le chagrin et ses remords.

— J'ai juré que je ne laisserais jamais personne, grand ou petit, se faire humilier ou maltraiter. Non seulement je me suis promis que je ne ferais jamais pleurer une femme pour me sentir puissant mais j'ai construit ma vie en essayant d'être un homme meilleur que celui qui m'a élevé. Ton histoire me touche à bien des égards et tu devais savoir pourquoi.

Un voile de tristesse assombrit ses yeux et il ajouta :

— Je sais ce que tu as vécu, traversé, Gina, et je le regrette pour toi.

— Au moins, je ne suis plus seule, dit elle. Tony est beaucoup moins effrayant maintenant que tu es à mes côtés.

Le mot « effrayant » provoqua une image terrible dans l'esprit de Cruz.

— Quand je l'ai vu avec toi aujourd'hui, j'ai eu peur comme je n'avais pas eu peur depuis très longtemps.

— Vraiment ? Parce que, pour moi, c'était tout le contraire. Dès que je t'ai vu, ma peur s'est estompée et je me suis sentie plus forte que jamais.

Ses douces paroles libérèrent un interdit dans le cœur de Cruz. Il se pencha vers elle, chercha son regard.

— Tu te sens bien ? demanda-t-il.

Elle glissa une main le long de son bras et lui sourit.

— Je me sens très bien, merci, Cruz. Et en sécurité.

Elle passa ses doigts dans ses cheveux pour l'attirer plus près d'elle.

— Mais je ne peux pas m'empêcher de me demander ce que j'éprouverais si j'étais dans tes bras, ajouta-t-elle.

Il la prit sur ses genoux et l'étreignit contre lui.

Quand il captura sa bouche, l'embrasser lui parut aussi naturel que s'il l'avait fait mille fois.

La sonnerie du téléphone le força à interrompre ce baiser aussi délicieux que grisant et il réprima un juron.

Avant de répondre, il prit le temps d'admirer le beau visage de Gina, ses grands yeux noirs et ses lèvres meurtries. Du regard, elle le suppliait de recommencer mais il n'était pas question de bâcler la moindre étreinte avec elle.

Et il était conscient que l'urgence était de prendre l'appel de Derek et d'organiser sa sortie de la ville avec Gina.

20

— Winchester, répondit Cruz, déjà pressé de raccrocher pour rejoindre Gina.

Elle avait glissé de ses genoux quand il avait pris l'appel, et il avait hâte de la reprendre contre lui.

Pliant les jambes contre sa poitrine, elle passa les bras autour de ses genoux et y posa le menton. À la vue du petit sourire timide sur ses lèvres, il réprima un autre gémissement.

— Cruz ? lança Derek, une pointe d'humour dans le ton. J'interromps quelque chose ?

Il sourit.

— Non. Que se passe-t-il ? Tu as du nouveau ?

Derek fit une pause, devinant sans doute ce qui se passait. Travailler avec un membre de la famille n'était pas simple. Dans ce contexte, préserver sa vie privée était un défi permanent mais il n'était pas question pour Cruz de raconter quoi que ce soit. Son cousin se contenterait d'hypothèses et de déductions.

Sans doute devrait-il se sentir coupable d'avoir désiré puis embrassé une cliente mais il n'y arrivait pas. Maintenant que la ligne avait été franchie, il n'y avait pas de retour en arrière possible pour lui. Il se pencha en avant et embrassa Gina sur le front, gagnant un autre sourire.

— J'ai une petite nouvelle, poursuivit Derek, mais

je pense que la tienne est plus intéressante. Vas-tu me l'annoncer ou dois-je l'imaginer ?

Cruz sourit. Derek entendait tout, y compris ce que les gens ne disaient pas.

— Toi d'abord, dit Cruz, n'ayant aucune intention de partager ensuite la moindre information personnelle.

C'est avec Gina qu'il avait besoin de parler de ces baisers.

— J'ai fait le pied de grue devant chez Tony tout l'après-midi, attendant un signe de vie que je pourrais transmettre à Knox, afin qu'il ait la possibilité de l'arrêter. Personne ne sait où Tony est allé quand il a quitté l'hôpital. Sa voiture est ici mais je n'ai perçu aucun mouvement à l'intérieur de la maison. Personne n'est entré ni sorti.

— Sa voiture était là quand tu es arrivé ? répéta Cruz, de nouveau focalisé sur la conversation.

— Absolument. Des policiers sont passés et ont frappé à sa porte sans obtenir de réponse, dit Derek. Peut-être ne s'est-il pas rendu à l'hôpital au volant de son propre véhicule. Ce serait logique. Pourquoi donner aux autorités un indice prouvant sa présence sur la scène du crime ? Knox a déjà repéré sa bagnole sur les images prises par les caméras de surveillance dans la rue des Ricci au moment de leur cambriolage. Il n'avait sans doute pas besoin d'en rajouter.

— Comment a-t-il fait pour aller à l'hôpital sans sa voiture ? demanda Cruz. Il n'a pas appelé un taxi ou pris le bus. D'autant qu'il comptait emmener Gina avec lui.

— Je me pose les mêmes questions, dit Derek. Normalement, nous devrions chercher des complices, mais là, il s'agit d'une affaire personnelle.

— Tony possède-t-il un autre véhicule à son nom ? demanda Cruz.

— Je n'ai rien vu de la sorte dans les fichiers, répondit Derek.

Cruz se tourna vers Gina et appuya sur la touche « Haut-parleur » de son téléphone.

— Sais-tu si Tony pourrait avoir accès à des voitures qui ne sont pas enregistrées à son nom ?

Gina se mordilla les lèvres et regarda vers le plafond comme si la réponse s'y trouvait. Elle fronça les sourcils.

— Il a peut-être utilisé l'un des SUV de l'entreprise, dit-elle. Ils sont tous identiques, noirs avec des vitres teintées. Le logo de l'entreprise est un gros aimant que les commerciaux posent sur le capot lorsqu'ils vont voir des clients. Son père utilise souvent ces voitures. Elles permettent aux Marino de frimer. Lorsqu'ils se déplacent avec plusieurs SUV du même modèle, les gens sont impressionnés. Ils pensent qu'une célébrité est à bord.

Cruz hocha la tête. Des SUV sombres correspondaient bien au genre de voiture qu'un tueur choisirait pour ses déplacements.

— Derek ?

— Je suis déjà là-dessus, dit-il. Je vais en parler à Knox et voir s'il peut m'obtenir les numéros de plaque de la flotte des Marino. Ensuite, je regarderai si les caméras de surveillance ont filmé un de ces SUV près de l'hôpital ce matin ou à proximité du lieu de l'attaque de Rex, hier soir.

— Ou près du cabinet de la gynécologue, ajouta Cruz.

— Je m'en occupe, fit Derek. En attendant, tu ferais mieux de partir au chalet sans traîner. À ta place, je ne perdrais pas de temps. Nous ignorons où se planque ce type, mais nous savons qu'il est fou et motivé.

— D'accord.

Cruz mit fin à l'appel et sourit chaleureusement à Gina.

— Que dirais-tu de prendre la route ce soir ?

Elle se leva aussitôt.

— Je vais emballer mes affaires.

— Hé, pas si vite, dit Cruz en lui attrapant la main alors qu'elle s'éloignait. Avant de partir, nous devrions parler de ce baiser. Autrement, nous retrouver seuls dans les montagnes pendant quelques jours pourrait devenir gênant.

Gina rougit.

— Le baiser était agréable, répondit-elle. Le refaire me semble une excellente façon de passer le temps quand nous serons dans ton chalet.

Puis, avec un sourire, elle se dirigea vers sa chambre.

Gina referma doucement la porte puis grimpa sur son lit. Elle avait embrassé Cruz Winchester ! Plus surprenant encore, ce baiser avait été encore plus torride que dans ses fantasmes les plus fous. Ce qui en disait long car elle était dotée d'une imagination débordante.

Au cours de sa vie, elle n'avait pas été embrassée par beaucoup d'hommes. Mais, comparées à ce baiser avec Cruz, ses expériences précédentes semblaient tièdes et banales.

En conséquence, elle n'avait jamais compris jusqu'alors la fascination des autres femmes à propos des baisers, mais maintenant qu'elle y avait goûté, non seulement elle la partageait mais elle avait faim de recommencer.

Elle se représenta Cruz dans sa chambre, en train de faire ses valises. Mais les rêveries devraient attendre. Pour l'instant, il était temps d'aller se terrer quelque part, loin de la ville.

Alors qu'elle emballait ses affaires à la hâte, elle priait pour les personnes que Tony avait blessées ainsi que pour celles qui étaient dans son collimateur maintenant.

Il y a encore un an, il lui aurait fallu des heures, voire des jours, pour décider quoi porter ou emporter. Maintenant, elle était capable d'empaqueter tout ce qui lui appartenait en moins de dix minutes. Si nécessaire, elle n'hésiterait pas à s'en aller avec seulement son sac à main et à ne jamais revenir. La peur avait rationalisé ses priorités.

Lorsqu'elle ressortit de sa chambre, Cruz était dans le salon, empilant des sacs et des bacs en plastique près de la porte d'entrée. Il avait son smartphone collé à l'oreille.

— Nous partons maintenant, disait-il à son interlocuteur.

Il sourit quand il la vit, puis lui fit un clin d'œil.

Elle ajouta ses sacs à la pile puis accepta son baiser.

— Prête ? demanda-t-il un moment plus tard en glissant le téléphone dans sa poche.

Elle hocha la tête et ils prirent la route.

Tandis que la campagne défilait devant sa vitre, elle composa le numéro du téléphone que Cruz avait donné à ses parents.

Sa mère répondit à la première sonnerie.

— Chérie ? Tout va bien ?

— Je vais bien, maman, lui assura-t-elle en souriant.

Ses parents lui avaient tellement manqué pendant qu'elle était en cavale.

— Cruz me conduit dans un endroit sûr pendant que son frère et ses cousins cherchent Tony, dit-elle. Je ne peux pas te dire grand-chose parce qu'il vaut mieux pour nous deux ne pas échanger de détails. Sache simplement que je suis en sécurité et contente. Et bientôt, nous pourrons nous retrouver comme avant.

Sa mère rit nerveusement.

— L'essentiel est que tu ne prennes pas de risques.

— Promis. Je suis entre de bonnes mains.

Cruz souriait à côté d'elle.

Elle espérait seulement qu'il serait toujours heureux d'être avec elle lorsqu'elle serait enceinte de neuf mois…

— Je dois te laisser, maman, dit-elle. Je voulais

seulement que tu saches que je vais bien, au cas où la couverture réseau ne serait pas terrible là où je vais. La famille de Cruz te contactera si nécessaire. Jusque-là, pas de nouvelles, bonnes nouvelles, d'accord ?

Gina fit ses adieux, puis laissa tomber le téléphone dans un porte-gobelet vide de la console, luttant contre les larmes.

Cruz attrapa sa main et la porta à ses lèvres.

— Ça va ? demanda-t-il en y pressant un baiser.

— Il le faut, dit-elle.

Au-dessus d'eux, des milliards d'étoiles scintillaient dans un ciel d'encre. Il n'y avait aucun autre véhicule sur la voie express.

Ils roulaient depuis un bon moment lorsque le nom de Derek apparut sur l'écran du tableau de bord de la jeep.

Cruz prit l'appel.

— Salut, nous sommes à environ une heure de la ville. Quoi de nouveau ?

— C'est le moment de faire le point, dit Derek. Rien sur Tony pour l'instant mais une infirmière du service de Rex vient de m'appeler. Il a repris conscience et a parlé avec un adjoint. Elle a écouté. Tony pensait que Rex était flic et a demandé où était Gina. Comme Rex ne voulait rien dire, Tony l'a massacré. Knox est en route pour l'hôpital de Great Falls.

Cruz serra les mâchoires.

— Que disent les médecins ? demanda-t-il.

— D'après l'infirmière, Rex va mieux et devrait se rétablir complètement, dit Derek. Pas de traumatisme à la tête, et le couteau n'a touché aucun organe vital.

Gina posa sa main sur la jambe de Cruz d'un geste encourageant. Rex allait bien. C'était la meilleure nouvelle qu'ils aient reçue de l'hôpital jusqu'à présent. Et elle ne pouvait qu'espérer qu'il y aurait bientôt des appels similaires concernant le Dr Tulane, Heather et l'adjoint Stone.

Cruz raccrocha.

— Knox protégera Rex pendant sa convalescence. Il montera un dossier solide. Pendant ce temps, tout ce que nous avons à faire est de rester hors de portée de Tony.

Elle hocha la tête, remplie d'espoir. Si Rex était conscient et capable de témoigner, les charges visant Tony s'aggraveraient.

Cruz avait raison : l'étau se resserrait.

Il ne faudrait pas longtemps avant que Tony ne soit derrière les barreaux, et elle en éprouva un intense soulagement.

Elle espérait que Tony ne mesurait pas à quel point il était proche d'être capturé. Elle se demandait de quoi il serait capable s'il n'avait plus rien à perdre.

— Eh bien, dit-elle, forçant son esprit à revenir à des pensées plus positives, nous avons déjà un plan.

Tout ce qu'ils avaient à faire était de rester à l'écart et de laisser la police travailler.

Son téléphone portable sonna et elle le tira du porte-gobelet.

— Ce sont mes parents, s'exclama-t-elle, surprise de revoir si tôt leur numéro.

La terreur lui perça la poitrine alors qu'elle répondait.

— Allô ?

— Gina ! cria sa mère.

La panique s'empara de Gina. Elle appuya instinctivement sur le bouton du haut-parleur pour permettre à Cruz d'écouter.

— Je suis là, maman. Qu'est-ce qui ne va pas ?

— Elle a disparu, hurla sa mère. Personne ne peut la trouver. Personne ne sait où elle est.

Gina se sentit blêmir.

— Qui a disparu ? demanda-t-elle d'une voix blanche.

Elle connaissait la réponse mais elle avait besoin de l'entendre avant de perdre totalement la tête, elle aussi.

— Ta sœur.

21

Gina s'attabla avec ses parents dans la salle de conférences du poste de police de West Liberty. Les Winchester en avaient fait un centre de crise. L'objectif était de retrouver Kayla dans les meilleurs délais. Une cafetière, une pile de dossiers et un grand tableau blanc sur lequel étaient accrochées les photos des crimes de Tony donnaient à Gina l'impression d'être dans une série policière.

Sa mère se tordait les mains en priant, son père arpentait la pièce.

Gina embrassa sa mère pour tenter de la calmer. En même temps, elle s'efforçait d'écouter les échanges entre les Winchester. Lucas, l'inspecteur de police qui avait organisé la rencontre de Gina et Kayla sur le campus, était là et elle ne voulait rien manquer de ce qu'il disait.

Les hommes écrivaient sur le tableau blanc des données au fur et à mesure qu'elles leur parvenaient, par téléphone ou SMS. Elles leur étaient parfois transmises en personne par un agent en uniforme.

Kayla avait disparu depuis des heures à cause de Gina. Certes, Gina n'était pas directement responsable de son enlèvement mais elle aimait sa sœur. Et Tony lui avait promis de s'attaquer à tous ceux qu'elle aimait.

Lucas se tourna vers Gina et ses parents. Il tapota le dossier ouvert devant lui.

— Nous savons que Kayla a appelé la sécurité du campus à partir d'un téléphone d'urgence après avoir participé à une session d'étude, dit-il, reprenant apparemment le fil depuis le début.

C'était une information qu'ils avaient reçue dès leur arrivée. Kayla avait envoyé un texto à des camarades, leur disant qu'elle avait l'impression d'être suivie mais qu'elle n'avait vu personne. Ses amies l'avaient encouragée à utiliser l'un des téléphones de sécurité du campus pour demander une escorte.

— Une unité a répondu à son appel dans les deux minutes, poursuivit Lucas. Mais Kayla n'était pas là quand le policier est arrivé. Le téléphone n'avait pas été raccroché. Un spray d'autodéfense traînait par terre à proximité, ajouta-t-il.

Le père de Gina émit un bruit rauque comme s'il étouffait.

Sa mère frissonnait et claquait des dents. Cruz lui tendit une couverture dans l'espoir de la réchauffer. Mais, terrassée d'angoisse, elle ne la vit même pas et ce fut Gina qui déplia le plaid sur ses jambes.

Lucas attendit qu'elle ait fini pour continuer.

— Une équipe d'agents de sécurité a été immédiatement dépêchée pour inspecter la zone et interroger les étudiants. À mon arrivée, je me suis entretenu avec une jeune femme. Elle avait regagné son appartement pour la nuit à l'heure où Kayla appelait la sécurité pour demander une escorte et elle a vu un gros SUV noir avec des vitres teintées garé devant le bâtiment. Une caméra de surveillance postée à cet endroit a confirmé la présence du véhicule devant les dortoirs. D'autres caméras du campus nous ont permis de le suivre alors qu'il quittait les lieux. Cela dit, les images ne sont pas bonnes. Le conducteur et sa passagère ne sont pas identifiables et la plaque d'immatriculation non plus.

Le visage sombre, Blaze se déplaça aux côtés de son frère, un gobelet de café à la main.

— Derek est revenu de sa mission de reconnaissance. Il est resté posté devant la maison des Marino pour garder un œil sur eux, sur leurs allées et venues. À ce stade, il faudra plus qu'un bon avocat pour dispenser Tony de répondre de ses crimes.

Lucas posa ses coudes sur la table.

— Nous pensons que sa famille le couvrira. J'ai donc envoyé des policiers pour informer ses parents de l'arrestation imminente de Tony et pour les interroger sur la façon dont ils prévoient de réagir. Nous espérons ainsi les pousser à commettre une erreur. S'ils le cachent et essaient de le déplacer, Derek nous en informera et les filera.

Gina frissonna, la gorge serrée de peur, le ventre secoué de nausées. Elle sortit son smartphone de son sac et se connecta sur Internet pour envoyer un message à Celia. Au départ, elle pensait attendre d'être arrivée au chalet avec Cruz pour s'en occuper. Elle aurait alors réfléchi calmement à la meilleure façon de formuler sa requête. Mais tout avait changé. Le temps était compté et elle ne se souciait plus de faire dans la finesse. Après avoir résumé les événements à Celia, elle la supplia de lui transmettre tous les éléments qui pourraient les aider à avancer. Puis, le téléphone dans les mains, elle attendit.

Mais Lucas poursuivait :

— Nous avons demandé un mandat pour obtenir des informations sur la flotte de véhicules de la société Marino. Dès que nous l'aurons, nous pourrons établir les trajets de chacun des SUV et leurs emplacements actuels. Les avocats de la famille Marino font de leur mieux pour ralentir le processus mais je suis convaincu que le juge répondra favorablement à notre demande.

Le père de Gina jura. Son regard était désespéré.

— Papa, murmura Gina en lui tendant la main. S'il te plaît. Viens t'asseoir avec nous.

Il la regarda comme s'il ne la voyait pas. Ses traits étaient crispés, sa peau livide.

Elle sentit son cœur se serrer en le voyant dans un tel état. La disparition de Kayla la ravageait mais elle comprenait que l'épreuve était mille fois pire pour ses parents. Elle n'était enceinte que de quelques mois, son bébé n'était pas encore né, et pourtant, elle savait déjà qu'elle ferait tout pour protéger son enfant.

— Papa, répéta doucement Gina. Maman a besoin de toi.

Une larme roula sur la joue de son père alors qu'il retournait auprès de sa femme. Elle se blottit contre lui en pleurant.

— Merci, dit Gina.

Gina reporta son attention sur les Winchester, espérant qu'ils arriveraient à empêcher un fou de tuer sa petite sœur.

— Quoi d'autre ? demanda Cruz en feuilletant des papiers. Dis-moi qu'il y a suffisamment de preuves pour construire un dossier solide une fois que nous l'aurons.

— Il y a de quoi le faire coffrer un long, très long moment, répondit Lucas, un éclair de satisfaction dans les yeux. Le couteau planté dans la main de Rex est d'une marque vendue exclusivement par les magasins de la famille Marino. Et ce couteau est le même que celui qui a blessé le Dr Tulane.

Un sourire de fierté passa sur les lèvres de Cruz.

— Bien.

— De plus, reprit Lucas en appuyant sur l'écran de son smartphone, nous avons extrait sur Internet cette photo de Tony et de son père prise lors d'un voyage de chasse, il y a environ trois mois.

Il tourna l'écran pour qu'il soit face à Cruz.

— Le couteau sur ce cliché correspond à l'arme du crime. Par ailleurs, Rex a reconnu Tony comme étant celui qui l'a engagé, puis attaqué. Gina témoignera également qu'il l'a agressée. Bref, l'étau se resserre de minute en minute.

Blaze changea de position, enfonçant les mains dans ses poches arrière.

— Enfin, nous avons des témoins qui confirment que le véhicule de Tony se trouvait à Great Falls la nuit où le gérant de l'immeuble a été assassiné. L'employée d'un Starbucks local l'a formellement identifié. Elle l'a vu qui distribuait des avis de recherche ciblant Gina.

— J'étais là, murmura celle-ci. Par habitude, j'avais donné un faux nom à la serveuse. Puis j'ai vu Tony et je me suis sauvée.

Il y avait tellement de témoins, tellement de preuves contre lui que les crimes de Tony ne resteraient pas impunis. Lorsqu'il se présenterait devant un tribunal, des dizaines de personnes confirmeraient sa culpabilité.

Après plusieurs heures, le flux d'informations se tarit et les parents de Gina rentrèrent chez eux pour surveiller leur ligne fixe au cas où Tony chercherait à entrer en contact avec eux par ce biais.

Gina croisa les bras sur la table de conférence et posa sa tête dessus.

Autour d'eux, le poste de police était silencieux. Il ne restait qu'une poignée d'inspecteurs, qui passaient devant la porte ouverte de la salle de conférences. Exténuée, elle s'endormit.

Elle s'éveilla en sentant le poids de la main de Cruz sur son épaule.

— Tu as faim ? Que dirais-tu d'un petit déjeuner ? proposa-t-il.

Elle ne se souvenait pas s'être endormie mais de bonnes odeurs de viennoiserie et de café lui mirent l'eau à la bouche. Cruz déposa un grand gobelet fumant devant elle, des muffins et une bouteille d'eau. Aux anges, elle eut envie de l'embrasser pour le remercier.

Lucas bâilla et s'étira, visiblement fatigué.

— La nuit a été longue, Cruz. Il n'est peut-être pas très raisonnable de prendre le volant pour plusieurs heures de route maintenant. Pourquoi ne pas aller demander l'hospitalité à mes parents ? Ou à Derek. Il a beaucoup de chambres chez lui et sa maison est mieux protégée que Fort Knox.

— Mieux vaut nous en tenir au plan initial, répondit Cruz en portant une tasse de café à ses lèvres.

Le smartphone de Gina émit un petit bip et elle le sortit de sa poche. Elle s'attendait plus ou moins à voir apparaître le numéro de ses parents sur l'écran. Mais elle s'aperçut alors que quelqu'un cherchait à la joindre via son téléphone personnel et non celui offert par Cruz.

Et le texto émanait de Celia.

Cruz se plaça derrière elle pour lire le SMS par-dessus son épaule.

— Celia est la femme dont je t'ai parlé, expliqua Gina. La petite amie de Ben, l'ami de Tony. Je lui ai écrit hier soir. Kayla ne pouvait pas attendre.

Il grogna, contrarié.

— Tu as utilisé ton téléphone personnel pour la contacter ?

Gina hocha la tête.

— Et mon compte Facebook. Est-ce un problème ?

— Espérons que non, dit-il, visiblement peu convaincu.

Gina lut le message de Celia en silence.

Mon Dieu ! Comment vas-tu, Gina ? Je m'inquiète beaucoup depuis que nous sommes sans nouvelles de toi. J'ai dit à Ben que Tony était certainement responsable de ta disparition. Il m'a conseillé de ne pas me mêler de vos histoires mais je sentais bien que les choses n'allaient pas entre vous deux.

Tony est passé voir Ben avant-hier soir. Il lui a demandé de prétendre qu'il était avec lui pour ne pas être soupçonné de quelque chose qu'il avait fait. Il ne voulait pas dire de quoi il s'agissait. Bref, Ben n'était pas d'accord et Tony l'a alors menacé avec une arme !

Finalement, Ben a accepté pour que Tony s'en aille mais, en réalité, il n'a aucune envie de mentir pour le protéger. Je ne comprends pas ce qui se passe.

Et Tony nous dit que tu étais enceinte ! Est-ce vrai ? Que puis-je faire pour t'aider ? Es-tu en sécurité ? Si tu veux, je peux passer te prendre et te conduire quelque part.

Cruz hocha la tête.

— Dis-lui que tu es en sécurité et qu'il est important qu'elle ne parle à personne de vos échanges. Ne lui en dis pas plus que nécessaire.

Lucas leva le menton en direction de Cruz.

— Que se passe-t-il ? demanda-t-il.

Cruz fit un pas en direction de son cousin, puis se retourna vers Gina :

— Demande-lui si elle a une idée de l'endroit où Tony pourrait être maintenant… ou si son petit ami le sait.

Gina hocha la tête et ses doigts volèrent sur l'écran. Elle envoya une série de SMS :

Je suis en sécurité. Au poste de police – difficile de faire mieux ! Je vais bientôt quitter la ville.

Sais-tu où Tony aurait pu emmener Kayla ? Demande à Ben s'il en a une idée…

La réponse de Celia fut immédiate et brève, elle aussi.

Je me rends chez Ben.

Je lui poserai la question en arrivant.

Gina rangea son téléphone, puis se força à s'asseoir et à attendre.

Près d'une heure plus tard, Celia n'avait pas répondu et Cruz était visiblement sur les nerfs.

Blaze se frotta les yeux, l'air épuisé.

— Partez et prenez mon pick-up, dit-il finalement en lançant un trousseau de clés à Cruz. Si ce type te suit, il cherchera la jeep. Je la conduirai jusqu'à ce qu'il ait été capturé.

Cruz attrapa au vol les clés de son cousin et lui envoya son trousseau en échange.

— Merci.

Il jeta un coup d'œil à l'horloge murale, puis à Gina.

Blaze agita la main pour leur dire au revoir et disparut avec Lucas dans un couloir.

Une fois seul avec elle, Cruz regarda Gina.

— Je sais que tu aimerais rester dans les parages au cas où les enquêteurs auraient des nouvelles de ta sœur mais je suis d'accord avec Blaze. Le mieux est de quitter la ville sans tarder. Te retirer du jeu est plus prudent. Pendant ce temps, le visage de Tony va apparaître dans les médias, grâce à Rex qui a pu l'identifier. Nous n'avons plus rien à faire ici. Et tes parents seront heureux de te savoir hors de portée de Tony. De toute façon, tu restes joignable par téléphone.

Le cœur de Gina se serrait à l'idée de quitter la ville

alors que sa sœur avait disparu, mais Cruz et ses cousins savaient ce qu'ils faisaient et elle ne voulait rien compliquer.

— D'accord.

Elle consulta une nouvelle fois son smartphone personnel. Elle n'avait pas reçu de nouveau message de Celia.

— J'ai sans doute intérêt à laisser mon appareil à Blaze et Lucas, dit-elle en tendant le téléphone à Cruz. Si Celia répond, ils recevront le message et sauront quoi faire. Ils n'ont pas besoin de moi comme intermédiaire.

Cruz l'attira contre sa poitrine et l'embrassa sur le front.

— Bonne idée.

Ils confièrent le smartphone à Lucas avant de sortir dans le quartier inondé de soleil.

Les rues à l'extérieur du bureau du shérif étaient déjà animées.

Cruz leva la main, et les phares d'un pick-up noir se mirent à clignoter.

— Blaze adore son gros camion, dit-il en riant. Installe-toi pendant que je déplace nos affaires de la jeep à ce mastodonte.

— D'accord.

Il aida Gina à grimper dans le véhicule.

— Winchester ! appela une voix depuis le bureau du shérif.

Un adjoint en uniforme lui faisait signe de revenir.

— Votre cousin tient à ce que vous emportiez les viennoiseries qui restent.

Cruz sourit, soulagé qu'ils n'aient pas été rappelés pour de mauvaises nouvelles. Il lança un regard interrogateur à Gina.

— Tu as encore faim ?

Elle haussa les épaules.

— Pas vraiment, mais prenons-les pour plus tard…

Cruz lui tendit les clés du pick-up puis retourna dans le bâtiment.

Gina hésita à se mettre au volant. Il serait impossible de se sentir menacée dans l'habitacle de l'énorme camion de Blaze.

Un SUV noir familier s'arrêta alors sur le trottoir, sur le parking du poste de police, et elle se figea.

Non, Tony n'oserait pas venir la chercher ici…

La vitre arrière de la voiture descendit et le visage de Kayla apparut. Ses cheveux noirs étaient emmêlés, son visage crispé de peur et un épais ruban argenté couvrait sa bouche.

Le cœur de Gina bondit dans sa poitrine et, affolée, elle se tourna vers le bâtiment dans lequel Cruz venait d'entrer.

Elle chercha son téléphone pour lui envoyer un SMS mais la vitre du conducteur de l'autre véhicule se baissa à son tour et elle aperçut Tony au volant du SUV.

Il pointait une arme vers sa sœur.

Elle envoya le texto le plus court de sa vie à Cruz.

911

Elle se dirigea vers le SUV, sachant que c'était elle que Tony voulait. Elle espérait qu'il libérerait Kayla en échange.

Le sourire de Tony lui donna la nausée.

— Où est ton téléphone ? cria-t-il, déplaçant le pistolet en cercle pour indiquer qu'elle devait accélérer le mouvement.

Elle leva l'appareil, et le sourire de Tony se mua en ricanement.

— Jette-le par terre et viens, dit-il. Tout de suite !

Son cœur se serra : Kayla n'avait pas à donner sa vie pour sauver la sienne. Vaincue, elle obéit.

22

Gina attacha sa ceinture de sécurité puis se retourna pour jeter un coup d'œil sur la banquette arrière.

Alors que Tony accélérait, la tête de Kayla bascula sur l'appui-tête. Elle ne réagit pas. Elle semblait absente.

— Que lui as-tu fait ? demanda Gina en reportant son attention sur son ravisseur.

— Je lui ai donné le choix, répondit-il. Elle a opté pour les somnifères que j'avais pris à l'hôpital. Si elle avait refusé, j'aurais dû l'assommer.

Gina se mordit les lèvres pour s'interdire de l'insulter. Chaque fois qu'elle avait exprimé sa colère, il était devenu violent, et à présent il ne s'agissait plus uniquement d'elle. Elle avait sa sœur et son bébé à protéger.

Elle jeta un coup d'œil par la vitre, essayant de deviner où il les conduisait.

— Où allons-nous ?

Tony consulta son rétroviseur, puis coupa trois voies de circulation pour se diriger vers une sortie inconnue.

— Toi et moi avons besoin de parler, répondit-il. C'est tout ce que tu dois savoir.

En proie à une sourde terreur, Gina s'ordonna de rester calme. Pour avoir une chance de s'en sortir, elle devait garder l'esprit clair et s'efforcer de ne pas énerver Tony.

Elle devait donner du temps aux Winchester pour les retrouver, en espérant qu'il n'était pas déjà trop tard.

— Qu'as-tu dit à la police ? reprit-il. Et dans quel camion étais-tu ? Un pick-up n'est pas un véhicule de femme. Tu couches avec ce mec, maintenant ? Tu lui as fait croire que tu portais son bébé ?

Gina serra les lèvres, refusant d'exprimer son indignation. La misogynie ridicule de Tony la mettait en colère. Comment osait-il supposer qu'elle était une fille légère qui couchait avec tout le monde ? Elle se battait pour rester en vie et protéger son enfant. Ce combat prenait toute son énergie.

Tony fit une embardée, déclenchant un concert de klaxons.

— Alors ? demanda-t-il en posant une main sur sa cuisse et en serrant pour lui arracher un cri de douleur. Qu'as-tu raconté à la police ? Tu les as fait pleurnicher sur ton triste sort ? En te présentant comme une victime et en me donnant le rôle du méchant ? Comme c'est facile !

Tel un enragé, il frappa le volant du poing une demi-douzaine de fois.

Elle répondit, s'interdisant de hausser le ton :

— Tu as tué mon gérant d'immeuble, massacré mon amie, poignardé ma gynécologue et un shérif adjoint, attaqué un adolescent et enlevé ma sœur… Tu es un criminel, Tony, et tout le monde le saura.

La gifle violente qu'elle reçut la projeta contre la vitre.

Tony secoua sa main.

— Tu regretteras de m'avoir calomnié. Cette Heather n'était pas vraiment ton amie et cet homme n'était pas le gérant de ton immeuble. Tu n'habites pas là-bas. Tu vis chez moi, avec moi ! cria-t-il en brûlant un feu rouge.

Gina posa les mains sur ses genoux et entreprit de se

détacher de la situation pour survivre aux événements. Il était temps de prendre du recul. Et de réfléchir.

Lucas attendait un mandat qui lui permettrait d'obtenir les immatriculations et d'effectuer le suivi GPS de la flotte de la société Marino. Le SUV dans lequel elle se trouvait en faisait partie. Les avocats de la famille de Tony ne pourraient plus s'y opposer, maintenant qu'elle avait été enlevée devant le poste de police. Les caméras de surveillance du commissariat avaient certainement capté la scène.

Pendant ce temps, l'important était de tout faire pour contrecarrer le plan de Tony, quel qu'il soit. Elle devait à tout prix l'empêcher de les enfermer ou de les blesser, sa sœur et elle. Surtout, il lui fallait se tenir prête à fuir à tout moment. Avec Kayla endormie, l'entreprise ne serait pas simple mais il n'était évidemment pas question de l'abandonner.

Elle jeta un coup d'œil dans le rétroviseur, espérant que Kayla montrerait des signes de réveil. Sa sœur était petite et menue mais Gina n'était pas assez forte pour la porter. Pour échapper à leur ravisseur, Kayla devait se réveiller.

Lentement, les rues animées d'une ville inconnue se muèrent en un quartier résidentiel en désuétude. Puis un parc industriel apparut. Il semblait désert et en ruine.

Tony conduisit le SUV vers un vaste parking bordé d'entrepôts et de bâtiments abandonnés.

Il fallut un moment à Gina pour reconnaître l'endroit. Elle ne s'y était jamais rendue en empruntant un itinéraire aussi alambiqué. Ils se trouvaient sur la plus grande installation de stockage de la famille de Tony. Les produits destinés aux magasins ou à la vente par correspondance y étaient centralisés avant d'être expédiés. Et dans cet entrepôt Tony organisait souvent de grandes soirées de poker avec des amis. Il était capable de miser des sommes folles sur une seule partie.

Il s'arrêta, coupa le moteur et se tourna vers elle.

— Fais n'importe quoi de stupide et je tirerai sur ta sœur, dit-il.

Il sortit et se dirigea vers le bâtiment.

Gina attendit qu'il se concentre sur le cadenas.

— Kayla ! cria-t-elle alors en se tordant sur son siège pour frapper les genoux de sa sœur. Réveille-toi ! Kayla !

Lentement, les yeux de sa cadette s'entrouvrirent et un faible gémissement s'échappa de ses lèvres.

Gina poussa un soupir de soulagement.

— Ça va aller, mais tu dois te réveiller.

Kayla essaya de parler mais le large ruban argenté sur ses lèvres étouffait ses efforts. Ses yeux étaient flous alors qu'elle les promenait dans l'espace, cherchant probablement le visage de Gina.

Quoi qu'il lui ait donné, Tony n'y était pas allé de main morte.

Gina s'immobilisa, ne voulant pas risquer que Tony la voie se retourner ou parler. Elle couvrit son visage de ses mains comme si elle pleurait quand il regarda dans sa direction.

Il tira la porte de l'entrepôt, puis retourna vers le SUV.

— Tony arrive, grommela Gina. Fais semblant de dormir. Nous devons mettre un plan au point.

La portière du conducteur s'ouvrit et Tony se réinstalla au volant avant de conduire lentement sa voiture dans l'entrepôt.

— Maintenant, toi et moi allons avoir cette conversation. Tu vas commencer par expliquer de quel droit tu m'as caché ta grossesse. Quel genre de mère vas-tu être ?

Pour refuser à un enfant de connaître et de tisser des liens avec son père, tu promets d'être la pire des marâtres.

Gina dressait mentalement la liste de ses options.

— Tu m'as menti et mis dans l'embarras, poursuivait-il d'un ton indigné. Tu vas devoir t'excuser et je ne suis pas sûr de te pardonner.

Il détacha sa ceinture de sécurité, puis la tira vers lui.

— Je veux voir mon bébé.

Il la regarda dans les yeux avant de soulever son chemisier pour découvrir sa taille légèrement arrondie.

Elle serra les dents et détourna la tête, luttant contre les nausées qui soulevaient son estomac.

Il posa une main brûlante sur son ventre nu et elle recula instinctivement.

Elle pensait recevoir une autre gifle mais Tony la repoussa et descendit du véhicule.

Il fit le tour du SUV pendant qu'elle tirait sur son corsage pour le remettre en place. Puis il ouvrit la portière arrière et saisit sa sœur.

— Attends !

Gina bondit, désireuse d'aider Kayla et prête à faire tout son possible pour éloigner Tony. Mais il était trop tard.

Il jeta Kayla par-dessus son épaule et s'éloigna.

Gina se précipita à leur suite à travers les immenses allées d'étagères métalliques couvertes de produits destinés aux magasins d'équipement sportif. Des montagnes de raquettes de tennis, de kayaks, de tentes et des vêtements remplissaient l'espace. Et dans un coin, des palettes de munitions et des fusils de chasse étaient empilés avec soin. Des armes qu'il pourrait utiliser contre elle.

La tête de Kayla rebondissait contre le dos de Tony alors qu'il traversait les rangées de produits.

Les yeux de sa sœur s'ouvrirent et se posèrent sur Gina.

Le cœur de Gina bondit d'espoir alors qu'une idée germait dans son esprit. Elle chercha le spray au poivre que Kayla lui avait donné et le glissa dans la main de sa sœur.

— Ne la touche pas, grogna Tony.

Il s'arrêta et se tourna pour attraper le poignet de Gina.

— Fais ce que je te dis !

Ils s'arrêtèrent au bout de l'allée, où un petit espace de vie avait été aménagé. Composé d'une tente, d'un lit de camp, d'une table de bridge, de chaises pliantes et de glacières en plastique, il devait servir de cachette à Tony depuis qu'il fuyait la police.

Il poussa Kayla et elle tomba sur le lit de camp avec un gémissement.

— À cause de toi, je dois vivre comme un paria, dit Tony en se retournant pour faire face à Gina. À cause de toi, quelqu'un surveille ma maison. À cause de toi, un autre espionne mon bureau et la maison de mes parents. À cause de toi, je n'ai plus la possibilité de rentrer chez moi. À cause de toi, je ne peux rien faire. Et tout est ta faute.

Il la dévisagea, les yeux brillants de colère, et serra les dents, puis son attention tomba sur son ventre.

— Montre-moi encore mon bébé.

Gina s'humecta les lèvres et considéra ses options, qui étaient peu nombreuses. Elle fit quelques pas vers lui.

— Voilà comment je te veux, dit-il. Silencieuse et obéissante. Maintenant, soulève ton chemisier.

Lentement, Gina exposa son ventre à peine bombé.

Soudain, les mains de Tony lui agrippèrent la taille avec violence et l'attirèrent à lui jusqu'à ce que leurs corps entrent en collision. Il écrasa les lèvres contre les siennes.

Elle le repoussa et, d'instinct, leva la main pour le frapper.

Le silence entre eux ne dura qu'un instant.

Puis il la gifla avec force, une fois, deux fois, trois fois comme s'il voulait lui arracher la tête.

Brisée, elle tomba sur ses mains et ses genoux.

Un cri jaillit de ses lèvres et des larmes furieuses commencèrent à couler.

— Lève-toi, grogna-t-il. Nous allons à l'intérieur de la tente où tu t'excuseras. Tout de suite !

Il s'accroupit au-dessus d'elle, la serrant par la taille et tentant de la redresser.

— Non ! cria-t-elle, se débattant avec l'énergie du désespoir.

L'odeur âcre du gaz poivré la prit soudain à la gorge.

Avec un cri, Tony la lâcha et trébucha en jurant.

Kayla attrapa le bras de Gina et toutes deux s'élancèrent dans la nuit.

23

Cruz venait de franchir le seuil du poste de police de West Liberty lorsqu'il reçut le texto de Gina.

911

Blaze, qui l'attendait dans le hall, chargé des sacs de viennoiseries à emporter et de bouteilles d'eau, lui avait proposé de l'aider à transférer le contenu du coffre de la jeep dans le pick-up.

Cruz lui avait montré le texto de Gina. Il ne comprenait pas.

Elle lui envoyait un appel au secours, mais comment un problème avait-il pu survenir en si peu de temps ?

Il avait couru vers le camion mais s'était brusquement souvenu qu'il n'en avait pas les clés. Il les avait laissées à Gina.

Heureusement, Blaze avait celles de la jeep et les deux cousins avaient sauté dans la voiture et démarré en trombe.

Malheureusement le SUV et Gina étaient partis depuis longtemps.

Blaze conduisait, ce qui valait mieux. Cruz perdait la tête tant il était angoissé.

Le téléphone de Blaze sonna alors qu'ils atteignaient la bretelle d'autoroute.

Il tendit l'appareil à Cruz.

— Réponds, dit-il.

Le nom de Lucas s'affichait sur l'écran.

— Nous sommes sur l'autoroute, annonça Cruz en guise de salutations.

Pour s'enfuir avec Gina, Tony avait forcément emprunté l'autoroute. La circulation était trop dense dans le centre-ville. Ils n'auraient pas pu aller loin. Et s'ils avaient voulu filer par les routes de campagne, moins chargées, le SUV aurait été trop facilement repérable. Via l'autoroute, cependant, Tony et Gina avaient la possibilité de se retrouver très vite n'importe où.

La voix de Lucas s'éleva dans le haut-parleur :

— Nous avons trouvé un smartphone par terre près du trottoir. Il ressemble beaucoup à celui que tu as donné à Gina, Cruz. De plus, la photo sur l'écran représente la vue depuis ta terrasse.

Cruz se frotta les tempes, cherchant un moyen pour évacuer sa frustration.

— Et que donnent les images des caméras de surveillance ?

— Je les étudie actuellement, répondit Lucas. Gina a bien été filmée alors qu'elle descendait du pick-up de Blaze pour monter dans un SUV. Mais ce dernier est à moitié dissimulé derrière un panneau publicitaire. Il n'est donc pas très visible. En tout cas, il correspond bien à la marque et au modèle des SUV de la société Marino mais je n'ai pas une image claire du conducteur ni de la plaque d'immatriculation.

Blaze jeta un coup d'œil au téléphone alors qu'il naviguait sur l'autoroute. La circulation était très chargée.

— Dis-moi que nous avons assez d'éléments pour obtenir un mandat.

— J'y travaille, dit Lucas.

— Travaille plus vite, lança Cruz.

Il serrait avec force le téléphone. De combien de temps disposait-il avant que Tony ne blesse Gina ou pire ? Pourquoi avait-elle accepté de le suivre ? Il lui avait laissé les clés. Elle aurait pu filer à bord du pick-up de Blaze ou klaxonner.

Elle n'avait pas esquissé un geste pour échapper à Tony ni pour prévenir Cruz. Son comportement était incompréhensible.

Et soudain, l'évidence le foudroya.

Tony avait Kayla avec lui. Gina avait vu sa sœur dans le SUV. Voilà pourquoi elle avait accepté de le rejoindre. Il en était sûr.

Blaze accéléra.

— Kayla a été enlevée de la même façon sur le campus, gémit-il.

— Je suis sûr qu'elle était avec lui dans le SUV, dit Cruz.

En comprenant qu'il avait raison, Blaze frappa son volant avec colère.

— Il l'a utilisée comme appât.

— Il n'a probablement même pas eu besoin de discuter, fit observer Cruz. Si Kayla était là, Gina n'a pas hésité.

Blaze actionna son clignotant, puis s'engagea sur la bretelle de sortie suivante.

— Cela explique pourquoi elle est montée dans le véhicule de ce type sans se débattre, dit-il. Maintenant, il nous reste à découvrir où il les a emmenées.

— Bon, fit Lucas au téléphone. Le mieux serait que vous fassiez demi-tour. J'ai besoin de vous pour faire pression sur le juge. À trois, nous aurons plus de poids. Il faut absolument obtenir ce mandat pour avoir la possibilité de localiser ce SUV.

— D'accord, approuva Blaze, en manœuvrant pour repartir en sens inverse. Nous arrivons.

— À tout de suite, ajouta Lucas.

Cruz raccrocha. Il avait le ventre noué. L'angoisse le terrassait. Un instant plus tôt, lorsqu'ils roulaient sur l'autoroute, ils n'avaient pas de destination précise mais il avait l'impression de progresser. Maintenant, contraint de revenir sur ses pas, il avait le sentiment d'un échec.

La sonnerie du téléphone retentit de nouveau alors qu'ils se fondaient dans la circulation.

Le nom de Derek apparut à l'écran.

— Oui, répondit Cruz en activant le haut-parleur pour que Blaze puisse écouter à nouveau. As-tu du nouveau ?

— Moi ? demanda Derek, une pointe de confusion dans la voix. Je ne comprends pas. C'est bien Cruz que j'entends ? Pourquoi réponds-tu sur le téléphone de Blaze ?

— Je suis à côté de lui, dit Blaze. Nous sommes dans la jeep, mais je conduis.

Le silence tomba.

— Tu es dans la jeep avec Cruz, répéta Derek, reprenant enfin la parole. Mais alors… qui est dans ton pick-up ?

— Mon pick-up est au commissariat, répondit Blaze. Il n'y a personne dedans.

— Tu fais erreur, dit Derek. Il est dans l'entrepôt de la société Marino, dit-il. Je croyais que tu avais retrouvé Gina et sa sœur. J'y vais. Je suis à un quart d'heure de route.

Blaze se tourna un instant vers Cruz avec une grimace de perplexité totale.

— Que racontes-tu ? Nous sommes dans la jeep. Et mon pick-up est sur le parking du poste de police, répéta-t-il.

Le cœur de Cruz bondit alors qu'il comprenait soudain la situation.

— Gina a tes clés, dit-il. Je les lui avais données avant de partir te rejoindre au poste de police.

L'espoir jaillit dans sa poitrine avec la puissance d'un geyser.

— Et j'avais accroché un traceur sur ton trousseau, ajouta Derek. Ce n'est pas ton camion qui se trouve dans l'entrepôt des Marino mais tes clés. Et Gina, puisqu'elle les a mises dans sa poche. Vous feriez mieux de vous rendre tous là-bas, les gars. Et d'appeler les renforts.

À moitié asphyxiée par le spray d'autodéfense, Gina toussait et trébuchait à chaque pas alors qu'elle traversait l'entrepôt, tirée par sa sœur.

Kayla avançait de façon lente et maladroite mais elle parvenait à voir clair. Alors que le gaz poivré faisait pleurer Gina et troublait sa vision.

— Je suis vraiment désolée, répétait Kayla en l'entraînant. Il m'était impossible de l'atteindre sans t'asphyxier au passage.

— Ne t'inquiète pas.

Le simple fait de prononcer ces mots provoqua une nouvelle quinte de toux chez Gina. Elle aurait voulu en dire plus, réconforter et féliciter sa sœur mais sa respiration était difficile et sifflante. Ses yeux, son nez et sa gorge la brûlaient.

Kayla s'immobilisa brusquement. Elle lâcha Gina pour la première fois depuis qu'elles s'étaient enfuies.

— Attends. J'ai trouvé le rayon « alimentation ». Il y a de l'eau.

Gina profita de cette halte pour se plier en deux. Elle ouvrit plusieurs fois la bouche comme un poisson cherchant de l'air. Son nez coulait et elle avait envie de tousser mais elle ne devait pas faire de bruit pour ne pas révéler leur position. Tony n'était sûrement pas loin.

Kayla pressa une bouteille dans la main de Gina.

— Sers-t'en. Dépêche-toi, murmura-t-elle, l'air complètement épuisée. Il y en a d'autres si tu en as besoin, mais nous devons bouger. Il risque de nous attraper. Et je ne tiens pas debout. J'ai peur de me rendormir.

Suivant les instructions de sa sœur, Gina s'aspergea le visage avant de boire à longs traits.

Lentement, sa vision redevint plus nette.

Kayla s'appuya lourdement contre l'étagère, la tête soutenue par le cadre métallique. Elle semblait en effet sur le point de s'assoupir.

— Allons, ma vieille, murmura Gina en passant le bras de sa sœur autour de son cou. Du nerf ! Ce n'est pas le moment de flancher. Nous sommes presque libres. Tu es une battante, Kayla. Tu peux le faire ! Tu vas y arriver.

Kayla suivit Gina avec un gémissement.

Mais soudain un hurlement sauvage leur glaça le sang.

— Gina !

Elle sentit ses poils se hérisser sur sa nuque. Le cœur serré, elle se recroquevilla sur elle-même, s'attendant presque à recevoir une pluie de coups.

Mais il ne l'avait pas encore rattrapée et elle se força à avancer, entraînant sa sœur dans sa fuite.

Kayla s'écroulait à moitié sur son épaule et se tordait les pieds à chaque pas.

— Non, ce n'est pas l'heure de dormir, murmura Gina, en lui secouant le bras. Ouvre les yeux. Réveille-toi.

Un énorme fracas les fit soudain sursauter. Elles eurent l'impression que des milliers de plaques métalliques dégringolaient et tombaient en cascade dans l'entrepôt.

Gina enlaça sa sœur par la taille et se mit à courir vers la sortie.

Un coup de feu claqua. Elle cria de peur mais ne s'arrêta pas. Des bruits de chute d'objets à gauche, à droite, lui firent comprendre que Tony ne voyait pas beaucoup mieux qu'elle. Voilà peut-être ce qui lui avait sauvé la vie.

— Gina ! Gina !

Il accompagna son prénom d'une longue série d'injures teintées de haine et de menaces.

Une balle fusa, passa au-dessus de leurs têtes et finit sa course dans un sac de céréales qui explosa. Son contenu jaillit et se répandit sur le sol.

Gina sentit les larmes brûler ses paupières. Non, elle refusait que sa vie se termine ainsi, dans un entrepôt. Non, il n'était pas question d'implorer la miséricorde de Tony.

Elle ne serait pas, une fois de plus, sa victime. Et elle ne laisserait pas sa petite sœur mourir sous les mains de ce monstre.

Galvanisée par un regain de détermination, elle redoubla d'efforts. Kayla lui semblait plus légère, plus coopérative.

Lorsqu'elle entendit le hurlement des sirènes de police, l'espoir la souleva comme un tsunami. Brutalement, elle sut qu'elle allait survivre à cet enfer.

— Ne bougez plus ! hurla Blaze alors que les vrombissements des véhicules d'urgence envahissaient l'entrepôt. Police de West Liberty, annonça-t-il. Anthony Marino, posez votre arme et levez les mains en l'air. Vous êtes en état d'arrestation.

Un intense soulagement envahit Gina alors qu'elle atteignait les portes.

— Gina !

Elle reconnaissait la voix de Cruz mais elle ne le voyait pas. Bientôt, ses bras s'enroulèrent autour d'elle et de Kayla. Incapable de rester debout, cette dernière s'écroula.

— Nous avons besoin d'un médecin ! cria Cruz.

— Il l'a droguée, dit Gina. Elle est assommée par des somnifères.

Cruz prit Kayla dans ses bras.

— Qu'as-tu au visage ? demanda-t-il à Gina tout en se dirigeant rapidement vers une ambulance qui arrivait.

— J'ai reçu une bonne dose de spray au poivre.

Des infirmiers sortirent du véhicule et prirent Kayla en charge.

Cruz se tourna vers Gina et la serra contre sa poitrine.

— T'a-t-il fait du mal ? Ou à ton bébé ?

Gina sanglota au souvenir de la main de Tony sur son ventre, de ses gifles.

— Nous allons bien, répondit-elle en commençant à trembler. Comment nous avez-vous retrouvées ?

— Tu avais gardé sur toi les clés de Blaze… qui sont équipées d'un traceur, dit-il avec un petit sourire. Derek nous suit depuis des années via ses porte-clés. De plus, ton amie Celia a appelé sur le téléphone que tu avais laissé à Lucas. Elle avait parlé à son petit ami de votre échange et ce Ben l'a répété à Tony. Elle ne s'y attendait pas. Dès qu'elle a pu, elle a appelé pour prévenir, mais nous étions déjà en route.

Un ambulancier qui approchait leva la main en signe de salutation.

— Ai-je bien entendu les mots « spray au poivre » ?

— Gina, dit Cruz. Voici mon cousin Isaac. Pourquoi ne pas monter avec lui dans l'ambulance ? Il te conduira à l'hôpital. Kayla y va aussi. Et, une fois sur place, tu pourras rendre visite au Dr Tulane et à Heather. Nous appellerons tes parents en chemin.

Une bouffée d'espoir souleva la poitrine de Gina alors qu'elle laissait Isaac l'entraîner.

— Heather et le Dr Tulane ont repris connaissance ?

Cruz hocha la tête.

— Et pendant que nous y serons, nous irons embêter Rex et l'adjoint Stone.

— Oui, fit-elle. S'il te plaît. J'ai tellement de choses à leur dire à tous.

Isaac désigna la civière.

— Alors, pourquoi ne pas commencer par vous allonger ?

L'ambulance qui avait pris en charge Kayla s'éloignait déjà dans un nuage de poussière.

— Ta sœur va s'en sortir, dit Cruz. Toi aussi.

Isaac l'examina brièvement. À travers les portes ouvertes de l'ambulance, elle vit Blaze pousser Tony dans une voiture de patrouille.

Knox souriait alors qu'il s'installait au volant.

Cruz prit la main de Gina.

— Ça va ? demanda-t-il en l'embrassant.

— Tout ira bien, maintenant, répondit-elle. Merci d'être mon héros, Cruz, murmura-t-elle.

— Je le serai. Toujours. Compte sur moi.

Retrouvez prochainement,
dans votre collection

BLACK ROSE

Le canyon des disparues, de Colleen Thompson - N°732

DES PROTECTEURS À L'ÉPREUVE – 2/2

Dans un canyon perdu du Texas, un homme a été tué d'une balle au volant de sa voiture... Sa femme et ses deux filles ont disparu, pourchassées sans doute par le ou les assassins. Lancé à leur recherche, le shérif Hayden Hale-Walker sait que sa mission sera difficile. D'autant que celle qui l'accompagne n'est autre que Kate McClafferty, son ex, dont il est – il l'a compris dès le premier regard –, encore amoureux...

Coupable attirance, de Beverly Long

Qui est réellement Erin McGarry, la mystérieuse touriste qui vient d'arriver à Knoware, petite ville balnéaire menacée depuis peu par un risque d'attentat ? Pour Marcus Price, le chef de la police locale, la troublante jeune femme a tout d'une suspecte. Mais, pour la démasquer, il va devoir lutter contre l'attirance incontrôlable qu'elle lui inspire malgré lui...

La vérité sur Maya Lamb, d'Amanda Stevens - N°733

Et si Maya Lamb, c'était elle ? En arrivant à Black Creek, Avery Bolt est décidée à lever le voile sur les secrets de son enfance. Pour approfondir ses recherches, elle se confie à Max Winter, le séduisant procureur de la ville... Sans se rendre compte que c'est leur vie à tous les deux qu'elle met en danger. Car les criminels qui ont enlevé Maya, il y a vingt-huit ans, courent toujours et sont prêts à tout pour empêcher la vérité d'éclater...

Secrets et mensonges, de Nicole Helm

Blue Valley, Montana... En découvrant le lieu de sa prochaine mission, l'agent Elsie Rogers sent la panique la gagner. Bien sûr, c'est pour protéger un homme qu'elle doit retourner incognito dans sa ville natale. Et elle est la seule capable de se fondre dans le paysage sans se faire démasquer par ceux qui le traquent. Mais saura-t-elle mentir à ses proches qui vivent là-bas et ignorent tout de ses activités secrètes ?

HARLEQUIN BLACK ROSE

Retrouvez prochainement,
dans votre collection

BLACK ROSE

La mémoire brisée, de Kimberly Van Meter - N°734

Abasourdi, Clint fixe la femme qui vient de lui proposer de l'héberger. Puis, hésitant, il finit par accepter sa proposition. Mais quel autre choix a-t-il ? Il vient de se réveiller dans un hôpital, totalement amnésique. Et cette jolie policière est la seule à savoir qui il est, puisque c'est en se rendant à sa convocation qu'il a été sauvagement agressé...

Le mystère de la mine, de Cindi Myers

En acceptant de rechercher Cash, le neveu de Rebecca Whitlow, disparu près de la mine de Full Moon, Wes Landry sait qu'il s'engage dans une voie dangereuse. D'abord parce que la mine, depuis peu, est devenue le théâtre de trafics inquiétants. Ensuite, et surtout, parce que son désir de rassurer Rebecca risque bien de transformer sa quête en piège mortel...

Un garde du corps à l'épreuve, de Carol Ericson - N°735

En acceptant de se faire passer pour le fiancé de Claire Chadwick, Mike n'a qu'une idée en tête : la protéger des menaces qui pèsent sur elle depuis la mort de son mari. Très vite, pourtant, il se rend compte que sa tâche sera compliquée. En effet, dès le premier regard, il tombe sous le charme de la belle héritière. Une attirance qui risque de le distraire de sa mission de garde du corps...

Dangereux hiver, de Paula Graves

Janelle est-elle encore en vie ? Laney Hanvey est rongée par la peur depuis que sa sœur a disparu en montagne avec deux amies... dont l'une vient d'être retrouvée morte, tuée de deux balles dans le dos. Qui a pris en chasse les trois jeunes filles ? Laney décide de partir à la recherche de sa sœur, malgré la tempête qui menace. Et la résistance que lui oppose Doyle Massey, le chef de la police...

HARLEQUIN BLACK ROSE

Retrouvez prochainement,
dans votre collection

BLACK ROSE

À la recherche de son bébé, de Delores Fossen - N°736

« Je t'en supplie, retrouve notre bébé… » La voix d'April s'étrangle, et Chase comprend que c'est sa vie à lui qui vient de basculer. Bien sûr, il savait qu'April était enceinte après la nuit d'amour qu'ils avaient partagée lorsqu'elle était sous sa protection. Mais jamais il n'avait imaginé qu'il devrait un jour partir à la recherche de son bébé, âgé de deux mois et qu'il ne connaît pas encore.

Un précieux allié, de Marie Ferrarella

Destiny le sait : sa sœur ne s'est pas suicidée, elle a été assassinée. Voilà pourquoi elle doit convaincre le lieutenant Logan Cavanaugh d'approfondir ses recherches. Et, même si elle n'a pas une haute opinion de Logan qui collectionne les conquêtes sans lendemain, elle est prête à tout pour qu'il l'écoute… Même à jouer de son charme auprès de lui…

HARLEQUIN BLACK ROSE

SAGAS

SECRETS. HÉRITAGE. PASSION.

Villa luxueuse en Grèce,
palais somptueux en Italie,
manoir mystérieux en Louisiane, chalet
enneigé en Alaska…
Voyagez aux quatre coins du monde et
vivez des histoires d'amour
à rebondissements grâce aux intégrales
de votre collection Sagas.

4 sagas à découvrir tous les deux mois.

DIVERTIR • INSPIRER • ÉMOUVOIR

HARLEQUIN
www.harlequin.fr

RESTEZ CONNECTÉ AVEC HARLEQUIN

Harlequin vous offre un large choix de littérature sentimentale !

Sélectionnez votre style parmi toutes les idées de lecture proposées !

www.harlequin.fr

- **Découvrez** toutes nos actualités, exclusivités, promotions, parutions à venir…
- **Partagez** vos avis sur vos dernières lectures…
- **Lisez** gratuitement en ligne
- **Retrouvez** vos abonnements, vos romans dédicacés, vos livres et vos ebooks en précommande…

L'application Harlequin

- Des **ebooks gratuits** inclus dans l'application
- **50 nouveautés tous les mois** et + de 7 000 ebooks en téléchargement
- Des **petits prix** toute l'année
- Une **facilité de lecture** en un clic hors connexion
- Et plein d'autres avantages…

Téléchargez notre application gratuitement

Télécharger dans l'App Store — DISPONIBLE SUR Google Play

SUIVEZ-NOUS !

facebook.com/HarlequinFrance
twitter.com/harlequinfrance

VOTRE COLLECTION PRÉFÉRÉE DIRECTEMENT CHEZ VOUS

Vous souhaitez découvrir nos collections ? Une fois votre colis de bienvenue reçu, si vous souhaitez continuer à recevoir nos livres, cela se fera automatiquement. Vous n'avez aucune obligation d'achat et cette offre est sans engagement de durée !

Dans votre 1er colis, 2 livres au prix d'un + 1 cadeau

☛ COCHEZ la collection choisie et renvoyez cette page au
Service Lectrices Harlequin – CS 20008 – 59718 Lille Cedex 9 – France

Collections	Prix 1er colis	Réf.	Prix abonnement (frais de port compris)
❑ **AZUR**	4,75€	AZ1406	6 livres par mois 31,49€
❑ **BLANCHE**	7,30€	BL1603	3 livres par mois 24,85€
❑ **HISTORIQUES**	7,30€	LH1202	2 livres par mois 17,49€
❑ **PASSIONS**	7,80€	PS0903	3 livres par mois 26,49€
❑ **BLACK ROSE**	7,90€	BR0013	3 livres par mois 26,79€
❑ **HARMONY***	5,99€	HA0513	3 livres par mois 20,76€
❑ **NORA ROBERTS***	8,90€	NR2402	2 livres tous les 2 mois, prix variable**
❑ **SAGAS***	7,99€	SG2303	3 livres tous les 2 mois 29,46€
❑ **VICTORIA**	7,80€	VI2115	5 livres tous les 2 mois 42,09€
❑ **GENTLEMEN***	7,50€	GT2022	2 livres tous les 2 mois 17,95€
❑ **HORS-SÉRIE***	7,70€	HS2812	2 livres tous les 2 mois 18,45€

*livres réédités / **entre 17,95€ et 18,75€ suivant le prix des livres

F22PDFM

N° d'abonnée Harlequin (si vous en avez un) ☐☐☐☐☐☐☐☐

Mme ❑ Mlle ❑ Nom : ______________________

Prénom : ______________________ Adresse : ______________________

____

Code Postal : ☐☐☐☐☐ Ville : ______________________

Pays : ______________________ Tél. : ☐☐☐☐☐☐☐☐☐☐

E-mail : ______________________________________

Date de naissance : ______________________________

Date limite : 31 décembre 2022. Vous recevrez votre colis environ 20 jours après réception de ce bon. Offre soumise à acceptation et réservée aux personnes majeures, résidant en France métropolitaine, dans la limite des stocks disponibles. Prix susceptibles de modification en cours d'année. Vous pouvez demander à accéder à vos données personnelles, à les rectifier ou à les effacer. Il vous suffit de nous écrire en nous indiquant vos nom, prénom et adresse à : Service Lectrices Harlequin CS 20008 59718 LILLE Cedex 9. Service Lectrices disponible du lundi au vendredi de 9h à 17h : 01 45 82 47 47.